Brandon Sanderson

布蘭登・山德森

Brandon Sanderson

布蘭登・山德森

B
E
S 嚴
T 選

奇幻基地出版

審判者傳奇2

熾焰

Firefight

布蘭登・山德森 著
李鐳 譯

Brandon
Sanderson

BEST嚴選

緣起

在繁花似錦的奇幻文學花園裡，你或許還在門外徘徊，不知該如何抉擇進入的途徑；也或許你已經置身其中，卻因種類繁多，或曾經讀過不合口味的作品，而卻步、遲疑。

BEST嚴選，正如其名，我們期許能透過奇幻基地對奇幻文學的瞭解，以及對讀者的理解，站在出版者與讀者的雙重角度，為您精選好作家與好作品。

他們是名家，您不可不讀：幻想文學裡的巨擘，領域裡的耀眼新星。

它們最暢銷，您怎可錯過：銷售量驚人的大作，排行榜上的常勝軍。

這些是經典，您務必一讀：百聞不如一見的作品，極具代表的佳作。

奇幻嚴選，嚴選奇幻。請相信我們的眼光，跟隨我們的腳步，文學的盛宴、幻想世界的冒險，就要展開。

excellent bestseller classic

獻給納森・古德瑞奇——

一位親愛的朋友。

他總是有足夠的耐心，在我的書還很糟糕的時候就認眞把它們看完。

序幕

我見證過禍星冉冉升起。

那年，我剛剛六歲，正站在公寓的陽台，頭頂上方是無盡的夜空。我還記得那時冷氣機在我身邊的窗戶嗡嗡作響，遮去了爸爸哭泣的聲音。這台工作量超負荷的機器掛在樓面外，下方還有許多層樓，水滴不斷地從它身上落下，像是要跳樓自殺的人額頭滴下的汗。事實上，這台機器已經壞了，它能吹出風，但沒有半點冷氣，我媽經常會把它關掉。

媽過世以後，爸爸一直讓它開著。他說這台機器運轉的時候，他會覺得涼快一些。

我拿著冰棒的手垂了下去，眼睛看著那團怪異的紅光。它從地平線上升起，如同一顆新生的星星。只是沒有任何一顆星星能夠這麼亮，這麼紅。耀眼的猩紅色掛在天邊，彷彿是子彈在蒼穹打出了一個傷口。

那一晚，禍星怪異的溫暖光芒籠罩了整座城市。我一直站在陽台上，冰棒融化了，黏稠的液體漫流到我的手指，但我只是直直地看著禍星向上高升。

然後，尖叫聲開始了。

第一部

第一章

「大衛？」我的耳機裡傳來聲音。

我搖搖頭，從自己的幻想中跳出來。我又盯著禍星看了。如今已是禍星升起將近十三年後，而我也不再是和父親一起住的小孩，甚至不再是在地下兵工廠出賣勞力的孤兒。

我是一名審判者。

「在。」我回答的同時將步槍掛在肩頭，走過屋頂。現在是深夜，我發誓我能看到禍星的紅光照射在每一樣東西上，只不過它再也不像第一次升起時那樣明亮。

新芝加哥下城區被紅色星光照亮，展現在我面前。這裡的一切都是鋼鐵，如同一個來自未來、被剝掉外皮的機器人。只是，你知道的，這個機器人並沒有被殺死，相反的，它現在正是活力四射的時期。

天哪，我想，我的比喻眞是爛透了。

鋼鐵心已經死了。我們奪取了新芝加哥的上層街道，包括許多曾經被那些菁英階層獨占的便利設施。現在我可以每天在我的專屬浴室裡洗澡，即使我幾乎不知道該如何面對這麼奢華的享受。當然，你應該也能想到，現在我不再滿身臭氣沖天。

經過漫長的時間之後，新芝加哥終於自由了。

我的工作就是要保護它的自由。

「我什麼都沒看見。」我跪在房頂邊緣呢喃。我的耳機和手機以無線裝置連接，耳機上還裝了一個小型攝影機，蒂雅能夠透過它看見我所看到的一切。這個耳機具有足夠的敏感度，能夠傳輸我說的每一個字，即使聲音無比輕微。

「繼續監視。」蒂雅在連線上說，「柯迪報告，教授和目標正朝你的方向移動。」

「這裡很安靜，」我悄聲說，「妳確定……」

猛烈的爆炸突然發生在我身邊的屋頂，使我驚呼了一聲，向後翻滾。整棟房屋都大力晃動著，破碎的金屬碎片隨著爆炸氣浪在周圍飛散。星火啊！這火力也太猛了。

「星火啊！」柯迪在連線上喊著，「她繞過了我，小子，向你的北邊去了……」

他的聲音被另一陣爆炸聲淹沒，從下方地面射來的能量脈衝扯碎了我藏身處附近的房頂。

「快跑！」蒂雅大喊。

不需要她提醒，我早已拔腿狂奔。

在我右手邊，一個人影瞬間出現在滿天紅光中。能源場（Sourcefield）穿著黑色的跳傘服和膠底運動鞋，帶著一副忍者風格的全罩式面具，背後拖曳一條黑色的長披肩出現。有些異能者特別喜歡以奇裝異服來炫耀自己的「非人力量」。現在能源場全身微微閃爍著藍光和能量火花，說實話，她這個樣子滿搞笑的。

如果能源場碰觸任何一件東西，她就會變成一股能量，得以穿透那件東西——這並不是真正的瞬間移動，但已經很接近了。她碰觸到的物質導電性越強，她就能移動得越遠，所以一座鋼鐵質地的城市對她而言簡直就是某種天堂。我只是驚訝她竟然花了這麼長時間才來到這裡。

她的能力不僅僅是瞬間移動，她還能操縱電力，讓絕大多數武器無法傷害她，她所施放的雷霆暴更是名聞遐邇。以前我從沒有見過本尊，但一直都想見識一下她的手段。

可是不是離她這麼近的時候啊！

「立刻執行計畫！」蒂雅命令，「教授？喬！向我報告！亞伯拉罕？」

我的心思無法放在蒂雅的指令上。一顆不斷發出爆裂聲的電球才從我身邊掠過，讓我猛然停住腳步，衝向另外一邊。第二顆電球立刻飛過我剛剛站的地方，撞上屋頂，再次造成爆炸。氣浪推得我腳步踉蹌，金屬碎片打在我整片背上。我手忙腳亂地向這棟房子的邊緣跑去。

然後，我跳了下去。

我沒有掉下去太遠，就落在另一棟公寓的陽台上。我朝公寓內部衝進去，同時感覺心臟劇烈地跳動。進了陽台門，一台塑膠冰箱正在等著我。我儘量讓自己保持冷靜，掀開冰箱的蓋子，取出其中的物品。

能源場是這個星期才出現在新芝加哥的異能者。她在這裡隨意殺人，似乎沒有什麼特別目的，就像早期的鋼鐵心那樣。接著，她開始號召市民們告發審判者，以她的正義對我們進行制裁。

她奉行的是異能者扭曲的正義：異能者能夠隨心所欲地殺人，而普通人的反抗會被他們視爲不可思議、大逆不道。當然，她很快就會明白這種想法有多荒謬。

到目前爲止，我們想要消滅她的計畫執行得不算順利，但我們是審判者，時時刻刻都爲出人意料的狀況做好了準備。

我從冰箱裡拿出一顆充滿液體的水球。

這東西，我心想，最好要有用。

蒂雅和我對於能源場的弱點爭論了好幾天。每個異能者至少會有一個弱點，只是這些弱點往往沒有規律可循。想找到它，必須仔細研究異能者的歷史，查找他們躲避的任何東西，才有可能發現什麼樣的物品或環境能夠消除他們的特異力量。

根據我們的猜測，這顆水球裡的東西最有可能針對能源場的弱點發動奇襲。我轉過身，一隻手舉起水球，另一隻手舉著步槍，緊緊盯住門口，等著能源場追過來。

「大衛？」蒂雅在耳機裡發問。

「什麼事？」我焦急地悄聲回應。我已經做好丟出水球的準備。

「爲什麼你一直盯著陽台？」

爲什麼我……噢，對啊，能源場能夠穿過牆壁。

我頓時覺得自己是個大白癡，急忙向後跳去。値此同時，能源場正好穿透天花板，進入這個房間，在她身周爆起的電火花不停地啪滋出聲。她落在地上，單膝跪倒，伸出一隻手，一顆電球在她的掌心上逐漸變大，電光將狂亂的影子投射在整個房間裡。

似乎是因爲腎上腺素太刺激，我馬上將水球扔了出去。水球正中能源場的胸口後，從她身上爆起的能量火花一下子都消失了。紅色液體從水球中迸濺出來，灑落在牆壁、地板和她全身。這種液體很稀薄，並不是血液，而是一種古老的含糖果汁飲料。我還是小孩子的時候喝過它。

而它就是能源場的弱點。

我舉起步槍，同時感覺心跳瘋狂加速。能源場看著自己浸透了汁水的身軀，似乎很驚訝，但她臉上的黑色面具讓我無法看到她的表情。她的身體表面還有一絲絲電光遊走，就像是閃亮的細小蠕蟲竄動不休。

我舉穩步槍，扣下扳機。密閉房間中響起的槍聲震耳欲聾，不過我射出的子彈準確地向能源場的臉上飛去。

子彈在穿過她身周的電場時爆炸了——即使身上灑滿了「酷愛」果汁，她的防護能力依然沒有被完全消除。

她看著我，身上的電流變得愈發熾盛和危險，照亮了整個房間，讓我突然覺得她好像是一塊塞滿了炸藥的乳酪。

呃——噢……

第二章

當我快手快腳地跑進走廊時，門後立刻發生猛烈的爆炸，氣浪把我一下子拍到牆壁上。我聽到一陣嘎嘎的聲響。

一方面，這讓我鬆了一口氣。這種嘎嘎聲意味著教授還活著——他的異能還在爲我提供防護。另一方面，這也表示一個邪惡的、暴怒的殺戮機器，正在背後追殺我。

我把自己從牆上推起來，借助綁在手臂上的手機發出的亮光，沿著金屬走廊拚命向前跑去。滑繩，我慌亂地想著，*在哪邊？應該是右邊。*

「我找到教授了。」亞伯拉罕的聲音傳入我耳中，「他被某種能量氣泡包裹住。看上去，他的情緒很糟。」

「朝那個能量氣泡扔酷愛！」我喘息著竄進了側面的另一條走廊。剛才我在的那條走廊正在被一道道閃電猛鞭。星火啊，她眞的氣瘋了。

「我要終止任務了，」蒂雅說，「柯迪，下來把大衛帶走。」

「明白。」柯迪說。他的通訊線路中傳來一陣陣微弱的機械振動聲。是直升機螺旋槳的聲音。

「蒂雅，不要！」我一邊喊話，一邊衝進一個房間，然後把步槍扛上肩膀，抓起了一個塞滿果汁水球的背包。

「計畫已經行不通了，大衛。」蒂雅說，「這個計畫的核心原本應該是教授，而不是你。

現在教授根本無法行動，你剛剛也證明了酷愛完全沒用。」

我拿出一顆果汁球，轉過身，壓抑劇烈的心跳等待著，直到電光從一面牆壁上出現。一秒鐘之後，能源場在亮光中出現。我馬上向她擲出了果汁球。她咒罵一句，跳到一旁，紅色的液體濺滿了牆壁。

我又轉身逃跑，鑽進另一個房間，跑過臥室，衝向陽台。「她害怕酷愛，蒂雅。」我一邊跑一邊說，「我的第一顆果汁球消除了她身上的電火花。我們的推測是對的。」

「但她依然能擋住你的子彈。」

是沒錯。我跳進陽台，尋找著滑繩。

它不在這裡。

我從耳機裡聽到了蒂雅的咒罵聲。「你要找的就是這個？滑繩在你旁邊的第二座陽台上，你這個愣仔。」

星火啊。但是，這裡的每一條金屬走廊和每一個鋼鐵房間看上去都太像了嘛。

直升機的聲音已經很近，柯迪就要到了。我咬緊牙關，踏上陽台護欄，朝另一個陽台跳過去，抓住那座陽台的欄杆。伴隨著步槍和背包在兩側肩頭的劇烈晃動，我把自己拉上了那座陽台。

「大衛……」蒂雅的聲音又在耳機中響起。

「主陷阱點還有效嗎？」我一邊問，一邊爬過幾把已變成鋼鐵、和陽台凝固爲一體的太陽椅，到了陽台的另一邊，又跳上欄杆，「不說話就是默認還有效。」我口中說著，又向前跳了出去。

我重重地撞在對面陽台的鋼質欄杆上，急忙抓緊欄杆以後，向下望了一眼——我正掛在十二層樓的半空中。我努力壓下心中的焦慮，再次用力把自己拉上陽台。

在我身後，能源場正探出頭，朝我剛剛離開的陽台觀望。我嚇到她了。這樣很好，但也很不好。隨後的計畫中，我需要她行事莽撞，不假思索。不幸的是，這表示我必須激怒她。

我跳進陽台，拿出一顆果汁球向她扔過去，還來不及看清那顆球是否擊中了目標，我轉身就跳上欄杆，抓住滑繩的握柄，雙腳一蹬，離開了陽台。

陽台瞬間爆炸了。

幸運的是，滑繩的固定點在屋頂，不是在陽台，而且繩索非常牢固。熔化的金屬碎片在我周圍四散紛飛，我沿著繩索一路下滑，速度越來越快——我完全沒想過竟然會這麼快。一棟棟摩天大樓從兩旁掠過，我只能看到它們模糊的影子，讓我覺得自己眞的在往下掉。

我發出一長串半是恐慌得要命、半是興奮得發狂的叫喊聲，然後整個世界開始在我眼前傾斜。我的腳撞上地面，身子倒下，沿著街道一路滾了出去。

「噢！」我痛喊了一聲，才從地上翻身爬起來，但這座城市依然歪歪斜斜地在我的視線中旋轉著。我的肩膀超痛的。在我撞擊地面的時候，又聽到了一陣嘎嘎聲，不過聲音很大。教授的能量護盾已經快耗盡了。除非他更新，否則我能夠從他那裡得到的保護，恐怕也就只有這麼多了。

「大衛？」蒂雅說，「星火啊，能源場射出閃電，割斷了繩索，讓你直接摔在地上。」

「果汁彈是有效的。」另一個聲音在連線上響起。是教授。他的聲音很有力，儘管有些沙啞，但相當穩定。「我出來了。剛才聯絡不上你們，那個能量氣泡干擾了訊號。」

「喬，」蒂雅對他說，「你不應該與她作戰。」

「事情已經發生了。」教授斷然地說，「大衛，你還活著嗎？」

「大概還沒死。」我踉蹌了一下，拿起掉在地上的背包。紅色的果汁飲料從背包底部流出來，「但我不知道我的果汁彈怎麼樣了。看樣子，有不少彈藥損耗。」

教授用粗嗄的聲音問：「剩下的部分你做得到嗎，大衛？」

「是的。」我堅定地說。

「那就去主陷阱點吧。」

「喬，」蒂雅說，「如果你再去……」

「能源場不會理我，」教授說，「就像以前對付有絲分裂（Mitosis）時一樣。他們不想和我作戰，他們想要的是你。我們必須在她找到團隊之前幹掉她。你還記得路怎麼走吧，大衛？」

「當然。」我一邊回答，一邊尋找我的步槍。它就躺在離我不遠的地方，但槍托的前半部摔斷了。星火啊，扳機扣環也已變形，看樣子，我暫時沒辦法使用這件武器。我檢查了一下大腿上的眞皮槍套。不錯，至少手槍沒丟。但是，我不喜歡眼前的狀況。

「那棟公寓的窗戶裡有閃光，伏低身體。」柯迪在直升機裡說，「她正沿著建築物的外牆向地面傳送。她在追你，大衛。」

「我不喜歡這樣，」蒂雅說，「我認爲我們應該放棄任務。」

「大衛說他能做到，」教授說，「我相信他。」

儘管危險就近在眼前，我還是露出了笑容。直到加入審判者，我才意識到自己之前的人生有多麼孤獨，而現在，聽到這樣的話……

這種感覺很好，眞的很好。

「我是誘餌。」我對連線中的所有人說。我站穩腳跟，等待能源場殺過來，同時在背包中摸索沒有破掉的果汁球。還有兩顆。「蒂雅，讓我們的隊伍就定位。」

「收到。」蒂雅不情願地回答。

我沿著街道走下去。新的街燈掛在已經失去效用的舊街燈上，爲我照亮眼前的道路。我能看到有些人從街邊的窗戶中探頭向外窺看。這些窗戶已經沒有玻璃，被我們改裝成老式的木製百葉窗。

在刺殺鋼鐵心的時候，審判者基本上已經向異能者全面宣戰。有些人因爲害怕異能者報復而逃離新芝加哥，但大多數人留了下來，也有許多人從其他地方來到這裡。鋼鐵心死後的這幾個月裡，新芝加哥的人口幾乎翻多了一倍。

我向看著我的人們點點頭。我不會警告他們逃到安全的地方去。審判者目前是他們的鬥士，但總有一天，這些人必須用自己的力量反抗異能者，我希望他們親眼看著我們怎麼戰鬥。

「柯迪，你能看見敵人嗎？」我對著我的手機問。

「看不見。」柯迪說，「她隨時有可能出現……」直升機的黑色影子從我頭頂掠過。如今，曾經受鋼鐵心操控的執法隊成了我們的警力，我對這個轉變依然無法理清自己心裡的感受。執法隊以前不只一次竭盡全力想殺掉我，這種事很難忘記。

事實上，他們的確殺死了梅根。雖然在某個程度上她已經復元了。我意識到在我槍套裡的那把槍，它曾經屬於梅根。

「我快和隊伍就位了。」亞伯拉罕說。

「大衛？發現能源場了嗎？」蒂雅問。

「沒有。」我望著空無一人的街道。這裡沒有人，只有幾盞街燈，整座城市彷彿回到了鋼鐵心的時代，荒蕪又陰暗。能源場在哪裡？

她能夠通過牆壁傳送，我心想，如果我是她，現在會怎麼做？審判者有碎震器，所以能夠在任何東西上挖掘隧道鑽進去。如果我有她的能力，我會做什麼？

答案很明顯——我會向下逃。

她就在我下方。

第三章

「她進入了地下街道！」我拿出僅存的兩顆果汁球之一，「她會從我身邊的地面鑽出來，殺我一個出其不意。」

就在我說話的時候，閃電已經開始在街道上蔓延。一個被耀眼光芒包裹的形體，從地面下冒了出來。

我把果汁球扔了過去，轉身就跑。

我聽到果汁球爆開的聲音，還有能源場的咒罵聲。沒有強猛的能量撲來把我燒焦，所以我猜她被我擊中了。

「我要毀掉你，渺小的人類！」能源場在我身後大聲咆哮，「我要把你撕成碎片，就像颶風撕碎一張紙。」

「噢。」我一邊答話，一邊衝進一個十字路口，躲到一座老郵筒後面。

「出了什麼事？」蒂雅問。

「她的比喻很不錯。」

我回頭望向能源場。她正大步沿街道走來，全身都被閃電點亮，隨著她一步步逼近，許多閃電從她身上竄到地面、附近的柱子，還有建築物的牆壁上。她太強大了。我忽然想到了善良的異能者艾蒙德，如果他沒有一直慷慨地使用他的力量爲新芝加哥提供能量，他是否也能像她一樣展現這般威力？

「我絕對不相信，」那個女人在吼叫，「會是你這種小子殺死了鋼鐵心！」

有絲分裂也是這樣說的，我想。他是最近來到新芝加哥的異能者之一。異能者們不能接受他們之中最強大的人——一個就連能源場這樣的人也害怕的異能者，被普通人殺死了。

現在這個女人的樣子看起來格外壯麗輝煌。她全身黑衣，一件披肩飄揚在身後，電光不斷從她身上躍起，閃耀著火花和光華。但她的璀燦絕對是我現在最不需要的東西，我只需要她的憤怒。有一些執法隊成員從附近的一幢大樓悄悄溜出來，全都背著突擊步槍，手中拿著酷愛果汁球。我示意他們進入旁邊的一條小巷。他們點點頭，撤進那裡，等待我的命令。

該是我逗弄異能者的時候了。

「我殺的不只是鋼鐵心！」我向她大喊，「我已經殺死了幾十個異能者。我也會把妳殺掉！」

一股怒火四射的能量擊中了我面前的郵筒。我鑽到一棟房子後面，蜷縮起來，又一股能量擊中距離我只有幾寸遠的地面，電流從我觸及地面的手臂跳上來，咬上我的身體。我詛咒一聲，背靠著牆，用力甩著手。然後，我繞過藏身的房子側面，向外窺看。能源場正直直向我飛奔而來。

眞是太好了！不過也好恐怖。

我又撲向對街的一道門口，剛剛穿進那道門，能源場已經從街角繞了過來。

這裡應該原本是一間汽車展示廳，現在已經被清理出了一條空曠的道路。我沒命地沿著路向前跑，能源場緊隨在後，直接穿過房屋的前牆衝進來。

我疾奔過一個又一個房間，完全依照早先計劃好的路線前進。

右轉，衝進房間。

左轉進入走廊。

再右轉。

我們利用了教授的另一種能力，那種被他僞裝成一種技術的能力——碎震器，我跑過的一道道門口都是碎震器挖出來的。能源場對我緊追不捨，在一道道電光的伴隨中直接衝過片片牆壁。我一直努力躲避著她，就算是被她看到，也不讓她有機會向我射出閃電，到現在爲止，行動都很成功。她……

……她的速度慢了下來。

我在這棟房子背後的出口停下腳步。

能源場沒有追上來。她和我分別位於同一條長長走廊的兩端，閃電不停地從她身上蔓延到周圍的鋼鐵牆壁。

「蒂雅，妳看到了嗎？」我悄聲問。

「是的，看上去好像有什麼人在和她說話。」

我深吸一口氣，現在的情況還遠遠算不上理想，但……「亞伯拉罕，」我低聲說，「讓部隊進來，全力進攻。」

「同意。」教授說。

一直在外面待命的執法隊立刻湧進了大廳，另一些執法隊員從樓上沿著台階跑下來，我聽到他們響亮的腳步聲。能源場回頭瞥了一眼，兩名全副武裝的士兵正進入這條走廊，他們全身都包裹在頗具未來風格的前衛黑灰護甲中。不過，當他們擲出充滿亮橙色果汁的水球時，再怎樣超酷的形象都大打折扣了。

能源場伸出一隻手按住身邊的牆壁，將己身化爲電光，消融在鋼鐵之中。果汁球落空，掉在走廊地板上。

轉眼之間，能源場再次進入走廊。她所施放的閃電隨之充滿了整條走廊，當強光包裹住那兩名士兵的時候，我不得不瞇起眼睛，卻清楚地聽到了他們的慘叫聲。

「聲名狼籍的審判者就只有這點伎倆嗎？」能源場咆哮著。現在有更多士兵跑過來，從四面八方向她拋擲水球，我強迫自己看著這一幕。當能源場開始向地面沉陷的時候，我拔出了手槍。

她出現在走廊中段的一隊士兵身後，那些人在強大電流的打擊下發出尖叫。我咬緊牙關。如果他們活下來，教授應該能治好他們。當然，這種治療也會被僞裝成「審判者的科技」。

「那些果汁彈沒有用。」蒂雅說。

「它們有用。」我低聲說。

一顆果汁彈此時擊中能源場，她的能量出現了波動。我射出一槍，同時開槍的還有走廊另一端的三名執法隊槍手。

全部四枚子彈都命中目標，卻都被她的電場擋住，化爲粉末。果汁球有效，只是效果不夠強。

「走廊南邊的所有單位，」亞伯拉罕的聲音響起，「立刻撤退。」

我衝出了門口，如暴雨襲來的彈幕震撼著整棟房子。亞伯拉罕已經在執法隊身後的走廊遠端安排好狙擊手，現在他正在替他的XM380輕機槍卸下已射空的彈匣。

我抓住手機，將螢幕畫面轉到亞伯拉罕的攝影機上，這樣我就能從他的角度觀察情況——槍口的火光在黑暗中閃耀，一顆顆子彈在鋼鐵走廊中蹦跳，濺射出朵朵火花。所有命中能源場的子彈依舊被她的電場擋住，或者被迫偏轉。

在亞伯拉罕身後，一隊男女戰士不停地向能源場拋出果汁球。頭頂上方，士兵們拉開天花板上的一道活門，倒下整桶酷愛果汁。

能源場跳躍躲避，一步一步地從四散飛濺的液體中撤退。她害怕那東西，但那東西的效用卻不夠強。如果真的抓住了異能者的弱點，應該就能徹底消除他們的力量，但我們的武器還無法做到這一點。

我確定自己明白其中的原因。

能源場向亞伯拉罕和執法隊射出了一連串的閃電。亞伯拉罕咒罵一聲，伏低身子。教授給予他的護盾（被偽裝成科技手段製造的能量力場），保護了他和他身後的人們。透過手機，我聽到呻吟聲，但我什麼都看不見。我關閉了視訊傳輸。

「你們什麼東西都不是！」能源場怒吼。

我在手臂上重新綁好手機，回到那棟房子的走廊，恰好看見她向天花板射出一波電流，接著便是淒慘的尖叫聲。

我舉起最後一顆果汁球，扔了出去，果汁球在她的背上炸開。

能源場轉向我。星火啊！一個爆發出全部力量、輝煌奪目的高等異能者……怪不得這些怪物能夠如此輕易地統治世界！

我向她腳前啐了一口，轉頭就跑出了房子後門。

她在我身後高聲喊叫，尾隨而來。

「港口街上層人員，」蒂雅在我耳邊喊，「準備拋擲。」

人們出現在我剛剛離開的那棟房子的屋頂上，將果汁球對著衝出房子來追殺我的能源場拋去。

能源場絲毫沒有理會那些人，只是緊追在我身後。掉下來的果汁球唯一的作用就是讓她變得更抓狂。

不過，當大量果汁在她周圍迸濺的時候，她還是停止了喊叫。

就是這樣，我心想，撞進對街的一棟房子裡。那是一幢不算高大的公寓建築，我快速地跑入了進門的第一間公寓。

能源場挾著風暴般的能量和怒火衝殺而來。牆壁無法阻擋她，如同烏雲無法阻擋閃電。

只要再遠一點點！

我關上一道門，同時在心中悄聲催促。這間公寓裡有人居住。我們爲此曾經將這裡許多固定的鐵門換成了木門。

能源場再次穿過牆壁，我跳過一把鋼鐵長椅，進入另一個房間。這裡一團漆黑，我用力關上了門。

能源場進來的時候，強烈的光線剎那間完全遮住我的雙眼，她的光環擊中了我。突然間，我剛才感受到的電流變得微不足道，令人戰慄的能量掃蕩我的全身，讓我的肌肉鬆軟無力。我想伸手按下牆上的大按鈕，手臂卻不聽使喚。

我只好用臉撞上去。

我癱倒在地，任由她的能量抽擊我全身。這個曾經是浴室的黑色小房間天花板被打開，數百加侖的酷愛果汁傾倒下來，數個花灑也隨之噴出了紅色的液體。

能源場的能量驟然減弱。在她的手臂上流竄的電光變成了一根根細小的銀亮絲帶，但沒有完全消失。她向身後的門伸出手，發現門已經鎖住，隨即罵了一聲，舉起拳頭，想要召喚能量進行傳送，但持續灑下的果汁雨打亂了她的能量運行。

我掙扎著想要站起來。

她轉向我，怒吼一聲，抓住我的雙肩。

我也伸手抓住她的面具，把那副忍者面罩般的面具一把扯下來。我看見這副面具的口鼻部位襯著一片塑膠，這是某種過濾裝置嗎？

扯下面具之後，一張中年女人的面孔和一頭褐色的捲髮露出。果汁還不停地淋下來，如同溪流一般沿著她的面頰滑落，湧到她的唇邊，注入她的嘴裡。

她的電光徹底消失了。

我呻吟一聲，終於站立起來。

能源場發出了慌亂的喊聲，向門口逃去。就在她用力扯把手想要打開門的同時，我打開了手機，讓整個房間充滿一種輕柔的白色光亮。

「抱歉。」我用梅根的手槍對準她的頭。

能源場看著我，瞪大了眼睛。

我扣下扳機。這一次，子彈沒有彈開。

她倒在地上，深紅色的血液流淌到地面，消散在滂沱大雨般的果汁雨中。我放下槍。

我的名字是大衛・查爾斯頓。

我專殺擁有超級力量的人。

第四章

我打開浴室門，走了出去，渾身都流淌著甜膩的果汁飲料。一隊士兵正站在門外的房間裡，手中拿著武器。一看到我，他們立刻放低槍口。我朝肩膀後面指了指，羅伊（他是執法隊隊長）便派遣兩名士兵去檢視屍體。

我已經筋疲力竭，搖搖欲墜，試了兩次才把梅根的槍插回槍套裡。向外走的時候，有幾名士兵向我敬禮，我一句話都沒說，他們看著我的眼光混雜著畏懼與崇敬。我聽見某個人壓低聲音說了句：「鋼鐵殺手。」

其實我成為審判者的時間還不到一年，但這一年中，死在我手裡的異能者已經超過十個。如果這些人知道我贏得的這些榮耀絕大部分來自於另一名異能者，他們又會怎麼想？保護我免於傷害的能量護盾，以及把我從死亡懸崖邊拉回來的醫療能力……教授擁有這兩種不同的力量，並將它們全部偽裝成普通的科技。我們稱他這樣的人為「賦予者」——一種能夠將自己非凡力量借給其他人使用的天賦之人。也許正是因為這種力量的特點，教授才能免於墮落，其他人能夠使用他的力量來幫助他，如果他自己使用這些力量，就有可能自我毀滅。

只有屈指可數的人知道教授的真實能力，其中當然不包括新芝加哥的普通居民。如今，我剛剛戰鬥過的公寓外頭已經聚集了一大群人，像那些士兵一樣，他們都用敬畏又興奮的目光看著我。對他們而言，我是一個超級大名人。

我低下頭從人群中間擠過去，心裡覺得很不舒服。一直以來，審判者都是一支影子部隊，我加入這個團隊的目的不是爲了出人頭地，但事與願違，我們現在需要時常讓公眾看到，讓這座城市中的人們知道：有一群人正在反擊異能者。我們希望以此鼓舞人們也加入反抗異能者的行列。然而伴隨而來的這些事總是讓我感覺很棘手，我並不想成爲人們崇拜的偶像。

走出圍觀的人群，我看到一個熟悉的人影。皮膚黝黑、肌肉發達的亞伯拉罕，穿著亮黑灰色的軍人制服站在不遠處，在一座鋼鐵城市中，這是很好的迷彩保護色。他一身破爛不堪的軍裝讓我充分意識到，教授爲他提供的護盾已經被壓迫到怎樣的極限。亞伯拉罕向我豎了一下拇指，然後朝附近的一棟樓點點頭。

我往那裡走去。羅伊和他的隊伍在我的身後抬出了異能者的屍體，讓人們看到異能者會像普通人一樣死掉這一點也很重要，雖然我並沒有因爲殺死敵人而覺得光榮——這和我曾經有過的想像完全不同。

她在最後一刻顯得那樣恐懼，我心想，別人也會像她一樣，比如艾蒙德，比如教授，或是梅根……一個陷入這種境地的普通人，受到力量驅使而做出可怕的事情，這份力量卻根本不是她主動求取的。

在理解力量對於異能者確實的腐化作用之後，我對所有一切的看法也改變了——改變很多。

我走進那棟樓，爬上階梯，進入二樓的一個房間。這個房間唯一的照明就是角落裡的一盞燈。不出我所料，教授人在這裡，他雙手交握在背後，眼睛望向窗外。他的身上穿著一件黑色的實驗室薄長袍，下襬低垂在小腿周圍，長袍口袋中裝著一副護目鏡。柯迪站在這個黑暗房間的另一邊，瘦長的身材穿了一件短袖法蘭絨襯衫，肩頭扛著狙擊步槍。

教授，也就是喬納森・斐德烈斯，審判者的奠基人。我們與異能者作戰，我們殺死他們，但領導我們的卻是一名異能者。我第一次發現這個事實的時候，曾經很難適應如此矛盾的情況。我從小就崇拜審判者，也一直對異能者恨之入骨，當我發現教授同時擁有這兩種身分……這就像發現聖誕老人是一個祕密納粹那樣令人難以接受。

但我現在已經接受了這個事實。父親一直認爲有善良的異能者存在，曾幾何時我認爲他的想法非常可笑。然而現在，我認識的善良異能者不是一個，而是三個……這個世界在我眼中再也不一樣了。或者它還是原來的那個世界，只是我把它看得更清楚了一些。

我來到窗前，站在教授旁邊。教授的個子很高䠷，頭髮已花白，面孔方正。他看上去是那麼精實可靠，就像是這座城市中的建築物，穩定堅固，牢不可破。他伸出手，抓住我的肩膀，向我點點頭，表達尊敬和贊許。

「幹得好。」他說。

我露齒一笑。

「不過你看起來像是去了一趟地獄。」他又評論。

「我懷疑地獄裡並沒有這麼多酷愛果汁。」我回答他。

他咕噥了一聲，轉頭望回窗外，越來越多人正向這裡聚集，有人發出了勝利的歡呼。「我從沒有想過，」教授低聲說，「我會成爲這些人的領導者，會停留在一個地方，保護這座城市。對我來說，這確實能夠幫助我記得我們爲什麼要這樣做。一切都要感謝你鼓勵了我們。你在這裡做了非常偉大的事。」

「但……？」我聽出教授的弦外之音。

「但現在，我們必須實現對這些人的承諾：安全、有保障的生活。」他轉向我，「首先是有絲分裂，然後是快印，現在是能源場，他們的攻擊存在著某種模式。我感覺有人試圖引起我的注意，有人知道我的底細、派遣異能者來攻擊我的團隊，而不是我。」

「誰？」

誰有可能知道教授的能力？就連絕大多數審判者也不瞭解教授。眞正知曉他的祕密的只有在新芝加哥的這支團隊。

「我只是懷疑，」教授說，「不過現在不是討論這件事的時候。」

我點點頭，心知此時無法與教授在這個話題上有什麼進展。我低頭望向人群，還有那名死掉的異能者。

「能源場困住了你，教授。怎麼會這樣？」

教授搖了一下頭，「她用那種能量氣泡直接抓住了我。你知道她的那種能力嗎？」

我搖搖頭，對此我完全一無所知。

教授哼了一聲。

「爲了從那個氣泡裡出來，我必須使用我的力量。」

「噢。」我說，「那麼……也許你的確有必要使用你的力量。也許我們可以練習一下，看看有沒有辦法讓你做爲一名異能者不必……你知道的。我的意思是，你能夠將能力提供給別人使用、避免腐化效果，那麼也許存在著某個我們沒有發現的方法，能夠讓你自由使用它，像梅根……」

「梅根不是你的朋友，孩子。」教授的聲音不高，但完全不容置疑，「她是他們的一員。

她一直都是。」

「但……」

「不。」教授用力按了一下我的肩膀。

「你必須明白這一點，大衛。當一名異能者任由自己被力量腐蝕的時候，他們就成爲了我們的敵人。我們必須這麼記得，任何其餘的念頭都只是妄想。」

「但你使用過你的力量，」我說，「爲了救我，爲了與鋼鐵心戰鬥。」

「而那兩次差點都把我自己毀掉。我必須更加嚴格地管束自己，必須更加謹愼。我不能讓這種例外最終釀成災禍。」

我吞了一口口水，點點頭。

教授繼續說：「我知道對你而言，這場戰爭就是你的復仇。這是一種強烈的動機，我很高興你能夠將你的怒火和力量用在此處，孩子。但我殺他們不是爲了復仇，再也不是。我們所做的事情……對我而言，就像是撲滅得了狂犬病的狗群，這是一種仁慈。」

教授說話的方式讓我很不舒服。並非因爲我對他所說的事實有一星半點的不相信或不喜歡，畢竟他的動機比我更加無私。但我知道，他正在想著梅根。他覺得梅根背叛了他。事實上，他的確有權利這麼想。

但梅根並不是叛徒。我不知道她是什麼人，而我必須把這件事查清楚。

下方的街道上，一輛轎車停在人群旁邊。教授向那輛車瞥了一眼，「去應付那些人吧。我們在藏身之地見。」

當我轉身的時候，市長正從轎車裡出來，隨行還有數名市議會的成員。

好——吧，我心想。

說實話，我寧可去面對另一個異能者。

第五章

我走出那棟樓，看到士兵們已經爲布麗格絲市長清出一條道路。她一身白色長褲套裝，頭戴一頂紳士款軟呢帽，身邊的議員也都和她類似，衣著獨特又時尚，一行人和周圍人群形成了鮮明的對比。那些旁人……基本上穿什麼都有。

在新芝加哥早期歲月裡，衣服成其一種極爲稀罕的資源，當時所有不在人身上的東西都在大轉變中化爲鋼鐵。經過這些年的慘澹經營，鋼鐵心的搜掠隊一遍遍洗劫郊區，蒐刮了一座又一座倉庫、舊商場和被拋棄的民房後，現在我們已經有了足夠蔽體的衣服，只不過人們的穿衣搭配風格可說是五花八門。

新芝加哥的上流人士則努力想要讓自己顯得與眾不同。他們從不穿實用性很強的衣服，比如牛仔裝——牛仔布做成的衣服使用期長得令人咋舌，只不過上面難免會需要幾塊補丁。在鋼鐵心統治時期，這群上流人士只穿手工訂製的衣服，他們選擇的衣著款式都偏古舊——按照他們的說法是更加經典——的風格，這些都不是能夠現成蒐羅得到的衣服。

按照我們做出的決議，我是與布麗格絲等人打交道的聯絡人。在審判者裡，我也是唯一一個土生土長的新芝加哥人，我們想要儘量減少外人接觸教授的機會。審判者並不統治新芝加哥，我們只是保護這個地方，因爲我們都認同它是一個非常重要的地區。

我走過人群，沒有理會那些悄聲談論我名字的人。我眞心覺得受到人們如此關注是一件很尷尬的事。所有人都崇拜我，卻記不得像我父親那樣對抗異能者而犧牲的人。

「看起來很像你的手法，查爾斯頓。」布麗格絲市長踢了一腳地上的屍體，「鋼鐵殺手的步槍上又多了一道刻痕。」

「我的步槍斷了。」我的音調有些太嚴厲。市長畢竟是重要人物，在組織管理這座城市的工作中發揮許多令人驚嘆的作用。不過她也曾經是效忠於鋼鐵心的菁英階層之一。我曾經以為所有菁英階層都會被提著耳朵丟出新芝加哥，但經過一連串我無法理解的政治斡旋後，布麗格絲最終成為這座城市的管理者，而不是被流放的罪犯。

「請相信我們一定能為你提供一把新的好槍。」她看著我的臉上並沒有笑容。她喜歡表現出一種「實事求是」的風範，在我看來，那只是一種「沒有人性」的嘴臉。

「和我走一走吧，大衛。」布麗格絲轉身邁步，「你不介意吧？」

我的確很介意，但我知道她並不在意我的回答——或者我想錯了？我無法百分百確定。我不是個傻子，只是年少時期花了很多時間研究異能者，導致社交經驗很有限。有時我覺得自己在普通人之中就像是一桶油漆被放在一群沙鼠裡。

「你們的領袖呢？」離開人群有一段距離之後，布麗格絲忽然問：「我有一段時間沒見到他了。」

「教授很忙。」

「我想也是。必須誠實地說，我們非常感謝你們，感謝你們為這座城市提供的保護。」她又回過頭向那具屍體看了一眼，挑了挑眉，「儘管我並不瞭解你們的所有計畫。」

「市長？」

「你們的領袖懂得把握政治方向盤，才會讓我負責管理新芝加哥。但審判者掌握這座城市到底有什麼最終目的？或者打算讓這個國家做什麼呢？如果能夠了解你們的計畫，我想對你我都有好處。」

「非常簡單，」我回答，「我們想殺死異能者。」

「如果一群異能者團結起來，同時向這座城市發動進攻呢？」

這的確是一個問題。

「能源場，」市長又說，「她讓我們恐懼了五天。你們焚膏繼晷，才在這五天裡制定出並執行了消滅她的計畫。對於落入另一個暴君手裡的城市而言，五天是一段漫長的時間。假如五或六名強大的異能者聚在一起，意圖毀滅這座城市，我無法想像你們又能如何保護我們。也許你們最後還是能夠逐一消滅他們，但在你們達成目標之前，新芝加哥早已變成一片焦土。」

布麗格絲停住腳步，轉向我，現在周圍已經沒有人能夠聽到我們說話。她直視著我的眼睛，我在她的表情中看出了某種東西。那是……恐懼？

「所以，我要問你，」她壓低聲音說，「你們的計畫是什麼？多年以來，審判者一直深藏不露，只攻擊重要性不高的異能者。而今，審判者卻完全暴露了自己，甚至殺死鋼鐵心。這意味著你們有一個更加宏大的目標，對不對？你們已經挑起了一場全面的戰爭，你們知道能夠贏得這場戰爭的祕密，對不對？」

「我……」我能說什麼？這個女人曾經運用圓滑的手腕成功駕馭世界上最強大的異能者，在那名異能者死後，她依舊把持住自己的權勢。這樣的女人現在正看著我，嘴唇顯露出懇求的紋路，眼角帶著畏懼的神色。

「是的，」我回答，「我們有一個計畫。」

「那麼……？」

「我們可能找到了方法，可以徹底阻止異能者的危害，市長。」我說，「所有異能者。」

「什麼方法？」

我希望自己的微笑傳達多一些信心，「這是審判者的祕密，市長。不過，請相信我，我們知道我們在做什麼，我們絕不會挑起一場沒有把握的戰爭。」

她點點頭，看上去安心了許多，然後又回復那種公事公辦的態度，正式向我提出了十幾個問題，希望我代她向教授求得回答。看樣子，她很想成爲教授和審判者的政治盟友——她的問題大多數都與此有關。如果她能夠炫耀自己與教授的友好關係，那麼她在新芝加哥菁英階層中的影響力肯定會顯著提升。正是因爲如此顧慮，我們才一直和她保持距離。

我表面上假裝認眞聽她說話，心中卻因爲剛剛對她做出的承諾而無比煩亂。審判者眞的有這種計畫嗎？不太可能。

但我有的。

我們又回到能源場的屍體旁。現在這裡聚集了更多人潮，其中還有一些這座城市剛剛出現的新聞記者。他們正在對屍體拍照，很不幸的，他們也順便照了我幾張。

我擠過人群，跪倒在屍體旁。教授說得很清楚——她只是一條瘋狗，殺死她其實是一種仁慈。

她是來對付我們的，我心想，這已經是第三個在戰鬥中避免與教授正面對抗的異能者。有絲分裂是在教授離開的時候殺來的；快印曾經竭力逃避教授的追逐，只向亞伯拉罕開火；這一次，能源場捉住了教授，卻將他丟在身後，轉而來追殺我。

教授是對的。有些我們無法掌握的事情正在發生。

「大衛？」羅伊穿著黑灰色的執法隊護甲，也跪了下來。

「嗯。」

羅伊戴著黑手套的手舉起一樣東西。那是一些五彩繽紛的花瓣，每一片花瓣都有三四種色彩，好似被塗上了各種顏料。

「這是在她的衣袋裡找到的，」羅伊說，「我們在她身上沒有找到別的東西。」

我招手示意亞伯拉罕過來，把花瓣拿給他看。

「這來自巴比拉，」他說，「那裡曾經被稱爲紐約。」

「有絲分裂來新芝加哥前一直在那裡工作。」我低聲說，「巧合嗎？」

「不太可能，」亞伯拉罕說，「我想教授應該看看這個。」

第六章

我們依然保留位於新芝加哥地底深處的祕密基地。雖然我每天會去地上的一間公寓洗澡，但晚上還是睡在這裡，其他審判者也是如此。教授不希望人們知道在哪裡找得到我們。考慮到最近發動進攻的異能者全都是以我們爲刺殺目標，這個決定相當明智。

亞伯拉罕和我走過一段長長的祕密通道，這條隧道直接穿過金屬地層，因爲是用碎震器挖出來的，所以整條隧道充滿了光滑的切面。當我們之中任何一人使用教授的瓦解力量時，就能夠輕鬆粉碎堅固的金屬、岩石、木材或泥土。碎震器讓這條隧道彷彿是件雕刻藝術品，好像這些鋼鐵不過是一塊泥，我們用雙手就能隨意地把它一塊塊挖出去。

柯迪守衛著藏身之地的入口。我們在每次行動之後都會派人看守這裡。教授一直擔心發動正面攻擊的異能者只是被派來讓我們動手的誘餌，而更加強大的異能者其實在一旁窺視，等著要查找我們的行跡。

這太有可能了。

*如果一隊異能者決定摧毀這座城市，我們又該怎麼辦？*我心想。當亞伯拉罕和我進入祕密基地的時候，這個冒出來的念頭讓我不由得打了個寒顫。

我們的祕密基地由一串房間組成，算是一片中等大小的地下空間，以直接安裝在牆壁上的黃色燈泡照明。蒂雅坐在主廳深處的一張桌子後面，她是一個有著紅頭髮的中年女子，戴著眼鏡，身上穿了件白色寬鬆上衣和一條牛仔褲。她的桌子可以算是奢侈品——一張她在幾個星期以前製作出來的木桌。雖然有些奇怪，但在我看來，那是一種耐力和毅力的象徵。

亞伯拉罕走到蒂雅面前，將花瓣放在她桌上。蒂雅向那些花瓣挑起一道眉，然後問：「從哪裡找到的？」

「能源場的衣袋裡。」我回答。

蒂雅將花瓣聚攏在一起。

「這是連續第三個來這裡想要毀滅我們的異能者了。」我繼續說，「他們每一個都與新巴比倫有關係。蒂雅，這是怎麼回事？」

「我也弄不清楚。」蒂雅回答。

「教授似乎知道些什麼，」我說，「他曾經和我提過這件事，但沒有給我一個解釋。」

「也許他準備好以後就會告訴你。桌上有一份給你的文件，是你問過的那件事。」

我將插著斷成兩截步槍的背包丟在地上，雙臂抱胸，不由自主地向桌上瞥去。那裡果然有一個資料夾，上面寫著我的名字。

蒂雅走進了教授的房間，只留下亞伯拉罕和我站在主廳。亞伯拉罕坐到工作台旁的一張椅子裡，把手中的槍重重地放在台上，槍底的抗重力墊閃動著綠光，有一個抗重力墊似乎裂開了。他從牆上拿下一些工具，開始拆卸槍支。

「他們還有什麼事沒告訴我們？」我一邊從蒂雅的書桌上拿起那份文件，一邊問。

「很多事。」輕微的法語口音讓亞伯拉罕總是像在思考什麼問題，「這麼做是對的。如果我們其中一個被異能者捉住，就不會洩露太多重要的情報。」

我哼了一聲，背靠在亞伯拉罕身邊的鋼牆上。「巴比拉……新巴比倫。你去過那裡嗎？」

「沒有。」

「以前也沒去過？」我開始翻起蒂雅留給我的資料夾，「當那裡還叫曼哈頓的時候也沒有？」

「從沒有去過，」亞伯拉罕回答，「抱歉啦。」

我瞥了蒂雅的書桌一眼。那裡有一疊看上去很眼熟的資料夾——異能者的檔案，上面記錄了我所知道的每一名異能者。我探過身打開一個資料夾。

王權，曾用名：阿比蓋爾・里德。這就是現在統治巴比拉的異能者。我從資料夾中抽出一張照片，上面是一個頗有些年紀，相貌與眾不同的非裔美國女人。她讓我覺得有些熟悉感。很久以前，她是一位法官？是的……在那以後，她曾經在電視眞人秀上大放異彩。律法王權。我瀏覽著那些檔案，重溫腦海中的記憶。

「大衛……」亞伯拉罕發出警告。

「它們都是我的筆記。」我說。

「它們放在蒂雅的桌上。」他繼續拆卸著自己的槍，並沒有看我。

我嘆了口氣，闔上那個資料夾，開始細讀蒂雅給我的那份文件。這份檔案只有一頁，來自於蒂雅的一名聯絡人，一個專門研究異能者的人，審判者稱這種人爲「學究」。

這一頁紙上寫著：想要瞭解異能者在發生轉變以前的樣子，常常是很困難的事，尤其是對於早期異能者而言。鋼鐵心就是這樣一個案例。我們不僅失去了許多曾經被記錄在網路中的資訊，他還不遺餘力地殺戮所有在禍星出現前就認識他的人。如今，感謝妳年輕的朋友，我們知道了他的弱點，所以我們能夠得出結論——他擔心以前認識他的人不會害怕他，所以才想盡辦法將他們除之而後快。

不過，我還是設法蒐集到一點資訊。鋼鐵心的本名是保羅·傑克森，在高中時原先是一個田徑明星，同時也因喜好霸凌他人而臭名昭彰，曾經有多起傷人事故與他有關。正因爲如此，儘管他在田徑競賽中成績斐然，卻沒有得到任何像樣的獎學金。現在已無法查到更多細節，不過我相信他應該曾經打斷過一些隊友的骨頭。

高中畢業之後，他找到了一份工廠守夜警衛的工作。從那時起，他開始整天沉浸在各種陰謀理論的論壇中，聲稱這個國家即將面臨末日。我不認爲他有預言能力，像他這樣不滿美國現狀的怪人實在是多不勝數。他經常說，他不相信普通人透過選舉機制就能維護自身的利益。

大致情況就是如此。我很好奇妳爲什麼想要知道一名死亡異能者的過去。妳在追尋什麼，蒂雅？

在這段文字下面，蒂雅用潦草的字跡寫著：是的，大衛，我也很好奇你想要尋找什麼。來和我談談吧。

我將資料夾放下，往教授的房間走去。我們的祕密基地內部沒有安裝屋門，各入口只是用布簾擋住，因此我能夠聽到房間裡的說話聲。

「大衛……」亞伯拉罕開口。

「她已經在紙上寫了，要我去和她談談。」

「我懷疑她不是立刻就要和你談。」

我站在門前，猶豫了一下。

「……這些花瓣明確顯示了阿比蓋爾與此事有關。」蒂雅站在教授的房裡說話。她的聲音很低，我只能勉強聽見隻字片語。

「有可能，」教授回答，「但這種證據又太明顯，讓我不得不懷疑，也許是阿比蓋爾的異能者對手想要將我們的注意力轉向她，或者……」

「或者什麼？」

「或者她正在引誘我們去找她。我覺得她好像朝我們扔出了決鬥手套，蒂雅。阿比蓋爾想要我去見她。她會一直派人來獵殺我的團隊，直到我去找她。這是我唯一能想到她特別僱用熾焰的原因。」

熾焰。

梅根。

我直接走進了教授的房間，沒有理會亞伯拉罕無奈的嘆息。「梅根？梅根怎麼了？」蒂雅和教授面對面地站著，同時轉過頭來看我，彷彿我是一條被噴嚏打到擋風玻璃上鼻涕。我昂起下巴，回瞪著他們。我是這個團隊的正式成員，我應該有權參與……

星火啊，這兩個傢伙眞的很會瞪人，我發現自己開始流汗了。「梅根……」我重複自己的話，「你們已經，找到她了？」

「她殺了巴比拉審判者團隊的一名成員。」教授說。

這句話如同一記鐵拳打中我的肚子。「絕對不是她，」我斷然地說，「無論你認爲發生了什麼事，你一定還不知道全部的事實。梅根不是那種人。」

「她的名字是熾焰。被你稱作梅根的人只是她創造出來愚弄我們的謊言。」

「不，」我說，「那就是眞正的她。是我親眼看到的她。我瞭解她。教授，她……」

「大衛，」教授惱怒地打斷了我，「她是他們的一員。」

「你也是！」我高聲喊出口，「你以爲我們能夠一直這樣下去？就像以前一樣？如果斷背或是滅除這樣的異能者殺過來，這裡又會怎樣？如果有異能者爲了找到我們而決定毀掉整座城市呢？」

「就是因爲如此，我們從沒有這樣冒險過！」教授也對我怒吼，「所以審判者一直暗中行動，不曾興風作浪，從不攻擊太強大的異能者！如果這座城市被毀掉了，那也是你的錯，大衛．查爾斯頓。上萬條人命都要記在你的頭上！」

我後退一步，心中無比驚駭。直到這時，我才突然明白自己做了些什麼。我眞的在和喬恩．斐德烈斯，審判者的領袖，一名高等異能者正面爭吵？當他向我吼叫的時候，在他四周的空間似乎都扭曲了起來。

「喬，」蒂雅將雙臂抱在胸前，「這樣說不公平。你也同意攻擊鋼鐵心。在這件事上，我們全都有錯。」

教授看著她，眼裡的怒意消失了一些。片刻之後，他嗯了一聲，「我們得想辦法解決這個問題，蒂雅。如果這場戰爭要進行，我們必須得到能夠對抗他們的武器。」

「其他異能者。」我用終於找回來的聲音說。

教授又瞪住我。

「也許他是對的。」蒂雅說。

教授將瞪視的目光轉向了她。

「我們之所以能有今天的成就，」蒂雅說，「全都是因爲你的力量。是的，是大衛幹掉了鋼鐵心，但如果沒有你的庇護，他根本活不到能殺死鋼鐵心的時刻。也許現在我們該問自己一些新的問題了。」

「梅根和我們一起度過了好幾個月，」我說，「她從沒有加害我們。我看過她使用自己的力量，沒錯，她在使用力量之後會變得有一點暴躁，但她依舊是個好人，教授。在與鋼鐵心戰鬥的時候，她一看見我，就找回了自己。」

教授搖搖頭，「她沒有使用力量對付我們，只是因爲她是鋼鐵心的間諜，不希望暴露自己的身分。我承認她和我們在一起的時候會更加理性——更合乎她的本性。然而她現在已經沒有了不使用自身力量的約束，這種力量會吞噬她啊，大衛。」

「但……」

「大衛，」教授說，「她殺死了一名審判者。」

「有人親眼看到嗎？」

教授猶豫了一下。「我還沒有得到全部細節，但我至少知道這場戰鬥已經被拍下來了。那時她正在與我們的一個人作戰，然後我們發現了那個人的屍體。」

「那不是她幹的。」我迅速做出一個決定，「我要去巴比拉找她。」

「該死的，你果然要這麼做。」教授說。

「我們還能怎麼做？」我轉身便向門口走去，「這是我們唯一能夠實行的計畫。」

「這不是一個計畫，」教授說，「這是你的荷爾蒙分泌過量。」

我在入口停住腳步，面紅耳赤地回頭瞥了一眼。

教授拿起一片被蒂雅放在壁櫃上的花瓣，看著她。蒂雅依舊雙手抱在胸前，聳了聳肩。

「我去新巴比倫，」教授最後說，「我要去找那裡的一位老朋友處理一些事。你可以陪我一起去，大衛。但這並不代表我希望你找回梅根。」

「那是爲什麼？」我問。

「因爲你是我手下最得力的一員大將。我需要你。現在保護新芝加哥最好的辦法就是將異能者的目光從這裡引開。我們已經推翻了一個皇帝，也因此向世界發出一個宣告：異能者暴君橫行的時代已結束。只要有我們，就沒有一個異能者是安全的，無論他多麼厲害。我們需要堅守住這個承諾，我們需要威嚇他們，大衛。我們不能只滿足於一個城市的自由，我們需要讓他們看到一片反抗暴政的大陸。」

「所以我們也要消滅其他城市的暴君。」我點頭表示贊同，「就從這個王權開始。」

「我們只能盡力而爲。」教授說，「鋼鐵心也許是現存的異能者中最強大的，但我可以告訴你，王權是他們裡面最詭譎狡詐的。她和鋼鐵心一樣危險，甚至可能更危險。」

「她還派遣異能者來這裡獵殺審判者，」我指出，「因爲她害怕你。」

「很有可能。」教授說，「無論如何，當王權派來有絲分裂以及隨後那些異能者時，她就是在向我們宣戰了。你和我要去殺死她，就像我們殺死鋼鐵心那樣。就像你今天殺死能源場那樣，就像我們對待所有與我們對抗的異能者那樣。」

他直視著我的眼睛。

「梅根和其他人不一樣，」我說，「你會明白的。」

「也許吧。」教授說，「但如果我是對的，孩子，我希望到時候你能夠扣下扳機。倘若必須有人消滅她，那也應該是我的朋友。」

「一種仁慈。」我這樣說的時候，喉嚨有些發乾。

教授點點頭，「收拾一下你的東西。我們今晚就走。」

第七章

離開。新芝加哥。

我從沒有……我的意思是……

離開過。

不久之前，我才親口說過打算去另一座城市。那時我們的情緒都很激動。現在，蒂雅和教授已經不在這個房間了，我一個人站在入口，意識到自己剛剛說了什麼。

我從沒有離開過這座城市。我也從沒有想過要離開這座城市。這座城市裡曾經有很多異能者，但這座城市以外則只有一團混亂。

新芝加哥是我唯一知道的地方。現在，我要離開它了。

這是為了找到梅根，我這樣想著，強自克制住心中泛起的焦慮，隨著教授和蒂雅進入主廳。這段旅程不會持續太久。

蒂雅走到木製書桌前，開始收拾她的筆記。很顯然，如果教授要去巴比拉，她也會一起去。教授開始向柯迪和亞伯拉罕下達命令，他希望他們留在新芝加哥，看護這座城市。

「是的，」我說，「收拾好我的東西，離開這座城市。當然，這正是我要做的事。聽起來好有趣。」

沒有人理我。我紅著臉向我的背包走去。我並沒有多少東西：我的筆記本——蒂雅已經將上面的內容謄寫下來，做為備份。兩件換洗的衣服。我的夾克。我的槍……

我的槍。我將背包放在地上，拉出斷掉的步槍，走向亞伯拉罕，把它遞出去，就像把一個受傷的孩子交給外科醫生那樣。

亞伯拉罕拿著槍仔細端詳了一番，然後抬起頭看著我，「我會給你一把我的庫存品。」

「可是……」

他伸手按住我的肩膀，「這是一把老槍，它曾經爲你效過很多力。但是，難道你不想把武器升級一下？」

我低頭看著這柄斷槍。P31眞的是一把好槍，它是舊式P14的改良版，是人類製造出來最優秀的步槍之一，堅實穩定的武器。當它們被設計出來的時候，許多東西還沒有變得這麼現代化，這麼奇特又乏味。小時候我曾經在鋼鐵心的兵工廠中製造P31，深知這種槍是多麼的牢固耐用。

但鋼鐵心並沒有用這些槍裝備他的士兵。老式的P31一直被當成商品出售，他並不想讓自己潛在的敵人得到現代化的武器。

「是啊，」我說，「那好吧。」我放下手中的步槍，明白自己和它並沒有太多連結。它是一件工具，僅此而已。

亞伯拉罕有些安撫地捏了一下我的肩頭，然後帶我走進裝備室，開始翻找裡面的許多箱子。

「你一定想要一把中程槍。5.56口徑的如何？」

「應該不錯。」

「AR15？」

「AR15？我可不想讓手裡的槍每兩個星期就壞一次。」而且現在每個野心勃勃的傢伙和他們的狗腿子都會拿著這種M16或M4的變體槍。

「G7。」

「不夠精準。」

「FAL？」

「7.62口徑的？也許吧，」我說，「但我不喜歡那種扳機。」

「你挑剔得就像是挑鞋子的女人。」亞伯拉罕嘟囔著。

「嘿，」我說，「這樣說女人不公平。」我知道有許多女人對槍比對鞋子更挑剔。

亞伯拉罕在一個箱子裡摸了一陣，最後拿著一柄步槍，直起身說：「這個怎麼樣？」

「哥特沙克爾（注）？」我有些質疑。

「是啊，這把槍非常現代。」

「這是一把德國槍。」

「德國人製造的武器非常傑出，」亞伯拉罕說，「它擁有你需要的一切。自動化，火力強大，半自動設定，遠端火力，可收縮電子瞄準鏡，大容量彈匣，發射極速彈和現代子彈的能力，準確度極高，外觀漂亮，又有穩定堅固的扳機，扣動力量不大也不小。」

我有些猶豫地拿起那把步槍。它是這麼……黑。

我喜歡木質槍身，會讓我有一種自然的感覺，就好像你能夠拿著它去狩獵，而不只是用它殺人。這把槍卻是由塑膠和黑色金屬組成的，就像執法隊使用的武器。

亞伯拉罕拍了拍我的肩膀，好似我已經選中了這把槍，然後他就走去和教授說話了。我托住這把槍的槍管。亞伯拉罕說的都沒錯，我也很懂槍，哥特沙克爾的確是一把好槍。

「你，」我對這把槍說，「還在試用期。最好給我一個好印象。」很好，現在我已經開始對著槍自言自語了。我嘆了一口氣，把它扛在肩頭，然後在背包裡裝了一些子彈匣。

然後我走出裝備室，端詳了一下自己的一小口袋物品。把我的整個人生收在一起，顯然花不了什麼時間。

「聖路易斯的德溫團隊已經出發了，」教授對亞伯拉罕和柯迪說，「他們將協助你們守衛新芝加哥。在支援團隊到達之前，不要讓任何人知道我離開了這裡，也不要與任何異能者作戰。跟蒂雅保持聯繫，向她通報這裡發生的每一件事。」

亞伯拉罕和柯迪點點頭，他們顯然早已習慣這種團隊分拆、各自行動的方式，我卻連審判者具體的人數都不知道。有時候聽他們交談，似乎我們是唯一的審判者團隊，但我知道這只是一種僞裝，爲了欺騙那些可能在窺探審判者底細的間諜。

亞伯拉罕抓住我的手，從口袋中掏出一樣東西放進我的手心——一條細小的銀鏈，下面掛著一枚S形的墜飾。這是忠貞者信仰的標誌，是亞伯拉罕所堅守的信仰。

「亞伯拉罕……」

「我知道你不相信這個，但你正在讓這個預言變成眞實，大衛。就像你父親說的那樣，英雄們會來的。他們已經來了。」

注：Gottschalk，德文名，意思是神的僕人

我向旁邊瞥了一眼，教授正指示柯迪扛起一個露營包。我合攏五指，向亞伯拉罕點點頭。他始終都堅信邪惡異能者是上帝給予人類的一種試煉，只要人們堅持下去，善良異能者就會出現。這種想法很天眞。是的，我已經見到了善良異能者——例如教授——是如何幫助我們，但我並不相信那些宗教性的胡言亂語。但是，亞伯拉罕是我的朋友，他的這件禮物眞心實意。

「謝謝。」我說。

「堅持，」亞伯拉罕說，「這是對一個人眞正的試煉。當其他人都開始驕傲自滿的時候，他依然會堅持下去。」

說完這段話，亞伯拉罕便拿起了蒂雅的背包走開。蒂雅和教授收拾行李的時間並不比我多多少，審判者必須學會簡樸的生活。在我加入審判者之後，我們的祕密基地已經搬遷了四次。

在離開以前，我走進艾蒙德的房間，向他道別。他正坐在燈光下讀小說，那是一本老舊的科幻小說，書頁都已經發黃。他是我能想到的最奇怪的異能者，話音輕柔，身材瘦長，漸露老態……當他站起身的時候，唇邊露出了一抹眞誠的微笑。

「有什麼事？」他問。

「我要離開一段時間。」

「噢。」其實他並沒有聽我在說什麼。艾蒙德大多數時間都在這個小房間裡讀書。他似乎認爲自己這種蟄伏幽閉的狀態很理所當然，甚至很享受這種生活。他是一名賦予者，就像教授一樣。只不過他是將自身的力量交予執法隊的人，用來爲大量的能量電池充能，讓這座城市得以維持運轉。

「艾蒙德？」當他握住我的手時，我問：「你知道你的弱點嗎？」

他聳聳肩，「以前就告訴過你，我似乎沒有弱點。」

我們都懷疑他說謊，不過教授從沒有深究過這個問題，艾蒙德在其他事情上都對我們很順從。

「艾蒙德，這可能非常重要。」我低聲說，「也許它能夠讓我們得到線索，阻止異能者——阻止所有作惡的異能者。」我們能夠與之交談的異能者實在太少了，尤其是話題涉及到他們的力量時。

「抱歉，」艾蒙德說，「我曾經以為我知道，但我錯了。現在，我像其他人一樣非常困惑。」

「那麼，你過去覺得那應該是什麼？」

「靠近一條狗。」他說，「但現在那種狀況已經不再像我曾經以為的那樣影響我了。」

我皺起眉頭，在心中記下這件事。我會把這件事告訴教授，我們以前不曾得到這個資訊。

「謝謝你，」我說，「也感謝你為新芝加哥所做的一切。」

艾蒙德走回到自己的椅子前，又拿起他的書，「一直都有別的異能者控制我，不管是鋼心還是綠光。不過沒關係，我並不在乎被別人管束。」他坐下來，繼續他的閱讀。

我嘆了口氣，回到主廳。教授將一個背包背上肩頭，我最後一個跟上他，走進新芝加哥地下的鋼鐵墓穴中。

我們在隧道中行進，沒有人說話。大約走了半個小時，便來到一座隱藏的車庫，這座車庫附近的大路連通了地下街道和地上城市。亞伯拉罕和柯迪將我們的裝備放好在一輛越野車中。我本來希望我們能搭乘直升機，顯然這個希望太過招搖。

「路上小心普佳（注），小子。」柯迪最後和我握了握手，「他們可以變成各種樣子。」

「又說這種話，」蒂雅一邊說，一邊在我前面的座位裡坐好，「它們都是愛爾蘭人的童話，你這個傻瓜。」

柯迪只是對我眨了眨眼，再把他的迷彩棒球帽扔給我。「你們全都要保重。」他向我們豎了一下大拇指，然後就和亞伯拉罕回去地下街道。

一切就是這樣。片刻之後，我發現自己坐在越野車的後排座位裡，讓涼風不斷吹拂過頭髮。我的手中握著一把新槍，目不轉睛地看著承載我十九年人生的家園逐漸遠去。黑色的地平線實在是一種我很少見到的景色，甚至在禍星出現以前，我也幾乎總是身處於高聳的城市建築群之中或者之下。

如果我離開了新芝加哥，那我又是什麼人？某些夜晚裡，我心中會浮現這樣的空虛感。那時，我總是在想，既然那個人已經不復存在，我接下來的人生目標又應該是什麼？如今我已經贏了，已經爲我的父親報了仇。

這個答案在我的心中漸漸成形，就像一頭恐龍從牠的巢中孵化出來。我的人生並不只和一座城市或一個異能者相關——不再是了。

現在我要進行一場戰爭。我要找到一個方法，結束異能者的災難。

永遠結束它。

注：púca，愛爾蘭神話中的一種精怪，喜歡讓水果腐爛，但也會提供睿智的建議。能夠變成各種形態，可能是嚇人的怪物，也可能是漂亮的姑娘。喜歡變成馬，引誘人騎到他們的背上，然後進行一場狂野的奔馳，和另一種變成黑馬，引誘人騎上之後跳入水中將人淹死的怪物並不相同。

第二部

第八章

紙頁在我的手中翻飛，車子正在高速道路上全速前進。我們選擇了一條比較完好的柏油路，但越野車還是不時在一些破損的路面上下跳動顛簸。我從沒有想到這種道路竟然會朽爛得如此迅速，從禍星出現至今還不到十三年，這條高速道路已經到處都坑坑疤疤，植物從柏油裂縫中探出頭，如同殭屍從墳墓中伸出的手指。

我們經過的許多城市都變成了廢墟，窗戶破碎，建築物坍塌，但我也遠遠看到一些城市得到了不錯的維護，其中還有篝火的光亮閃動。它們更像是一座座被高牆環繞的小莊園，周圍還分布著成片的農田。總體來看，很像是由不同的異能者統治的封邑。

我們在晚上趕路。儘管我偶爾能瞥到火光，卻一直沒有看見任何一盞電燈。新芝加哥的確是一個特例。不僅是因爲鋼鐵保持了它高聳的摩天大樓和漂亮的城市輪廓，鋼鐵心的統治還維持了基本的城市功能。

教授開車的時候都會戴上護目鏡，越野車的車頭燈被換成紫外線照明燈，沒有護目鏡的人無法看到它發射出的光亮。我縮在越野車後座裡，讀著蒂雅給我的筆記來打發時間。我把文件放在一個小盒子裡，靠在大腿上，用一支小手電筒照明，這樣一來，手電筒的光就幾乎能夠完全被遮住。

車子的速度忽然慢下來，又開始了上下顛簸。教授正小心地讓車子駛過一片完全破碎的柏油路面。道路兩旁全是被丟棄的車輛，俯瞰時彷彿是一隻巨大的甲蟲屍體。人們首先會抽乾這些車子的汽油，然後把它們開膛剖腹，拆走所有可拆的零件。我們的車很幸運地經過改裝，現在已經可以被艾蒙德的能量電池驅動。

正當我們在這段殘破的路面上緩慢移動時，我聽到某種聲音從夜色中傳來，好像是樹枝被折斷的聲音。越野車後座不是很寬敞，不過沒有車頂棚的限制，所以我能夠俐落地把小盒子放到一旁，從肩膀拿下新步槍，將槍托抵在肩頭，按下一個按鈕，展開自動瞄準鏡。實在不得不承認這把槍的功能的確很厲害。它自動切換成夜視狀態，讓我能清晰地看到聲音的源頭。

透過瞄準鏡，我看見幾個衣衫破爛的拾荒者正蹲在一輛破車後面的黑影中。他們像是一群野人，留著長長的鬍子，衣服遍布凌亂的補丁。他們也發現了我們的越野車，立即開始尋找防身的武器。我盯著他們，打開步槍的保險拴。突然一顆小腦袋探了出來，那是一個小女孩，也許只有五歲左右。他們之中的一個男人急忙示意小女孩不要出聲，同時把她的頭按下去，並且繼續目送著我們的越野車，直到我們通過這段受損的路面，加速前進。

我把槍口放低，「這裡的情況眞不樂觀。」

「只要有一座城鎮開始發展起來，」蒂雅在前座上說，「就會有異能者決定要統治它，或者摧毀它。」

「如果那座城鎮中的某個人擁有了超能力，」教授低聲說，「情況只會更糟糕。」

新生異能者非常罕見，但的確存在。在一座規模如同新芝加哥的城市中，我們也許每四到五年就會遇上一名新生異能者。這種異能者很危險，因爲任何一名異能者在剛剛掌握力量的時候，幾乎都會有一點瘋狂，會毫無顧忌地使用他們的力量，造成各種破壞與災難。以前鋼鐵心會迅速找到新生異能者，讓他們臣服於自己，但在這裡，沒有人能夠阻止新生異能者的暴走。

我縮回座位裡，有點心煩意亂，不過很快又埋頭在蒂雅給我的檔案之中。這是我們在路上度過的第三個夜晚。在第一個晚上之後的破曉時分，教授駕車載著我們進入一個隱祕的藏身處。顯然異能者在主要道路上有很多這樣的落腳點，這些地方通常都是用碎震器在岩壁中鑿出的洞穴，然後再以隱蔽門戶遮起來。

對於碎震器，我從不過問教授太多。就算是在我面前談起它的時候，教授也總是把它當作一種科技產品，而不是一種對於他的超能力的掩飾。他只允許自己團隊中的審判者使用碎震器。這當然是有原因的：大多數異能者的能力都有明顯的作用範圍。根據我的判斷，教授的碎震器和能量護盾只能給予距離他十多英里以內的人。

讓外人更加難以辨別的是，審判者的確擁有一些與異能者能力類似的技術。比如我與鋼鐵心作戰時使用過的高斯槍，還有占卜儀，審判者可以用這些設備來探測一個人是不是異能者。我曾經懷疑這些裝備也都是教授能力的掩飾，但教授確切地向我保證它們不是。另外，如果殺死了一名異能者，那麼利用他的DNA製造出能夠模仿其能力的技術設備，也是有可能做到的事。這些項目都幫助教授周全地隱藏起了自己的能力。既然能夠以「科學」這個概念完美地解釋審判者們所做的每一件事，又何必要讓人們知道審判者的領袖其實正是一名異能者呢？

我一路將蒂雅給我的檔案翻到了最後幾頁。在這裡，我找到能源場的資訊。這些資訊是我們在能源場來新芝加哥以後不久蒐集到的——愛米琳．巴斯克，曾經是旅店接待員。亞洲廉價影片愛好者。在禍星出現之後兩年，獲得了異能者能力。

我瀏覽著她的過往。她曾經在底特律、麥迪森和小石城分別逗留過一段時間，與靜電及其異能者幫派結盟達數年之久。接著她消失了一段時間，又突然出現在新芝加哥，企圖獵殺我們。很有趣，但並不是我想要找的東西。我想知道她在成爲異能者之前的歷史，尤其是她的人品和個性。那時的她也像鋼鐵心一樣，是個喜歡製造麻煩的人嗎？

關於這方面的內容，檔案上只有很少的幾段描述。愛米琳·巴斯克在母親自殺之後，由一位姑姑撫養長大。文件中看不到任何有關她性情的描述，在這些資訊的最後有一句注釋：她母親的內心創傷顯然與外祖父母有關。

我在稍稍加速的越野車中向前俯過身，「蒂雅？」

「嗯？」蒂雅從她的數位平板上抬起頭。像我一樣，她也將數位平板放在一個小盒子裡好遮住光亮。

「這是什麼意思——能源場的母親因爲她的外祖父母而承受了心理創傷？」

「不是很清楚，」蒂雅回答，「我給你的資料都是喬瑞整理的。這只是他整理的全部檔案中的一部分，他只把相關資料傳給我們。」

我自己記錄的檔案中並沒有太多關於能源場的內容。我再看了一遍那句注釋。「妳能幫我向他要其餘的資料嗎？」

「你爲什麼這麼關心死掉的異能者？」蒂雅問。

教授的眼睛雖然一直看著前方，但似乎豎耳傾聽著我們的對話。

「妳還記得有絲分裂嗎？」我問，「幾個月前曾經想要占領新芝加哥的那名異能者？」

「當然。」

「他的弱點是搖滾樂，尤其是他自己的音樂。」在獲得超能力之前，有絲分裂曾經是一個搖滾小明星。

「那又怎樣？」

「這是一個非常大的巧合，不是嗎？他自己的音樂能夠消除他的力量。蒂雅，異能者的弱點是否存在某種規律？一些我們還沒有發現的規律？」

「如果有這樣的規律，應該已經有人發現。」教授說。

「會嗎？」我又問，「以前甚至沒人知道異能者有弱點，異能者們也不會跟普通人講他們自己的事。在這個混亂的世界裡，沒有人會認眞研究這個問題。」

「那現在又有什麼不同？」蒂雅問。

「現在……混亂的情勢已經逐漸得到約束，」我繼續說，「想一想，審判者在多久前才開始行動？學究們又在多久前才開始蒐集關於異能者弱點的資料？不過幾年而已，不是嗎？到現在爲止，我們都認爲異能者的弱點是奇異且毫無規律可言的。但如果不是這樣呢？」

蒂雅用指尖輕敲她的數位平板，「這的確値得研究。我會爲你多找一些關於能源場過去的資料。」

我點點頭，目光從教授和蒂雅之間穿過，沿著道路一直向東望去。在一片黑暗之中看不見太遠的地方，不過地平線上的一抹灰色忽然躍入我的視野裡。那是……光？

「已經接近黎明了？」我一邊問，一邊拿出手機看時間。

「沒有，」教授說，「是那座城市。」

新巴比倫。「這麼快？」

「大衛，我們已經走了兩天多。」蒂雅說。

「是的，但巴比拉在這個國家的另一邊！我還以爲……我不知道，我以爲我們至少要走一個星期，或兩個星期。」

教授哼了一聲。「路況好的時候，開車一天就能到那裡，而且很輕鬆。」

我坐回位子裡，抵抗著因爲教授讓車子加速而變得更加劇烈的顚簸。教授顯然想在破曉之前趕到那座城市，越野車正疾速穿過城市郊區。這裡顯得如此寂靜，如此……空曠。在開始這次旅程之前，我本來想像一路上到處都會有房屋，也許還能看到一片片農田。但實際上新芝加哥以外的土地，最多的只有……一片荒蕪。

這個世界比我想像的要大很多，又比我想像得小很多。

「教授，你是怎樣認識王權的？」我忽然冒失地問。

蒂雅瞥了我一眼，教授只是繼續開著車。

「關於王權，你還記得什麼，大衛？」蒂雅問我。她的問題也許只是想打破眼前的沉默，「你的筆記上還有什麼內容？」

「我一直在看，」我有些興奮起來，「她是最強大的異能者之一，也是最神祕的異能者之一。可以操縱水，可以遠端投影，而且至少還有另外一種主要能力。」

蒂雅哼了一聲。

「怎麼了？」我問。

「你的語氣。聽起來就像是個小影迷在談論最愛的電影。」

我臉紅了。

「我還以爲你痛恨異能者。」蒂雅說。

「我的確恨他們。」當然，蒂雅也知道我迷戀一名異能者，而且我也不恨教授還有艾蒙德。「這很複雜。我恨鋼鐵心，對他恨之入骨，同樣的原因讓我也恨所有那些異能者。但我一生都在研究他們，瞭解他們……」

「如果一個人完全沉迷在某一件事裡，他就不可能不看重它。」教授輕聲說。

「是的。」我表示同意。

當我還是一個孩子的時候，曾經被鯊魚迷住過。我仔細閱讀找得到的每一本關於鯊魚的書，包括與鯊魚相關的最恐怖死亡紀錄。我想要清晰地瞭解牠們每一個細節，因爲牠們是那樣危險，那樣致命，那樣奇異。異能者也一樣，可能比鯊魚更駭人。像王權那樣的怪物，神祕，強大，難以捉摸，簡直太迷人了。

「你還沒有回答我的問題，」我說，「你是怎麼認識王權的？」

「不，」教授說，「我並不認識她。」

聽他的口氣，我知道現在最好不要繼續討論這個問題。

我們很快就看到那座巨大的廢墟城市，不過似乎還沒有到達巴比拉，至少還沒有到達那片微弱光芒的邊緣。現在我們身邊依舊是一團漆黑，沒有火光，更不要說電能。我剛才看到的微弱光亮還在很遠的地方，甚至那也不是眞正的「光亮」，更像是半空中一片朦朧的霧靄，彷彿地上的一些光源把空氣照亮了，只是因爲相隔遙遠，我無法看到那些光源。我們離目的地還很遠，眼前的建築物擋住了所有人的視線。

我拿出步槍，從切換到夜視模式的瞄準鏡中檢視周圍。這裡到處都是鏽蝕坍塌的景象，不過比起一路上經過的城鎮，規模的確更大了許多。不知爲什麼，我覺得這裡很不正常。這麼灰暗，這麼腐朽，這麼……不眞實？

因爲這裡看上去就像是電影一樣，我回想起和其他小孩一起在工廠裡看到的電影。我們全都生活在新芝加哥，一座純粹的鋼鐵城市。對我們來說，褪色的招牌，磚塊牆壁，木料堆材等等，都是來自另一個世界的東西。以前我只在電影中見過它們。

然而對於世界其他地方的人，這些才是正常的事物。這種感覺眞詭異。

我們又驅車在這座死亡城市旁邊行駛了一段時間，越野車仍然疾馳在高速道路上，但車速已經減慢。我覺得這是因爲教授不想發出太大的聲音。最後，教授將車開進一條岔路，進入了黑暗的城市。

「這裡就是巴比拉？」我低聲問。

「不，」教授回答，「這是……曾經是……新澤西。更確切地說，是李堡。」

我發現自己非常緊張，那些破碎的建築物之間說不定有什麼東西正在窺視我們。這個地方已經被拋棄了，無論它在禍星到來之前是什麼，現在只是一座巨大的墳墓。

「這麼空虛。」我悄聲說。這時教授已駕車行駛在城中的街道。

「許多人死在與異能者的戰鬥中，」蒂雅同樣壓低了聲音，「當異能者認眞開始反擊時，死了更多的人。但是絕大多數人更是死在隨後的混亂時代裡，那時一切的文明都……不存在了。」

「許多人逃出了城市，」教授說，「這裡無法種植莊稼，卻又會吸引最可怕的掠奪者。這片土地並不像你以爲的那樣空無。」他讓車子轉過一個街角。我看到蒂雅將一把手槍放在膝蓋上，我可是從沒見過她開槍。「另外，」教授又說，「現在這一區的大多數人都到島上去了。」

「那裡的生活更好嗎？」我問。

「取決於你怎麼看。」教授將越野車停在一條黑暗的道路中央，向我轉過頭，「你對異能者有多少信任？」

考慮到說話人的身分，這個問題似乎話中有話。教授推開車門，我聽到他的靴子與柏油路磨擦的聲音。蒂雅也從車子的另一邊下了車，他們朝一座影子般的建築物走去。

「這是怎麼回事？」我在越野車後面站起來，「哪條路通往巴比拉？」

「不能開車進入巴比拉。」教授在那座建築物的門前停步。

「太引人注目了？」我跳下車，來到他們身邊。

「的確，」教授說，「但主要的原因是那座城市並沒有街道。來吧，該是和你的新團隊見面的時候了。」

他推開大門。

第九章

我跟著教授和蒂雅走進那棟房子。房子正面有寬闊的內門，看上去就像是一個老技工的車庫，這裡的氣味卻……有些太乾淨，不像新芝加哥地下街道中那些被遺忘的房間充滿了黴味。但這裡非常黑暗，有種讓人想要打哆嗦的陰森感，我只能隱約看到幾團幽暗的影子。也許是一些車輛。

我拿下肩頭的步槍，同時感覺頸後的毛髮豎了起來。這會不會是一個陷阱？教授是否爲這種可能做好了準備？我……

一陣光亮突然出現。被強光刺目的我罵了一句，跳向一旁，後背抵在一個牢固的大東西上，舉起了步槍。

「哎呀！」一名女性的聲音響起，「抱歉，抱歉，抱歉！太亮了。」

教授在我身邊咕噥一聲，我還是將槍托牢牢地抵在肩上，不斷地眨著眼，直到看清我們正在一間廠房中。周圍是堆滿了工具的工作台，以及幾輛被大半拆解的汽車，其中還有一輛和我們的代步工具很像的越野車。

房門在我們身後咔答一聲關上，我的槍口立刻指向那裡。一名三十來歲，身材高大的西班牙女子關上了門。她有一張棱角分明的面孔和深褐色的頭髮，前額的一綹頭髮染成紫色，身上穿著紅色襯衫和運動衣，還繫著一條黑領帶。

「蜜茲，」西班牙女人喝叱，「之所以要妳等他們進來再開燈，就是爲了避免驚動鄰居，不要讓這裡所有人都知道我們的房子裡有電。如果妳在房門大開的時候就開燈，那我們什麼也藏不住。」

「抱歉！」剛才的那個聲音再次響起，在這間大廠房裡引起陣陣回音。

西班牙女人向我瞥了一眼，「把槍放下，小子，別傷到人。」然後她大步從我身邊走過，隨意地向教授敬了一個禮。

教授伸出手，「瓦珥。」

「喬納森。」瓦珥握住了他的手，「得到你的訊息時，我很驚訝，沒想到你會這麼快就回來。」

「考慮到最近發生的事，」教授說，「我認為妳應該正在計劃某種魯莽的行動。」

「你是來阻止我的，長官？」瓦珥的聲音冷冰冰的。

「星火啊，不。我是來幫忙的。」

瓦珥強作冷漠的表情軟化，一絲笑意在她的嘴角浮現。她向我點點頭。「這位就是鋼鐵殺手？」

「是的。」教授回答。我也終於從臨時找到的掩護體後面走了出來。

「一流的反射神經，」瓦珥上下打量了我一眼，「卻有可怕的穿衣品味。蜜茲，該死的，妳到哪裡去了？」

「抱歉！」從剛才起就一直在道歉的聲音又響起，還伴隨著一陣噹啷聲，「我來了！」

我走到蒂雅旁邊，看到一名年輕的黑人女子從通向上方的一道小梯子爬下，她的肩頭還扛著一把狙擊步槍。她一跳到地上，立刻邁開充滿活力的步伐，向我們小跑了過來。她穿著牛仔褲和短夾克，夾克下面是一件緊身白襯衫，頭髮編成許多根小辮子，在頭頂紮在一起，再垂到腦後。

蒂雅和教授看著瓦珥。蒂雅挑起了一道眉。

「蜜茲的能力很強，」瓦珥說，「她只是有一點……」

正向我們跑過來的蜜茲俯下身，想要從一輛懸在修理架上、剛剛裝好一半的越野車下方鑽過來，但她肩頭的步槍向上豎得太高，一下子就撞上了車子，她也隨之向後反倒。蜜茲驚呼一聲，抓住越野車，看起來卻像是想要扶穩那輛汽車，以免它摔倒——其實越野車根本文風不動。然後她又拍了拍越野車，好像是在安撫車子。

她看起來應該十七歲上下，面龐小巧可愛，五官圓潤，褐色的皮膚如奶油一般光滑柔嫩。一名流亡者怎麼會有她這樣明亮的微笑？我看著她跑過來向瓦珥敬禮，心中這樣想著，她曾經生活在什麼地方，才能保有這種爛漫天眞的性格？

「艾克賽爾在哪裡？」蒂雅問。

「在看管小艇。」瓦珥回答。

教授點點頭，向瓦珥一指，「大衛，這位是瓦倫汀，此地審判者團隊的領導者。她和她的人過去兩年裡一直在新巴比倫活動，執行偵查王權的任務。你要服從她的一切命令，就像服從我，明白嗎？」

「明白。瓦珥，妳是前哨嗎？」

瓦珥的面色一沉。我不知道自己的話爲什麼會讓她不高興，她也沒有要說明的意思。「我負責管理。不過，如果蒂雅加入這個團隊……」

「我就是爲了這個而來。」蒂雅說。

「那麼，」瓦珥繼續說，「她也許可以負責管理工作，我更願意參與實際行動。但我並非擅長在第一線作戰，我擅長操作重武器和支援車輛。」

教授點點頭，向蜜茲指了一下，「我相信，這位就是蜜蘇麗．威廉斯了？」

「很高興見到您，長官！」蜜茲大聲說，似乎任何一件小事都讓她很興奮，「我是這個團隊的新任狙擊手，以前負責修繕和設備維護。對於爆破也很有經驗，我正在接受前哨訓練，長官！」

「她進步得很快，教授。」瓦珥說，「蜜茲非常善於用槍，但山姆總是把蜜茲保護在他的羽翼下……」

也許她說的「山姆」就是他們最近失去的那名同伴，教授的肅穆和蒂雅的哀傷讓我產生這個想法。山姆，我猜他曾經是他們的前哨，那個擔負起最危險任務的人——與異能者正面交鋒，將敵人引入圈套。

這正是我在我們的團隊中負責的工作。在梅根離開以前，她是團隊的前哨。我並不認識山姆，但一想到這位犧牲的戰友，一種感同身受的憐憫便在心中油然而生。他是爲了與我們的敵人戰鬥而犧牲的。

梅根肯定不該爲他的死而負責，無論教授怎麼說。

「很高興能有妳這樣的同伴，蜜茲。」教授的語氣很平靜，我從他的聲音中察覺出一種合理的懷疑——不過這只是因爲我很瞭解教授。「把我們的越野車弄到車庫裡來吧。大衛，你和她一起去，注意周圍的情況，以防萬一。」

我向教授挑了挑眉，教授只是不帶任何表情地看了我一眼。是的，這一眼明確地告訴我，我要讓你離開幾分鐘。就這樣。

我嘆了口氣，跟隨蜜茲走出這間廠房的側門。爲了不讓外人發現這裡擁有電力，當我們開門的時候，廠房裡的燈已經關上，其他人都留在了黑暗裡。

我端起新步槍，打開瞄準鏡的夜視功能，跟著蜜茲向越野車走去。在我們身後，廠房的一道鐵卷閘門悄無聲息地打開。藉助微弱的星光，我看到教授、蒂雅和瓦珥正低聲交談著。

「星火啊，」蜜茲小聲說，「他眞讓人害怕。」

「誰？」我問，「教授？」

「是啊……」蜜茲已經走到了越野車旁邊，「噢，竟然是斐德烈斯本人。我沒有顯得太蠢吧，我有嗎？」

「呃，沒有吧？」絕不比我最初遇到教授的時候更蠢，而且我也非常明白教授爲什麼會讓人覺得可怕。

「那就好。」她注視著黑暗中的教授，皺了皺眉，然後又轉向我，伸出一隻手，「我叫蜜茲。」

「他們剛剛介紹過。」

「我知道，」蜜茲說，「但我還沒有自我介紹。你就是大衛．查爾斯頓，那個殺死鋼鐵心的人？」

「是的。」我有些躊躇地握住了她的手。這個女孩眞的有點怪。

蜜茲握著我的手搖了兩下，又向我靠近了一些，輕聲對我說：「你眞厲害。星火啊，我一天見到了兩位英雄，我一定要把這個寫在日記裡。」她坐進越野車，發動車子離開。我從步槍瞄準鏡後面向周圍掃視了一圈，檢查是否有人在注意我們。沒有發現任何異常後，我便跟著蜜茲駕駛的越野車返回了廠房。

教授讓這個黑人女孩，而不是我，把越野車駛進廠房——我竭力不去注意這個問題。我當然可以將越野車停在指定的位置上而且不會撞到任何東西。星火啊，我甚至在駕車轉彎的時候也不會再撞車了。至少大部分時間不會。

蜜茲放下廠房的鐵卷閘門並鎖好。教授、蒂雅和瓦珥也結束了他們的私密交談。瓦珥帶著我們走過整棟房子，進入一條地下隧道。我本來以爲會在這裡走上一段路，但僅僅幾分鐘過後，瓦珥就掀開一道地板門，把我們帶回了地面上。

在我們面前，波浪正在拍打一座碼頭。這是一條寬闊的河流，穿過城市，注入幽暗的港灣中。五顏六色的光芒正在遙遠的對岸閃爍，那裡一定有成百上千道光束。來這裡之前，我看過巴比拉的地圖，所以約略能猜到我們身在何處。這就是哈德遜河，對岸就是舊日的曼哈頓，今天的新巴比倫。看樣子，他們擁有電力，我剛才在半空中看到的那一抹灰色，正是被他們的電氣光芒照亮的空氣。但是，爲什麼這裡的燈光色彩如此多變？而且……

我瞇起眼睛，竭力想將對岸的情況看得更清楚一些，即使這樣，我也只能看見一簇簇小光點。我跟著其他人走上碼頭，腳下的水面很快就吸走了我的注意力。儘管生活在新芝加哥，我卻從沒有眞正接近過大片水面。鋼鐵心將密西根湖的很大一部分都變成了鋼鐵，我也沒有去過新湖的湖岸。如今看著眼前這片黑色的無底深淵，我有一種奇怪的，很不舒服的感覺。

我們走到碼頭的盡頭，一支手電筒照亮了一艘中等大小的摩托小艇。一個身材高大的男人正坐在尾端，穿著一件尺寸大約能做成五件普通襯衫的紅色法蘭絨外衣，一頭卷髮，蓄著鬍鬚。他正微笑著向我們招手。

星火啊，這個人可眞高大。我覺得他就像是一個伐木工人吞掉了另一個伐木工人，然後他們的力量加在一起，變成了一個非常壯碩的伐木工人。瓦珥跳上摩托小艇的時候，那名大漢也在艇中站立起來，分別與教授和蒂雅握了手，然後又微笑著望向我。

「艾克賽爾。」大漢低聲做了自我介紹。他在自己名字的兩個音節之間停頓了一下，似乎是在強調「X. L.」。我正想著他在這個團隊中的職位是什麼，又聽他問：「你就是鋼鐵殺手？」

「是的，」我一邊回答，一邊和他握手，暗自希望黑夜能幫我遮擋一下臉上的困窘。先是瓦珥，然後又是這個傢伙，他們都用同樣的方式在看我。「不過你眞的不必這樣稱呼我。」

「這是我的榮幸。」艾克賽爾又補了一句，才向後退開。

他們都認爲我能夠平穩地走到船上，這應該不是問題，對不對？我發現自己正在出汗，但還是強迫雙腳踏進了這個不穩定的交通工具。摩托小艇比我預想中搖晃得更厲害，我們眞的要乘坐這麼小的東西渡過如此寬闊的河流？我坐下來，深深的不安湧上心頭。這裡的水太多了。

「坐穩了嗎，長官？」我們都上船之後，艾克賽爾問。

「都坐穩了，」教授已經在艇首坐好，「我們出發吧。」

瓦珥坐到艇尾的摩托引擎旁邊，開動了引擎。在螺旋槳輕微的擊水聲中，我們一行人離開了碼頭，滑入起伏不定的黑色水面。

我緊緊抓住舷側的欄杆，看著河水。下方是深不見底的黑，誰知道那裡又會有些什麼？波浪其實並不大，但小艇的確不停地搖晃。我又一次開始擔憂這艘船會不會太小？我偷偷地向小艇的中心部位挪了過去一點。

「那麼，」瓦珥一邊駕駛，一邊問，「你們有沒有幫這位新人做好準備？」

「還沒有。」教授說。

「現在也許是個好時機，既然……」瓦珥朝燈火輝煌的對岸揚揚頭。

教授轉向我。他的面孔大部分被陰影遮住，風不停地吹起他黑色的實驗室長袍。我至今都還沒完全擺脫第一次見到他時生出的那種敬畏。是的，現在他的關係和我更加密切了，但偶爾我還是會驚訝地想到——這位就是喬納森．斐德烈斯，審判者的創建人，一個在我人生中大部分時間裡都無比崇拜的偶像。

「統治這座城市的人，」教授對我說，「是一名占水師。」

我急切地點點頭，「王——」

「不要說她的名字，」教授立刻打斷了我，「你對她的力量有什麼瞭解？」

「嗯，」我說，「她可以將自己的影像投送到遠方，所以當你看見她的時候，也許只是見到她的影像。她還有標準的水性異能者的能力，能讓水位升高或降低，用意識控制水，大概就是這樣。」

「她還能看到任何開放水面上的東西，」教授說，「也能聽到在水旁邊說話的聲音。你知道這意味著什麼嗎？」

我向周圍的開闊水面瞥了一眼，不由得打了個哆嗦，「是的。」

「無論何時，」艾克賽爾接口，「她都能看到我們。我們在工作的時候必須牢牢記住這件事……也一定會有這樣的恐懼。」

「那你們怎麼還能活下來？如果她能夠看到那麼遠……」

「她並非全知全能。」教授肯定地說，「她一次只能看到一個地方，而且這件事對她來說也不是很容易。她從她面前的一碟水中窺看這世界，目光能夠從那裡延伸到任何與空氣接觸的水面。」

「就像傳說裡的女巫。」我說。

「沒錯，就是這樣。」艾克賽爾忽然咯咯笑了起來，「不過我懷疑她並沒有煮魔藥的大鍋。」

「她的力量的確非常強大，」教授說，「但她並不能輕易地搜索並找到某個目標。必須有某種東西吸引她的注意力才可以。」

「所以我們不能說出她的名字，」瓦珥在艇尾開了口，「最多只會在手機網路中悄聲提起。」

教授用指尖點了一下自己的耳機。我打開了我的手機，放大聲音，再連接上無線耳機。「就像這樣。」教授以極低的聲音說。但他的聲音到了我的耳裡，響亮得足以聽得一清二楚。

我點點頭。

「現在，」教授繼續說，「我們正在她的力量範圍之內，而且還在寬闊的水面上漂浮。如果她知道我們在這裡，就能召喚波浪，把這艘船打進河底。我們在這座城市中得像在其他城市一樣，生存完全取決於謹慎、低調、匿形潛蹤。不要因爲我們在新芝加哥的勝利而大意，明白嗎？」

「是。」我像他一樣悄聲回答。連在耳機上的感測器應該能接收到我的聲音，並傳遞給教授，「我們應該很快就會離開水面了，對吧？」

教授向那座城市轉過頭，沒有再說話。小艇繼續行駛，從一個古怪的東西旁邊經過。那是一座巨大的、高塔一樣的鋼造建築。我皺起眉。那是什麼？爲什麼它會被建在河道中間？一段距離之外，還有另一座這樣的東西。

是一座懸索橋的橋墩——我發現了從橋墩頂上直直垂掛下來、落入水中的鋼纜，大橋本身肯定已經沉沒。

或者……是水面抬升了。

「星火啊，」我悄聲說，「我們絕不可能離開水面了，對不對？她讓整座城市沉入了水裡。」

「是的。」教授說。

我驚呆了。我曾經聽說過王權提高了曼哈頓周圍的水位，但這景象遠遠超出我對這個傳聞的理解。這座懸索大橋曾經高出水面有一百英尺或更多，現在它卻在水面以下了，還能被看見的只剩下懸掛橋身的墩柱。

我轉過身，看著我們經過的水面。如今細看之下，我發現這裡的水面是有一點坡度的，水面逐漸鼓起，我們必須沿這個坡面上行，才能到達巴比拉，就好像正在攀爬一座水形山丘那般。這太詭異了。隨著我們逐漸靠近這座城市，我看到它眞的完全沉沒在水裡：摩天大樓如同石塔一般矗立在水中，陸地街道已經變成一條條水路。

我欣賞著這種奇異的景色，又察覺到一件更加不可思議的事。剛才從遠處看到的燈光並非來自於那些摩天大樓的窗戶，而是來自於它們的牆壁。那是一片片明亮的螢光，就像是螢光棒的光澤。

發光塗料？看樣子是。我抓住船舷，皺起眉頭。這不是我預料中的樣子。我向手機中問：「他們是從哪裡獲得電的？」

「他們沒有電。」瓦珥的聲音傳入我耳中，聲音很低，但可以聽清楚，「這座城市並不像我們的祕密基地那樣擁有電能。」

「那些光又是怎麼回事？它們是如何出現的？」

突然間，我們的小艇側面也開始發光了。我嚇了一跳，低頭一看，這片光開始還很模糊，但正在一點一點變強。藍色……塗料。這艘小艇的側面被染上了塗料，就像那些摩天大樓一樣。這些塗料非常像是……某種塗鴉，它們呈現出各種不同的顏色，閃耀著炫目的光芒，就像是五彩繽紛的苔蘚。

「這些光是怎麼出現的，」瓦珥說，「我也很想知道。」她放慢了小艇的速度，讓我們穿行在兩幢高大的建築物之間。建築物的頂部都閃耀著光芒，凝神觀望才能看見那裡也被塗上了各種光色，大概是明亮的紅、橙和綠色。

「歡迎來到新巴比倫，大衛。」教授在艇首說，「這個世界上最大的謎團。」

第十章

瓦珥關閉了引擎，又把船槳分發給我、蜜茲和艾克賽爾，自己也拿起一支。我們四個擔起了划船的工作。小艇從兩棟大樓之間穿過，向一連串更矮一些的建築物駛去，這些樓房的頂部距離水面都只有幾英尺。

它們也許曾經是一些規模較小的公寓樓房，如今除了最頂樓之外，都沒入了水中。人們居住在樓頂，大部分住宅都是發光的帳篷，不同色彩的帳篷上能看到發光塗料形成的各種符號和花紋。有一些塗繪相當優美，另一些則顯示不出任何繪畫技巧。我甚至看到水下也有一些光亮，不過那裡的塗鴉都已經被沖刷掉。這表示，這種發光塗料即使陳舊久遠了，也還會繼續放射光芒，就像大樓頂部那些新的塗鴉一樣。

這座城市看上去是如此充滿生命力。拴在細桿上的晾衣繩掛著正在風乾的衣物，孩子們坐在最低矮的建築物邊上，用腳踢著水，眼睛盯著在水面上行進的我們。一個人划著一艘小駁船從我們身邊經過，那艘小船很像是用一堆木門板綑紮而成的，每一塊上頭都塗著不同顏色的圓環。

經過剛才那段孤獨空曠的水上之旅以後，眼前這種繁榮的景象讓我頗爲吃驚。這裡居然有這麼多人，大部分沉入水中的建築物組成了一個個小村莊，而成千上萬的人就聚居在這些小村子裡。隨著我們逐漸深入這座城市的內部，我觀察到這些帳篷和建築並非只是人們遮風避雨的臨時居所。它們都很整潔，許多樓房頂部都有作工細緻的吊橋連接。我敢打賭，有很多人已經在這裡居住了不少的年月。

「我們這樣明目張膽好嗎？」我有些不安地問。

「巴比拉是一座繁忙的城市，」教授說，「尤其是在晚上光芒亮起的時候。如果我們躲躲藏藏，反而會更加醒目。但現在，我們只不過是這座大城市中的一葉小舟。」

「但不能使用摩托引擎，」艾克賽爾提醒我，「這座城市裡能夠使用引擎的人並不多。」

我點點頭，看著一些年輕人划著一艘獨木舟從我們身邊駛過。「他們看上去是那麼……」

「窮困？」蜜茲問。

「正常。」我回答，「每個人都只是過自己的生活。」

在新芝加哥，沒有人能過簡單的生活。普通人要在工廠中工作很長的時間，爲鋼鐵心製造武器、供他出售。當我們去工作的時候，必須低垂著頭，並且要一直小心執法隊。任何丁點大的聲音都會嚇得我們發抖，因爲那很有可能是某個異能者在找樂子。

這些人有笑聲，他們在玩水，他們很……悠閒。事實上，這裡似乎很少有人在工作。也許是因爲現在天色已晚，但眼前的情景依然讓我感到奇怪。此刻正是午夜時分，卻連小孩子們都沒有入睡。

我們划船經過了一棟更高大的樓房，它在水面以上的部分足有三層。透過破碎的玻璃船，我似乎隱約看到了一些植物，生長在建築物的內部。

那些植物的枝椏上懸掛著不少淺黃綠色的水果，葉片上也像我們在能源場衣袋中找到的花瓣一樣，呈現出多彩絢爛的顏色。「禍星啊，這座城市到底發生了什麼事？」我喃喃地說。

「我們不知道。」瓦珥說，「我已經在這裡生活了兩年多，在王權終止她的暴政、決定清理這個地方之後六個月來到這裡的。」只要是透過耳機悄聲交談，她並不害怕說出王權的名字。

「而我現在覺得我對這裡的瞭解比剛到時還少。」瓦珥繼續說，「是的，這裡的植物生長在樓房裡，似乎並不需要人工培育，也不需要陽光，根本沒有人照管它們。但這裡的樹會自動開花、結果，蔬菜會快速生長。沒有人需要爲食物而發愁，只要黑幫不把這裡的一切都壟斷，人們就不必爲生存奔忙。」

「王權停止了黑幫的壟斷。」蜜茲一邊划船，一邊在線上低聲說，「在她來之前，我們的生活相當糟糕。」

「我們？」

「我就是曼哈頓人。」蜜茲說，「生在這裡，長在這裡。從前的時光有很大一部分我已經忘了，但我還清楚地記得禍星，還有隨後即刻出現的刺目光亮。所有那些噴塗的油彩，無論是新的還是舊的，都開始發光，但只有噴漆的塗鴉能夠發光。植物也在同一時間開始生長，那時它們就生長在街道上。沒有人能解釋這一切，我們只能信任曦光。」

「異能者？」我問。

「也許吧。」蜜茲聳聳肩，「有人是這樣認爲的，他們稱呼那個人曦光。誰知道他擁有的是原力、超能力還是什麼，反正是他造成了這一切。當然，他並沒有把水位升起來，這裡的水是在王權到了以後才變成這個樣子。大水漫湧過街道，沖進房屋，那時我們死了很多人。」

「她殺死了成千上萬的人，」教授低沉的聲音響起，「然後任由黑幫在這裡統治了許多年。直到最近，她才決定拯救這座城市。儘管她控制住這裡的幫派，讓他們無法作惡，但他們依舊監視著這城市的一切。」

「是的，」瓦玥看著一群在樓頂上跳舞的人，音樂鼓聲敲出了歡快的節奏。「這種感覺讓人心裡發毛。」

「心裡發毛？」艾克賽爾說，「一個異能者想要實現一些好的改變，不好嗎？我認爲這裡發生的事眞的很不錯。」他熱情地向經過我們身邊的人揮了揮手。

他們認識他，我看到那些人也向艾克賽爾揮手。我只能認爲他們並不清楚這名大漢眞正的身分。艾克賽爾在這裡的「生活」，爲他創造了一些虛假的名聲和人際關係。

「不，艾克賽爾。」教授的耳語聲變得相當嚴厲，「王權正在策劃著某種行動。她表面上的仁慈讓我非常擔心，尤其是另一方面她又不斷派遣異能者去新芝加哥，意圖剿滅我的團隊。不要忘記，正是她的手下……殺死了山姆。」

瓦玥、艾克賽爾和蜜茲全都將目光轉向教授。

「所以你才會來這裡？」瓦玥輕聲問，「我們終於要幹掉王權了？」

我也看著教授。他認識王權——現在我越來越確信這一點。很久以前，他們甚至有可能是朋友。我很希望能夠從教授那裡得到更多資訊，但我深知教授的脾性，身爲審判者的領袖，多年的隱祕生活讓他養成了謹守愼微的習慣。

「是的，」他悄聲說，「我們來這裡就是爲了消滅王權，還有每一個與她結盟的異能者。」他注視著我，似乎是要看我敢不敢提到梅根。

我沒有開口。我需要對事實有更多的瞭解。

「你確定要這樣做？教授？」艾克賽爾問，「也許王權眞的已經決定要對這裡的人施行仁政了。她已經開始向人們免費發放酒精飲料，也不再讓幫派阻止人們收穫果實。也許她真的想創造一個烏托邦，也許真的有一個異能者決定改變，決定以仁善待人。」

突然間，有什麼東西在不遠處的樓頂上爆炸。

一團火光點亮了夜空，隨之而來的是恐懼和痛苦的尖叫聲，人們紛紛跳入我們周圍的水裡。又一陣爆炸接踵而至。

教授看著艾克賽爾，搖了搖頭。我猛地站起身，卻不知道在小艇上不能有這麼突然的動作。爆炸吸引了我全部的注意力，讓我幾乎沒有注意到小艇開始猛烈地搖晃。

我聽到痛苦的呻吟聲從遠方傳來，又疾轉過頭，盯住團隊中的每一個人，「那是怎麼回事？」

艾克賽爾、瓦珥、蜜茲……所有人都和我一樣驚訝。無論那裡發生了什麼，肯定不是這座城市中的正常狀況。

「我們要去幫忙。」我說。

「這裡不是新芝加哥，」蒂雅說，「難道你沒聽見喬的話？我們需要保持低調。」

在我們身後，又一陣爆炸聲響起，這次距離我們更近。我甚至能感覺到湧過來的氣浪——至少我相信我能感覺到。我繃起臉，向船弦邊邁步。人們的生命受到了威脅，我不能坐視不理。

不過我一步都沒能邁出去——水面隔開了我和周圍的建築物。

「蒂雅，大衛是對的，」教授終於在線上說，「我們不能讓這樣的狀況繼續下去，無論到底是怎麼回事。我們要確認一下能不能幫上忙。不過，在偵查的時候一定要千萬小心。瓦珥，這座城市中的人們會隨身攜帶武器嗎？」

「並非沒有這種情況。」瓦珥回答。

「那麼我們也可以帶槍行動了。但沒有我的命令，不能有任何行動。坐下，大衛。我們需要你划槳。」

我不情願地坐了下來，和大家一起將小艇划向距離我們最近的建築物。在我們的上方，許多人都向吊橋跑來，拚命想逃離發生爆炸的地點，轉眼間，吊橋上已經擠滿了人。我們靠近的樓頂很矮，在水面以上的高度不到一層樓。所以小艇剛一貼到樓邊，我就跳起身，抓住樓頂邊緣，把身子拉了上去。

現在我能夠更清楚地看到現場了。我正站在一座公寓大樓的頂端，它的另一側還有一棟姊妹樓，外形與它完全一樣。兩棟樓之間只隔著一條很窄的水道，爆炸就發生在另外那棟樓上。現在那裡到處都是被燒了一半的帳篷，還活著的人跪倒在他們已經被燒焦的親人身旁，另一些人滿身燒傷，在劇痛中呻吟著。這地獄般的情景讓我感到一陣反胃。

教授來到我身邊，憤怒地呼出一口氣。「三次爆炸，」他低聲說，「這到底是怎麼回事？」

「我們必須幫助那些人。」我焦急地說。

教授跪倒下去，相當長的一段時間裡，他一語不發。

「教授……」

「蒂雅，艾克賽爾，」教授低聲向手機中說，「準備救助受傷的人。把船划過去。瓦珥、大衛和我從這個樓頂過去，從那裡掩護你們。我覺得現在情況有些不對……火焰太多，碎片又太少，這不是炸彈造成的。」

我點點頭。瓦珥這時也爬了上來。我們三個向那一片燃燒的樓頂跑去。蒂雅和另外兩名同伴也把小艇往那裡划過去。

在通向對面樓頂的吊橋前，教授攔住了瓦珥和我。人們正從吊橋上蜂擁而過，每個人都滿面灰塵，衣服焦爛。教授找到一個看上去受傷不重的人，抓住他的手臂，急促地問：「出什麼事了？」

那個人搖了搖頭就跑開。教授命令我提供火力支援，我在一個磚砌煙囪旁跪下身，端起步槍，開始監視蒂雅和艾克賽爾周圍的情況。他們將小艇划到了正在燃燒的那棟大樓旁，爬了上去。我知道他們隨身攜帶的背包裡裝的是急救用品。

我坐下來，看著艾克賽爾爲傷患包紮傷口。蒂雅拿出了另一樣東西，一個上面插著電線的小盒子——我們叫那個小裝置「急救星」，對外聲稱它能夠治療傷患，當然，這些都只是一種僞裝。眞正起作用的是教授的超能力。在爬上屋頂與我會合之前，他一定將一部分能力給了蒂雅。

蒂雅必須節約使用教授的能力，只能先救治已經徘徊在死亡邊緣的人們。這種奇蹟一樣的治療效果絕對會吸引很多人的注意，星火啊，我們也許難免要被太多的人注意上了。明眼人都能看出來，我們有組織，有武器，還有常人不具備的技巧。如果我們不小心行事，艾克賽爾和瓦珥的僞裝身分很可能會被就此戳穿。

「我可以做什麼？」蜜茲問。這個小姑娘還在小艇裡等著。在大樓燃燒的火光中，黑色水面上的小艇不住地搖晃著。「教授？長官？」

「看著小艇。」教授說。

「我……」蜜茲顯得有些沮喪，「是，長官。」

我將注意力集中在自己的任務上，警惕地尋找任何可能對蒂雅和艾克賽爾造成威脅的跡象，心裡卻充滿了對那個女孩的同情。我知道被教授懷疑是什麼感覺。教授是一個相當嚴厲的人，而且最近變得更加嚴厲。可憐的孩子。

*你也以同樣的方式對待她，*我忽然想，*她也許小不了你一歲。*把她看成一個孩子並不公平。她是一個成年人，同時也是個漂亮女孩。

集中精神。

「啊，你果然在這裡，喬納森。你的速度還眞快啊。」

這個不緊不慢，充滿公事味道的聲音把我嚇了一跳。我急忙轉過身，尋找說話的人，並端起了手中的步槍。

一名年長的黑人女子正站在教授旁邊。她的皮膚上有許多皺紋，滿頭白髮被束成一個髮髻，脖子上繫著圍巾，身上是相當時髦，卻也很有祖母風格的白色外套、女式襯衫和寬鬆長褲。

王權，曼哈頓的女皇，就在這裡。

我將一顆子彈射進她的頭側。

第十一章

我的射擊並沒有發揮任何作用。沒錯，王權的腦袋被子彈擊中以後爆開了，但往周圍飛濺的只是一團清水。隨後，更多的水從她的脖子裡冒出來，形成一個大水泡，最終再次變成她的頭顱。各種色彩在她的新頭顱中流淌，很快地，她看上去就和片刻之前沒有兩樣。

王權的自我投影和她操縱水的能力很明顯息息相關。我本來還沒有想到這一點，但這種推測應該沒錯。

如果要殺死她，就必須找到她的眞身，無論她在哪裡。幸運的是，大多數能夠製造投影的異能者都會在投影時留下某種痕跡，讓我們能夠順藤摸瓜，找到他們的弱點。

王權的投影向我瞥了一眼，又轉回頭看著教授。這是有史以來最強大的異能者之一。星火啊，我的手開始潮溼，心臟急速地跳動。我的槍口一直指著她——畢竟我不知道除此之外還能做些什麼。

「阿比蓋爾。」教授開口了，他的聲音很低。

「喬納森。」王權應聲。

「妳在這裡做了什麼？」教授向災難現場和那些受傷的人揚揚頭。

「我需要用某種方法把你引出來，親愛的。」她的腔調很典雅，就像那些老電影中的人物在說話，「我認爲，一名凶悍的異能者可以吸引你的注意力。」

「如果我此時還沒有到達這裡呢？」教授問。

「那麼，當你得知這座城市正在被摧毀，你的行動速度一定會加快。」王權說，「不過我已經相當確定你會在今晚到來。很明顯，你是來找我的，畢竟我的上一張……小召喚卡已經到了芝加哥。我一直在算著日子，而你果然來了。你的行動太容易被掌握了，喬納森。」

又一團爆炸的火焰點亮了不遠處的夜空，這次的烈火來自另一個樓頂。我咒罵著轉過身，將步槍指向那裡。

「噢，天哪。」王權用毫無情感的聲音說，「我猜，那傢伙的所作所爲正在超出我的指示。」

「他是誰？」教授的聲音有些緊繃。

「滅除。」

我手中的槍差點掉在地上，「妳把滅除帶到這裡？禍星啊！妳腦子有問題嗎？」

滅除是一個怪物，與其說他是人，不如說他是一種自然力量。他讓休士頓變成了一片瓦礫，在那裡被他殺死的除了普通人，也有異能者。隨後覆滅的是阿爾伯克爾基和聖達戈市。現在，他來到了這裡。

「阿比蓋爾……」教授的聲音顯得很痛苦。

「你最好阻止他。」王權說，「他已經脫離了我的控制。噢，天哪，我幹了什麼，這太恐怖了。」

色彩從她的投影上消失，整個投影倒下去，恢復成四處潑濺的清水。我透過步槍瞄準鏡檢視剛剛那場爆炸造成的破壞，有人正游泳逃離燃燒的樓頂，另一些人尖叫著擁擠在吊橋上。又一片火光引起了我的注意，我看到一個黑衣人影正在火光中移動。

「他就在那裡，教授。」我說，「星火啊，王權沒說謊。那就是他。」

教授罵了一聲，「你一直在研究這個異能者，他有什麼弱點？」

滅除的弱點？我瘋狂地在腦海中搜尋關於這個人的資訊。「我……滅除……」我深吸了一口氣，「高等異能者。他擁有傳送能力，而與此種傳送能力緊密連結的危險直覺，爲他提供了強大的保護——如果有任何東西將要傷害他，他的傳送能力就會立刻開啓。這是一種不必經過意識的反射性能力，而他也能用自身的意志來控制它，讓他因此很難被鎖定或攻擊。和能源場不同之處在於，他的能力不僅僅是一種可以穿牆的把戲，教授。這是一種完美的瞬間轉移術。」

「他的弱點呢？」教授在另一陣照亮夜空的火光中催促我。

「沒有人知道他眞正的弱點。」

「該死。」

「但是，」我又說，「他是一個近視眼。這與他的力量無關，不過我們也許能夠利用他這個身體缺陷。只要有危險臨近，他的傳送能力就會同時啓動，把他帶走。這保護了他，卻也成爲我們可以反其道而行的一個方法。更重要的是，我認爲他的傳送能力存在某種重啓時間。」

教授點點頭，「幹得好。」然後他點開自己的手機，「蒂雅？」

「在。」

「阿比蓋爾剛剛在我面前出現。她將滅除帶到了這座城市，現在的破壞就是那傢伙造成的。」

連線中傳來蒂雅的一連串咒罵。

我從瞄準鏡上抬起頭，向教授瞥了一眼。儘管天色很黑，但我們周圍的磚牆、木橋和帳篷上的塗鴉光亮讓我完全能看清教授的臉孔。我們要去跟滅除作戰嗎？還是現在撤退？這擺明是個陷阱——至少王權絕對會在一旁監視，蒐集我們的作戰情報。

聰明的作法就是立刻離開。如果是一年以前鋼鐵心還活著的時候，審判者肯定會這麼做。教授看著我，我能夠從他的表情看到他正在激烈衝突的內心：我們眞的能放任人們就這樣死去嗎？

「我們已經暴露行蹤了，」我低聲對教授說，「她知道我們在這裡。現在逃跑還有什麼意義？」

教授猶豫了一下，然後點點頭，向手機中說：「沒時間救治傷患了。當前的任務是消滅異能者。所有人在第一個燃燒起來的樓頂會合。」

一連串接受命令的聲音從手機中傳來。瓦珥和教授經過搖擺的吊橋，向蒂雅和艾克賽爾跑去，我跟隨在他們身後。踏上吊橋的時候，我感到一陣緊張，布滿發光塗鴉的橋板上閃爍著霓虹燈一樣的繽紛色彩，但卻讓我更清楚地看到腳下黑漆漆的水面。我拿出手機，將它塞進夾克肩頭的口袋，它應該是防水的，但除了新芝加哥的雨滴以外，我還沒有對它進行過更強的壓力測試。

霓虹光彩落在下方的水面上，又倒映上來，讓我看見自己正緊緊抓住吊橋的繩索欄杆。我是否應該提醒教授一下，我不會游泳？我吞了一口口水。爲什麼我的嘴這麼乾？

我們很快就過了橋，我強迫自己平靜下來。這裡的空氣中充滿了刺鼻的煙氣。我們儘量加快腳步，與其他人會合，蜜茲已經在我們之前棄船登岸。我們身邊的一座帳篷熔化成液體，流在地上，仍然裹在裡面的屍體在這片液體下露出骷髏的輪廓。這些死者的皮肉已經在毀滅發生的那一瞬間焚毀了，我不由得感到一陣反胃。

「喬……」蒂雅說，「我很擔心。我們在這座城市裡沒有足夠的力量，眼前的狀況也不允許我們去對付像滅除這樣的異能者。我們甚至不知道他的弱點。」

「大衛說他是近視眼。」教授一邊說，一邊伏低了身子。

「好吧，大衛在這方面通常都是正確的，但我並不覺得這樣就足以……」

強光再次亮起。我和教授同時抬起頭。滅除移動了，可能他進行了傳送。現在，他和我們之間只隔著一個樓頂。

尖叫聲在那裡響起。

「我們的計畫是什麼？」我急迫地問。

「一躲一撞。」教授說。這是一種機動戰術：一隊人吸引目標的注意力，另一隊人同時包圍目標。教授伸手抓住了我的肩膀。

他的手很溫暖。我明白這是什麼意思——一種微弱的刺麻感傳入我的身體。教授給了我一定的護盾力量和瓦解固態物體的力量。「碎震器在這裡的用處不會很大，」他對我說，「我們應該沒什麼機會在這裡打洞。不過，留著它，以防萬一。」

我向艾克賽爾和瓦珥瞥了一眼，他們並不知道教授是異能者。我當然不能向他們透露這個祕密。「好的。」有了教授的護盾，我現在感覺安全多了。

教授朝通向毗鄰屋頂的吊橋一指。「經過這座橋，向滅除靠近，想辦法干擾他，吸引他的注意力。瓦珥，妳和我駕駛摩托小艇從背後逼近滅除。我們直接使用引擎，現在繼續躲避王權已經沒有意義，隨後我們再見機行事。」

「好，」我一邊應聲，向蜜茲瞥了一眼，「應該讓蜜茲掩護我。滅除也許會以蒂雅爲目標，你需要派一個更有經驗的人掩護她。」

蜜茲瞥了我一眼。她應該在這次行動中有個位置，我很清楚被丟在後頭是什麼感覺。

「說得不錯，」教授向小艇跑去，瓦珥緊跟在他身後。「艾克賽爾，你守衛蒂雅。大衛、蜜茲，行動！」

「行動。」我應了一聲，便向吊橋跑去。我的目的地是滅除剛剛造成爆炸的地點。

蜜茲肩扛狙擊步槍，跟在我身後。「謝謝，如果我還是只能看著那艘船，我一定會吐出來。」

「先別急著謝我，」我跳上了搖搖晃晃的吊橋，「等我們能活下來以後再說吧。」

第十二章

在狹窄的吊橋上，我將步槍高舉在頭上，不斷擠過逃亡的人群。這一次，我努力不讓視線碰到腳下的水面。

這座橋微微向上傾斜，過了橋，我發現自己登上一個非常寬大，並且擠滿了帳篷的樓頂。人們不是蜷縮在他們簡陋的屋簷下，就是站在樓頂邊緣，還有一些人正通過我們下方的水道，或是經由吊橋逃向其他高樓。

蜜茲和我跑過這個樓頂，這裡的地面上塗著一連串放射出怪誕光暈的黃色和綠色線條，它們描繪出穿插於帳篷之間的一條條路徑。我們在靠近樓頂中心的地方見到一群人，奇怪的是，他們沒有躲藏，也沒有逃走。

他們在祈禱。

「相信曦光！」位於正中央的一個女人喊著，「帶來生命與和平之人，食物的源頭。相信夢想之人！」

蜜茲停下腳步，注視著他們。我罵了一聲，一把拉走了她。滅除就站在緊鄰我們的樓頂上，現在我能夠清楚地看到他了。他在火焰中大步行走，軍用風衣的下襬在身後飄揚。他的臉孔窄長，留著又直又長的黑髮，戴著眼鏡，下巴上有一道山羊鬍。根據我在新芝加哥的經驗，他正是那種應該竭力避開的人物，那種看上去沒什麼危險性的人，只有當你審視他的雙眼時才會發現，你其實漏掉了一些攸關生死的東西。

即使在其他的異能者眼中，這個傢伙也是一隻怪物。一開始，他像其他高等異能者一樣統治著一座城市，但他最終決定將那座城市徹底摧毀，不放過休士頓的每一個人。在殺戮這件事上，他從不做任何區分。現在的我已經開始相信有些異能者是可以挽救的，但這個人……半點救贖的機會都沒有。

「到那個窗台上去。」我對蜜茲說，「準備接受進一步的命令。妳負責團隊的爆破工作？」

「是的。」

「有帶工具嗎？」

「沒有很大的，幾個攪磚器。」

「幾個……什麼？」

「噢！抱歉。這是我自己叫的名字，其實是……」

「無論是什麼，」我說，「把它們拿出來，準備好。」我端平步槍，開始瞄準滅除。

滅除轉過頭，瞥了我一眼。

我開槍了。

他在一道光芒中傳送了出去，彷彿變成了一件瓷器，然後炸裂成無數碎片，每一片身體都向外迸濺，灑落在地面。

「先行傳送」，和我蒐集到的情報描述得完全一樣。

蜜茲朝我所指的方向跑去。我跪倒在地，將步槍頂在肩頭，等待著。滅除剛剛所在的樓頂還在燃燒，他的基本能力是操縱熱量。他能夠從碰觸到的任何東西上（包括人體）吸收熱量，然後將熱量釋放到周遭，或者碰觸另一個東西，把熱量傳輸過去。

他曾經熔化了休士頓——是眞正的熔化。他花了幾個星期的時間坐在那座城市中心，像古代神靈一樣赤裸著胸膛，沐浴在陽光下，吸收空氣中的熱量。他將巨大的熱能儲存起來，然後在一瞬間徹底將其釋放。我曾經見過那場劫難的照片，也讀過相關描述，瀝青變成了濃湯，大樓爆發成火團，岩石熔爲岩漿。

成千上萬的人在片刻之間全數死亡。

根據我對於自己筆記的記憶，在他重新出現之前，我應該還有一點時間。他必須間隔幾分鐘才能再次使用他的傳送能力，而且……

滅除出現在我的身邊。

我在看見他之前先感覺到了那股熱量。我轉向他，汗水從我的眉間滲流，好像我在寒冷的夜裡走向一桶正在燃燒的垃圾。

我再次向他開槍。

我聽到他發出的半句咀咒。他又一次炸裂成光芒的碎片。熱量消失。

「小心，大衛。」蒂雅的聲音在我耳邊響起，「如果他聚集熱量並且在你的身邊施放，熱能衝擊波將會突破你的審判者護盾，在你開槍以前就把你烤焦。」

我點點頭，從我剛剛所在的位置上跑開，同時依舊將步槍頂在肩上，藉助瞄準鏡觀察周圍，「蒂雅，」我在線上悄聲說，「妳看過我的筆記嗎？」

「看過，我也看過其他學究的筆記。」

「他的傳送能力是不是存在一段重啓時間？」

「是的，」蒂雅說，「至少兩分鐘，然後……」

滅除再次出現。這次，我看到了他出現那一瞬間的情景——就好像光芒凝聚在一起。我沒有等那團光化為實體，子彈就已經射過去。

傳送再一次救了他，不過這情況已在我的預料之中。我只是一個誘餌。事實上，我根本不知道我們要如何殺掉他，但我至少能夠給他製造麻煩，阻止他殺害無辜的人。

「我的筆記是錯的，」汗滴從我臉頰滾落，「他的傳送間隔時間幾乎還不到幾秒鐘。」星火啊，我還犯了什麼錯？

「喬，」蒂雅在線上說，「我們需要一個計畫。要快。」

「我正在想，」教授的聲音顯得斷斷續續，「但我們需要更多資訊。」教授爬上旁邊的那個樓頂，就是我第一次開槍時滅除所在的樓頂。他很快就躲進一堆碎石後面。「大衛，滅除在傳送的時候會自動帶走他所接觸的一切東西嗎？還是他會特別選擇帶走一些東西，比如他的衣服？」

「無法確定，」我回答，「關於滅除的資訊非常稀少。他……」

我沒能把話說完。因為滅除剛剛出現在我身後，向我伸出了手。我猛然一躍，再轉過身，感到一波熱浪襲來。

槍響了。滅除在碰到我之前再次傳送。就像以前一樣，他留下了一團耀眼的輪廓。這團光在我眼前持續了一秒鐘，便炸成了碎片。許多碎片向我飛射，又瞬間消失得無影無蹤。

就在光芒從我的視野中消褪時，我看見教授在另一座樓頂上端平了步槍。「保持警惕，孩子。」耳機裡傳來教授緊張的聲音，「蜜茲已經準備好一些炸藥。大衛，關於滅除和他的力量，你還記得什麼事？無論什麼都好，快告訴我。」

我搖搖頭。也許剛才正是教授的能量護盾擋住了滅除的熱浪，才讓我沒有被烤焦。他剛剛又救了我兩次。「沒有了，」我覺得自己很沒用，「抱歉。」

我們等待著，但滅除沒有再出現。我聽到遠處傳來尖叫聲。教授在耳機裡罵了一句，向我打著手勢，示意我去尖叫聲響起的地方。我服從命令。儘管心臟瘋狂劇烈地跳動著，但情緒卻出奇地平靜，如同正在進行一場精密的手術。

我的身邊一側是許多廢棄的帳篷，另一側是在水中游動的人們。在尖叫聲的指引下，我來到一棟更高的大樓前。從這裡的破碎窗戶中，能夠看到茂密的植物在裡頭發光。這棟大樓水面上的部分有十層以上，火光正在它上方的某一層中閃動。我看到滅除從一道敞開的門中穿過。我瞄準他，發現他正在微笑，似乎接受了我的挑戰。我扣下扳機，但他已經離開我的視野，進入大樓更深處。

人們還在大樓中尖叫。滅除知道他不必出來找我們，我們會去找他。

「我要進去了。」我向通到那棟大樓的吊橋跑去。

「小心，」教授說，我看見他也在向吊橋移動。「蜜茲，妳有辦法在一個危險的東西上弄一個母開關嗎？」

「唔……我想可以吧……」

母開關是「母子炸彈」的簡稱。這種炸彈只要持續接受規律性的無線電訊號，就能一直保持休眠狀態。訊號一停止，炸彈就會爆炸，有一點像電子化的敢死炸彈按鈕。

「聰明。」我悄聲說。這時我正跑過晃動的吊橋，周圍是黑沉沉的夜空，腳下是幽暗的水面，「把炸彈貼在他身上，讓他帶著那東西一起傳送。無論他到哪裡，都會被炸成碎片。」

「是的。」教授說，「這個辦法也許會有效。他在傳送時能夠帶上衣服，那麼肯定也可以傳送隨身攜帶的物品。只是不知道這種傳送到底是自動的，還是他有意爲之？」

「我不相信我們能夠將一樣東西貼到他身上。」蒂雅說，「他的危險直覺會在你們靠近他的時候就將他傳送走。」

這句話無法反駁。

「妳有更好的計畫嗎？」教授問。

「沒有。」蒂雅回答，「蜜茲，上吧。」

「收到。」

「制定一個撤退計畫，蒂雅。」教授說，「以防萬一。」

人還在吊橋上的我咬了咬牙。星火啊，想要對腳下的水面視而不見實在不可能。我加快了速度，想要儘早趕到對面的大樓，在那裡至少不必看到水面。這座橋並非通向樓頂，而是通向一個破開的舊窗戶，那個窗戶正位於滅除剛剛出現的那一層。

我到了吊橋的盡頭。在進入大樓之前，先伏下身，隱蔽好自己。大樓裡發光的水果正在枝頭擺動，花朵紛紛凋謝，各種色彩的花瓣如同盤旋紛飛的彩繪。這裡有一整片叢林。濃密的枝葉和迷幻的水果都散發著一種詭異的光暈。我覺得很不舒服，就好像在自己的床後找到一塊三個星期以前的三明治，同時卻又清楚地記得明明把這該死的東西吃掉了。

我回頭檢視了一下。蜜茲已經來到吊橋另一端，完全足夠爲我提供火力掩護，但她現在低頭盯著背包。她一定正在準備爆炸裝置。

我向大樓窗戶轉回頭，將步槍在肩頭頂穩，走進去，迅速透過瞄準鏡檢視了兩側。藤蔓從天花板上垂掛下來，一簇簇蕨葉穿透了地毯。看起來，這裡曾經是一間裝潢良好的事務所，一張張書桌成爲了花床，本身卻被埋沒在植物中幾乎看不見。電腦螢幕上布滿了苔蘚，空氣的溼度很大，就像是雨後的地下街道。那些發光的水果並不足以照亮這裡，我只能在這個陰影重重的世界中摸索前進。我的目標是最後傳來尖叫聲的地方——不過現在一切尖叫聲都已經停止。

我很快就發現了一小片空地。那裡遺棄著一些被燒毀的帳篷和幾具冒煙的屍體，滅除已經不見了蹤影。他有意選擇這個地方，我一邊想著，一邊將步槍貼在臉上，仔細搜索整個空間。*我們在這裡無法彼此支援，而且發出的聲音還會洩露我們的行蹤*。

星火啊，我沒想到滅除竟然這麼聰明。我更希望他能夠符合我的印象——一個發怒的、沒有腦子的怪物。

「教授？」我悄聲問。

「我進來了。」教授的聲音在耳機中響起，「你在哪裡？」

「靠近他發動攻擊的地方，」我打起精神，不讓那些屍體干擾我的情緒，「他已經離開了。」

「到我這邊來，」教授說，「我們一起行動。分開太容易被各個擊破。」

「好的。」我回到了大樓周邊，沿著外牆向教授那一側的吊橋和大樓的交接點走去。我儘量不發出聲音，但做爲一個在鋼鐵城市中長大的人，對於樹葉和細枝實在是很陌生。這些自然的產物不停地在我腳下發出意料之外的響聲。

另一次樹枝折斷的聲音卻在我身後響起。我猛然轉身，心臟咚咚咚地跳個不停。隨後又是一陣枝葉窸窣作響的聲音。我的身後有人。是滅除嗎？

如果是他，肯定會立刻下殺手，我心想。那又會是誰？一隻鳥？不，太大了。也許是居住在這片叢林中的巴比拉人？

這裡眞是個詭譎的地方。我繼續向前走去，同時竭力觀察所有方向的情況。就這樣穩步前進了一段距離之後，我突然聽到耳機中傳來教授的咒罵聲。

隨後是槍響。

我拔腿便跑。這樣做也許很愚蠢，其實我應該先找到合適的位置掩護自己。教授知道我行進的方向，一定會避免朝我這裡開槍，但在這樣的密閉環境中，誰也不清楚子彈會反彈到什麼地方去。

不管怎樣，我還是朝教授那裡衝了過去。又一片空地出現在我眼前。我發現教授正跪在牆邊，一側肩頭鮮血直流。灰塵如同落雨般傾灑下來，因爲藤蔓的擠壓而支離破碎的石膏天花板被一顆流彈擊中了。不遠處，閃耀的碎片正從地面上蒸騰消失，滅除在我趕到之前剛剛傳送離開。

我背對著教授，仔細觀察陰暗的叢林，並向教授問：「他有槍？」

「沒有，」教授說，「一把劍。那個混蛋帶著一把該死的劍。」

在我的掩護下，教授包紮好傷口。他能夠使用超能力替自己治療，但每使用一次這種力量，都會把他推向黑暗。他曾經實驗使用極少量的能力爲自己治療，雖然會加快腐化的進程，但不至於讓他過於沉淪。所以他每次只能操縱一丁點力量，而他剛剛可能把這一點力量用於保護自己了。

「夥伴們，」瓦珥的聲音切入線中，「我正在設置這棟大樓的紅外線監視系統，應該很快就能替你們提供訊息。」

「你們還好嗎，喬？」蒂雅問。

「是的，」教授悄聲回答，「在這個地方戰鬥眞是瘋狂，我們很可能會打到自己人。蜜茲，炸彈怎麼樣了？」

「準備好了，長官。」

教授站起身，把步槍扛到沒有受傷的那一側肩頭。他並不經常帶槍，因爲他很少擔負前哨的工作。現在我知道，這是因爲在前線作戰會迫使他冒險用超能力來保護自己。

「大衛，」教授對我說，「去把炸彈拿來。」

「這種時候，我不想讓你一個人……」

「王權說，就是你們殺死了鋼鐵心。」

我們兩個全都僵在原地。這個聲音來自於我們身邊森林的暗影中。一陣風從窗戶吹進來，撥動葉片、窸窣作響。

「這樣很好，」那個聲音繼續說，「原本以爲總有一天，難免要親自與他一戰，但你們先爲我除掉了這塊絆腳石。所以，我要爲你們祝福。」

教授用兩根手指朝旁邊一點，我點了一下頭，開始向那裡移動。我們需要靠近彼此，以便相互掩護，卻又不能距離太近，免得滅除會突然從我們身邊冒出來，用一股熱浪就把我們兩個一起烤焦。我不知道教授自身的護盾還能抵擋多少滅除的熱力，但我也不希望有機會親眼確認。

「我告訴過王權。」滅除還在說話，「總有一天，我也會殺死她，她卻好像不在意。」

這聲音到底是從哪裡來的？我似乎看到一個影子正在靠近一顆掛滿發光果實的大樹。

「夥伴們，」瓦珥在我們的耳邊說，「他在你們那裡，就在大衛面前。我能夠看到他的紅外線熱顯像。」

滅除走出陰影，伸手碰了一棵樹。那棵樹立刻蒙上一層白霜，樹葉也枯萎了。在被抽取熱量之後，大樹的生命轉眼間就消失。

這一次，我沒有向他開槍。我抓住機會朝天花板打出一發子彈。

灰塵傾瀉而下。

教授也開火了，他擊中了滅除腳旁邊的地面。

那名異能者滿臉驚愕地看著我們，然後伸出手，掌心向前。

一顆子彈穿過窗口，從我的肩頭呼嘯而過，正中滅除的前額——或者說是他發光輪廓的前額。但他已經消失了。我回頭向窗外瞥了一眼，蜜茲正在附近的樓頂上向我們揮手，一隻手還拿著她的狙擊步槍。

「這是怎麼回事？」教授問，「你的準頭這麼差？」

「從天花板上掉下的灰塵，」我說，「應該會落滿他的全身，覆蓋他的肩膀。蒂雅，如果妳打開了我的攝影機，也許能夠確認滅除消失的時候，是不是也把那些灰塵傳送走了？這應該能回答你關於炸彈的問題，教授——他傳送物體到底是自動的，還是需要經過他的選擇。」

教授咕噥了一聲，「聰明。」

「你爲什麼要打他的腳？」我問。

「我想看看，他的危險直覺在他自認爲遭遇危險的時候是否會觸發，還是只有在他眞正有危險的時候才會觸發——我沒有眞正朝他開槍的時候，他並沒有傳送。」

我向教授露出一個笑容。

「是啊，」教授說，「我們的想法很相近。去拿蜜茲的炸彈吧，你這個愣仔。」

「是的，長官。」我再次掃視了一遍這個房間，然後就在教授的掩護下爬出窗戶。我們離開吊橋已經有一段距離，所以我現在是站在一道寬大的窗沿上，水面就在我腳下十英尺左右的地方。

我低頭看著黑色的水，胃部抽搐個不停，不過還是強迫自己貼著牆壁一直走到吊橋那裡。附近的樓頂已經變成了幽靈村，人們全逃走了，只留下冒煙的帳篷和發光的塗鴉。

踏上吊橋之後，我迅速過了橋，在蜜茲身邊找好掩護體。蜜茲遞給我一只手套。我把它套在手上，然後是一個看上去安全無害的方形包裹，差不多有一個拳頭大。

「不要掉在地上。」蜜茲說。

「好的。」讓炸彈落地肯定不會有什麼好事。

「你別想錯了，」蜜茲說，「它外面是一層黏膠，而這只手套是非黏性的。其他任何東西只要被這個炸彈碰到，都會被牢牢黏住——包括我們的壞蛋。」

「聽起來應該行。」

「我已經設定好了母訊號，和我的距離不要超過三四個樓頂。」

「好的。」

「祝你好運。別把自己炸上天。」

「我倒是曾經把自己炸飛過。」

蜜茲抬起頭看著我，「曾經？」

「說來話長。」我給了她一個笑容，「掩護我回去。」

「等一下。」蜜茲向遠處一指，「我在旁邊的大樓上找到一個更好的位置。」

我點點頭。她便跑上一條看上去晃動幅度非常大的吊橋。我向教授所在的叢林大樓轉過身，打開瞄準鏡的夜視功能（用一隻手操作還眞有點困難），開始搜索那一區。

我看不見教授和滅除，希望教授沒受傷。

*他才是眞正不死的，*我提醒自己，*你根本不必為他擔心。*

我回過頭，看見蜜茲已經到了吊橋另一端，然後我聽到了尖叫聲——就從蜜茲剛剛到達的那棟大樓裡傳出來。

「大衛，」蜜茲的聲音在我的耳機中響起，「這裡出事了。我去看看，馬上回來。」然後她便從我的視野中消失。

「等等，蜜茲……」我站直身子。

滅除就站在我旁邊。

第十三章

我一隻手舉起步槍，但滅除立刻把我的槍拍到一邊，另一隻手抓住我的喉嚨，把我抓離了地面。

星火啊！他的力氣眞是驚人。我看過的資料完全沒有提到這點。強烈的恐慌甚至讓我感覺不到疼痛，我眞是被嚇壞了。

儘管如此，我還是伸出手，將蜜茲的炸彈拍在滅除胸前。他沒有消失，只是好奇地看著這個方形小包裹。

我在他的手掌中掙扎著，漸漸感到窒息，也變得越來越慌亂。我扳動他的手指，想要逃走，卻完全徒勞無功。滅除隨意地將我的步槍踢開，又從我的耳朵裡扯下耳機，扔在地上，伸手到我的夾克口袋，摸到了手機，用兩根指頭將它捏住。

我聽見手機碎裂的聲音，卻只能更加用力地掙扎踢踹，努力想要吸進一點空氣。蜜茲在哪裡？她的責任是掩護我。星火啊！教授還在叢林裡追獵滅除，瓦珥在支援他，如果我不能透過手機聯絡蒂雅……

我只能自救。讓他消失，我想，炸彈就會爆炸。我一拳打中了他的腦袋。

滅除完全沒有理睬我無力的拳頭。「看樣子，你只剩下一個人了。」他若有所思地說，「她提到過你。你眞的殺死了鋼鐵心？就憑你這樣的一個年輕人，甚至還算不上成年？」

他放開了我。我掉下去，跪倒在樓頂上，在顫抖中大口喘息，感覺脖頸像火燒一樣疼痛。

滅除蹲到我身邊。

他的肩頭還有石膏灰塵，我心裡冒出了這個想法。在他傳送的時候，他也會帶走接觸到的東西。那麼炸彈很可能會有效。

「怎麼樣？」他問，「回答我，小傢伙。」

「是的，」我喘息著說，「我殺死了他。我也會殺死你。」

滅除微微一笑，低聲說：「看哪，船隻雖然甚大，只用小小的舵，就隨著掌舵的意思轉動（注1）……不要為末日感到悲哀，小傢伙，在你的造主那裡尋求安息吧。今天，你將擁抱光明。」

他抓住軍用風衣下面的T恤，把它扯開，連同炸彈一起扔到一旁。奇怪的是，他的胸口被繃帶一圈圈纏住，好似剛剛受過重傷。

我沒有時間思考這個問題。星火啊！我的手閃電般伸向梅根的槍，但滅除馬上抓住我的手臂，把我拉上了半空。

整個世界都在我周圍旋轉，但我還能意識到他讓我懸在水面上。我低頭看了一眼河水，立刻更加拚命地掙扎起來。

「你害怕水，對不對？」滅除問。「你害怕力維坦（注2）的家？好吧，每個人都要面對自己的恐懼，無論是殺手還是神祇。我不會讓你還沒有準備好就到那個未知的國度去。謝謝你殺掉了鋼鐵心，你理當得到一份大獎。」

然後，他鬆開了手。

我噗通一聲，掉進了黑色的深水。

我在冰冷的黑暗中狂亂拍打著手腳。因爲剛才的窒息，以至於四肢都沒什麼力氣，甚至也不知道哪裡是向上。幸好我還勉強維持住清醒的神智，終於在一番掙扎之後冒出了水面。我抓住身邊大樓的磚塊，大口地呼吸著新鮮空氣，然後開始向樓頂攀爬。那裡距離水面大約有半層樓高。

帶著遍身流淌的水滴，我用盡最後一點力氣向上抬起手臂，抓住了樓頂的邊緣。我的運氣很不錯，滅除已經離開了。我抬腿跨上樓頂，把身體拉上去。爲什麼他把我丟在水裡，然後又……

一道閃光出現在我身邊。是滅除。他跪倒下來，手中握著一件金屬物品。一副手銬？上面還綴著鐵鍊？

其實是一條鐵鍊和一顆鐵球，就像是古早以前囚犯的鐐銬。星火啊！什麼樣的人會將這種東西帶在身邊？他一下子便將鐐銬扣在了我的腳踝上。

「有一道能量力場在保護你，讓你能避開我的熱浪，」滅除說，「看樣子，你們已經做好了準備。不過我懷疑你們並不是準備要對抗我。」

他將鐵球踢出了樓頂邊緣。

猛然墜下的鐵球拉得我悶哼了一聲，感覺腿差一點脫臼，身體也幾乎要被拉下樓頂。我只能死死扒住樓頂邊緣的石雕屋簷。該如何逃走？沒有步槍，沒有炸彈。我大腿的槍套裡還有梅

注1：此句引自《聖經·雅各書》。

注2：聖經中的海怪，世界上最大的怪獸。

根的手槍，但如果放開手去拿槍，鐵球一定會把我拖進水裡。我驚恐萬狀，喘著大氣，手指不住地在石雕上打滑。

滅除彎下腰，貼近到我的面前，低聲說：「我看到一位天使從天堂落下，他有打開深淵的鑰匙，並且手中握著巨大的鐵鍊……」

就在此時，他伸出雙手，用力一推我的肩膀，將我從樓頂上推開。我的指甲在石雕表面刮擦裂開，皮膚在下落時被磚塊磨破，再次重重地跌進水裡。這一次，一股沉重的力量拖曳著我的腿，彷彿黑色的深水要認眞地將我吞噬。

迅速沉入水底的我還不停揮舞手臂，想找到一個能攔住我的東西。終於，我抓住了水面下的一個窗台。

我的周圍是一團黑暗。

一道光在上方亮起。滅除離開了?水面看起來是如此遙遠。但其實，它距離我不可能超過五英尺。

黑暗。全是黑暗!

我掛在窗台上，手臂變得越來越虛弱。我缺乏空氣的胸膛彷彿即將爆炸，我的視野也在變暗。恐懼充滿了我心中，我覺得這巨大的水體即將要將我捏碎。

這種見不到底的黑暗太可怕了。

我無法呼吸……我就要……

不!

我的體內爆起一股力量，讓我猛然伸出手，一股作氣抓住了更高處一道凸出的磚沿，把自己向水面上拉去。在黑夜之中，我根本不知道空氣離我還有多遠。拽住我腳踝的力量太重了，黑暗依舊籠罩著我。

我的手指又打滑了一次。

有什麼東西落進我身邊的水中。我感覺到了碰觸——有手指按在我的腿上。

重量消失了。

我沒有時間多想，只是奮起最後一點力量，沿著水中的建築向上攀爬，直到頭部撞入空虛，口鼻中湧入空氣。很長一段時間裡，我只是趴在大樓上顫抖著，深深地吸氣，根本無法做任何吸收氧氣以外的事情。

終於，我又向上爬了五英尺左右，攀住樓頂，跨上一條腿，然後滾過了石雕屋簷，仰面朝天躺在樓頂上，感到筋疲力竭，完全沒有力氣站起來，更不要說拿槍了。滅除沒有回來眞好。

我就這樣躺了一段時間，也不知道有多久。終於有人在不遠處爬上了樓頂。是腳步聲嗎？

「大衛？噢，星火啊！」

我睜開眼睛，發現蒂雅跪在我面前。艾克賽爾站在數英尺之後，臉上滿是焦慮，手中持著突擊步槍。

「出了什麼事？」蒂雅問。

「滅除，」我咳嗽著，在她的攙扶下坐起來，「他在我的腿上栓了鐵鍊，把我扔進了水裡。我……」我盯著我的腿，聲音低了下去，「誰救了我？」

「救了你？」

我看著平靜的水面，沒有人在我之後游上來。會是他們嗎？「是蜜茲嗎？」

「蜜茲和我們在一起。」蒂雅又扶著我站起身，「我不知道你在說什麼。你可以過一會兒再把這裡發生的事情告訴我們。」

「滅除怎樣了？」我問。

「走了，至少暫時是。」蒂雅說。

「怎麼走的？」

「喬……」她看著我的眼睛，聲音低了下去。她沒有把話說完，但我已經明白她的意思。教授使用了他的力量。

蒂雅向小艇點點頭，那艘船正在不遠處的水面上晃動。蜜茲和瓦珥坐在小艇中，但沒有看見教授。

「等一下。」我拿起了我的槍。剛剛落水的經歷依然讓我頭暈腦脹。在步槍旁邊，我又找到了蜜茲的炸彈。那個方形小包裹還黏在被滅除扯掉的T恤上。除非距離母訊號源太遠，否則它就不會爆炸。我用破掉的T恤把炸彈包好，然後向小艇走去。艾克賽爾朝我伸出手，幫我進到小艇中。

我在蜜茲身邊坐好。女孩瞥了我一眼，然後立刻低下了頭。她的膚色讓我很難判斷，但我覺得她一定是因爲困窘而紅了臉。既然她已經承諾要掩護我，爲什麼沒有認眞執行？

瓦珥發動了小引擎。看樣子，她已經不在乎是否會引起別人的注意了。王權發現了我們，出現在我們眼前，現在繼續躲藏已沒意義。

保持沉默的時代已經過去了，我想。

當我們離開那片戰場的時候，我注意到人們開始從藏匿的地方走出來。他們瞪大了眼睛，慢慢向那些破碎的帳篷和冒煙的樓頂移動。這只是這座城市中很小的一片地方，造成毀壞的規模也不算很大，我卻依舊有種沉重的挫敗感。是的，我們趕走了滅除，但只是暫時，而且爲此不得不再次求助於教授的力量。

有個關鍵的問題我還沒能想清楚——教授是怎麼做到的？護盾和瓦解金屬的力量又該如何被用來對抗滅除？

從其他人頹喪的表情來看，他們肯定也和我有著同樣的心情。今晚我們輸了。我們一言不發地駕駛小艇，經過那些破敗的樓頂，我發現自己正端詳著聚集在一起的人群。大多數人都沒理會我們。在剛才的一片混亂之中，他們也許只忙著尋找藏身之地，根本不曾注意到底發生了什麼事。而且在異能者出現的時候，普通人最好學會把頭低下來。對那些受難的人而言，我們只是另外一些難民。

不過，還是有一些人在注視著我們。有位年長的女性，胸前抱了一個孩子，她向我們點頭，似乎在表達敬意。一座燃燒的吊橋旁，一個年輕人從樓頂邊緣探出頭來，眼神顯得格外機警，好像認爲滅除隨時會再次出現，將我們這些膽敢與他作戰的人徹底摧毀。一名年輕女子穿著紅色的外套，用兜帽罩頭，在一小群人中看著我們，她的衣服全溼透了……

溼透的衣服。我的心中立刻產生了警鐘。當她看著我的時候，我也瞥到了她隱藏在兜帽下的面容。

梅根。

她看著我的眼睛。那正是梅根……熾焰。一秒鐘以後，她轉過頭，消失在夜色掩護的人群之中。

妳真的在這裡。我回憶起自己在水中聽到的入水聲，拂過我腿部的手指——在那以後我就獲得了自由。

「謝謝。」我悄聲說。

「什麼事？」蒂雅問。

「沒什麼。」我坐進小艇中，雖然累得像一條死狗，卻還是露出了微笑。

第十四章

我們繼續在黑暗中行船，進入這座城市的另一片區域。這裡的居民明顯稀少了很多，一棟棟大樓在水中冒出頭，如同串串小島。果實在它們的上層閃著光，但這裡的彩色塗鴉卻變得黯淡無光或者徹底熄滅。樓與樓之間也看不到吊橋連接，巴比拉的這一區也許距離核心區域太遠了。

離開有明亮塗鴉的地方，我們的周圍變得更加黑暗。黑色的水面上是沉沉黑夜，只有月亮還能給我們一點光亮。我心中的不安也在這種景色中變得愈發強烈。幸好瓦珥和艾克賽爾打開了他們的手機，兩支手機的光芒終於爲我們提供了一些有效的照明。

「那麼，蜜蘇麗，」瓦珥在小艇後部開了口，「妳是否願意解釋一下，爲什麼妳會丟下大衛一個人，任由他遭到攻擊，甚至差一點就被殺害？」

蜜茲只是盯著船底，引擎在我們身後發出低弱的機械噪音。「我……」又過了一會兒，她才說，「我在的那棟樓裡有火光，我聽到人們在喊叫，我想去幫忙……」

「妳應該能分辨那是敵人要把妳引開的伎倆。」瓦珥說，「妳一直對我說，妳想要學習成爲前哨的技能，現在卻又做出了這種事。」

「抱歉。」女孩的聲音變得非常可憐。

「妳救了那些人？」我問。

蜜茲抬起頭看著我。

「大樓裡的那些人。」我補充。星火啊，我的脖子現在還痛得像火燒一樣，但在蜜茲的注視下，我竭力不表現出痛苦和疲憊的樣子。

「是的，」蜜茲說，「不過他們其實並不是非常需要救助。我只是打開了一扇鎖住的門，讓他們能夠進去躲起來。當時火焰已經燒到他們那一層。」

「妳做得很好。」我說。

蒂雅瞥了我一眼，「她不應該離開自己的崗位。」

「我並不是說她沒有犯錯，蒂雅。」我也看著蜜茲的眼睛，「但我們應該正視現實。我不知道我自己是否會任由人們被燒死而袖手旁觀。而且不管怎樣，我活下來了，所以現在結果還算不錯。幹得好。」我伸出拳頭，打算和她碰一下拳。

女孩猶豫著和我碰了一下拳頭，露出了微笑。

蒂雅嘆了口氣，「有時候，我們必須做出艱難的選擇，這也是我們要承載的重擔。爲了救一些人而冒險破壞行動計畫，可能會導致更多人喪命。你們兩個都要記住這一點。」

「絕對是的。」我說，「但我們難道不應該討論一下剛才發生的事情嗎？這個世界上兩個最強大，也最傲慢的異能者已經聯手了。禍星啊，王權到底是怎麼招募到滅除的？」

「很容易，」王權發話，「我提議讓他摧毀我的城市。」

我猛然抬起頭，在周圍尋找那名異能者。王權正在小艇旁邊的水中逐漸現形，透明的液體凝聚成她的身體，並顯現她的顏色。她單腿抬起，踏在小艇的船舷上，雙手交疊在那條腿的膝頭，另一隻腳還在艇旁的水面上逐步成形。

她有一種典雅莊重的氣質，像是一位和藹的老太太精心打扮之後來拜訪這座大都市——一座她顯然已決意要徹底摧毀的城市。她俯視著我們。儘管我抓起了步槍，卻沒有射擊。她只是一個投影，一團水。眞正的王權可能在任何地方。

*不，我想，並非是任何地方。*王權這樣的投影能力經常只能在有限範圍內作用。

王權審視著我們，她的嘴唇向下抿起，似乎正在爲某件事而感到困惑。

「妳到底有什麼目的，阿比蓋爾？」蒂雅質問。

*看來妳也認識她，*我瞥了蒂雅一眼。

「就像我對你們說過的，」王權回答，「我打算摧毀這座城市。」

「爲什麼？」

「因爲，親愛的，這就是我們幹的事情。」王權搖搖頭，「很抱歉，我已經無法控制自己了。」

「噢，行行好，」蒂雅說，「妳認爲我會相信妳或其他所有異能者都已經完全瘋了？妳眞正的動機到底是什麼？爲什麼妳要把我們引到這裡來？」

「我說過……」

「別玩遊戲了，阿比蓋爾，」蒂雅喝叱，「今晚我沒耐心陪妳玩。如果妳只想繞妳的謊言打轉，那麼就趕快離開，別來煩我們了。」

王權低下頭，沉默了片刻，然後緩緩直起身，動作謹慎而小心。她站在小艇邊緣，我發現她的身子有一點半透明，形成她的水體可以被看穿。

小艇周圍的水面開始波動，泛起泡沫。

「那麼，」王權輕聲問，「你們到底把我看作什麼？」

水形成的觸手開始在我們周圍擺動。艾克賽爾罵了一句。我轉過身，把步槍轉到自動檔，向距離小艇最近的觸手射出一連串子彈。水觸手上迸濺起大片水花，卻沒有停止擺動。

觸手漸漸將我們圍攏，如同巨獸的手指從我們身下伸出。一根水觸手纏住了我的脖子，另一根如同游蛇般竄過來，繞著我的手腕，讓我的皮膚上產生出一種怪異的冰冷觸感。

其他人都在高喊著與這些觸手作戰，但我們很快就被一個個地纏住。艾克賽爾打光了手槍裡的子彈，然後被高高吊起，很像是一隻生了鬍子的氣球被水做的繩子牽住。

「你們認爲我是一個可以隨便打發的次等異能者嗎？」王權輕聲問，「你們認爲我是一個可以隨意被發號施令的人嗎？」

我在觸手的纏繞中掙扎著，這時整艘小艇都已經被舉了起來。艇尾的引擎發出一陣音調尖銳的哀嚎，然後突然默不作聲。一根根水柱在我們周圍盤卷而起，形成密集的欄杆，遮住了頭頂的天空。

「我能夠輕鬆地折斷你們的脖子，就像折斷幾根樹枝。」王權說，「我能夠把這艘船拖進最深的深淵，把它封鎖在那裡。到那時，你們的屍體將永遠難見天日。這座城市屬於我。這裡的生命全都是*我的財產*。」

我扭過頭看著她。不久之前，我還覺得她像是一位老祖母，現在我只覺得這種看法眞是可笑。許多道水流包裹住她，她在我們面前變得越來越龐大。她的雙眼圓睜，嘴唇彎曲，露出一絲冷笑，雙臂向前伸出，爪子一樣的兩隻手控制著水流，讓她看上去就像是一個發狂的傀儡師。這絕不是什麼和藹的老婦人，而是一個正發揮出自己的全部力量，無比強大的高等異能者。

此時此刻，我絲毫不懷疑她能夠做出她所說的一切。我的心臟猛烈地跳動著，我瞥了一眼蒂雅。

她依舊保持著完美的平靜。

蒂雅很容易就會被看成是一個不算危險的審判者。但此時此刻，儘管被王權的水觸手緊緊勒住，她卻沒有表現出絲毫畏懼，只是冷靜地和這名高等異能者對視。我注意到她手中握著一樣東西，看上去，好像是一個裝著某種白色液體的水瓶。

「妳以爲我會害怕妳的小花招？」王權問。

「不，」蒂雅說，「但我非常確定，妳害怕喬納森。」

她們兩個就這樣對峙了片刻。水觸手突然解開了，讓我們一個個落回小艇中，而小艇也重重地跌在水面上。猛烈的撞擊讓我痛哼了一聲，隨後我就被冷水浸透。

王權微微嘆了一口氣，放下雙臂。「告訴喬納森，我已經厭倦了人們和他們毫無意義的生命。我聽從滅除的勸告，同意他的想法，我將毀掉新巴比倫的每一個人。我不知道……我還能抑制自己多久。就這樣。」

她一下子就消失了。她的身體變成清水，落回水面。我發現自己正蜷縮在瓦珥和艾克賽爾之間，心臟咚咚咚跳個不停。小艇周圍的水面恢復了平靜。

蒂雅抹去眼睛上的水。「瓦珥，帶我們去基地，馬上。」

瓦珥急忙走到艇尾，啓動了引擎。

「躲藏還有什麼意義？」當小艇開動的時候，我低聲問，「她能看到任何地方，能出現在任何地方。」

「王權不是全知全能的。」蒂雅說。教授也說過類似的話，而且他們兩個這樣說的語氣很相似，都著力強調這個事實，「當她出現在我們面前時，你有沒有看到她是多麼困惑？她以爲喬會和我們在一起，但他的缺席明顯讓她吃了一驚。」

「是的。」艾克賽爾伸出手，扶著我坐穩身子。他巨大的身軀占據了我面前大約三個座位的空間，「我們在她的眼皮底下藏了幾乎有兩年……至少我們相信是這樣。」

「蒂雅，」瓦珥帶著警告的口吻說，「這座城市中的環境已經改變了。如今她看見了我們，從現在開始，一切都會變得截然不同。在巴比拉，我不知道還能相信什麼。」

艾克賽爾點點頭，臉上露出擔憂的神色。我還記得他說過的話。無論何時，她都能看到我們。我們在工作的時候必須明確記住這事實……也一定會有這樣的恐懼。是的，我們知道，她現在正盯著我們。

「她不是全知全能的，」蒂雅重複了一遍，「她不能看到房屋內部，除非那裡有一池水，能夠讓她從中向外窺視。」

「但如果我們進入一棟建築不再出來，」我說，「她一定會知道我們的基地就在那裡。」其他人什麼都沒有說。我嘆了口氣，頹然坐倒。和王權的正面交鋒顯然讓大家都非常苦惱。沒錯，我能理解這一點，但爲什麼我也會像他們一樣無話可說？

瓦珥將小艇駛向一棟缺損了很大一片外牆的建築。這是在巴比拉很常見的巨型辦公摩天大樓。瓦珥在四分五裂的外牆上找到一道足以讓大巴士駛入的裂縫，將小艇駛了進去，艾克賽爾伸出一根長鉤，勾住了側面牆壁。這裡有一大片黑色幕布遮在一個洞口前，擋住了外面的世界。

瓦珥和艾克賽爾點開了他們的手機，蒼白的光芒照亮了半沉入水中的房間。瓦珥將小艇停靠在房間側面的一道樓梯旁邊。我立刻就想跳下小艇，拾級而上——其實我一直渴望著能離開這艘船。但蒂雅抓住了我的手臂，向我搖搖頭。

她拿出了那只剛才一直被她握在手中，盛有白色液體的水瓶，將它晃了晃，倒在水中。其他人也紛紛從小艇底部的一個箱子裡拿出類似的瓶子，把裡面的白色液體倒進水裡。蜜茲倒光了整整一大罐這種液體。

「肥皂？」我看著水面上泛起的泡沫問。

「餐具洗滌劑。」瓦珥證實了我的猜測，「可以改變水的表面張力，讓她幾乎不可能控制水。」

「也會扭曲她的視野。」艾克賽爾說。

「眞厲害。」我說，「這是她的弱點？」

「就我們所知，應該還不是，」蜜茲很熱切地說，「只是對她的力量造成一些影響。這更像是將許多水滴灑在火上，異能者的能力反而有可能會因此變得更加激烈。不過這樣做是眞的眞的很有用。」

「很有用，但也許毫無意義。」瓦珥搖晃好最後一瓶肥皂水，將它倒了出去，「過去我們只是將這個辦法當作備用手段。蒂雅，她已經看見了我們。我相信，她能夠認出我們每一個人。」

「我們能應付現在的狀況。」蒂雅說。

「但……」

「熄燈。」蒂雅又說。

瓦珥、蜜茲和艾克賽爾交換了一個眼神，然後三個人一起關了手機，讓整個房間陷入黑暗。這似乎是另一個備用手段，如果王權能夠看進這個房間，她所看見的也只是一片黑暗。

我們的小艇搖晃起來，我驚恐地抓住蜜茲的手臂。房間裡似乎發生了什麼事。水正從什麼地方流進來？星火啊！這棟樓在沉沒嗎？或者情況更糟，王權找到我們了？

晃動停止，但隨之而來的死寂讓我在一秒之內變得更加不安。我聽著自己的心跳聲，甚至開始想像自己又回到了水裡，腿上還掛著鐵鍊，正在沉入無底深淵。

蜜茲拉了我一下。她正抬腿邁出小艇。她的方向錯了，她正在朝水裡走，但……

我聽到她的腳踏在堅固東西上的聲音。什麼？我在她的帶領下離開了小艇，腳底碰到了一些光滑的金屬。我轉向了？不，我們正走在一個從水中升起的東西上。一座平台？

我們經過一道門，我感覺我們正沿著一道梯子向下走。我一下子明白過來，這不是一座平台。

是一艘潛艇。

第十五章

我站在黑暗中猶豫著，手握著進入潛艇的階梯欄杆。當然，我還完全看不見這艘潛艇。我從沒有意識到「水」對我來說會是一個問題。我的意思是……這個世界有一半是水，不是嗎？人體內也有一半都是水。所以，走進潛水艇應該就像是一隻羊落進一大堆棉花裡。只是我沒辦法說服自己。我覺得我這隻羊似乎馬上就要落進一堆溼漉漉的釘子，還在海底。

但我不想讓其他審判者看見我在出汗，哪怕他們在黑暗中其實看不見我。也許他們能聽得見我出汗？呃，反正我不想讓他們知道。我吞了一口口水，扶著欄杆爬進了潛艇。艾克賽爾沉重的腳步聲最後進入潛艇。頭頂上方咔的一聲悶響，我知道是那名大漢關閉了艙蓋，並將艙蓋封死。

潛艇中就像午夜的炭窖一樣黑。或者，嗯，像是午夜中的一顆葡萄，或者午夜中的任何東西。我摸索著找到一個座位，而這艘機器已經被發動，正靜靜地沉入深水。

「給你。」蜜茲將一樣東西硬塞進我的手裡。一條毛巾，「把你帶進來的水擦乾淨。」

我很高興能有些事做，便賣力地擦起座位，然後是地板，卻發覺地板上鋪著地毯。緊接著又有一條毛巾遞過來，我盡可能把身子也擦乾。想要躲過王權的監視，就必須確保周圍沒有任何開放的水面。

「好了嗎？」幾分鐘以後，蜜茲問。

「我們好了。」瓦珥回答。

蜜茲打開了她的手機，將我們照亮。這時我第一次看清目前身處的這個艙室。舒適的橙色和藍色塑膠長椅沿著艙壁排列，椅子上方的窗戶都被厚重的黑布擋住。和我想的軍用潛艇不同，它是一艘觀光船，就像是那種會帶著人們環遊礁岩的潛艇。我們腳下的地毯顯然是最近才鋪上的，用來避免地板上出現積水。

艾克賽爾正仔細地檢視我們是否在黑暗中還遺漏了哪處水窪。「王權應該需要兩英寸的水面才能進行視線轉移，」他對我說，「但我們絕不能心存僥倖。」

「水面在這裡還重要嗎？」我問，「難道她不能看到水面以下，找到我們？」

「不能。」蒂雅說。她坐在船艙最後面的座位上。她的身後似乎是廁所，不過上面掛著一塊牌子：「蜜茲的炸藥室，安靜進出」。那個艙室的門栓斷了，艙門正隨著潛艇的震動不停地一開一合。

「想像你正透過手機和我交談，」蒂雅向我解釋，「我的臉出現在你的螢幕上，你的臉出現在我的螢幕上。那麼，你能夠轉換視角，看進我的手機裡面嗎？就算你想要這樣做。」

「當然不能。」

「爲什麼不能？」

「因爲手機不是那樣工作的，」我說，「它的螢幕向外。」

「王權的能力也是如此，」蒂雅說，「對她而言，暴露在空氣中的水面就像手機螢幕一樣，她能夠看到水面以外的情況，卻不能朝相反的方向看。在水面以下，我們對她而言就是隱形的。」

「我們依然處在她的力量之下，」前方駕駛位上的瓦珥向外一指，「既然她將水位升高，淹沒了整個曼哈頓。她也能夠讓水面下降，直到這艘潛艇徹底暴露。過去我們所倚仗的其實是她並不知道我們在這裡。」

「她本來可以在那艘小艇上動手，」蒂雅說，「但她放走了我們，這意味著她暫時還不想殺死我們。現在我們在水面以下，她已經找不到我們。我們暫時自由了。」

所有人似乎都接受了蒂雅的推論。至少現在為此爭執實在沒什麼意義。在航行（我也不知道在潛艇裡是不是該換個說法）的潛艇中，我換了個位置，坐到了蒂雅身邊。

「妳對她很瞭解。」我小聲說。

「之後我會給你一個解釋。」她應聲。

「其中會包括妳是如何知道這些的嗎？」

「我會讓喬決定你能夠知道些什麼。」蒂雅丟下這一句之後便起身走到潛艇前面，開始輕聲與瓦珥交談。

我坐進椅子裡，竭力不去想到我們正在水中的這個事實。我們也許無法下潛太深，畢竟這是一艘娛樂用船隻，但無論怎樣，我都覺得很不舒服。如果潛艇出了狀況怎麼辦？如果突然漏水呢？它會不會停止行駛，一直沉到海底去？那我們都會被困死在這裡面……

我不安地扭動著身子，衣袋裡發出一陣硬物磨擦的聲音。我皺著眉頭把手伸進衣袋，拿出我的手機——至少是我的手機的殘骸。

「哇噢，」艾克賽爾坐到我身邊，看著我的手機，「你是怎麼做到的？」

「激怒一個異能者？」我回答。

「把它給蜜茲，」大漢向女孩點點頭，「她如果不能把這支修好，就會給你一支新的。不過小心一點，她給你的東西都會經過一些……改裝。」

我挑了挑眉毛。

「全都是非常實際、非常有用的附加功能。」蜜茲說。她已經從我這裡拿過炸彈，正在她的座位上拆解那東西。

「那麼，」我轉向艾克賽爾，「蜜茲就是修理技師，裝備保管人……」

「以及前哨。」女孩接口。

「……以及負責其他一些工作。」我繼續說，「瓦珥負責管理和後援。我一直在想，你在團隊中的工作是什麼？你不是前哨，那你做什麼？」

艾克賽爾將雙腳放在他對面的座位上，背靠著被黑布遮住的窗戶，「大多數情況下，我做瓦珥不想做的事，比如和人們交談。」

「是我負責和人們交談。」前方駕駛位上的瓦珥沒好氣地說。

「妳只會對著大家喊叫，親愛的。」艾克賽爾說。

「這也是談話的一種方式。而且，我絕不只是喊叫。」

「是的，妳偶爾還會抱怨。」艾克賽爾對我露出一個微笑，「我們是一個深入普通人社群的團隊，鋼鐵殺手。這表示我們要對這座城市中的人們進行很多觀察，和他們有很多互動。」

我點點頭。這名有著紅潤面頰和濃密褐色鬍鬚的大漢有一種令人放鬆心防的氣質，任何人都能感覺到他的樂天和友善。

「我還會負責埋葬你的屍體。」他又對我說。

好吧……

「你在棺材裡的樣子一定很不錯。」他繼續說著，「骨架端正，身材清瘦，可能需要在眼皮下放一點棉花，在血管裡注入防腐液，嘿——那樣你就被做好了。但你的皮膚太蒼白，這一點很可惜，瘀傷的痕跡很容易就會顯露。不過，只要一點化妝應該就能解決這個問題，對不對？」

「艾克賽爾？」瓦珥在前面喊。

「什麼事，瓦珥？」

「別嚇唬人了。」

「這可不是嚇唬人。」大漢說，「所有人都會死，瓦珥。有意忽視這個問題並不會讓它消失哪！」

我趁這個機會挪到距離艾克賽爾稍遠一點的地方。這讓我更加靠近了蜜茲，她正在把她的炸彈收起來。「別理他，」當瓦珥和艾克賽爾槓起來的時候，女孩對我說，「以前他從事殯葬業。」

我點點頭，並沒有繼續向女孩追問艾克賽爾的事。在審判者中，我們對於彼此的家人和過去知道得越少，在我們遭受異能者拷問時，能夠出賣的同伴資訊也就越少。

「謝謝你爲我說話，」蜜茲低聲說，「在蒂雅面前維護我。」

「她有時候滿嚴厲的，」我說，「她和教授都是這樣，但他們都是好人。不管她怎樣責備妳，我懷疑當他們處在妳的位置上時，是否眞的會任由那些人死去。妳做得沒有錯。」

「即使這樣讓你陷入險境？」

「我活下來了，不是嗎？」

蜜茲向我的喉嚨瞥了一眼。我感覺到她的目光，才想起我的慘狀。現在我每吸一口氣，那裡都會疼一下。

「是嘛，」女孩說，「我知道你這樣說只是在安慰我。不過我很感激。我沒想到你會這麼好。」

「我？」我說。

「當然！」她似乎恢復了一些衝動又樂觀的本性。

「鋼鐵殺手，說服斐德烈斯打擊鋼鐵心的人。我一直以爲你是個冷酷的人，心中總是想著『他們殺了我的父親』，待人也會很嚴厲……之類的。」

「妳對我都知道些什麼啊？」我驚訝地問。

「也許比我應該知道的要多些。我們應該有保密意識，但我還是禁不住會多問一些問題。而且……嗯……我也聽到了一些山姆和瓦珥的談話。那時他正告訴瓦珥你們在新芝加哥的計畫……」

蜜茲向我扮了一個帶有歉意的鬼臉，又聳了聳肩。

「好吧，相信我，」我說，「我可是比看上去更嚴厲的。我天生就是個嚴厲的人，就像獅子天生就是橘黃色的。」

「那麼，你是……中等嚴厲？因爲獅子還有一些淡褐色。」

「不，牠們是橘色的。」我皺眉，「難道不是嗎？我從沒有見過眞正的獅子。」

「我覺得老虎才是橘色的，」蜜茲說，「但牠們也只有一半是，因爲牠們全身都有黑色的條紋。也許你應該說，你就是很嚴厲，就像橘色就是橘色一樣。」

「這太明顯了。」我說，「我很嚴厲，就像獅子是褐色的一樣。」這樣說對嗎？我可沒有在隨口胡說。

蜜茲側過頭看著我，「你有一點奇怪。」

「不，聽我說，我只是比喻用得不對而已。這次我不會說錯了。我嚴厲得就像……」

「不，這樣就好。」蜜茲微笑著說，「我喜歡你的比喻。」

「好吧，」艾克賽爾笑著說，「我會記得在你的悼詞上加上關於橘色這段話。」

還不賴。在這支新團隊中只待了幾個小時，我就已經讓他們相信鋼鐵殺手是一個可愛的陌生人了。我嘆口氣，又坐進椅子裡。

潛艇又行駛了一個小時或者更久一些，現在我已經無法確定我們是否還在巴比拉。終於，潛艇的速度慢了下來。片刻之後，我們徹底停住，潛艇似乎被外面的某種東西固定住。

看來我們已經到達目的地。艾克賽爾站起身，又拿出一些毛巾，並向瓦珥點點頭，爬上了潛艇的舷梯。

「關燈。」她說。

大家順從地熄滅了所有燈光。我聽見瓦珥打開艙蓋的聲音。有一些水落進來，但聽聲音，艾克賽爾立刻將它們都擦乾了。

「我們出去吧。」蜜茲悄聲對我說。我摸索著向舷梯走去，同時讓其他人都在我之前上了舷梯。我聽見他們在上面交談。當蒂雅來到舷梯前時，我知道她是除我之外的最後一個。

「教授呢？」我輕聲問她。

「其他人並不清楚發生了什麼事，」蒂雅悄聲回答，「我告訴他們教授把滅除引走了，不過他不會有事，而且很快就會追上我們。」

「那麼到底發生了什麼事？」

在黑暗中，蒂雅沒有回答。

「蒂雅，」我說，「這裡只有妳和我眞正瞭解教授。妳也許能夠用得上我，我可以幫忙的。」

「他現在並不需要我們的幫忙，」蒂雅說，「他需要的只是時間。」

「他做了什麼？」

蒂雅微微嘆了口氣，「他故意讓自己被一團火焰擊中。換成普通人，一定無法活下來。就在他躺在地上，而滅除得意洋洋地俯視著他的時候，他治癒了自己，然後一躍而起，抓掉了滅除的眼鏡。還記得滅除是個近視眼嗎？這個小資訊被證明非常有用。」

「幹得漂亮。」我說。

「喬說，那個怪物被嚇壞了。」蒂雅低聲說，「滅除立刻傳送走，而且沒有再回來。喬沒事，一切都很好，所以你不必再擔心了。」

我讓蒂雅從身邊過去。並非一切都很好。如果教授不在我們身邊，那只能意味著他害怕自己會對我們做出可怕的事。我躊躇著扛起背包和步槍，爬上舷梯，進入一個伸手不見五指的漆黑房間。

「你出來了嗎，大衛？」瓦珥的聲音在黑暗中響起。

「是的。」我回答。

「這邊。」

我跟隨著她的聲音走過去。她抓住我的手臂，推著我走進一個被黑布遮住的門口。她跟在我身後，關上了一道門，然後又打開我們面前的另一道門。我在乍現的光亮中，終於看見了審判者在巴比拉的藏身基地。

這根本就不是一個地洞。

這是一棟大宅。

第十六章

豪華的紅色地毯，堅硬光滑的烏木和休閒長椅，一座吧台上面的水晶杯反射著瓦珥手機的光亮。這裡有開闊的空間，應該說是非常開闊的空間。

我的下巴撞上這個房間的地板——其實，狠狠碰到我下巴的算是這裡的門。我走進房間，環顧四周。這個地方簡直就是一座國王的宮殿。不……不，它看上去很像是異能者的宮殿。

「這是……」我走到房間正中央，「我們還在水下嗎？」

「大部分，」瓦珥說，「我們正在長島一個富家子的地下宅邸中。霍華德．萊頓建造了這座帶有空氣過濾系統的避難所，為了躲避核戰。」她把背包甩到吧台上。「很不走運的是，他沒料到即將到來的災變。當他和他的家人從歐洲飛回來的時候，一個異能者打掉了他的飛機。」

我回頭朝通向潛艇的短廊看了一眼。艾克賽爾已經關上了門，把那條走廊封鎖在黑暗之中。這裡的建築結構讓我覺得有些糊塗。我們是從這個房間的地面以下走上來的？也許這裡有某種停泊設施，但潛水艇怎麼可能停泊在一個地底避難所下面？

「儲備倉庫。」艾克賽爾來到我身邊，向我解釋，「萊頓的避難所下方有一個巨大的倉庫用來儲備食物，現在這個倉庫已經被水灌滿了。我們打通了它的一側，鑿出一個能夠讓這艘潛艇駛進來的洞穴。幾年前，教授切穿了這裡的地板，建造了潛艇停泊港。」

「喬喜歡在他會去的每一座城市都安排好基地。」蒂雅坐到一張舒適的長沙發裡，拿出她的手機。手機在這裡可以運作，我們的手機在新芝加哥的鋼鐵墓穴中也能夠運作，所以它們在其他地方也不會有任何問題。

說實話，沒有了手機，我總覺得自己有點像是在裸奔。我在工廠幹活的時候，存了好幾年的錢才買了它。現在我的步槍沒了，手機也壞了，才發現自己過去的生活中並不曾擁有過太多東西。

「現在該怎麼做？」我問。

「現在，我們等喬完成他的偵查，」蒂雅說，「然後再派人去找他。蜜蘇麗，妳何不帶大衛去看看他的住所。」

至少這樣能讓他別來打擾我——我能聽出蒂雅話中的暗示。

蜜蘇麗點點頭，打開一支手電筒，跳進一條走廊，我扛著背包跟了過去。這時我才突然意識到自己有多麼疲累。儘管我們這幾天都是在晚上趕路，我卻沒能完全適應晝伏夜出的生活。尤其是最近幾個月以來，我終於能夠在陽光下自由活動了，這種生活對我來說非常新奇，我很喜歡它。

看樣子，黑暗將再次成爲我生活中的主要色調。

我跟隨蜜茲走出主起居室。我們經過的走廊牆壁上掛著許多藝術照片，都是各種色調的水在半空中奔流衝擊的景象，我想這也許算是一種摩登前衛藝術。但這些照片卻不時提醒我，我們正在大海底下。

「難以置信，竟然還有這麼好的地方。」我一邊說，一邊把頭探進一間擺滿書籍的圖書室。這裡的藏書比我一輩子看過的書都要多。大多數房間裡都亮著小型緊急照明燈。看樣子，在這裡也是有電可用的。

「知道嗎？長島上的人一直都活得很好。有沙灘，有大房子。我還是小女孩的時候，曾經來過長島，那時我在沙灘上玩耍，心裡想著住在那種大房子裡會是什麼滋味。」蜜茲一邊走，一邊用手指撫過牆壁，「我曾經乘潛艇經過我的老公寓。那種感覺滿有趣的。」

「現在看到舊家，會難過嗎？」

「不會。我幾乎不記得禍星出現以前的日子了，我大部分人生都在彩繪村裡度過。」

「什麼？」

「彩繪村靠近鬧市區，」蜜茲說，「是個好地方，幫派也不算很多，通常都有食物吃。」

我跟隨蜜茲走向走廊深處，她對著走廊上的一扇門指了一下，「這是浴室。你去那裡要先到第一層，這扇門要隨時關閉。然後你再走過另一扇門，那裡沒有光，必須摸黑洗澡。有淋浴設備和浴盆，也是這個地方唯一有水的地方。絕對不要把水帶出來，哪怕是要喝水也不行。」

「因爲王權？」

蜜茲點點頭，「雖然我們處在她的力量範圍之外，她也似乎很少會四處行動，但一切還是安全爲上。畢竟，如果她找到這個地方，我們就死定了。」

對於蜜茲的推斷，我並不是很確定。就像蒂雅指出的，王權剛才就能殺死我們，但她沒有這麼做，反而很像是正在努力壓抑自己的黑暗面，就像教授那樣。「那些黑幫，」我走到蜜茲身邊，「王權除掉他們了？」

「是的，」蜜茲說，「現在唯一的幫派就是牛頓那夥人。身爲一名異能者，王權最近也可以算是相當放鬆了。」

「那麼王權的存在對於這座城市算是好事囉？」

「嗯，如果不考慮整座城市被水淹沒這件事的話。」蜜茲說，「猛漲的洪水殺死了數以萬計的人。不過，和她過去的恐怖程度相比，現在的王權的確不算很壞，就像是……咬你腳踝的狗總好過咬你腦袋的狗。」

「不錯的比喻。」我說。

「我可沒有用獅子喔。」

蜜茲說著走進了另一個更大的房間。這裡到底有多大？這是一個圓形房間，擺著一架鋼琴。除了在電影裡，我還沒有見過鋼琴。另一側有幾張裝飾華美的餐桌，這裡的天花板被油漆成黑色，並且……

不，那不是黑色。那是水。

意識到這片天花板是純粹的玻璃時，我倒抽了一口冷氣，稍微縮了縮身子，目光不由自主地想要穿過這片巨大的黑色水體。我看到了一些小魚群，而且我發誓，我還看到了某種大東西游過去。有一片陰影。

「這傢伙的核彈庇護所還有一扇天窗？」我問。

「六英寸的聚丙烯，」蜜茲用手遮住電筒的光，「再加上一層可開闔的鋼製外殼。我知道你想問什麼——不會，完全無法看穿。首先，就像我說的，我們距離城市足夠遠，應該在她的能力範圍之外。其次，她需要敞開的水面。」說到這裡，女孩猶豫了一下，「不過，我還是希望能把那層鋼殼闔上，但那個該死的東西卡住了。」

我們迅速走過這個可怕的房間，進入另一條讓人安心的、沒有窗戶的走廊。又向下走了一點，蜜茲推開一道門，朝門後的寬大臥室指了指。

「我和艾克賽爾一起住嗎？」我把頭探進門裡，看了兩眼。

「一起住？」蜜茲反問。

「這個地方有十二間臥室。如果你想的話，可以睡兩間。」

我猶豫著，看著這裡的烏木櫥架和毛茸茸的紅色地毯。這個房間裡的床就像是一片超級超級大的烤吐司。在新芝加哥，爲了擁有一間小小的單人房，我用光了大部分人生積蓄，而這間臥室至少有我那個小單人房的四倍大。

我走進去，放下背包。在這個寬闊的房間裡，我的背包變得格外渺小。

「那邊的櫃子裡有手電筒，」蜜茲用手機照亮了那個櫃子，「我們剛剛從你們在新芝加哥的朋友那裡獲得了一批新的能量電池。」

我走過去，戳了戳那張床。

「人們會睡在這麼軟的東西上頭？」

「沒關係，如果你喜歡硬床，這裡也有『地板』。電燈開關壞了，不過一些電源插座還是能用。你可以用手機電源線一個個去試試，總能找到一個有電的。」

我舉起了那支碎掉的手機。

「噢，」她說，「好吧，明天我會幫你把它修好。」

我又摸了摸床上的毯子。現在我的眼皮沉重得就像是一個在街上踉蹌前行，只想找巷子大吐一場的醉鬼。我需要睡眠。但我還有太多的事情需要知道。

「教授讓你們在這裡負責偵察，」我坐到床邊對蜜茲說，「已經有一段時間了吧，對不對？」

「沒錯。」

蜜茲把身子靠在門框上。

「他有沒有說是爲什麼？」

「我一直都認爲是他想要獲得關於王權的每一點情資，」蜜茲說，「爲攻擊王權做好準備。」

「我很懷疑。在鋼鐵心之前，教授從沒有攻擊過如此重要的異能者，而且審判者幾乎從不進行長時間的觀察。他們通常會在兩個月之內完成在一座城市中的行動，留下幾具屍體之後迅速離開。」

「你瞭解其他審判者團隊的運作嗎？」蜜茲笑著說，彷彿這是一個很傻的問題。

「是的，」我實話實說，「瞭解得不少。」

「是嗎？」

「我……無論做什麼事都有一點強迫症。」但絕不是書呆子，無論梅根怎麼說。「以後我會告訴妳的。我想，我該睡覺了。」

「那麼，睡個好覺。」蜜茲說著轉過身走掉，也帶走了她的手機燈光。

教授早就知道，我一邊想，一邊躺倒在床上。他沒有進攻王權，是因爲他知道王權想要變成一個好人。他一定也在思考……是否有辦法改變所有異能者的心性，讓那些人使用的超能力不再腐蝕他們。

我打了個哈欠，想到也許應該換換衣服……

但睡魔先打敗了我。

第三部

第十七章

我在黑暗中醒來。

我哼了一聲，在柔軟得過分的床上蠕動，感覺像在打發好的奶油中游泳。終於，我挪到床邊，坐了起來，用一隻手抓了抓頭髮，並下意識地伸手去拿手機。直到在身邊摸索了一圈之後，我才想起手機已經壞掉，並且被蜜茲拿走了。

片刻之間，我感到一陣失落。現在幾點了？我睡了多久？地下街道的生活讓我總是需要手機來告訴我時間。白天對我已經成爲一種回憶，就像遍布綠草的公園和媽媽的聲音。

我爬下床，把不知什麼時候脫掉的夾克踢到一邊，向門口摸索而去。門外走廊的一個方向有燈光，遠處還有低微的談話回音。我打著哈欠，向有亮光的地方走去，來到了中庭，就是那個有鋼琴和玻璃天花板的圓形大廳。現在這裡充滿了一種柔和的藍色光亮，光源來自於我頭頂上方。

透過水波的太陽表明我們正在距離水面大約五十英尺深的地方。海水比我預料的更加暗沉，不像藍色的水晶，而是呈現出一種更幽暗模糊的顏色。從這樣的水面向下看，估計什麼也看不到。

現在我能夠把談話聲聽得更清楚了。是教授和蒂雅。我走過中庭，努力不讓自己向上看，然後在圖書室找到了他們兩個。

「看她說話的樣子，她的內心的確存在著衝突，喬。」蒂雅正在說話，「她顯然希望你能夠到巴比拉，所以你來得正是時候。她本來可以殺死我們，但她沒有這麼做。我認爲她是眞心希望你能夠阻止她。」

我並不想偷聽，所以我把頭探進了圖書室。教授站在排滿了書本的牆邊，一隻手搭在書架上。蒂雅坐在一張書桌上，身邊有台打開的手提電腦和幾本書。她的手裡拿著一只密封的小袋，袋口伸出一根吸管。我立刻明白，這樣喝水就不會讓王權有機會透過水面窺視我們。根據我對蒂雅的瞭解，那小袋裡一定裝滿了可樂。

教授向我點點頭，我便走進了圖書室，並發表了自己的意見：「我認爲蒂雅是對的。王權正在努力不去使用她的力量，並且抵抗著那些力量造成的腐化。」

「阿比蓋爾詭計多端。」教授說，「如果你們自以爲瞭解她的動機，那麼你們很可能犯錯。」他在書架上輕敲指尖，「把艾克賽爾叫回來，不要讓他繼續進行偵查，蒂雅。準備好會議室，我們該討論一個計畫了。」

蒂雅點點頭，闔上手提電腦，走出房間。

「一個計畫，」我走到教授身邊，「你想要殺死王權。」

教授點頭。

「在經歷過這麼長時間的觀察之後，你只是想把她殺掉？」

「你知道昨天有多少人死在滅除的手裡嗎，大衛？你聽到資料報告了嗎？」

我搖搖頭。

「八十人。」教授說，「八十個人在幾分鐘之內被活活燒死。只因爲王權將那個怪物放進了這座城市。」

「但她在與自己對抗，」我說，「她正在壓制影響她的黑暗……」

「她沒有！」教授大喝一聲，他走過我身邊，「你錯了。去爲參加會議做準備吧。」

「但……」

「大衛，」已經走到門口的教授不容我再說下去，「十個月以前，你找到我們，帶來了一個懇求和一次爭論。你說服我必須消滅鋼鐵心，我聽了你的話。現在，我希望你聽我的。王權已經無法回頭，該是阻止她的時候了。」

「你們是朋友，對不對？」我問。

教授轉過身看著我。

「難道你從沒想過，我們至少可以考慮一下，是否能拯救她？」

「你眞正想的是梅根，對不對？」

「什麼？不……」

「別對我說謊，孩子。」教授打斷了我，「對於異能者，你像任何人一樣只希望除之而後快。我在你的身上看到了這種祈望，這是我們共同的祈望。」

他回身向我走來。天哪，如果教授願意，他完全能用充滿壓迫感的氣勢讓人無法呼吸。我覺得自己就像是一朵弱不禁風的小花，馬上就要被一塊倒下的墓碑壓扁。他就這樣一言不發地站在我面前，過了很長一段時間，他才嘆息一聲，伸出手按在我的肩上。

「你是對的，大衛，」他輕聲說，「我們曾經是朋友。但你眞的認爲我應該因爲自己恰巧喜歡阿比蓋爾，就對她所做的事情不聞不問嗎？你認爲我們曾經的關係能夠成爲我赦免她殺戮罪行的理由嗎？」

「我……不。但如果她受到超能力的支配，那也許不是她的錯。」

「這麼說沒有意義，孩子。阿比蓋爾做出了她的選擇。她可以讓自己的手上免於沾染鮮血，但她沒有這麼做。」教授直視我的眼睛，我在他的眼裡看到了眞正的情緒。不是憤怒。他的表情太柔和，緊鎖的眉頭中充滿了痛楚——現在他的心裡只有滿滿哀傷。

他放開我，轉身離開。「也許你說得沒錯，王權眞的在抵抗她的超能力。如果是這樣，那麼我懷疑她之所以引誘我到這裡來，正是因爲她在尋找一個能夠殺死她的人，一個能夠將她從自己手中拯救出來的人。她派遣人馬，使用手段，逼我來到巴比拉，就是因爲我能夠阻止她殺戮平民，而這也是我將要做的事。她不會是第一個被我殺死的朋友。」

沒等我再說話，教授已經走出房間，我能夠聽到他在走廊中重重的腳步聲。我靠在牆上，全身乏力。和教授的談話總是會讓我感覺到強大的壓力。

最後，我決定去洗個澡。我只能摸黑做這件事，而且只能洗冷水，不過這對我都不是問題。還在工廠的日子裡，我每三天才能洗一次澡。只要生活條件能夠比那時好，我就很滿足了。

半個小時以後，我走進了會議室。這裡和我的臥室只有幾道門的距離。這個房間的一整面牆都是玻璃，能夠清楚地看到外面的海水，而它似乎是一種能夠令人心情愉悅的裝潢，已經進入會議室的每一個人都面對著那片玻璃牆壁。我當然不是害怕那道牆，只是不喜歡隨時被提醒我們正處在深深的水底，只要一點點裂縫，就足以把我們全部淹死在這裡。

艾克賽爾坐在一把看上去非常舒服的椅子裡，雙腳翹起。蜜茲正在玩弄著她的手機。瓦珥站在門邊，雙臂抱在胸前，這個西班牙女人看上去沒有打算坐下來放鬆一下。她對待生活總是很嚴謹——對於這一點，我相當敬佩。我們相互點頭致意，隨後我就走進房間，坐到蜜茲身邊的椅子裡。

「上面城市的情況如何了？」我問艾克賽爾。

「舉行了許多葬禮，」大漢回答，「我在靠近中央廣場的地方參加了一個很不錯的葬禮。水面上撒著花，還有美麗的悼詞。雖然防腐工作做得很糟糕，不過，考慮到資源缺少的現狀，我們也不能有什麼抱怨。」

「你在葬禮上進行偵察？」我問。

「當然，」艾克賽爾說，「人們喜歡在葬禮上說話。那是個人們宣洩情感的地方。我也發現了一些牛頓的走狗在遠處看著這場葬禮。」

正盯著手機的蜜茲抬起了頭，「他們去那裡幹什麼？」

「他們只是旁觀，」艾克賽爾搖搖頭，「說實話，我想不出他們會幹些什麼。我們也許應該滲進他們內部……」

「我很懷疑王權的黑幫會招募四十幾歲、又高又胖的花花公子，艾克賽爾。」門旁邊的瓦珥說。

「我可以偽裝成廚師，」艾克賽爾說，「每個組織都需要好廚子和好的殯葬師。這兩個行業對於人們的生活永遠很重要，我們都離不開食物和死亡。」

沒過多久，蒂雅和教授就走了進來。教授的手臂腋下夾著一把畫架，蒂雅找了張椅子坐好。教授把鋪好紙的畫架在那一大片水族館一樣的玻璃牆前擺好。太好了，現在我得一直緊緊盯住那一大片水了。

「視訊器還沒有安設好，」教授說，「所以我們只能用這種老派的辦法。蜜茲，妳在團隊名冊上的位置最低，所以妳來做會議記錄。」

蜜茲從椅子裡跳起，教授交給她的任務似乎讓她很高興。她迅速拿起一支奇異筆，在畫架紙的抬頭上寫下了審判者消滅王權之超級方案（Reckoner Super Plan for Killing Regalia）。她的這行字裡，每一個i頭頂上的圓點都被畫成了一顆愛心。

教授面無表情地看著女孩的舉動，然後一字一句地開始了演講：「在消滅鋼鐵心的時候，審判者做出了一個承諾，一個我們必須堅守的諾言：我們不會放任強大殘忍的異能者不管。王權證明了她對於生命的蔑視，而我們是唯一能夠將她繩之以法的力量。現在該是我們徹底掃除她的時候了。」

「我有疑慮，」艾克賽爾搖了搖頭，「王權最近成功地運作了她的公共關係。這座城市中的人們不愛她，但也不恨她。你確定我們要這麼做，教授？」

「過去五個月裡，她一直派遣刺客追殺我在新芝加哥的團隊。」教授的聲音寒冷如冰。「山姆也是她下令殺死的。她對我們同樣造成了傷害，艾克賽爾。不管她怎麼搞人際關係，她也確實在這座城市中四處殺人。我們要消滅她。這一點沒得商量。」

教授這樣說的時候，眼睛看著我。

蜜茲在紙上寫下了非常重要，我們絕對需要這樣做，又畫出三個大箭頭，指向她寫的標題。過了一會兒，她又在這句話旁邊用小字寫下：刻不容緩。

「好吧，」瓦珥在門旁說，「那麼我們就需要找到她的弱點，但這件事我們至今都還沒做到。我懷疑光是肥皂水還不夠。」

教授看著蒂雅。

「阿比蓋爾不是高等異能者。」蒂雅說。

「什麼？」發聲的是艾克賽爾，「她當然是。我從沒有遇過像王權這麼強大的異能者。她能夠把水面抬升到淹沒整座城市，她能夠移動千百萬噸的水，而且能夠讓那些水一直留在她指定的位置上！」

「我並沒有說她不強大，」蒂雅說，「只是她並非高等異能者——高等異能者的定義是所擁有的超能力使其無法被傳統方式殺死的人。」

蜜茲在畫架紙上寫下：對王權的判斷需要完全講求事實。

「王權的預言能力呢？」我問蒂雅。

「那個能力被過分吹噓了。」蒂雅說，「不管她讓人們相信了什麼，她的預言能力勉強只能到等級F，她幾乎無法解釋她看到的東西。這種能力所提供的保護效果絕對不可能將她提升到高等異能者的水準。」

「我也在筆記裡做過這樣的推測，」我點著頭說，「妳確定這點沒錯？」

「絕對沒錯。」

艾克賽爾舉起一隻手，「唔，我不明白。還有誰一樣不明白？反正我是不太明白。」

蜜茲在紙上寫下：艾克賽爾需要對他的工作更加注意。

「王權，」我向他解釋，「並沒有直接的保護性力量。高等異能者都會擁有這種力量。鋼鐵心的皮膚是無法穿透的；擊掌全身被空氣包裹，任何指向他的穿刺和打擊都會被傳送到另一處；熾焰被殺死以後會轉生。王權卻沒有這樣的能力。」

「阿比蓋爾是強大的。」教授說，「實際上她也是脆弱的。如果我們能找到她，我們就能殺死她。」

教授沒有說錯。我意識到我一直都將王權看作是鋼鐵心一樣的人物。是我錯了。我能殺死鋼鐵心，是因爲我找到了他的弱點。然而對付王權最重要的並不是找到她的弱點，反倒是要找到她本人躲在什麼地方。

「那麼，這一點也許應該成爲我們的計畫核心。」蒂雅啜了一口可樂，「我們必須找到王權本人。我已經告訴過你們，她的能力範圍不超過五英里。我們應該能夠利用這一點確定她的藏身之地。」

蜜茲欣然在紙上寫下，步驟一：找到王權，徹底暴露她的所在，然後再行動。

「我一直都很想知道，」瓦珥看著蒂雅說，「妳對於她的力量怎麼知道這麼多？從學究們那裡來的嗎？」

「是的。」蒂雅面不改色地說。星火啊。蒂雅眞是個優秀的說謊專家。

「妳確定沒有其他訊息來源了？」我說。

教授瞪了我一眼，我也回瞪著他。我並不打算直接說出他私下對我說過的話，但這樣對夥件隱瞞也讓我很不舒服。他們至少應該知道教授和王權曾經有過情誼。

「嗯，」蒂雅不情願地說，「也許應該讓你們知道，喬和我在多年前就認識王權，那時她剛剛成爲異能者，而審判者還沒有出現。」

「什麼？」瓦珥大步走了過來，「這件事妳從沒有和我說過。」

「以前這件事並不重要。」蒂雅回答。

「不重要？」瓦珥提高了聲音，「山姆死了，蒂雅！」

「凡是我們認為能夠協助妳對抗她的資料，我們都已經交給妳了。」

「但……」瓦珥依舊不肯甘休。

「好了，瓦珥。」教授說，「的確，這件事我們一直對妳保密。如果我們認為應當如此，我們就會繼續對妳保密。」

瓦珥顯然生氣了。她將雙臂交叉在胸前，站到我的椅子旁邊。其實她根本沒有說話，但蜜茲已經在畫架紙上寫了步驟二：為瓦珥脫咖啡因。我猜不出這是什麼意思。

瓦珥深吸了一口氣，終於還是坐下。

蜜茲還在寫著，步驟三：蜜茲去拿一塊餅乾。

「我也能吃一塊嗎？」艾克賽爾問。

「不，」教授嚴厲地說，「開會時哪裡也不准去。蜜茲，寫下來……」他的聲音低了下去。從會議開始到現在，他第一次轉頭去看蜜茲的會議紀錄，這時畫架上的第一張紙已經完全被蜜茲寫滿。

蜜茲臉上一紅。

「妳何不坐下來？」教授對女孩說，「我們也許並不需要這樣的紀錄。」

蜜茲急忙找到一個座位，低著頭坐下去。

「我們的計畫，」教授繼續說，「必須找到王權的活動基地，然後潛進去殺死她。最好是在她入睡、無法反擊的時候。」

聽到這裡，我的胃緊抽了一下。趁一個人睡覺的時候打爆她的頭？這可不是什麼英勇的行爲。但我什麼都沒說，其他人同樣保持著沉默。歸根究柢，我們是刺客，這就是我們的行動方式。殺死睡夢中的人難道和把她引入陷阱再殺死有什麼區別嗎？

「各位有什麼建議？」教授問。

「你確定找到她的基地是可行的？」我問，「鋼鐵心一直四處活動，每晚都睡在不同的地方。我知道不少異能者都擁有多個歇宿點，就是爲了防止這樣的事情發生。」

「王權不是鋼鐵心，」教授說，「她也不是鋼鐵心那樣的偏執狂，而且她喜歡舒適的居所。她會選擇一個固定的地方，精心營造那裡。我不認爲她會經常離開。」

「她正逐漸衰老。」蒂雅表示贊同，「我們以前和她還有接觸的時候，她能夠連續多日在同一時間坐在同一把椅子裡接待來訪者。我同意喬的看法。阿比蓋爾更願意待在一座有嚴密保安措施的基地裡，而不是十幾個不算安全的藏身地。她肯定也還有一個備用基地，但除非她確定主基地有危險，否則她不會使用備用基地。」

「我以前也考慮過這一點，」艾克賽爾若有所思地說，「五英里的範圍意味著她幾乎能在巴比拉的任何地方使用她的能力。她的基地甚至有可能在原來的新澤西。」

「是的，」蒂雅說，「但她每次出現，都能讓我們縮小對她的搜索範圍。因爲她只能把自身影像投送到基地的五英里範圍內。每次看到她的投影，我們就對她可能的所在位置有更精確的判斷。」

我緩緩地點著頭，「就像是投石器擲出大團的散彈。」

所有人都看著我。

「不，聽著，」我說，「如果我們有這麼一架散彈投石器，它的功能沒問題，只是發射距離偶爾會發生變化。我們盡可以花些時間讓它多發射幾次，也許這樣我們就能找到它的發射規律。就算有人偷走了投石器，我們也能根據彈丸落地位置判斷它的所在點。王權的狀況也一樣，只不過她發射的是投影，而它的基地就是那架投石器！」

「這……聽起來很有道理。」艾克賽爾說。

「我能夠當那個發射投石器的人嗎？」蜜茲問，「聽起來很有趣。」

「不管怎樣，聽起來很有吸引力。」蒂雅說，「如果我們能夠蒐集到足夠的資料，這件事應該就可行。不過，我們也不希望那個……唔……大衛提到的散彈會太多。所以我們要做的是：一、尋找確實的投影出現地點；二、創造環境，刺激王權透過投影出現。如果她出現，我們就能獲得資料；如果她不出現，那就可能是因爲地點位於投影範圍以外。這樣反覆測試多次，我相信我就能查清她的位置。」

我理解地點點頭。「我們得在城市中搞出些動靜來，看看能不能把王權引出來和我們碰面。」

「就是這樣。」蒂雅說。

「那麼，她其他能力的範圍呢？」我又問，「既然她用水淹沒了整座城市，我們不能利用這種能力的範圍限制對她定位嗎？」

蒂雅看著教授。

「她操縱水的能力有兩種效果，」教授說，「小型的水觸手，就像你們見過的那樣，還有大規模的『潮湧』。水觸手只能存在於她的視野範圍內，我們的確能藉由這一點找到她。但她大規模推動水的能力不會給我們太多情報，因爲那的確很像是潮水湧動。她能夠推動廣大區域內的巨量水體，然而這種能力非常缺乏精確性——她可以從很遠的地方這樣做。所以，僅憑巴比拉的水體形態，我們還是找不到她的藏身之地。」

「另外，」蒂雅又說，「我們相當確信阿比蓋爾不知道我們發現了她的能力範圍限制，這是我們的一個優勢。我們能夠利用這種優勢找到她。現在的關鍵就是要確保我們的行動可以引起她的關注，迫使她來找我們；如果她沒出現，我們就能斷定是因爲距離太遠。」

「一定可以引起她注意的辦法？」我問。

「是的。」蒂雅回答，「同時最好不要留下太多痕跡，讓她察覺到我們有意吸引她。」

「嗯，這個不難，」我說，「我們攻擊異能者。」

所有人又將目光轉向了我。

「聽著，我們遲早都要殺掉滅除。他是王權的一把槍，王權想用槍口指住我們的頭，同時不惜讓整座城市受到威脅。如果我們將他除掉，她便失去了一個重要的工具，而且對滅除的狠狠一擊非常可能將王權引出來，因爲她一定想要阻止我們。如果我們成功了，我們就削弱了王權的力量，制止了殺戮，並且能夠得到一個王權的投影位置，幫助我們找出她的基地。何況這樣做也不會引起她的懷疑，因爲這正是審判者的作風。」

「大衛說得有道理。」蒂雅說。

「也許吧。」教授說，「但我們並不知道滅除會攻擊哪裡，只能被動地做出反應，這使我們很難爲他設下陷阱，更難藉此獲得關於王權所在位置的線索——無論她是否會出現。」

「也許牛頓是一個更好的目標。」艾克賽爾提出自己的建議，「她和她的走狗一直都在城中各處巡邏，他們的行動是可以預期的。牛頓現在已經成爲王權的左右手，如果她有危險，王權一定會現身。」

「只是，」瓦珥說，「牛頓在這些日子裡並沒有真正威脅市民的生活。她的手下一直都很守規矩，他們也許會做一點霸凌的事，但從沒有殺過人。不過我同意鋼鐵殺手，滅除是一個嚴重的問題，我不想看到巴比拉變成下一個休士頓。」

教授轉身看著玻璃牆外微微發光的藍色海水，考慮了片刻。「瓦珥，妳的團隊有沒有剷滅牛頓的既定計畫？」

「有的，但……」

「但什麼？」

「這個計畫是以山姆和諜眼爲基礎。」

「諜眼？」我問。

「已經壞掉了。」瓦珥說，「沒有用了。」

從她的口氣聽來，我感覺這是一個會讓她惱火的話題。

「那就與蒂雅和大衛合作，」教授對她說。「根據現有情況修改，再制定一個幹掉滅除的計畫。我們按照大衛的提議行動，透過打擊這兩個敵人把王權引出來，再把妳的團隊確定的王權投影出現的地點列一張清單給我。」

「好的，」瓦珥說，「不過我想這份清單不會有多少內容。除了昨晚的那場遭遇以外，我們只見過她一、兩次。」

「即使是兩個資料點，也能讓我們建立一個尋找她的基線。」蒂雅說，「艾克賽爾，你繼續在城市中進行偵查工作，蒐集所有關於王權出現或使用能力的傳聞。傳聞未必盡實，但我們還是能夠利用它們來構建起最初的情資地圖。」
「這兩天我就去看看誰知道這樣的事，」艾克賽爾說，「的確可以從這一步開始。」
「很好，」教授說，「去吧。會議結束。你留下。」最後這句話是對我說的。
當其他人離開之後，蒂雅還留在自己的座位裡。我發現自己又開始出汗了。我將心中的忐忑使勁壓下去，強迫自己站起身，走向站在被玻璃牆擋住的無盡藍水旁邊的教授。
「你必須小心一些，孩子。」教授低聲說，「你知道很多別人不知道的事。這是因爲我信任你。」
「我……」
「不要以爲我沒注意到你今天打算改變議題。你想要殺死的是滅除，而不是王權。」
「你不覺得首先攻擊滅除會更好嗎？」
「是的，我沒有反駁你，因爲你是對的。攻擊滅除是合理的，也許攻擊牛頓也沒錯——先剪除王權的羽翼，並藉此一步步縮小對她的尋找範圍。但我提醒你，不要忘記，王權才是我們的主要目標。」
「是的，長官。」我說。
「解散。」
我從房間裡走出來，爲了教授對我的單獨訓話而煩惱。當我沿著走廊前行時，卻不由自主地想到了能源場。我腦中浮現的不是那個強悍的異能者，而是那個被剝奪了超能力的普通人，在模糊的恐懼與強烈的困惑中看著我。
我在殺掉異能者的時候從不會有半分猶豫，以後也不會有。但這並不能阻止我想像梅根的臉孔代替能源場，出現在我即將扣下扳機的槍口前。

曾幾何時，我對於異能者只有憎恨。但我意識到自己已經無法再保持那樣的心境了。現在我認識了教授、梅根和艾蒙德，也許這正是我反對殺死王權的原因。在我看來，王權正竭盡全力對抗她的異能者本性，也許這意味著我們能夠拯救她。

所有這些問題都將我引向一種危險的思路。如果我們在這裡抓住一名異能者，該怎麼辦？就像我們在新芝加哥對待艾蒙德那樣嗎？我們是否能夠控制牛頓或滅除這樣的人，利用他們的弱點永遠除去他們的能力？如果他們不再使用自己的能力，要過多久才能變回正常人？

如果牛頓或滅除不再受他們的能力影響，會像艾蒙德那樣幫助我們嗎？如果這樣做成功了，是否表示我們也可以這樣對待王權？還有梅根？

就在我回到自己的房間時，我發現這個念頭已經開始在腦海中揮之不去，我越來越沒辦法把它趕走。

第十八章

當蜜茲、艾克賽爾和我從潛艇爬上那棟灌滿海水的幽暗大樓時，黃昏剛剛開始降臨。我們摸索著找到了審判者的小艇，在艇中坐穩之後，蜜茲按下手機上的一個按鈕，潛艇便悄無聲息地沒入到深水中。

我不知道這種躲避王權的辦法是否有效。希望我們的預防措施眞的能夠讓她找不到我們的基地，也不會知道我們乘坐潛艇行動。我們拿起船槳，打開手機燈光，把小艇划進了水面街道。

我們開會確定殺死王權的計畫已經是兩天前的事了。小艇靠近人口密集的樓頂時，太陽正落入地平線。我們爬出小艇。艾克賽爾將一個水瓶扔給正在看管幾艘小船的一名老者。淡水是這座城市中不太容易獲取的資源之一，它需要從橫越新澤西的溪流中取來。一瓶清水並不値什麼，卻也足以充當基本貨幣，購買一些簡單服務了。

其他人都已經上了樓頂，我卻還在小艇中，眺望著遠處的夕陽。在鋼鐵心的帝國裡，我的人生大部分日子都被困在陰影裡，爲什麼巴比拉的人們只在夜晚才會出來？這些人能夠充分享受陽光，卻寧願在黑暗中生活，難道他們不知道他們有多麼幸運嗎？

落下去的太陽如同一塊巨大的金色奶油，漸漸融化在新澤西這根玉米上。或者……等等，這座廢城應該更像是菠菜，而不是玉米。所以應該說，太陽沉入了新澤西菠菜裡。

然後巴比拉就復活了。

各種街頭塗鴉如同電燈一樣亮了起來，一片在日光中很難讓人注意到的繪畫，在我的腳下綻放出光彩：那是一輪圓月，底部還有用白色大字體寫的一個人名。我必須承認，這幅畫的確顯示出一種富有生命力的華麗感。新芝加哥沒有塗鴉，塗鴉在那座鋼鐵城市中是一種叛逆的符號，而對於叛逆的懲罰只有死刑。不過，在新芝加哥，挖鼻孔也會被認爲是叛逆的表現。

我快步追上蜜茲和艾克賽爾。身上沒有步槍，我覺得自己好像沒穿衣服。但我的口袋裡還有梅根的手槍，以及審判者護盾——其實就是教授給予的能量力場。我不知道蜜茲和艾克賽爾爲什麼會邀請我加入他們的偵查任務，對此我也不介意——能夠在開放空間裡走一走是件不錯的事。但瓦珥不是應該比我更適合蒐集訊息、分析情報嗎？

我們步行了一段時間，走過一些吊橋，經過一個又一個人群。這些人攜帶的籃子裡都裝滿發光的水果，他們親切地向我們點頭，卻讓我感到十足的怪異。難道這些人不會低垂著頭，時刻擔心異能者會出現在他們身邊嗎？

我知道，我腦子裡有些想法大錯特錯了。在鋼鐵心死後的數個月，我在新芝加哥的首要任務就是建立一座人們不會再感到恐懼的城市。現在我終於看到了開朗友善的人群，爲何又會爲此憂心忡忡？

但我就是無法排除掉這份擔憂。我的直覺告訴我，周圍的這些人並不正常。我們走過一個較低的樓頂，經過一些悠閒地用腳踢著水的巴比拉人，還有一些人無所事事地躺在地上，吃著發光的水果，好像對什麼都不在意。這些人難道沒聽說滅除幾天以前的暴行？

當我們走上另一座吊橋的時候，我向下看了一眼。一群年輕人正在我的腳下游泳，不時還發出陣陣笑聲，這些景象都只是讓我更加不安。當然，這座城市的人們沒有必要像新芝加哥人那樣消沉陰鬱，但也不至於如此歡快樂天，似乎從沒被傷害過一樣吧？

蜜茲注意到我正在看著那些鬧騰的游游者，便問我：「怎麼了？」

「他們看上去是那麼……」

「無憂無慮？」她問。

「沒大腦。」

蜜茲笑了，「巴比拉人的確神經都很大條。」

「這就是這裡的生活方式。」走在前面的艾克賽爾表示同意。他正領著我們去找他的情報來源，「更確切地說，你可以將這點稱為他們對曦光的信仰。」

「曦光，」我說，「是一個異能者，對嗎？」

「也許吧，」艾克賽爾聳聳肩，「所有人都認為巴比拉的食物和光亮是曦光賜予的。只不過對於曦光到底是誰，或者是什麼，不同的人會有截然不同的說法。」

「顯然是一名異能者。」

我朝附近的建築物瞥了一眼，那些高樓的破窗中都能看見發光的水果。但是，我的筆記中根本不存在這樣一個異能者。我竟然會對如此強大的異能者毫無任何瞭解，這一點也讓我深深不安。

「嗯，不管怎樣，」艾克賽爾繼續說，「這裡的人已經學會了與世無爭的生活方式。無時無刻因為異能者而膽顫心驚又有什麼好處？畢竟普通人對他們無能為力。許多人認為，也許明天就會被異能者殺掉，至少今天可以先享受一下生活。」

「這太愚蠢了。」我說。

艾克賽爾回過頭，揚了揚眉毛。

「如果你接受了異能者，」我說，「他們就贏了。所以這裡的情況才會如此不正常，所以才沒有人反抗。」

「我覺得沒錯。但稍微放鬆一下也沒什麼壞處，你覺得呢？」

「有許多壞處。精神鬆懈的人做不成任何事。」

艾克賽爾聳聳肩。星火啊！他似乎也認同這種錯誤的想法。我沒有再去想這件事，但我的不安也沒有因此而減輕。給我帶來不安的不僅是周圍這些帶著友善微笑的人，還有這種缺乏掩護的環境。這裡有這麼多樓頂，這麼多破爛的窗戶，狙擊手能夠輕易把我們撂倒。我很希望能儘快找到那些情報來源，那些人也許會待在隱祕的房間中，把門緊緊關上。

我們又轉過一個樓頂，上了另一座吊橋。小孩子們坐在橋邊咯咯地笑著，一起用力踢腿，讓吊橋緩緩地來回搖晃。我對蜜茲說：「那麼，瓦珥那天的會議上提過一樣東西，就是那個……諜眼？」

「那是山姆的，」蜜茲低聲說，「是我們從騎士鷹鑄造廠購買的特殊裝備。」

「是一件武器？」

「嗯，應該算是。」蜜茲說，「一種與異能者相關的設備，用來模仿他們的超能力。這副諜眼能夠操縱水。山姆可以將它向下發射，藉此讓自己升入半空，輕鬆地在城市各處移動。」

「那算是……噴水背包？」

「是的，可以這樣說。」

「一副噴水背包。現在沒有人使用它了？」我有些吃驚。

「那麼……知道嗎……我也許能……」

「它已經壞了。」沒等我把話說完，蜜茲就打斷我。

「當我們找到山姆的……」她哽咽了一下，沒有把話說完，「我們把他找回來的時候，那副諜眼的動力部件不見了。」

「什麼是……？」

走在吊橋上的女孩看著我，似乎有些吃驚。「動力部件？你不知道？它就是在技術上能夠實現異能者超能力的部分。」

我聳聳肩。從技術層面複製異能者的超能力——這是我在加入審判者之後才接觸到的一個全新領域。儘管我的護盾和急救星都只是教授的力量，但我們的確擁有一些可以算是科技產品的東西。它們大多應用了來自於異能者屍體的基因材料。在我們殺死異能者之後，經常會採集他們的細胞，將它們當作高價流通品，用於和軍火商進行貿易。

「那麼就再裝一套動力部件。」我說。

「事情沒有這麼簡單，」蜜茲笑了，「你眞的對這個一點都不知道？」

「蜜茲，」艾克賽爾在橋頭說，「大衛是前哨。他要做的是向異能者開火，而不是在工坊裡修理設備，那是妳的工作。」

「沒——錯！」蜜茲向他翻了翻眼珠，「謝謝你，你解說得很棒，給你豎個大拇指。大衛，動力部件來自於對異能者的研究，每一套動力部件都只針對一副設備而設計。」她越說越起勁，很顯然看了許多這方面的資料，「我們已經向騎士鷹下訂了另一套設備，但需要一段時間才能運過來。」

「很好，」我說，「只要東西運到，我要第一個試用。」

艾克賽爾笑了，「你確定要這樣，大衛？用這種諜眼可是要經常游泳的。」

「我會游泳。」

艾克賽爾回頭看著我，揚起了眉毛，「想聊聊我們進城時你看著這片水的表情嗎？那時你好像覺得這些水會咬你。」

「我也認為槍很危險，」我說，「但我現在就帶著一把槍。」

「隨你怎樣說吧。」艾克賽爾轉回身，繼續帶路。

我陰沉著臉跟在後面。他是怎麼看出我不喜歡水的？所有人都看出來了嗎？我自己甚至在來到這座被大水淹沒的城市之前都不知道。

我回憶起那種被水淹沒的感覺……到處都是水……水灌進我的鼻子和嘴，帶來徹底的恐慌，而且……

我打了個哆嗦。而且，鯊魚不正是在這樣的水中出沒嗎？為什麼這些游泳的人一點也不怕？

他們都是些瘋子，我告訴自己，他們也不害怕異能者。

好吧，我可不打算被一條鯊魚吃掉。但我的確需要學會游泳，我還要找到對付鯊魚的辦法。也許在腳上裝尖刺？

我們終於在一座吊橋前停下腳步。這座橋一直向上延伸，通到對面光芒閃爍、高高聳立的大樓上。

「我們到了。」艾克賽爾盯著坡度很大的橋面說。

我跟著那名大漢上了橋，心中頗有些好奇。向我們提供情報的人也許就躲藏在那棟大樓的叢林裡？隨著我們一步步向上爬去，我聽到上方傳來一種奇怪的聲音。

那是音樂嗎？

的確是。越向大樓靠近，它便充滿了我的耳朵。是鼓聲和小提琴的聲音。一些五光十色的身影正在來回搖動，那些人身上的衣服也都有發光彩繪。在音樂聲中，我又分辨出一些人們說話的聲音。

我在橋上停下腳步。走在我前面的蜜茲也停下了。

「那是什麼？」我問。

「一場派對。」女孩回答。

「給我們提供情報的線人就在那裡？」

「線人？你在說什麼？」

「艾克賽爾要找的那些人。我們要從他們那裡購買情報。」

「購買……大衛，聽我說。艾克賽爾、你和我，要和派對裡的那些人玩在一起，看看我們能打聽到些什麼。」

噢。

「你還好嗎？」她問。

「是的，沒錯，我當然很好。」我繼續向前走，從蜜茲身邊經過，沿著吊橋一直走向樓頂。

一場派對。

我在一場派對裡能做些什麼？

我有種感覺，如果現在掉進滿是鯊魚的水裡，也許會比較舒服一點。

第十九章

我站在這片寬闊的樓頂邊緣，集中精神，深吸一口氣，再呼出去，壓下自己慌亂的情緒。蜜茲和艾克賽爾此時已經加入了派對之中。

在這裡，來回走動的人們穿著色彩光怪陸離的衣服。有些人在跳舞，另一些人站在場地邊緣，大嚼著堆滿了一桌子的水果，響亮的鼓聲和小提琴的旋律壓倒了其他一切聲音。

這倒是很像一場暴動。一場有伴奏的、經過精心布置的暴動。這裡的大多數人都和我年紀相仿。

我當然也認識其他年輕人。我從九歲起就在新芝加哥的工廠與許多人一同工作和生活。但工廠不會舉辦派對，最相近的娛樂只有我們能夠在某些晚上看到的老片。我在工廠裡也不曾和人們有過太多交流，自由時間都用來做關於異能者的筆記，籌劃如何消滅鋼鐵心。不過我可不是個呆子。我只是那種喜歡獨處，如果對某一件事非常感興趣，就會把時間全部用在上面的人。

「來啊！」蜜茲從派對中跳出來，就像是一顆種子從閃動著鬼火的空心南瓜燈嘴裡被噴出來一樣。她抓住我的手，把我拖進混亂的人群。

光與聲的騷動立刻包圍了我。派對就是和人聊天嗎？在一片人聲和音樂的喧囂之中，我幾乎連自己的聲音都聽不見。我跟著蜜茲來到一張擺滿食物的桌子前，這裡正聚著一小群身穿彩繪衣服的巴比拉人。

我發現自己的手插在夾克口袋裡，正握著梅根的手槍。在如此密集的人群中要比暴露在光天化日之下更糟糕，我不可能同時警惕周圍每一個人，如果有槍或匕首指向我，我很難發現。

蜜茲把我推到桌前，讓我擠進一群正在聊天的青年人之中。「這位，」她高聲說，並將雙手在我的旁邊舉起，彷彿在介紹一台新型洗衣烘乾機，「是我的朋友大衛·查爾斯頓。他是從城外來的。」

「眞的？」桌邊的一個人說。他的個子很高，頭髮全是藍色，「看他一身老土的衣服和一張傻瓜臉，我還沒眞想到他是從外面來的。」

我立刻討厭了他。

蜜茲笑著打了那個傢伙肩膀一拳，又告訴我：「他是柯拉卡。」然後她依次指著桌邊的另外兩個女孩和一個男孩說：「英菲妮蒂，馬可，還有露露。」爲了讓我聽見，她必須用喊的。

「那麼，你到底是從哪裡來的，新人？」柯拉卡一邊問，一邊喝了一口發光的果汁。那東西看起來一點也不安全，「我猜，一定是個小地方。看你瞪著眼睛被嚇壞的表情就知道了。」

「是的，」我說，「小地方。」

「你的衣服眞老土。」說話的是英菲妮蒂，一個神氣活現的金髮女孩，現在她已經從桌子下掏出了一罐液體，正用力搖晃著。是噴漆。「來，我們可以幫你解決這個問題。」

我向後跳去，伸出左手，右手則牢牢地握住了口袋裡的手槍。在這座瘋狂的城市，無論是誰都可以隨心所欲地發光，但我並不打算讓自己成爲夜城中一個明顯的目標。

那四個人都睜大了眼睛，從我面前向遠處退開。蜜茲抓住我的手臂。「沒關係，大衛。他們是朋友，放鬆一點。」

又是那個詞——放鬆。

「我只是不想身上被噴漆。」我儘量讓自己鎮定下來。

「你的朋友眞奇怪，蜜茲。」馬可說。他的個子很矮，亮褐色的頭髮捲曲得非常厲害，看上去就好像在頭頂鋪了一層苔蘚。他自在地靠在桌邊，正用兩根指頭轉動著酒杯。

「我喜歡他，」露露看著我說，「是那種安靜的類型。又高眺，又深沉，又狂暴。」

深沉？

等等……狂暴？

我的目光落在她身上，窈窕的曲線，黝黑的膚色，潤澤的黑髮映射出周圍的光亮。參加派對的目的就是爲了認識女孩，不是嗎？如果我給她留下一個好印象，也許就能從她那裡得到一些關於曦光或王權的訊息。

「那麼——」蜜茲靠在桌子上，偷喝了一口馬可的飲料，「有人看到斯蒂夫了嗎？」

「我覺得他不在這裡，」柯拉卡說，「至少我沒聽到附近有人被抽耳光。」

「我知道他幾天以前在哪裡，」英菲妮蒂的聲音變得柔和起來，「在住宅區。」

「眞糟糕。」馬可說。

其他人都點了點頭。

「那麼，」柯拉卡說，「我們也許應該向老斯蒂夫敬一杯。他的確有些讓人害怕，但如果他眞的死在了異能者手裡，也値得我們好好爲他送行。」

馬可伸手要拿回自己的飲料，但蜜茲躲到了一旁，用那杯子和柯拉卡的杯子碰了一下，又喝了一口。英菲妮蒂和露露也舉起了她們的杯子。

他們都低下了頭。只有馬可剛剛去桌上的盤子裡拿起一串發光的葡萄，正走了回來。我也趕緊低下了頭。我並不認識這個名叫斯蒂夫的傢伙，看樣子他已經被異能者害死了，這場面讓我對他有了一種兔死狐悲的感覺。

馬可將手中的葡萄朝身邊的人扔過來。我抓住了一顆。葡萄——它們在新芝加哥不會發光，而且非常稀罕。我在工廠的時候不至於餓肚子，但能夠吃到的也只是提供熱量的基本食材。水果絕對是一種奢侈品。

我把葡萄塞進嘴裡。味道很棒。

「今晚的音樂很好聽。」馬可一邊吃著葡萄一邊說。

「艾德索演奏得更好了，」英菲妮蒂笑著說，「我覺得他在人多的時候發揮得更好。」

「等等，」我打斷了他們，「難道你們不擔心滅除嗎？你們的朋友是不是死在他手中？你們剛剛還在追思他，現在就把他忘記了？」

「我們又能怎樣？」馬可說，「生活總要繼續。」

「異能者也許會來，」柯拉卡表示贊同，「有可能今天就要了你的命，或是明天。但一場心臟病同樣會害死你。我們不應該爲了異能者就放棄今天的派對，畢竟我們還可以選擇及時行樂。」

「但那一夜有人向那個異能者開槍了，」蜜茲小心地說，「有人在反抗。」

「白癡，」柯拉卡說，「只會讓事情變得更糟。」

「是的，」英菲妮蒂說，「如果我們不反抗，任那些異能者爲所欲爲，半數死者都還會活著。異能者遲早都會厭煩這裡，去別的地方。」

其他人都點頭同意，馬可低聲罵了一句，「被星火燒死的審判者。」

我眨眨眼，這是一個笑話嗎？顯然不是，這些人沒有半點搞笑的意思。我注意到蜜茲鬆了一口氣，這些人沒有認出她也是參與反擊的人之一。我對此並不感到驚訝。在滅除散播毀滅的混亂局面中，這座軟弱無能的城市裡的這些只知明哲保身的人們，不可能看清到底發生了什麼事，又有誰在眞正採取行動。

這些人又開始聊起音樂了。我只是站在他們中間，尷尬又忍耐。有著心態如此消極的人們，怪不得異能者會節節勝利。

至少他們還能自得其樂，我的腦子裡出現了另一個聲音，也許他們眞的無能爲力，爲什麼要對他們如此苛責？

我只是覺得我們那樣努力地戰鬥，至少人們應該知道我們的付出。我們就是在爲了這些人的自由而戰。我們是他們的英雄。

我們是嗎？

隨著交談繼續，露露貼著我越來越近，她的手中握著一杯藍色果汁。「這裡太無聊了，」她將嘴唇湊到我耳邊，「我們跳舞吧，帥哥。」

帥哥？

還沒等我想出該如何回答，露露已經把杯子遞給馬可，將我拉離了桌邊。蜜茲稍稍向我擺擺手，就把我完全拋棄了。我被帶進人群，開始跳舞。

我猜，我現在做的事情應該是跳舞。不過看上去，這裡的每個人似乎都被硬塞進自己的襯衫裡，正竭盡全力想要從他們的衣服中掙脫出來。我在電影裡看過跳舞，裡頭的舞者比這些人……協調多了。

露露拉著我一直擠到舞池正中央。我並不打算承認自己以前從沒有跳過舞，於是我動了起來，儘量仿效周圍人們的動作，雖然覺得自己就像是被放進牛排盤裡的紙杯蛋糕。不過，這些人都沉浸在自己的舞蹈中，也許他們並沒有注意我。

「嘿！」露露喊，「你眞棒！」

我嗎？

她跳得才好，動作靈活柔軟，總是能預料到音樂的節奏，不會漏誤一個節拍。在動作紛雜的人群中，她撲向我，雙臂將我環抱，緊貼住我的身體。我完全沒有想到會發生這種事。不過感覺很不錯。

我應該與她一起動嗎？她和我貼得這麼近，讓我覺得有些困擾。她幾乎不認識我。也許她是一名刺客？我的心中浮出一個警告。

不，她只是一個普通人，而且似乎很喜歡我。這一點眞令人疑惑。我眞正和女孩共處的經驗只來自於梅根一個人。其實我不太清楚該如何與一個不打算一槍打爆我的女孩相處。

我心裡有一小塊角落還記得要詢問關於曦光和王權的事，不過這樣做就太明顯了，對吧？我認爲現在最好表現得自然一些，等一段時間再讓她向我敞開心扉。

所以，我只是繼續跳著舞。露露稱我是安靜的類型。我可以很安靜，不是嗎？我們繼續跳了一會兒，直到汗水開始從我的眉毛滴落，我還在摸索正確的跳舞方式，但這種方式似乎並不存在。露露時而在我周圍旋轉，時而貼緊我，與我一同遊走。我們已經跳了好幾首歌，每一首都不太一樣，又似乎沒什麼區別。

這裡的人們都樂在其中，我卻覺得非常緊張。我想要把舞跳好，不要讓面前這個女孩知道我從沒有跳過舞。露露眞的很吸引人：溫暖的面龐，秀美的頭髮，全身曲線玲瓏有致。她不是梅根，和梅根完全不同，但她就在我身邊，和我彼此呼吸可聞。我應該和她聊聊嗎？告訴她，她很漂亮？

我張開口，想要說些什麼，但所有話都堵塞在了我的雙唇之間。此時此刻，我發現我眞的不想和另一個女孩說話。這想法實在太愚蠢了！梅根是異能者。她混跡於審判者之中只不過是逢場作戲。她一直都在暗中操控我們。我甚至沒有眞正認識她。

但她也有可能是眞心的，對嗎？

露露的胸部很豐滿，不過我知道，那並不是因爲她把手榴彈藏在胸口。她不會像梅根那樣懂得槍械，露露不是那種能夠擊倒異能者的勇士。她的微笑充滿了誘惑，梅根則是那種硬到無法彎曲，硬到不會有微笑的人。所以，如果眞的能讓她笑一下，我做什麼都值得。

停！我對自己喝叱，教授是對的。你需要讓梅根離開你的腦子。享受你現在擁有的。

我們身邊的一個人突然抓住露露的手臂，把她猛拉了過去。露露大笑著。人群在更加激烈的音樂聲中沸騰起來。就這樣，她消失了。

我停在原地，在閃閃發光的人群中尋找著。終於，我又看見了她。她正在和其他人共舞。星火啊，我應該跟過去嗎？這是某種測試嗎？或者她只是拒絕了我？爲什麼工廠的學校裡沒有這些重要的課程？比如該怎樣應對派對中的突發狀況？

正當我呆立在原地，在無數狂舞的人們中感覺孤獨和愚蠢的時候，我卻有了新的發現。我覺得我認識某張臉。那是一名亞裔女子，身穿龐克風格的衣服，就像來自於那個古老的時代，而且……

那是牛頓。巴比拉黑幫的首領。一名異能者。她站在舞池旁邊，堆滿在桌面上的水果照亮了她的臉。

噢，謝天謝地，我感到一陣徹底的放鬆。跳舞實在是太讓人神經緊張了。獵殺半神才是我應付得來的事。

我將手伸進口袋，握住槍柄，穿過人群，尋找一個能夠清晰觀察目標的位置。

第二十章

我迅速梳理了記憶中關於牛頓的每一件事。能量轉向，我想，這是她的主能力。打牛頓一巴掌，你的力量不會有分毫傷及她，而會完全反射到你自己身上。她還能以非人類的高速移動。我的筆記中有一些關於她的背景和家庭的紀錄，不過那些資訊一時都想不起了。片刻之間，我考慮是否該呼叫蒂雅，但在這片響亮的音樂聲中，我不確定她能不能聽到我，我也不一定能聽清她的回話。

牛頓開始繞過舞池邊緣，腳步從容，不急不緩。她沒有使用超能力。我不斷推開擁擠的舞者，找到一個人群不算太密的地方。

牛頓展現出一種勝券在握的樣子，充滿自信，毫無顧慮。她的衣飾風格極盡炫耀之能事，卻沒有一點發光彩繪：黑皮衣，巨大的十字形耳墜，鼻翼和嘴唇上都有穿孔墜飾，一頭紫色的短髮。她看上去不過才十八歲，但我記得，她的容貌很騙人。

她能夠殺死這場派對上的每一個人，我心中竄過一陣寒意。而且不會受到任何懲罰。沒有人會質疑她。因爲她是異能者。這是她的權利。

她在這裡做什麼？爲什麼她只是來回走動旁觀？當然，我不介意她讓這些人平安度過今晚，但她來這裡一定有原因。我掏出蜜茲給我的新手機，記得蜜茲說過……

是的，她已經在這支手機上裝載了牛頓幫派全部已知成員的照片，其中有幾個低等異能者。我想在行動前儘量做好準備。我迅速瀏覽了那些人的照片，同時緊盯著牛頓的行蹤。她的爪牙們也在這裡嗎？

我沒有看到那些人。這是因爲牛頓沒有什麼明確的目的？還是因爲她別有圖謀？我又向牛頓靠近了一些。

此時一隻手捉住了我的肩膀。

「大衛？」蜜茲問，「星火啊，你要幹什麼？」

我放下手機，轉過身，把蜜茲拉到遠處，以免牛頓無意中發現我們。「異能者，」我說，「就在前面。」

「是的，那是牛頓，」蜜茲說，「你爲什麼要跟蹤她？你想找死嗎？」

「她爲什麼在這裡？」我貼近蜜茲問。

「這是一場派對。」

「我知道。但她爲什麼在這裡？」

「嗯，來參加派對。」

我停了一下。異能者參加派對？

從邏輯上，我知道異能者有時候會跟比他們弱小的人打交道。在新芝加哥，鋼鐵心也有許多寵臣，他們會侍奉異能者，爲異能者效力，甚至與異能者幽會。我只是沒想到像牛頓這樣的人會……出來玩。異能者是怪物，是殺戮機器。

不，我看著牛頓走向飲料吧台，立刻有人爲她奉上了飲料。只有像滅除那樣的怪物才是殺戮機器。其他異能者則各有不同。鋼鐵心想要統治一座城市，他需要崇拜他的臣民。夜影喜歡和軍火商打交道，統率刺客。許多異能者的行爲和普通人沒什麼兩樣，只是他們完全沒有人類的道德心。

那些瘋狂殺人的異能者並非是他們喜歡這樣，而是因爲他們被惹惱了。或者就像我父親死去那一天攻擊銀行的奪命手指那樣，只因爲他們認爲殺人是這個世界上最容易不過的事。

牛頓喝著飲料，背倚在吧台上，看著人群。她的目光掃過蜜茲和我，沒有絲毫停留。王權可能沒有告訴牛頓我們的長相，否則就是她不在乎審判者出現在派對裡。

巴比拉人爲她讓開道路，並在她的目光前將頭轉向一旁。他們沒有向牛頓鞠躬，或是有其他任何逢迎的表現，但他們一定知道這個外表非常年輕的女孩是誰。那種情景就像是一頭獅子走進了羚羊群，只不過牠暫時還不餓。

「好了。」蜜茲說著，把我拉回舞池中。

「妳對她知道些什麼？」我問，「我是說，她的背景。在禍星出現之前她又是什麼人？」幸好現在的歌聲已經不像剛才那樣震耳欲聾，隨著樂曲節奏放緩，人聲的喧鬧也減輕了一些。

「雲美．派克，」蜜茲說，「這是她的眞名。很久以前，就是在所有這一切發生之前，她只是一個普普通通的敗家女，一個厭倦了成功父母的少年犯。她的父母完全不知道該拿她怎麼辦。」

「她那時候就已經很壞了？」我問。

蜜茲開始跳舞。她只有幾個簡單的動作，不像剛才的露露那樣激烈，不過還是像露露那樣充滿了誘惑。跳舞也許是個好主意，畢竟我們不想太過與眾不同，我也跟著蜜茲跳了起來。

「沒錯，」蜜茲說，「絕對很壞。她犯的是殺人罪，所以當禍星到來時，她已經被關在少年感化院裡了。然後，砰的一下，一切都變了，超能力出現。我敢肯定，那一天感化院裡的警衛們一定全都倒楣透了。但是，她過去是怎樣的人又有什麼關係？」

「我想知道異能者在獲得超能力之前就是惡人的比例有多少。」我回答，「我也試圖將他們的弱點和他們過去的人生聯繫起來。」

「難道以前沒有人這樣嘗試過嗎？」

「許多人都做過，」我說，「但他們大多沒辦法實現我這樣的研究水準，只有身爲審判者的我才能得到這麼多接觸異能者的機會。我現在還找不到確切的證據，能夠證明這種聯繫的存在，但我相信一定有，只是我必須找到正確的角度……」

我們又跳了幾分鐘。我已經能夠掌握住這種舞步，生疏慌亂也少多了。

「那時你的感覺怎樣？」蜜茲問，「你殺鋼鐵心的時候。」

「嗯，我們在軍人球場設下陷阱，」我說，「當時我們還沒有找出他的弱點，但我們必須試一試，所以我們制定了一個計畫，然後……」

「不，」蜜茲說，「殺死他的時候感覺什麼樣？在你的內心，你覺得那像是什麼？」

「這個和我們現在的任務有關嗎？」我皺起眉。

蜜茲面色一紅，目光瞥向一旁，「哎呀，只是個人好奇嘛。」

我並不想讓她尷尬，但我覺得自己錯過了什麼。一直以來，我都只將注意力集中在眼前的工作上，對於同伴之間的交流和閒聊從不在意。

「那種感覺很強烈。」我輕聲說。

蜜茲回頭看了我一眼。

「我一直聽人說，復仇解決不了問題。」我繼續說，「當獵物終於到手時，你不會滿足，只會感覺沮喪。那只是一種該被星火燒死的愚蠢，但殺掉那個怪物的感覺很棒。蜜茲，我爲父親報了仇，解放了新芝加哥。我從沒有感覺這麼好過。」

蜜茲點點頭。

不過我沒告訴蜜茲，在殺死鋼鐵心之後，我開始感到迷惑，不知道自己往後該做什麼。充滿我內心的目標一下子完全消失了……那時的我就像是麵團，有人把我的心挖空了。我能夠在心裡重新塡滿東西，只不過那會讓我的手上多一些黏液。

於是我開始殺其他的異能者，比如有絲分裂和能源場。這又給我帶來新的問題。我曾經與異能者打過交道，甚至曾經愛上一個異能者，我已經無法再將他們全部視爲怪物了。

我射殺能源場時，她最後的眼神至今還折磨著我。她看上去是那樣平凡，那樣害怕。

「你把這件事看得非常嚴肅，對不對？」蜜茲問。

「我們不都是這樣？」

「是啊，但你還是有一點點不同。」她露出微笑，「不過我喜歡。審判者就應該像你這樣。」

我和你不同，女孩彷彿這樣暗示著。

「很高興妳有這樣的生活，蜜茲。」我指了指狂歡中的人們，「很高興妳有朋友。妳不會想要變成我這樣子的。派對、眞正的生活……從某種角度來說，這些正是我們爲之而戰的原因。我們要讓整個世界恢復原樣。」

「但你不是認爲巴比拉的這一切都是假象嗎？」蜜茲說，「這座城市和這裡的一切都是王權設計出來的，爲了隱藏她眞實的目的。即便如此，你還是爲我感到高興？」

「是的，即便如此。」我說。

蜜茲微微一笑，同時繼續隨著音樂節拍前後躍動。她很可愛，完全不像露露那樣咄咄逼人地誘惑你。蜜茲只是……對所有人都很好。熱心，愉悅，眞實。

我一輩子都在遠離像她這樣的人。我不想有拖累，至少我是這樣告訴自己。確實，我對自己的目標總是無比專注，以至於所有人都覺得我有些奇怪。但蜜茲……她卻把我看作一位英雄。

我應該能逐漸懂得享受這樣的生活。我對蜜茲沒興趣——至少沒有那方面的興趣，梅根始終都緊緊抓住我的心。但我發現自己一直渴望著與同齡人的友誼。

蜜茲似乎因爲某件事感到困擾，也許她也在想著和我一樣的事，或者……

「我需要更像你這樣才好，」她說，「我太容易信任別人了。」

「我喜歡妳現在的樣子。」

「不，」蜜茲說，「我甚至沒有殺過一個異能者。這一次，我要有所改變。我要做你做過的事。我要去找到那個怪物。」

「那個怪物？」我問。

「熾焰，」蜜茲說，「那個殺死了山姆的怪物。」

噢。

梅根絕對不是怪物，但我沒辦法向蜜茲解釋這一點，除非我掌握了可靠的證據。

而現在，我只能改變一下話題：「那麼，妳從妳的朋友們那裡有什麼收穫？我們的任務是蒐集情報，對不對？任何能協助我們找到……目標的線索，現在進展如何？」我並不想把那個

「目標」說出口，即使有這樣的音樂掩護，即使身邊沒有暴露在空氣中的水面，王權不太可能監視得到我們。

「我還在找，但的確聽到了一則有趣的小道消息。看樣子，王權正在招攬科學家。」

「科學家？」我皺起眉頭。

「是的，」蜜茲說，「顯然全都是一些聰明人。馬可聽說，一名來自於大瀑布城的外科醫生已經到了這裡，他曾經是撤銷的私人親隨。這很奇怪，因爲我們這裡並沒有很多受過訓練的專業人員。巴比拉吸引的是聽天由命，只想得到食物的人，不是學者。」

哼。「看看最近是否還有其他職業的專家來到這裡。比如會計師，或是軍事專家。」

「爲什麼？」

「只是一種預感。」

「好，我會繼續去蒐集情報。」說到這裡，蜜茲猶豫了一下，「對你而言，全部的生活眞的只是工作，對嗎？」

我沒有笑，不過還是點了點頭。

「我要去找到殺害山姆的異能者，」蜜茲說，「然後把她殺掉。」

星火啊。我必須還梅根清白，而且要快了。蜜茲自顧自地點點頭，彷彿下定了決心，然後就大步走出舞池。

我繼續在竭力隱藏自己的同時監視牛頓的一舉一動。那名異能者還在吧台旁邊流連，吮著果汁，就像是墨西哥流浪樂隊中的一名龐克吉他手。在那座大部分用舊木箱搭成的臨時吧台另一端，艾克賽爾正在與一些女人交談，她們有時候會因爲他的話而大笑起來。看上去，這些女人都對他很感興趣。

星火啊，艾克賽爾竟然這麼有女人緣？不過至少他正在執行任務。想到這裡，我開始尋找露露，也許我能問問她是否見過王權。但我卻發現雙腳不由自主地走向了樓頂邊緣的吊橋，我的身影很快便隱沒在夜色之中。現在我只想一個人安靜一下，整理思路。

第二十一章

巴比拉正在對我產生越來越大的影響。

的確，這裡充滿了花哨的光與色，我已經不禁開始有一點欣賞這種風景了。至少這裡比我們從新芝加哥出發的旅途中所見到的那一片荒蕪好得多，在這些牆壁和樓頂上閃動的每一抹色彩都是人性的標誌，是原始洞穴彩繪和當代技術的結合體。它們從噴漆罐中衝出來，在我的周圍播灑下各種生命的痕跡。

我沿著吊橋一直向前走，這並不是我們來時攀登過的吊橋，它引領我登上了一座安靜的樓頂。這裡只有一些看似久廢的帳篷和棚屋。看樣子，人們更願意留在靠近水面的樓頂，這棟樓有一點太高了。

我還不明白為什麼這裡的大多數人不願意居住在建築物內部，難道那樣不會更安全嗎？當然，那些大樓內部都生滿了植物，潮溼陰暗，而且那些植物顯然都很不正常。所以這些人也許只能選擇樓頂了。

我信步而行。也許我應該小心一下身邊是否有危險。但星火啊，王權曾經將我們攥在手心裡，卻又放走了我們。這裡不像新芝加哥——如果鋼鐵心找得到我們，他會在一眨眼的工夫裡就把我們殺光。這裡的情況複雜得多，異能者和巴比拉的普通人生活在一個奇異的生態系統中。普通人接受了隨時都會死去的命運，同時在狂歡派對中盡情享受生活，而異能者們也會參加這些派對。

新芝加哥的社會結構更符合正常的邏輯。鋼鐵心位於所有人的最頂端，在他之下是低等異能者和侍奉他的寵臣，我們其餘人只能躲藏在角落裡。但這座城市又是怎麼回事？

王權正控制著這座城市的匪幫，我想，她還獲得了一些強大異能者的忠誠。她讓普通人盡情享用食物，現在還招募到了至少一名手段高超的專家。

這些似乎全都表明她正打算像鋼鐵心那樣創造一個強大的城市帝國。王權將外面的人們吸引到這座城市來，贏得異能者的忠誠，讓他們形成菁英階級。如果是這樣，爲什麼她要任由滅除爲所欲爲？難道她建立這樣一座受法律束縛、呈現一片和平景象的城市，只是爲了一舉將它摧毀？這完全沒道理。

腳步聲響起。

在新芝加哥地下街道度過的人生總是讓人能學會幾樣技能。頭一個就是在你認爲有人悄悄靠近你的時候，迅速做出反應。如果走運的話，那可能只是一個搶匪，如果不走運，那麼你就死定了。

我背靠在一間木板棚屋的側面，伏低身子，儘量隱藏住身形，一片藍色塗鴉在我身後發出光亮。白癡，我想，這裡不是新芝加哥。對於這裡的人們來說，四處遊蕩是很普通的事。也許我根本沒必要一有風吹草動就藏起來。我向外探出頭。

我發現牛頓正悄然走過樓頂。她的腳底幾乎沒有任何聲音，身影在滿是塗鴉的地面上顯得格外幽暗。她似乎沒有看到我。

我縮回身子，開始冒汗。她要去哪裡？我猶豫了一下，開始盤算現在能做些什麼。然後，我看到她走過了樓頂。

我跟到她身後。

這太愚蠢了，我的內心這樣警告。我完全沒有做好準備，沒有消除她的能力的計畫。她是一名高等異能者，她的超能力會自動保護她免受傷害。如果我的跟監出了狀況，我肯定沒辦法用子彈搞定她。我的子彈只會彈回我身上。

但牛頓是王權的直系下屬，這座城市中發生的事情一定會有她參與，監視她也許能夠獲得重要的情報。我伏低身子向前移動，在老舊的棚屋間尋找掩蔽。如果遇上一定要跨過的開闊場所，我就用最快的速度通過。途中只有一次，牛頓差一點甩掉我。這一區的樓群非常密集，而且基本上全都在同一個高度，在它們之間跨越甚至不需要橋樑。只有當兩座樓頂的高度相差超過一、兩英尺的時候，才會有坡道相互連接。

在跟蹤王權的一路上，我們只遇到了幾個閒逛的人，除此之外就只有被廢棄的建築。那些人的衣服都閃耀著綠色的光彩，他們會用怪異的眼光看我，再瞥一眼牛頓。

然後，他們就會迅速躲藏起來。星火啊，我很高興他們還有這樣的理智，儘管我很不希望他們突然的舉動會讓牛頓產生警覺。這時，我躲到了一堵殘牆後面。

牛頓轉向一道很長的吊橋。星火啊，我在那樣的橋上很難躲過她的眼睛，那我該怎麼跟蹤她下去？不過牛頓並沒有上橋，她從樓頂邊緣一躍而下。我皺起眉，然後深吸一口氣，潛行到牛頓跳下的地方。下面是一個小陽台，陽台門開著。

是了，牛頓進了這棟樓。我看不見裡面的狀況，貿然下去很可能會誤中陷阱——這一點我當然很清楚——我翻過樓頂邊緣，小心地爬到陽台上，透過陽台門向裡面觀望。

這裡發光的水果剛剛被採收過，也許都被送到幾座樓頂以外的那個派對上去了，所以現在門內只有一片黑影。幾顆尚未成熟的果實閃動著微弱的光亮，溼氣從門中撲面而來，挾著與新芝加哥的純粹鋼鐵完全不同的植物和泥土氣味。

遠處傳來的窸窣聲表明了牛頓行進的方向。我悄悄摸進破爛的陽台門，小心地跟了上去。這裡曾經是一間臥室，我還能看到在屋中各處漫生的藤蔓下凸起的臥床輪廓。我向房門外瞥了一眼，發現一條狹窄的走廊。不，不是臥室……是旅店的客房。

這裡的空間相當狹小，這些客房本來就不大，走廊中更是長滿了樹木。這些植物是怎麼在室內生存的？我小心前進，爬過一堆堆樹根，卻被一顆掛在枝頭上的半熟水果碰到了頭側。

那顆水果閃爍起來。

我立刻停下腳步，轉過頭盯住那顆奇怪的水果。它看上去像是一顆梨子，只是不停地閃動著，就好像老電影中的霓虹燈，這到底……？

「他們還在派對裡。」一個女人的聲音響起。

星火啊！聲音就在我前面的房裡，我差一點就爬到了敵人所在的房門口。那扇門開著，敵人很容易就會發現我。我沒有再理會那顆水果，悄悄湊到門口，開始仔細傾聽。「他們有三個人。鋼鐵殺手離開了。我跟蹤他，但沒有跟上。」

說話的人是牛頓嗎？

「妳跟丟了他？」我認識那個更渾厚的聲音，是滅除。「我還以爲妳並沒有跟蹤他。」

「不像是跟丟。」那個聲音顯得很沮喪，「他就好像憑空消失了。」

星火啊。我感到一陣寒意從手臂傳上來，湧過全身。牛頓剛才在跟蹤我？

儘管心裡很清楚自己太瘋狂了，但我還是禁不住向房裡探了一下頭。那個房間裡的樹木都被砍伐，植被遭到清除——一間原本的旅店小客房得到復元，裡面的床和桌子又都可以使用。它的一扇窗戶上甚至還保留著完整的玻璃，不過其他窗戶都破碎了。

房間裡很黑，但窗戶周圍的一些塗鴉提供了足夠的光亮，讓我能夠看得到滅除。他還穿著黑色的軍用長風衣，雙手交握在背後，眼睛望向窗外那個充滿霓虹幻彩和狂歡人群的城市。牛頓靠在牆邊，一隻手轉動著一把日本刀。

這兩個人拿著刀劍在城裡要幹什麼？

「妳不應該讓那個人從妳的眼皮底下溜走。」滅除說。

「因為你想置他於死地？那你自己成功了嗎？」牛頓低吼，「我告訴你，你那麼做已經違抗了命令。」

「我不服從任何人的命令，無論是凡人還是異能者，」滅除輕聲說，「我是淨化的火焰。」

「是的，你不論是何者都一樣鬼鬼祟祟。」

滅除幾乎是心不在焉地揚了揚手臂。他拿著一把長筒手槍。沒錯，他有一把點357（注）。我在他扣動扳機的時候及時捂住了耳朵。

子彈發生了偏斜。我的確看到滅除開槍，儘管我根本沒想到他會這麼做。牛頓身前發出一點小閃光，滅除身邊桌子的一個抽屜爆開，碎木片四散紛飛。那個龐克風女孩站得筆直，滿臉氣惱。滅除又向她開了五槍，每顆子彈都彈開了，沒有造成任何傷害。

我吃驚地看著這一幕，應該充滿在心中的恐懼消散得無影無蹤。這真是不可思議的力量。波士頓的鷹含也會造成力量轉移，但從他身上崩飛的子彈通常會四分五裂。而眼前，射向牛頓的子彈眞的改變了軌跡，朝反方向飛去。它們在如此劇烈的震盪中爲什麼沒有崩碎？根據我的觀察，那些往回飛的子彈軌跡並不平穩。畢竟子彈不是被設計來後退飛行的。

滅除放低了槍口。

「你有什麼問題？」牛頓喝問。

「我到底應該和誰說話，向誰發出警告？他們眞的會聽嗎？」滅除冷冷地說，「聽著，他們的耳朵沒有被割掉，但他們沒有聽明白。」

「你瘋了。」

「而妳很擅長用刀，」滅除輕聲說，「我很欣賞妳的技巧。」

我皺起眉。什麼？牛頓似乎也認爲滅除的這句評價很奇怪。她猶豫了一下，壓低手中的長刀，盯住滅除。

「你不打算再向我開槍了？」片刻之後，牛頓終於說話，聲音中流露出一些困擾。知道這名高等異能者像我一樣認爲滅除是一個令人超級不安的傢伙，我心中不由得有些高興。「我想回去了。我餓了，那個派對上的食物也不好，都是一些本地的水果。」

滅除甚至沒有向她瞥上一眼，只是悄聲嘟囔了些什麼。我努力想要聽清他的話，不禁又向前靠了靠。

「墮落，」滅除在悄聲說，「所有人都墮落了。異能者的種子埋藏在每一個人體內，所以，所有人都要死。無論凡人還是超人，全都要……」

注：口徑0.357英寸，也就是9mm的手槍。

我的腳滑了一下。

儘管我迅速恢復了平衡，但靴子還是蹭到了一塊樹皮。滅除猛然轉過頭，牛頓繃直身子，舉起並握緊了日本刀。

滅除的目光直射向我。

但他似乎沒有看見我。

他皺了皺眉，目光穿過蹲伏在地上的我。最後他搖搖頭，大步走到牛頓身邊，抓住牛頓的一隻手臂，開始傳送。兩個人在眨眼間就變成了兩團強光的剪影，迅速消散於無形。

我站穩腳跟，汗水從面頰不住地滾落，心臟跳個不停。

我剛剛擺脫了牛頓的跟蹤，卻根本沒有察覺到自己又被跟蹤了。我可不會以為只要迅速躲到棚屋後面就能甩掉盯住我的牛頓。現在的事情更是無法解釋。

「好吧，梅根，」我說，「我知道妳在。」

回答我的只有沉默。

「我帶著妳的槍。」我一邊說，一邊拿出那把手槍，「眞是一件好武器。P226，訂制橡膠握柄，貼合的手指槽，側面有一點磨損。看樣子，妳用了好多時間讓它能更契合妳的手。」

還是沉默。

我走到窗前，把手槍伸出去，「也許它掉在水裡一樣會飛快地沉下去。那樣的話，實在是太可惜了……」

「如果你現在鬆手，你就是個大白癡。」

梅根的聲音從外面的走廊傳入，「我會把你的臉皮整片撕下來。」

第二十二章

梅根！星火啊，能再聽到她的聲音，感覺實在是太好了。上一次我聽到她的聲音時，她正用槍指著我。

梅根從走廊的陰影中走出來。她美極了。

我第一次見到她的時候，還努力地想要加入審判者。那時她穿著一件貼身的紅色禮服，秀髮如同金色波浪垂在肩頭，修長的面孔妝點著腮紅和眼影，還有亮紅色的唇膏。現在，她穿著結實的軍外套和牛仔褲，長髮在腦後綁成俐落的馬尾，卻讓她顯得更加美麗動人。這才是眞正的梅根，手臂下勒著一只手槍皮套，腰間還有另一只。

看到她，我立刻回憶起許多事——在新芝加哥的追逐，槍戰，還有爆炸的直升機。一場不顧一切的飛行，將受傷的她抱在我懷中，一場不可能的援救。

她還是死了。但我又發現，她其實並沒有死。看到她，我禁不住笑了起來。梅根則平端起九釐米手槍，指向我胸口。

好吧，至少這個情景也很熟悉。

「那時你發現了我，」梅根說，「這表示我變得容易被預料。不是這樣，就是你知道得太多了。你一直都知道得太多。」

我低頭看著那把槍。被槍口指住的感覺從來都無法讓人習慣。其實，當你對槍瞭解得越多，在面對一把槍的時候，就越容易感到驚慌失措。因爲你知道它能對你的身體做些什麼。而且你也很清楚，像梅根這樣的專家如果用槍指著你，那麼她一定做好了開槍的準備。

「唔……見到妳我也很高興？」我一邊說，一邊將拿著梅根的槍的手小心地從窗戶縮回來，以毫無威脅的方式把槍放到地板上，輕輕朝梅根踢過去。「我沒有武器。妳可以放下槍了，梅根。我只想和妳說說話。」

「我應該打爆你的頭。」梅根依舊用槍指著我，同時用左手撿起地板上的槍，把它插進槍袋裡。

「何必這樣？」我問，「前兩天，妳剛剛從水裡救了我。今晚牛頓跟蹤我的時候，妳又救了我。噢，我還沒有謝妳兩次救我。」

「牛頓和滅除認為你很危險。」梅根說。

「而……妳不同意？」

「噢，你的確很危險。只不過你的危險並非是他們或你所想的那樣。你之所以危險，是因為人們相信你，大衛。你能讓他們聽從你瘋狂的想法。不幸的是，這個世界不是你想讓它成為的那個樣子。你不可能打垮異能者。」

「我們打倒了鋼鐵心。」

「因為有兩個異能者幫助你！」梅根厲聲說，「如果沒有教授的護盾和醫療能力，你和那支團隊能在新芝加哥生存多久？星火啊！你來巴比拉還沒有幾天，如果沒有我，你早就死了。你不可能與他們對戰，大衛。」

「其實，」我迎著槍口向前邁出一步，「我卻覺得，妳所說的事情恰恰證明了我們能夠與異能者一戰。只要我們得到其他異能者的幫助。」

梅根的表情變化萬千。她繃緊了嘴唇，眼神也變得凌厲，「你知道，斐德烈斯最終會與你爲敵。你讓獅子保護你，對抗狼群，但只要沒有了食物，獅子就會高高興興地把你吃掉。」

「我……」

「你不知道我們的心到底是什麼樣的！你不應該信任我們。不應該信任我們之中的任何一個。儘管我剛剛只用了一點力量，讓他們兩個看不見你，但那一點力量也很有可能會把我毀掉。」她猶豫了一下，「你不會再得到我的幫助了。」她轉身就向走廊中走去。

「梅根！」我突然一陣心慌。我走了這麼遠的路來到這裡，就是爲了找到她。我不能讓她離開！我有些踉蹌地跑進走廊，朝向她追過去。

她正大步朝遠方走去，幾顆水果發出的微弱光芒讓她變成了一個黑色的剪影。

「我很想妳。」我說。

她沒有停下腳步。

這不是我想像中的重逢。這與教授，與其他異能者都沒有關係。這只關係到她，只關係到我。

我需要說些什麼。說些浪漫的話！一些能夠讓她停下來的話。

「妳就像一顆馬鈴薯！」我在她身後高喊，「一片地雷場裡的馬鈴薯。」

梅根一下子停住了，然後她向我轉過身，臉龐被一顆半熟的水果照亮。「一顆馬鈴薯，」她冷冷地說，「這就是你能說出來最動聽的話？你是認眞的？」

「我這麼說當然有道理。聽著，如果妳正走在一片地雷場裡，唯恐自己被炸上天。這時，妳踩到了一樣東西，妳心想：『我死定了。』但卻發現那只是一顆馬鈴薯。妳立刻鬆了一口氣，並且發現這個出乎意料的遭遇是如此美妙。對我來說，妳就是那顆馬鈴薯。」

「一顆馬鈴薯。」

「當然。法式炸薯條？薯泥？誰不喜歡馬鈴薯？」

「喜歡馬鈴薯的人的確不少。但爲什麼我不能是一些甜蜜的東西？比如一塊蛋糕？」

「因爲蛋糕不會生長在地雷場裡。」

她就這樣站在走廊裡盯著我，半晌沒有說話。接著，她坐到了一叢繁茂的樹根上。

星火啊，她好像要哭了。白癡！我罵著自己，手忙腳亂地從茂密的植被中穿過去。要浪漫。你應該浪漫一些，你這個愣仔！馬鈴薯一點也不浪漫，我應該用胡蘿蔔的。

我來到梅根身前，又猶豫了起來，不知道自己敢不敢碰她。她抬起頭看著我。儘管她的眼角掛著淚水，但她並沒有哭。

她在笑。

「你，」她說，「眞是個徹頭徹尾的傻瓜，大衛・查爾斯頓。我眞希望你不會這麼可愛。」

「呃……我該說謝謝嗎？」我說。

她嘆了口氣，在那叢大樹根上坐穩，抱起雙腿，背靠在彎曲的樹幹上。這似乎是一種邀請，於是我坐到了她面前，膝蓋朝前，背對著走廊的牆壁。這裡眞是一個詭異的地方，我們被陰影中的藤蔓和奇怪的植物重重包圍，不過我能看得很清楚。

「你不知道這是種什麼樣的感覺，大衛。」她悄聲說。

「那麼，告訴我。」

她凝視著我，然後又抬起雙眼。「這就像是又成爲了一個孩子。你還記得當你很小的時候有著怎樣的感覺嗎？記得認爲這個世界應該如何對你嗎？其他一切都不重要，你的心裡只有你需要什麼，你想要什麼，完全不可能考慮別人——他們無法進入你的思維。其他人都只會讓你氣惱，讓你沮喪，他們只會擋你的路。」

「妳以前抵抗住了這種感覺。」

「不，我沒有。還是審判者的時候，我被迫要避免使用我的力量。我沒有抵抗過這種改變。我從沒有感覺到它。」

「那麼，妳可以再次這樣做。」

她搖了搖頭，「我以前還能勉強做到。但在我被殺死之後，對這種力量的需要簡直讓我發狂。我開始爲此尋找藉口，這改變了我。」

「妳看起來並沒有變。」

她玩弄著她的槍，將保險栓關上又撥開，一雙眼睛只是望著天花板，「在你身邊就容易得多。我不知道是爲什麼。」

好吧，這句話很有意義。我不由得開始思考，「也許這和妳的弱點有關。」

她以犀利的目光看著我。

「只是一種假設。」我小心地說。我可不想把現在這一切都毀掉，「這也許是有關係的。」

「你認爲正是因爲你，我才會變回我，」她厲聲說，「你認爲我在你周圍，弱點就會被觸發，我就會變回一個普通人。事情可不是這樣，大衛。如果在你身邊就能消除我的力量，我就不可能救你，也不可能隱身在審判者之中。星火啊！如果是這樣，難道異能者每次弱點被觸發的時候會說：『這到底是怎麼回事？爲什麼我這麼邪惡？讓我們和睦相處吧，朋友們，一起去打場保齡球，或者幹點別的什麼事。』」

「好啦，別這麼生氣嘛。」

她用左手的手指捏住自己的鼻梁，「我眞不應該和你待在這裡。我到底在幹什麼？」

「妳正在和一個朋友說話，」我回答她，「也許這正是妳在這些日子裡最需要的。」

她看著我，然後又把目光別向一旁。

「我們不一定非要聊這個，」我說，「也不一定非要聊新芝加哥和審判者，或者任何諸如此類的東西。告訴我，梅根，那是24/7（注）嗎？」

她揚了揚手裡的槍，「是啊。」

「第三代？」

「第二代緊湊型，九釐米口徑。」她嘟囔著，「比起第三代，我更喜歡第二代。但星火啊，它的配件可眞難找，我只能用小一些的槍，還不能讓其他人知道我需要這個。這裡的人把這個看作是一種弱點。」

「什麼？眞的？」

梅根點點頭，「眞正的異能者只會使用他們的超能力，以不可思議的方式殺人。我們喜歡炫耀。我曾經不得不眞的練出一手好槍法，這樣我殺人的時候就能掩飾我的超能力。」

「噢，」我說，「這麼說，當我們與奇運作戰的時候，妳在半空中打他的那一槍……」

「是的。那是實實在在的一槍。我可沒有超級反應力或者類似的東西。我眞是個可悲的異能者。」

「唔……妳可以死而復生。我得提醒妳，這種能力一點也不可悲。」

她微微一笑，「你知不知道，因爲轉生能力而成爲高等異能者，這種感覺有多遜？死的時候眞的很痛，而且這會抹掉我死亡前的很多記憶。我能記住的只有死亡，痛苦，還有黑暗及冰冷的空虛。第二天早晨我醒過來，占據我全部思緒的依舊是痛苦和恐怖。」她打了個哆嗦，「我寧可擁有能量力場，或者其他能保護我的東西。」

「是的，但如果妳的能量力場『文森』一次，妳就死定了，還是轉生更可靠。」

「文森？」她問，「那個槍的牌子？」

「是的，那種槍總是……」

「總是卡彈，」梅根點點頭，「準度就像是瞎子在地震的時候撒尿。」

「喔……」我呼了一口氣。

她皺起眉看著我。

「這個比喻眞的很不錯。」我說。

「天啊，別鬧了。」

「我需要把這個寫下來。」我沒有理會她的抱怨，拿出我的新手機，把梅根的比喻記下來。完成之後，我抬起頭看她，她在微笑。

「怎麼了？」我問。

注：一種自動手槍系列的型號。

「我們說好了不聊異能者的，但還是沒做到。」她回答，「抱歉了。」

「我猜，這就是我想像中的妳。我是說，這才是妳的樣子。妳很厲害，厲害得就像……」

「馬鈴薯？」

「……瞎子在地震的時候撒尿。」我讀著手機螢幕上的這句話，「嗯，用在這裡不合適，對不對？」

「嗯，不太合適。」

「那我就只能找別的地方使用它了。」我笑了笑，收起手機，站起身，向梅根伸出我的手。

梅根猶豫了一下，然後從口袋裡掏出一樣小東西，放在我手裡。那是一個黑色的小物件，有點像手機電池。

我皺起眉，「我是要幫妳站起來。」

「我知道，」梅根說著站起了身，「我不喜歡有人幫我。」

「這是什麼？」我舉起了那個扁平的小長方體。

「去問斐德烈斯吧。」

她就站在我面前，離我非常近。她的個子很高，幾乎和我一樣高。

「我從沒有遇過像妳這樣的人。」我輕聲說著，把手放低。

「你在那個派對上的時候，是不是也對那個蹦蹦跳跳的大胸部說了一樣的話？」

我打了個冷顫。「妳，呃，看到了？」

「是啊。」

「妳跟蹤我。」

「審判者來到了我的城市，」梅根說，「身爲異能者，我自然會留意他們。」

「那麼妳應該知道，我在那裡並沒有多開心。」

「我承認，」梅根又向前走了一步，「我很難判斷你到底是想要踩扁一群憤怒的蟲子，還是眞的不會跳舞。」

這一步讓她離我更近了。眞的很近。她直視著我的眼睛。

就是現在，否則永遠也不要。

伴隨著心臟瘋狂的跳動，我閉起眼睛，向前俯過身，立刻感覺到一個冰冷的東西抵住了我的額頭。

我睜開眼睛，發現梅根也很靠近我，她的嘴唇幾乎就要貼到我的嘴唇了。但就在這一刻，她把槍抵在了我的腦袋上。「你又這麼做了，」她幾乎是在咆哮，「扭曲事實，讓人們追隨你的瘋狂。你這種能力在我們兩個之間可不會有效。」

「那我們就讓它有效。」

「也許我不想呢。也許我想要變得剛強。也許我不想喜歡別人。也許我從來都不想喜歡別人，即使是在禍星出現以前。」

我看著她的眼睛，完全不理會頭旁邊的槍口，向她露出了微笑。

「哼，」梅根狠狠地吐了口氣，把槍拿開，沿走廊大步向遠處走去，一路上的樹木枝葉被她碰得簌簌作響，「別跟著我。我需要思考。」

我留在了原地，看著她，直到她的背影消失，同時用手指摩挲著她交給我的那塊電池般的東西，感覺縈繞在心頭的快樂。當她離開的時候，我瞥到了。

這一次，她用槍指著我，但保險栓卻是插住的。

如果這不是眞愛，我不知道什麼才是了。

第二十三章

艾克賽爾把諜眼綁到了我身上，它比我想像中要小巧得多，唯一有些體積的部分就是緊貼在我小腿上的那兩個圓筒。我的右手背上有一支噴嘴，大小相當於普通的軟管。這支噴嘴連接著一只黑手套和一副手腕支架，對於我右手腕的活動力，它們只有不多的一點影響。

我的左手則戴上了另一種完全不同的手套，手背上有幾個奇怪的裝飾，形狀像是兩串硬幣。我戳了戳那些怪東西。

「如果我是你，會儘量不去碰那東西。」艾克賽爾溫和地說，「除非你想要提早舉行葬禮。我恰巧知道巴比拉有一個很棒的地方，整年都能買到新鮮的百合花。」

「你眞是個怪人。」但我還是聽從他的警告，放下雙手。

「蜜茲？」艾克賽爾問。

「看起來還不錯。」女孩走來走去，不停地端詳著我，又跪下去，扯了扯我的足部和背部元件之間的連線，點點頭。她似乎對機械配件領域有很多瞭解，尤其是涉及到異能者科技時。當我把梅根交給我的那個動力部件帶回來的時候（我謊稱是跟蹤牛頓時，牛頓不愼遺失的），蜜茲便負責對它進行測試，並確定它的功能一切正常。

我們三個這時正在巴比拉北部的一個屋頂上，遠離人口稠密的區域。這裡只有幾棟高樓凸出在水面以上，中間更沒有橋樑連通。而且現在是白天，大多數巴比拉人應該都還在酣然大睡。

除了諜眼之外，我還穿了一件潛水服。我非常努力去忽略它給我帶來的緊張感。在同意爲我裝上這套系統的時候，蜜茲堅持必須先教會我一些基本的游泳動作。轉眼間，與梅根重逢已是幾乎一個星期以前的事了。我的游泳技能提高了不少——好吧，至少不會在掉進水裡之後慌成一團了。我想，我在與水的戰鬥中已經取得了重大的勝利。

我還沒有想出該如何用踢腳來阻止潛在的鯊魚攻擊。希望我不會用到那一招。

教授正在樓頂的另一邊觀察周圍。他穿著黑色的實驗室長袍，口袋裡插著他的護目鏡。他並不相信我是在刺探了滅除和牛頓的對話之後，在他們離開的房間裡發現了諜眼的動力部件。我一直很想把梅根的事情告訴他——我想應該很快就能找到機會，只要蜜茲、瓦珥和艾克賽爾不在我們身邊就行。如果讓他們知道我和被認定殺害了他們朋友的異能者有過一次愉快的交談，他們的反應一定不會很好。

那不是她幹的，我在蜜茲勒緊我的手臂束帶時，第一千次想到了這件事，哪怕諜眼的動力部件在她手裡。

「好了，」蜜茲最後說，「完成！」

「恭喜，」艾克賽爾說，「你現在掛上了我們最危險的裝備。」

「其他管子呢？」我皺起眉問。我小腿上的小圓筒和手套都連接著一些細小的線路，這些線路被妥善地綁縛在我的手臂和腿上，全都連到我背部的一個環形裝置上。動力部件就被蜜茲安裝在那裡。

「不需要管子。」蜜茲說。

「沒有？沒有氣泵、軟管……」

「沒有。」

「我相信這很不合邏輯。」

「我相信，你正穿戴著一套捉摸不定、用異能者能力驅動的武器。」蜜茲說，「碎震器甚至能夠瓦解金屬，而你身上的這一套只不過能幫你在花園裡散散步。當然啦，我們的花園完全沉在水底……」

我揚起右手，攥成拳頭，包裹我手臂的潛水服也隨著這個動作吱嘎作響。蜜茲的解釋只會讓我更加煩惱。難道我們不應該搞清楚這東西是如何運作的嗎？是的，我也不明白電腦和手機是如何運作的，但那些東西都不會讓我煩惱。它們沒有神祕的動力部件，也不是透過研究死亡異能者的細胞製作出來的。

而且，就我所知，它們也不會違反物理法則。

如果是在別的日子裡，我也許會儘量把這些問題搞清楚。但現在，我得精力集中在眼前的任務上：學習使用諜眼。「那麼，它是如何運作的？」

「這個，」蜜茲抓住我的左手，輕撥一個開關，「就是流量波束。你把手指向水面，然後握成拳。」

「流量波束？」我乾巴巴地問。

「是我起的名字。」蜜茲開心地說。

我審視左手手套，覺得兩個好像硬幣疊起來的裝置之一，又有些像雷射指示器。我走到樓頂邊緣，將左手指向下方的水面，並緊握成拳。

一道亮紅色的雷射從我的左手射出。就算現在正是白晝，天空中也沒有任何煙霧雲團阻隔太陽，我還是能夠清晰地看見那道光。我手背上的裝置發出了嗡嗡聲。

「這道流量波束會把水吸過來，」艾克賽爾拍拍我，「或者……嗯，把水傳送到你這裡，總之，就是這樣的效果。」

「你開玩笑。」

「我沒有。」

「現在你一定要小心了。」蜜茲說，「你的另一隻手將控制水流，你需要……」

我將右手也握成拳頭，水柱立刻從我的腳旁噴射出來，讓我翻滾著飛入空中。我高喊一聲，甩動雙臂，流量波束轉向天空，並且在我不繼續握拳之後消失，噴射水柱也隨之不見。

整個世界都在我的周圍翻滾，水滴四處飛散。大海狠狠擊中了我——其實是我砸到了水面上。儘管有教授的護盾保護，這次撞擊還是給我帶來了巨大的震撼。鹹水不停地灌進我的嘴裡和鼻子裡，在令人心悸的一瞬間，我相信自己要淹死了。

我拍打著水面，回憶起自己被腳踝上的鐵球拉入深水的經歷。慌亂的情緒被一種更深沉、更古老的恐懼所取代——那是對於溺水的本能恐懼中又夾雜的另一種恐懼，一種對於黑暗深淵，對於在深淵中注視著我的怪物的恐懼。

我掙扎著浮到水面上，噴吐著口沫，笨拙地向樓頂游去，抓住一個沒在水中的窗台，抹了一把臉，竭力恢復呼吸，穩定緊張的情緒。就算穿著潛水服，我還是覺得好冷。

一陣哄笑聲在頭頂上方響起，艾克賽爾向我伸出手。我抓住他的手，任由他將我拉出水面，然後我坐在樓頂邊緣，再把兩條腿拽上來。我可沒心情把身體的任何一部分交給鯊魚打牙祭——我知道牠們就在下面。

「好啊，它運轉起來了！」艾克賽爾說。

「讓我檢查一下流量。」蜜茲說著跪到我身邊。今天，她穿著牛仔褲和邊緣有皺褶的襯衫。在他們兩個身後，教授陰沉著臉，雙臂抱在胸前。

「長官？」我向他問。

「繼續練習，」他說完就轉過身，「我還有事情要處理。艾克賽爾和蜜茲，你們能應付吧？」

「當然，」艾克賽爾說，「山姆最初的幾次飛行就是在我的指導下完成的。不過我自己從沒有試過。」

我難以想像艾克賽爾用這套系統飛翔的樣子。要托起這個大漢，一定需要一些功率非常大的引擎。

教授踏進了綁在樓頂邊上的小艇，拿起一支槳。「你們想回去時，就透過手機聯繫瓦珥。」然後，他便划著小艇向藏在水下的潛艇而去。

「他最近是怎麼了？」艾克賽爾問。

「什麼怎麼了？」蜜茲一邊弄著我背上的裝置一邊問，「在我印象裡，他一直都是那樣呀。總是在想事情，總是陰沉著臉，一副好神祕的樣子。」我感覺到女孩的聲音裡似乎有些慚愧的意思，她在我背後把頭垂得更低了。

「確實，」艾克賽爾說，「但最近，他的神祕又多了一層。」大漢搖搖頭，在我的身邊坐下，「大衛，在操縱這套諜眼的時候，你必須始終讓流量波束指向水面，否則就會失去推力，重重地摔下去。」

「好，」我說著向水面點點頭，「至少我撞上的東西不會很硬，對吧？」

「你一直都不曾胸腹入水過，對不對？」艾克賽爾問。

「胸腹什麼？」

艾克賽爾用幾根粗大的手指揉搓著額頭，「好吧，大衛，水不會壓縮。如果你以極高的速度撞上它，特別是讓身體很大的一片面積同時擊中水面，你就會感覺自己撞上了某種固體。如果是從一百英尺的高度掉下來，你就會撞斷骨頭，也許還會喪命。」

聽起來眞是怪異。不過我有教授的護盾，所以並不是很擔心。為了掩飾，我還在潛水服的腰帶上掛了一個電子小盒子。因爲教授經常會將自己的力量分散給幾名成員，所以我的這股力量會耗光，而且集中於一點的壓力——比如子彈，也可以穿透這層能量力場。但無論如何，落進水裡應該不會對我造成什麼傷害。

「你說，一百英尺？」我問，「這東西能把我送到那麼高的地方？」

艾克賽爾點點頭，「還可以更高。山姆無法到達最高的摩天大樓頂端，但他的確能夠飛上許多中等高度的大樓。」

蜜茲停止了在我背後的工作。「我調低了流量，這樣你一開始就不必用那麼強的能量進行練習。」

「我不需要慢慢來。」我說。

艾克賽爾嚴肅地看著我，然後將一隻手按在我肩頭。「我會用死亡開玩笑。這應該算是一種職業陋習——任何人都會把身邊的事看成一種笑話。但我們已經失去了一名前哨，難道我們會愚蠢到在練習的時候失去另一名嗎？如果剛才你飛上半空之後，以那種速度臉朝下落在樓頂上的話會怎樣？」

我深吸一口氣，察覺了自己的愚蠢。「當然，你是對的，」教授的保護很有效，但絕非牢不可破，「我先從容易的開始。」

「那麼就站直了，鋼鐵殺手。我們開始吧。」

第二十四章

實驗證明，使用諜眼的難度並不在於它的力量。經過半個小時的練習之後，蜜茲調高了噴水力量，好讓我能夠得到更加穩定的支撐。

眞正的麻煩在於平衡。完全依靠從腿部噴出的兩根水柱來保持重心穩定，就像是要把一個裝滿青蛙的罐子在兩份半熟的義大利麵上放穩一樣，而且我還要確保左手始終指向水面，否則我就會失去動力。幸好我還能用右手維持平衡。按照蜜茲的說法，這隻手上有一部「手部噴嘴」。我能夠用它射出水流，調整中心位置，但往往又會不小心用力過度。

這個系統的操作實在有些複雜。左手的流量波束必須時刻指向水面，右手透過張開和握拳調整腳部噴射的水流力量，右手拇指則要控制手部噴嘴。我必須記住要將手部噴嘴指向我要跌倒的方向才能穩住身體——我要記住的事情實在太多了，總之，操縱這套系統眞是說來容易做來難。

終於，我能夠穩定地懸停在水面以上大約十五英尺高的地方。我的身子又晃了一下，開始向後栽倒，這一次，我及時將噴嘴指向背後，穩住了身子。

「漂亮！」艾克賽爾在下方喊著，「就像是踩著彈簧高蹺，對不對？山姆就是這麼說的。」

好吧，這算是一個貼切的比喻，儘管沒什麼新意。

我又失去了平衡，一頭撞進水中，於是我鬆開右手，停止了噴嘴的噴射，再一次從自己的嘴裡噴出水沫。不過這次我任由身體漂浮在海面上，艾克賽爾和蜜茲站在高處，低頭看著我。

一再掉進水中的確很讓人氣惱，但我不會就此氣餒。以前我也曾經連續幾個星期使用碎震器，最終才掌握了操縱它的技巧。

有什麼東西擦過我的腿部。

我知道那也許只是隨波逐流的一片垃圾，但我還是猛地抽起雙腿，並下意識地攥起了拳頭。水流從雙腳旁邊射出，我變成了一艘人肉快艇，全速向前衝去。我立刻鬆開了手，心中還在爲自己能如此輕易移動而感到驚訝。

我調轉身子，趴伏到水面上，又試著啓動了噴射裝置。這一次我減弱了噴射力量，讓自己以更舒服的速度前進，大約就像昨天蜜茲教我游泳時的速度。同時，我又檢查了一下護目鏡和鼻塞，確保它們都牢固無虞。

然後，我加快了速度。

不知爲什麼，儘管我的雙腳指向正後方，但我的身子還是離開了水面。我正在掠過水面飛行，速度非常快。不過這種情況只持續了幾秒鐘，我的臉就再次撞進了水裡。

噢，我心中不由得驚嘆了一聲，隨即又從水中衝了出來。

我鬆開手，減慢速度，讓自己的身子直立起來。從腿部噴筒中射出的水流將我的上半身推出水面，水波在我腰部周圍湧出了一個麵包圈的形狀。

我很快又做好了重新嘗試的準備。這次我能更快嗎？我讓自己沉入水中，將雙腳指向身後，全力開動了噴射引擎。我頭朝前，像魚雷一樣發射出去。我的身子一下又一下擦過水面，濺起大片的水花，飛快的速度讓我全身戰慄。我已經逐漸掌握了這種力量，在水面上浮掠的速度比盤旋在半空中時快得多，而且讓我覺得非常有趣，甚至忘記了自己正泡在水裡。

我終於游回到其他人面前，停住了引擎。在我頭頂上方，蜜茲的眼角掛著淚水，發出驚嘆，「這個，真是我見過最荒謬的事。」

「妳說錯了，應該是『最漂亮』的事。」我嘟囔著，「有沒有看到我飛得多快？」

「你看上去就像是一隻海豚，」蜜茲說。

「一隻漂亮的海豚？」

「沒錯。」蜜茲笑了。

在她身邊，艾克賽爾也在微笑。他跪下來，向我伸出手，要把我從水裡拉出來。但我啟動了引擎，把自己稍微傾斜地射出水面，平穩地落到了他們身邊的屋頂，沒有面朝下栽倒，不過有揮動了好幾次手臂努力保持平衡。

蜜茲又笑了起來，丟給我一條毛巾。我坐到擺在屋頂上的椅子裡，全身都在打哆嗦。春天也許已經到來，但天氣還是很冷。我接過艾克賽爾遞過來的一杯熱茶，那名大漢坐到我身邊，把耳機塞進耳朵裡。我也依樣照做。

「這裡的水，」我用巴比拉審判者特有的低語方式說，「完全沒有我預料的那麼冷。」在冷冽的空氣中發著抖，才意識到我在水中時要暖和得多。

「的確不冷，」艾克賽爾說，「巴比拉南部的水溫更高。這裡的街道整年都會有暖流穿過，帶來熱帶的溫度，就算是隆冬時節也不會停。」

「這聽起來……」我沒能把話說完。

「不可思議？」艾克賽爾問。

「是的，」我說，「我知道這樣說會很蠢，但想到城外的景象，我還是覺得很驚訝。」

艾克賽爾點點頭，我們又坐了一會兒。我吃了一塊從背包裡找出來的三明治。

「那麼，」艾克賽爾問，「我們今天的練習是不是結束了？」

「沒有，」我一邊說，一邊吞下最後一口三明治，「我們剛剛出來一、兩個小時。我想要把它練好。讓我休息一分鐘，我就繼續。」

蜜茲也坐下來，開始檢視她的手機，「瓦珥報告說口牛頓出現在東區。不過她沒有朝我們這個方向移動。看樣子，我們還沒有被發現。」

我點點頭，一邊思考，一邊啜了一口茶水。這杯茶比我習慣的更甜。「我們得找出她的弱點，希望我們能做好這件事。」

「我更願意找出滅除的弱點，」艾克賽爾說，「他讓我覺得害怕。」

「我們都怕他。」

這個星期裡，我一直想著梅根。也許我的確應該多想一想滅除了。爲什麼他會突然決定把休士頓徹底毀掉？然後又迅速摧毀另外兩座城市？到底發生了什麼變故？爲什麼我對於他的傳送能力重啓時間會有誤判？

我拿出新手機，開始瀏覽我存在裡面的筆記。這支手機和我原先的那一支並沒有太大區別，不過蜜茲還是對它做了一些很有用的改進，比如它的背部有了個可以緩慢充電的太陽能電池板。

我看到一張滅除的照片時停下來。這張照片拍攝於休士頓，滅除毀滅那座城市的前一、兩天。我在兩個星期裡，把口糧配給的一半全都給了工廠的一個男孩，才換得了這張照片的拷貝，這是他從一個朋友那裡得來的。

在這張照片中，滅除盤腿坐在一座城市廣場的正中央，雙眼閉合，面朝天空，沐浴在陽光下。接下來沒過多久，休士頓就不復存在——每次想到這件事我都會很震驚。按照我的推測，他應該繼續統治那座城市許多年，就像鋼鐵心在新芝加哥一樣。我得到的一切關於他的資料，都無法讓我想到他會做出這樣的事。

我對於他的筆記全錯了。不只是關於他的能力，還有他的動機和想法也是錯的。我思考了片刻，輸入了瓦珥的號碼，按下通話鍵。

「喂。」瓦珥輕聲說。

「蜜茲說妳還在進行偵查。」我說。

「是的，你需要什麼？」

「是否有人看過滅除坐在陽光下？」我問，「我是說，在這座城市裡。」

「不知道，」瓦珥說，「這裡有許多關於滅除的謠言，但沒有切實的情報。」

我抬起頭，看了看坐在我身邊的艾克賽爾，大漢聳聳肩，「如果你想要，我可以去試試能不能找到更多的訊息。」

「謝謝，」我說，「瓦珥，繼續注意，好嗎？我認爲滅除需要以這種方式充能。他在毀滅別的城市之前都是這樣做的。我們必須知道，他是否已經開始在這裡這麼做了。」

「好。」瓦珥說完就掛了。

「我們對他的擔心太多了。」蜜茲坐到樓頂邊緣，悠閒地將碎磚塊扔進水裡。

艾克賽爾輕聲地咯咯笑了起來，然後透過手機說：「蜜蘇麗，他可是很有可能會熔化這座城市的人。」

「我知道。但熾焰呢？」蜜茲盯著水面，雙眉皺起，表情冰冷。她很憤怒。「她才是殺死了山姆的凶手。她滲透進審判者，背叛了我們。她也是個火焰異能者，就像滅除一樣。爲什麼我們從不談談該如何殺死她？」

火焰異能者。我確信她沒有這樣的能力——熾焰是某種幻術異能者，但說實話，我不知道她到底有怎樣的能力。她製造的幻象都有點奇怪，只是我想不透奇怪在什麼地方。

「關於熾焰，教授都跟你們說過些什麼？」我好奇地問蜜茲和艾克賽爾。

蜜茲聳聳肩，「我有審判者蒐集的關於她的資料。原先審判者們以爲她是個男的，資料裡說她是火焰異能者，身周環繞火焰，能夠熔解子彈，能夠飛行，射出火焰。」

這些都不是眞的，教授也知道。他爲什麼沒告訴他們梅根其實是一名幻術師，根本沒有操縱火焰的能力？我現在當然不會向蜜茲解釋這件事，我必須先搞清楚，教授爲什麼要對這個謬誤保持沉默。而且，只要蜜茲還想追殺梅根，我最好還是別讓這支團隊知道梅根眞正的能力。

「不過那些資料中沒有提過梅根的弱點。」蜜茲用希望的眼神看著我。

「我也不知道。她和我們在一起的時候似乎並不壞……」

「你們還眞是好騙，」蜜茲的聲音裡充滿了同情，「也是啊，我覺得我們運氣還不錯，沒有讓她混到我們的團隊裡。如果她先和我們交了朋友，就會殺死我們。」她也給自己倒了一杯茶，臉上依舊是一副憤憤難平的樣子。

我站起身，把毛巾放到一旁。剛才休息的時候，我並沒有卸下諜眼，噴射引擎還綁在小腿肚上，手套戴在手上。「我要再練習一下。」

「小心別讓人們看到你，」艾克賽爾說，「我們並不想讓你的愚蠢動作破壞審判者的名譽。」

蜜茲開始發出像海豚一樣的尖叫聲。

「好吧，」我努力不讓自己臉紅，「謝謝，你的話非常鼓舞人心。」然後我摘下耳機，把它塞進潛水服的防水口袋裡，再戴好護目鏡和鼻塞。

我躍入水中，繞著大樓轉了幾圈。儘管是在水中，但眞的很有趣。現在我的速度很快，我相信鯊魚根本追不到我。

終於，在我自認爲已經熟練掌握這套系統之後，我離開了那棟大樓，向曾經是中央公園的開闊水面飛去。這片水面之下很深的地方才有固體建築，非常適合我進行練習，哪怕我狠狠地跌進水裡，也不會立刻就撞到藏在水面下的樓房或尖塔。

我將右手輕輕握攏，提高了速度，從水中猛地衝出來，又落回水面，如此周而復始。這種移動一開始令人很興奮，但久了終究還是變得枯燥無聊。我強迫自己繼續向前。我必須掌握這套系統，我們需要它所提供的優勢。

教授的能量護盾似乎在保護我。我懷疑如果沒有教授的力量，我的頭和臉一定會遭受更多衝擊，而現在我幾乎沒有感覺到波浪的力量。我在幾分鐘裡就穿過了一整座公園，隨後我從水面上躍起，筆直地射向高空，在水面上大約二十英尺的地方踏穩了噴射水流，舉起右手，利用拇指的控制將手背噴流縮小，調整好身體重心。

終於能控制平衡以後，我露出興奮的笑容，但一不小心，手背上的水流又推偏了我的重心。我一頭栽進海裡。不過我對此已經非常習慣了，知道現在要做的是減緩引擎噴射，慢慢將身體角度向上。我從水中冒出頭，讓自己漂浮了片刻，對目前的進展很滿意。

然後我回憶起自己在什麼地方。愚蠢的水，完全毀掉了我游泳的樂趣。我發動噴射引擎，靠近一個冒出水面的矮樓頂，爬了上去，坐在樓頂邊緣，幾乎沒有在意自己的兩條腿還泡在水裡，就這樣休息了幾分鐘。

片刻後，王權出現在我面前。

第二十五章

我立刻跳起來。她的形象從一股凸起的水流中顯現。我立刻伸手去拿我的槍。當然，槍並不在身上，而且此刻也沒有任何用處。

我早就知道，她也許正在監視我們——在巴比拉，你必須時刻記住這一點。我們可以在遠離她能力範圍的地方進行練習，但又有什麼意義？她已經知道諜眼的存在了。但我們相信她並不想要我們的命，至少現在不想。

她走上樓頂，只是依然有一根液態觸手連接著她和水面。她的手中握著一個樣式精美的茶杯，欠身坐進了一把由水形成的椅子裡。就像我上次見到她的時候一樣，她穿著職場套裝和襯衫，白色的頭髮在腦後挽成髮髻，非裔美國人的面孔上滿是堆累的皺紋。

「噢，鎮定點，」王權端著茶杯對我說，「我並不打算傷害你。我只想好好看看你。」

我猶豫著。面前的這個女人太像是電視上的一名法官了，威名素著卻又嚴如寒冬。她的聲調如同一位睿智的母親，不得不介入到幼稚孩童們的瑣碎爭執之中。

她也是一名傳教士，我記得筆記中的內容。*滅除不是一直對我引用《聖經》的文句嗎？這其中有什麼聯繫？*

我心中的審判者想要跳入水中，儘快離開這裡。眼前是一個非常危險的異能者。我從沒有和鋼鐵心這樣打過交道，我們一直都儘量遠離那個新芝加哥的皇帝，直到觸發陷阱的那一刻。

但王權統治著水域。如果我跳進水裡，就是自投羅網。

她不想要你死，我再次對自己說，看看你能從她口中知道些什麼。這個決定與我的直覺相悖，但看樣子，這樣做才是正確的。

「喬納森是如何殺死擁有這個能力的異能者？」王權一邊問，一邊向我的雙腿點了點頭，「你一定知道，要製造出這樣的裝備，通常都必須有一個異能者死掉。我一直都很想知道審判者們是如何搞出這套噴筒的。」

我沒說話。

「你們與我們戰鬥，」王權繼續說，「你們聲稱痛恨我們，而你們身上卻披著我們的皮。你們眞正痛恨的是無法像人類馴服野獸那樣馴服我們，所以你們就殺死我們。」

「妳還敢和我談殺人？」我質問她，「那妳把滅除引到這座城市來又算什麼？」

王權面無表情地審視著我。她將茶杯放在一旁，茶杯脫離了她的投影，立刻就溶化了。她的眞身一定也坐在和投影一樣的椅子裡，我竭盡全力記住這把椅子的模樣。這只是一把樣式簡單的木製座椅，扶手和椅背上都沒有裝飾，不過它仍舊可能爲我們提供線索，幫助我們找到她。

「喬納森有沒有告訴過你，他又是什麼人？」王權問。

「你的一個朋友，」我含糊地說，「多年前的朋友。」

王權微微一笑。

「是的，我們在同一時刻成爲了異能者。」她看著我，「你不驚訝？看樣子你已經知道他是異能者了，我一直以爲他會保守這個祕密。」

「妳知道嗎？」我開始反擊，「如果一名異能者停止使用他的超能力，就有可能變回原來的自己。妳不需要我們來殺妳，王權，只要不再使用妳的能力就好。」

「啊，」王權說，「如果眞的這麼簡單……」她搖搖頭，彷彿爲我的無知感到有趣。然後她向中央公園海灣的水面點點頭。那一片水立刻不斷波動，泛起小股浪花，表面迅速發生各種變化，就像是一個小孩陷進流沙坑中，卻又發現所有流沙都是糖果時的表情。

「你將這套裝備控制得很好，」王權說，「我曾經看過另一個人練習，他要適應這種力量的時間遠比你長。看起來，你的本性與這種力量的契合度非常高。」

「王權，」我走上前一步，「阿比蓋爾，妳不必這樣。妳……」

「不要裝出一副你很懂我的樣子，年輕人。」王權的聲音平靜，但絕對不容置疑。

我閉上嘴。

「你殺死了鋼鐵心，」王權繼續說，「正因爲這件事，我就應該徹底除掉你。現在還有文明存續的地方已經很少了，你卻毀掉了一座不僅有電力供應，還有醫療設施的城市。傲慢跋扈的孩子。如果你在我的宮廷中，我會拘禁你一輩子。如果你在我的集團裡，我對你的懲罰將更加嚴厲。」

「也許妳還沒有注意到，」我回答，「新芝加哥在沒有鋼鐵心以後也運作得很好。就像巴比拉沒有了妳同樣會平安無事。難道不是妳迫使教授來到了這裡？因爲妳想讓他殺死妳。」

聽到我這樣說，王權猶豫了一下。我意識到也許說得太多了。她是否因此判斷出教授知道了她的計畫？但如果她眞的想讓教授阻止她，當然應該期待教授明白她的心思，會是這樣嗎？我需要更加謹愼一些。王權不僅是一名異能者，她也是一名律師。她能夠從我的話語中辨別出更多的情報，就像是辨別出辣醬裡有沒有放咖哩粉。

但如果什麼都不說，我又該如何從她那裡得到情報？倉促間，我做出一個決定，縱身跳出樓頂，打開諜眼，衝過中央公園海灣。幾分鐘之後，我從水上躍起，落到我之前看到的遠處北邊的另一個樓頂上。

「你的確應該想到，你這樣做的時候顯得多麼可笑。」王權從水中現身，不等她的身體完全成形，她平靜的話語已經響起。

我驚呼一聲，裝出一副警惕的樣子，隨後離開了那棟建築，繼續衝向北方，直到港灣的最北邊。我再次筋疲力竭地從水中冒出來，坐到樓頂上，海水不住地從我的眉毛流下。

「你滿意了嗎？」王權問我。這時她的椅子正從水中出現在我面前，她的手中還拿著茶杯，「我想出現在什麼地方，就會出現在什麼地方，愚蠢的男孩。喬納森竟然沒有告訴過你這一點，我真是驚訝。」

並非所有地方，我心想，妳的能力是有限制的。

她剛剛又給了我兩個資料，能夠幫助蒂雅找出她真正的位置。我從樓頂滑入水中，想要再游一段，看看是否能讓她再一次追趕我。

「你對這套裝備的操作的確很優秀，」王權說，「你是否知道透水？那名異能者正是這套裝備的力量源頭。知道嗎，是我創造了他。」

我停在水中，就像一隻剛剛看到自己的媽媽被螳螂吃掉的甲蟲，一動都不能動。

王權喝了一口茶。

「妳說什麼？」我問。

「噢，看來你對這個話題感興趣了，對嗎？他原來的名字是喬治，奧蘭多的一個街頭小混混，不過他表現出很好的天分，我就把他改造成爲異能者。」

「別開玩笑了。」

我大笑起來。沒有人能製造異能者。當然，現在偶爾還會有新的異能者出現，但絕大部分異能者都是在禍星升起後的一年之內出現的。我知道有幾名值得注意的異能者是在最近才顯示出超能力，但沒人知道爲什麼，以及他們如何成爲異能者的過程。

「你否認得倒是很乾脆，」王權搖了搖頭，「你以爲你對於這個世界知道很多嗎，大衛．查爾斯頓？你知道世間萬物都是如何運作的？」

我停住了笑聲，但我一點也不相信她。她在耍我。她到底想玩什麼遊戲？

「下次你見到滅除的時候問問他，」王權不緊不慢地說，「如果你能活到那時候的話。問問他，我對他的能力做了些什麼，他的能力強大了多少，儘管我也從他身上取走了一些東西。」

我抬起頭，向王權緊皺雙眉，「從他身上取走？」這又是什麼意思？她會從異能者身上「取走」什麼？那麼，她的意思是滅除的能力被她加強了？難道正因爲如此，滅除的傳送才不再有重啓時間？

「你不可能與我作戰，」王權說，「這只會讓你孤身赴死，在一座遍布叢林的建築中氣喘吁吁，距離自由只有一步之遙，但到最後依舊只能看到一片被人潑了咖啡的空牆。一個可憐又卑微的結局。好好想一想吧。」

她消失了。

我爬上樓頂，擦掉眼睛上的水，坐下來。剛才我經歷的一切太不眞實。我一邊休息，一邊回想她對我說的話。那些話中的含義實在是太多了，我想得越多，就越困擾。

最後，我跳回到水中，向其他人游回去。

第二十六章

兩天以後，我在水下基地的圖書室中，一個人看著蒂雅的地圖。插在地圖上的紅色標針和畫上去的小驚嘆號，標示出我們看到王權出現的地點。我微笑著，回憶起蒂雅插上這些標針時興奮的樣子。儘管我對於她進行的比對工作並不是很有興趣，但我對這些工作的結果絕對非常關心。

我轉身打算走開，卻又停住腳步。我對數學不算感興趣，但在工廠的時候，我的數學訓練一直很不錯。我無法因爲某件事有別人負責就放任自己偷懶，我需要自己把問題搞清楚。於是我強迫自己轉回身，開始探究蒂雅的思路。終於，我逐步摸清了這個問題。我提供的地點資料起了不小的作用，但我們還需要從城市南部獲得更多資料，才能最終確定王權核心基地的位置。

心滿意足之後，我離開了圖書室。我在這裡已經無事可做。

這種感覺眞奇怪。在新芝加哥，總會有各種事情來占據我的時間。主要是因爲亞伯拉罕和柯迪，他們只要看到我閒下來，就會把任務交給我——清理槍支，搬運箱子，練習碎震器……諸如此類。

我在這裡卻不曾有過這樣的待遇。在基地中，我無法練習諜眼。這種練習只能到上面去，而且行動路線也都是預先設定好的。在城市各處進行的多個小時高強度游泳已經令我的身體痠痛不堪，教授的能量護盾讓我不至於遭受水波重擊，卻不能防止我的肌肉拉傷。

我向蒂雅的房間望了一眼——她的門虛掩著。從她專注的神情和她座位旁邊的六個空可樂袋來看，我現在不應該去打擾她。蜜茲在工作間，瓦珥正幫她修理我們的一艘小艇引擎。我走過去，想要和她們聊聊，瓦珥立刻冷冷地向我皺起眉。我在門口定住腳步，因爲西班牙女人的目光而打了個寒顫。最近這幾天，瓦珥的情緒明顯變得更加糟糕。

蜜茲微微向我一聳肩，同時擺擺手，讓瓦珥遞給她一支扳手。星火啊，我轉過身，離開了她們。現在該去幹什麼？我總得找些事情做。我嘆了口氣，回頭朝自己的房間走去。我可以在那裡繼續檢索一下關於異能者的筆記。當我再次經過蒂雅的房間時，卻驚訝地聽到她在叫我。

「大衛？」

我在門口猶豫了一下，然後將門推開一點，「什麼事？」

「關於能源場的一切，」蒂雅正低頭看著她的數位平板，急促地在上面敲擊著什麼，「你是怎麼知道的？」

能源場。我們在離開新芝加哥之前殺死的異能者。我急忙向前邁出一步，「妳有新發現了？是她的背景嗎？」

「我剛剛發現了一些關於她祖父母的事實，」蒂雅點點頭，「他們想要殺死她。」

「這太糟糕了，但……」

「他們在她的飲料下了毒。」

「酷愛果汁？」

「一種普通果汁。」蒂雅回答，「不過很類似。她的祖父母是一對怪人，對許多拜神活動和古老故事無比癡迷。他們對能源場進行的是一次模仿謀殺，結果未遂。他們仿效的是很久以前發生在南美洲的一場悲劇。重點是，當時能源場，或者說是愛米琳，已經夠大，知道自己中毒了。當她的嘴和喉嚨被毒液燒傷的時候，她從房間爬到街上，路人把她送到了醫院。數年之後，她成爲了異能者，她的弱點……」

「就是差一點殺死她的東西，」我興奮地叫著，「這其中一定有關聯，蒂雅。」

「也許只是巧合。」

「妳自己也不相信這只是巧合。」這怎麼可能是巧合？這是另一個關聯，一個眞正的關聯——就像有絲分裂，而且更有說服力。這就是異能者弱點的根源嗎？某種曾經幾乎殺死他們的東西？

但難聽的搖滾樂怎麼能差一點殺死一個人？我心中又狐疑起來。也許是因爲他的巡迴演出？一場事故？我們需要更多資訊。

「我認爲這有可能是巧合，」蒂雅終於抬起頭，和我四目相對，「不過我也認爲這值得詳細調查。幹得好。你是怎麼猜到的？」

「這其中一定存在著某種邏輯，蒂雅，」我說，「超能力，弱點，異能者……那些被選中的人。」

「我不知道，大衛。」蒂雅說，「這其中眞的一定存在某種規則嗎？在古代，當一場災難降臨的時候，所有人都會竭盡全力爲它尋找理由。某個人的罪行，憤怒的眾神，但大自然並不會總是給我們一個理由，或者不是我們想要的那種理由。」

「妳打算仔細調查這件事，對嗎？」我問，「這就像有絲分裂——至少很類似。也許我們同樣能找到鋼鐵心和他的弱點之間的聯繫。他只能被不害怕他的人傷害。也許他過去曾經差點被某個人殺死……」

「我會調查這件事。」蒂雅打斷了我，「我答應你。」

「妳看起來很不情願。」我又逼了她一下。她怎麼還會對這件事有懷疑？這太令人興奮了！這將造成革命性的變化！

「我一直以為這個問題是無解的。學究們早些年一直努力尋找異能者弱點之間的關聯。我們曾認為這樣的聯繫是不存在的。」她猶豫了一下，「不過，那個時代的確充滿了挑戰——通訊聯絡非常困難，政府垮台，我們那時也犯過其他錯誤。如果我們在匆忙中做出了錯誤的判斷，我絲毫不會驚訝。」她嘆了口氣，「我會對這件事做進一步調查。不過可能只有禍星知道什麼時候我才能有足夠的時間，這些天我一直在忙著調查王權。」

「我可以幫忙。」我說著，又向前邁了一步。

「我知道你可以。我會把進一步的發現隨時通知你。」

我站在原地，頑固地不肯離開。

「就這樣吧，大衛。」

「我……」

「與我合作的人都是非常隱祕的，」蒂雅又打斷了我，「我已經向他們暗示，應該讓你參與，如果你真的開始與我們合作，就必須放棄實戰任務。在你掌握了我們的大量情報以後，我們不能冒險讓你落入異能者的手裡，受到他們審訊。」

我氣惱地哼了一聲。我一直在尋找與蒂雅的學究們見面的機會，但我也不打算放棄前哨的職責。我還要繼續去殺異能者，學究的工作怎麼看都很呆。

我嘆口氣，從圖書室中走出來。很不幸的，壓在我心裡的問題並沒有得到解決——我該如何自處？蒂雅不會讓我參與研究，瓦珥也不想讓我靠近。

有誰能想到，生活在一座如此令人驚嘆的海底基地裡，竟會如此無聊？

我慢慢向自己的房間走去。走廊很安靜，只能聽到黑暗遠方傳來的一些回音，微弱又有些刺耳，就像是微波爐加熱完盒裝披薩以後發出叮的一聲。我走過一扇又一扇門，終於到了艾克賽爾的房間。他的門敞開著，房間中用石膏粉刷的牆壁上貼著各種有趣建築的海報。他是個建築狂嗎？我禁不住有了這種猜想。我對艾克賽爾的任何事都猜不透。

那名大漢正坐在靠近一張小桌子的大椅子裡，桌上擺著一台樣式古老的機器。他向我點點頭，然後繼續去擺弄面前的機器，一陣嗡嗡聲正從那台機器中傳出。

我在這一整天裡終於有了一次受歡迎的感覺，便走進房間，坐到他身邊的椅子裡。「一台收音機？」我看他正在轉動一個錶盤問。

「更特別一些，一台搜索儀。」他說。

「我不懂。」

「它能讓我尋找訊號，大部分是本地訊號。我可以透過它確認能否聽到它們。」

「看上去……眞是老古董了。」我說。

「也許不像你以爲的那麼老，」他回答，「這其實並不是收音機，只是一台控制裝置。我們身處在水下，我不可能得到很好的訊號，眞正的收音機被藏在上面。」

「只是收音機嗎？」我點擊著自己的新手機，「我們有更好的東西。」

「上面的大多數人都沒有。」艾克賽爾的語氣興致盎然，「你認爲那些在這座城市中開派對和閒逛的人用得起手機？騎士鷹手機可不是那麼容易到手的。」

我有些躊躇。手機在新芝加哥很常見，鋼鐵心一直和騎士鷹鑄造廠進行貿易。儘管看上去鋼鐵心是無私地賜給了新芝加哥人一項福利，但其中藏著一個簡單的事實。當所有人都攜帶手機的時候，鋼鐵心就能將「服從程式」和其他警告性的東西強加給每一個人，讓我們順從他的統治。

很顯然，王權並沒有採用類似的手段。

「收音機，」艾克賽爾一邊說，一邊輕敲了兩下接收器，「可是好東西，簡單又優雅。如果我要過相對平凡一些的生活，我想要的一定是收音機，而不是手機。我能修理一部收音機，我知道它是如何運作的。但那些摩登設備裡到底有什麼名堂，大概只有禍星知道吧。」

「但收音機在這裡又是如何獲得能量？」我問。

艾克賽爾搖搖頭，「收音機只在巴比拉才能使用。」

「你的意思是……」

「沒有人能解釋這件事，」他聳了聳那副寬闊的肩膀，「沒有電源，其他電器都無法工作了——攪拌機、計時器，無論你怎麼試都不會再動一下。但收音機還能打開，裡面甚至沒有電池也沒關係。」

我打了個哆嗦。這件事比那些在黑暗中閃動的霓虹光芒還要怪異，還要讓我不寒而慄。擁有幽靈能量的收音機？這座城市中到底發生了什麼事？

艾克賽爾卻好像完全不以爲意。他將接收器調轉到另一個頻率，拿起筆，俯身書寫起來。我把座椅拉到他近前。在我看來，他聽到的只是市民們隨意的閒聊。他記下幾句話，又仔細傾聽，過了一會兒，便轉向下一個頻率，又飛快地開始記錄。

他似乎很清楚自己在做什麼，筆記清晰整潔。看樣子，他似乎是在尋找某些用暗語說話的人。我從桌上拿起一張紙，他朝我瞥了一眼，並沒有阻止我。

看樣子，他是在尋找關於王權的傳聞和故事，尤其是與她直接出現有關的訊息。他記錄下的大多只是捕風捉影的消息，但這份鉅細靡遺的紀錄和艾克賽爾做出的推論還是讓我頗為吃驚。一些紀錄表明某個頻率模糊不清，或者充滿了靜電噪音，但他還是重現了全部對話——他真正聽到的詞句被加上底線，其他的則被塡補入其中。

我看過紀錄，抬起頭說：「你不是一個殯葬業者嗎？」我的聲音中充滿了懷疑。

「第三代，」他驕傲地說，「我曾經爲我的祖父做防腐程序，親手爲他的眼睛塡上棉花。」

「他們在殯葬學校會教你這些？」我把手中的紀錄舉了舉。

「沒有，」艾克賽爾笑著說，「我是在ＣＩＡ學到的。」

「你是一名特務？」我驚詫地問。

「嗯，就算是ＣＩＡ也需要殯葬業者。」

「唔，我從沒有想過這種事。」

「有許多事是你想不到的。」艾克賽爾又調到另一個頻率，「以前像我這樣的人曾經數以百計。當然，並非所有殯葬業者都和我一樣，不過我肯定不是特例。我們都是一些過著平凡生活的人，做著常規工作，居住在我們能發揮一點作用的地方。我曾經有許多年在首爾教授殯葬技術，晚上就和我的團隊一起聽收音機。所有人都想像特務應該是那種手捧雞尾酒，打著領結的高尚紳士，但那樣的特務實在沒多少，我們大多數只是普通人而已。」

「你，」我說，「普通？」

「很大程度上是如此。」艾克賽爾說。

我發現自己在微笑，「我不明白你，艾克賽爾。」我又拿起一張紀錄，「前幾天，你似乎對那些無所事事的市民非常同情。」

「我的確同情他們，」艾克賽爾說，「我更願意無所事事。無為中似乎包含著偉大。人們從不會因爲『無所事事』而爆發戰爭。」

「曾經的特務竟會有這種說法。」

「曾經？」艾克賽爾向我搖晃著一枝鉛筆。

「艾克賽爾，如果沒有人改變這個世界，如果沒有人努力讓它變得更好，那我們只會停滯不前。」

「我可以生活在停滯不前的社會裡，」艾克賽爾說，「如果這意味著沒有戰爭，沒有殺戮。」

我不知道自己是否同意他的話。也許我太幼稚。畢竟我從沒有經歷過人與人的戰爭，我的生活中充滿了與異能者的衝突。但我相信，如果人類所做的一切只是爲了保持一成不變的生活，那麼這個世界一定會變得非常無聊。

「好了，這沒什麼。」艾克賽爾說，「而且也是不可能的。現在我的工作就是努力讓人們過上他們想要的生活。如果這種生活就是無憂無慮地曬太陽，也不算壞事，至少還有人能夠在這個哀傷的世界中享受人生。」

他繼續書寫。我可以繼續和他爭論，但我發現自己已心不在此。如果這就是他與異能者作戰的動機，那就這樣吧。我們各自都有作戰的理由。

我將注意力轉向了一張紀錄上，那張紙的抬頭寫著一個特別的標題：曦光。就是那個被認爲讓植物生長、讓塗鴉發光的神祕異能者。艾克賽爾的這一頁紙上充滿了人們對於他的討論，向他發出的祈禱，還有以他的名字做出的詛咒。

我很清楚人們爲什麼會對曦光如此感興趣。無論他是誰，沒有他，巴比拉將無法生存。根據報告，他出現在這座城市中的時間遠遠早於王權到來的時候。我能夠抱有這樣的希望嗎？眞的會有仁慈的異能者？一個不會殺人，甚至不會統治別人，只提供食物和光明的異能者？在舊曼哈頓的群樓中創造出天堂樂園的這個人，到底是誰？

「艾克賽爾，」我從報告上抬起頭，「你在這裡已經生活了一段時間。」

「自從教授命令我們潛入這裡直到現在。」大漢回答。

「你認爲曦光眞的是一個人嗎？」

艾克賽爾的鉛筆在他的簿子上輕輕敲打，然後他放下筆，伸手到一旁拿起一袋柳橙蘇打。像可樂一樣，柳橙蘇打也能從夏洛特買到，只要你和那座城市有聯絡。那裡有一個喜歡蘇打飲料的異能者，會付錢維持這些飲料的生產。

「你已經看過我的筆記，」艾克賽爾朝我正在看的紀錄點點頭，「這只是許多類似筆記中的一頁。我到這裡之後，就一直留心關於曦光的傳聞。他是眞實存在的。有太多人談起過他，他不可能是虛構的。」

「也有許多人談起過上帝，」我說，「或者他們過去常常會提起。」

「因爲上帝也是眞的。我想你並不相信這件事？」

我對此不是很肯定。我在襯衫下面摸了摸，找出亞伯拉罕的禮物——那個代表忠貞者信仰的S形吊墜。我相信的又是什麼？多年以來，我的「信仰」一直都是鋼鐵心的死。我的心中只有這個目標，就像古老時代修道院中那些心裡只有上帝的狂熱僧侶。

「事實上，我沒有做過傳教士，」艾克賽爾說，「我相信我們可以改天再談上帝。至於曦光，我有理由相信他是眞實的。」

「這裡的人們把他當作上帝來崇拜。」

「是的，他們也許有些古怪，」艾克賽爾揚了揚手中的飲料袋，「但他們很和平，不是嗎？就由他們去吧。」

「他們的異能者呢？曦光是一個和平主義者嗎？」

「看樣子是。」

我眞正想說的事情已經到了嘴邊，現在我只需要把它說出口。我向前俯身，「艾克賽爾，你認爲異能者有可能善良嗎？」

「當然。我們全都有自由的意志，這是一項神聖的權利。」

我若有所思地坐回椅子裡。

「看來你並不認同這一點。」

「其實，我認同。」我必須相信異能者會是好人，因爲梅根。「我想要找到方法，讓一些異能者站到我們這邊來。但教授認爲我是大傻瓜。」我伸手抓抓頭髮，「不過我也經常覺得他是對的。」

「確實，喬納森·斐德烈斯是一個偉大的人，一位智者。但我也曾經見過他在玩紙牌的時候被別人欺騙。根據這個經驗，我們可以認定他不是無所不知。」

我露出微笑。

「我認爲你的目標很值得一試，鋼鐵殺手。」艾克賽爾站直身子，看著我的眼睛，「我不認爲我們能僅憑自己的力量就戰勝所有異能者。我們還需要更多火力。也許我們最需要的就是幾名異能者能夠站出來，公開反對其他異能者。這不會像忠貞者想像的那樣富有戲劇性，不會有神祕的、受到祝福的天使異能者，但只要有一、兩個異能者願意說一句：『嘿，這樣不對。』如果包括異能者在內的所有人都知道我們還有別的選擇，也許一切都將改變。」

我點點頭，「謝謝。」

「謝什麼？因爲和你閒聊我的胡思亂想？」

「要謝的有很多。我需要有人和我聊聊。蒂雅太忙了，瓦珥似乎很恨我。」

「沒這回事。你只是讓她想到了山姆。你也知道，那套諜眼是山姆的寶貝。」

好吧，我猜這名大漢的話有道理，儘管很不公平。

「我……」

「等一下，」艾克賽爾向我抬起一隻手，「聽。」

我將注意力轉向收音機，集中精神傾聽其中的話音。在我們說話的時候，收音機裡的靜電噪音一直都很強，我完全沒有意識到在這片背景雜音中還有說話的聲音。

「……是的，我看到他了，」一個聲音說，「他就坐在那裡……在海龜灣的一棟大樓樓頂。」

「他有做什麼嗎？」另一個聲音在靜電的爆破音中說。

「沒有，」第一個聲音回答，「他閉著眼睛，面向天空。」

「要離開這裡，逃到許多英里以外去才行。」第二個聲音顯得很害怕，「他非常危險，過去的兩個星期裡已經殺了許多人。」

「是的，」第一個聲音說，「但爲什麼他只是坐在那裡……」

艾克賽爾抬起頭，看著我的眼睛，「滅除？」

我點點頭，感覺一陣惡寒。

「你猜到了他會這麼做，」艾克賽爾說，「猜得很準。」

「我眞希望自己是錯的。」我推開椅子，站了起來，「我得去找教授。」

滅除已經開始積蓄陽光了，就像他在休士頓、阿爾伯克爾基和聖達戈做的一樣。

如果我是對的，當他開始下一步行動時，這座城市也將無法倖免於難。

第二十七章

我在那間有一整面玻璃牆壁的會議室找到了教授。今天玻璃牆後的海水比上次我來這裡的時候更清澈，我能夠看到很遠處的方形陰影，那曾是一幢幢高樓，現在成爲了海中一道幽靈般的地平線。

教授站在房間裡，穿著他的黑色實驗室長袍，雙眼直視大海深處，手背在身後。

「教授？」我快步走進房間，「艾克賽爾剛剛攔截到一段對話。有人看到了滅除，他正在積蓄能量。」

教授依然只是盯著大海。

「會不會就像在休士頓一樣？」我繼續追問，「他在那裡積蓄了數日的能量，然後就徹底摧毀了那個地方？長官？」

教授朝這座沉沒的城市點點頭，「在這個地方沉入水下以前，你從沒有來過這裡，對不對？」

「的確沒有。」我竭力不去看他盯著的那面可怕的牆。

「我曾經定期來這裡看戲、購物，有時候只是走一走。曼哈頓最不起眼的小餐館中的食物也勝過我家鄉最好的飯店，而曼哈頓那些最優秀的餐廳……啊，我還記得那裡的香氣……」

「呃，那麼，滅除呢？」

教授點了一下頭，轉過身，「我們去看看吧。」

「看看？」

「你和我，」教授大步向門外走去，「我們是前哨。如果有危險，我們就必須去勘查清楚。」

我追在教授身後。我並不打算和他爭論這件事，有理由離開這座基地肯定是件好事，但這完全不像教授的作風。他喜歡制定計畫。在新芝加哥，我們的每一步行動都得經過深思熟慮，即使是偵查也不例外。

我們進入走廊，經過蜜茲和瓦珥工作的房間。「我要用潛水艇。」教授向她們說話的時候甚至沒有瞥她們一眼。我緊跟著教授，只來得及回過頭向困惑的蜜茲看上一眼，聳了聳肩。女孩正從門口探出頭來看我們。

我加快步伐，跑到了教授前面，從裝備室拿出我的槍，猶豫一下，又抓起了裝著諜眼的背包。

「你不會需要它的。」教授從我身邊經過的時候說。

「你認爲我應該留下它？」

「當然不必。」

我將背包甩到肩上，跟著教授走進了黑暗的停泊艙，我們摸著一連串的繩索走向潛艇。爲什麼我覺得自己像是一條吞下了一顆手榴彈的狗？我心中冒出了這個想法。沒有什麼好緊張的，教授和我在一起。這可是強大的喬納森．斐德烈斯，我們將一起進行偵查，我應該感到興奮。

教授打開了潛艇艙門，我們爬了進去。進入潛艇之後，我鎖上艙門，教授開了一盞淺黃色的緊急照明燈，向我揮揮手，示意我坐到副駕駛座位上，然後就啓動潛艇。片刻之後，我們已經在寂靜的深水中移動。我不得不盯著潛艇前窗另一片只有一層玻璃隔開的深水。

「那麼……你需要知道我們的目的地嗎？」我終於問。

「是的。」教授的面孔完全被那種怪誕的黃色光芒籠罩。

「嗯，我們聽到他們說海龜灣。」

教授讓潛艇緩緩轉向，「蜜蘇麗告訴我，你已經能將諜眼操控得很好了。」

「是的，嗯，我的意思是，我正在練習。我不知道自己在這方面算不算做得好，但我一定能完全掌握它。」

我的手機發出了微弱的嗶嗶聲。我將手機拿出來。這支新手機的靜音按鈕和原來的不同，我總是忘記按下它。它用的還是我的老號碼，知道那個號碼的人都能聯絡到我，但螢幕上這條訊息來自於一個我不認識的號碼。

好了，我們聊聊吧。這就是訊息的內容。

「很好。」教授說，「在這裡，碎震器對你應該沒什麼用處了。」

「我不知道，」我還在努力思考這條簡訊是誰發過來的，「我們在辦公大樓內部作戰的時候，碎震器還是能幫我穿過牆壁，讓敵人無法掌握我的行動。」

「諜眼會更有用，」教授說，「現在你要把精力集中在它上頭。我們不想讓這些力量發生混淆，那也許會造成意外的衝突。」

衝突？什麼樣的衝突？我從沒有聽說過這種事。當然，我對這種技術瞭解的不多，但如果眞的會有這種危險的衝突，難道它不會影響教授給我的能量護盾嗎？

我的手機再次發出嗡嗡聲。我關閉了它的鈴聲，但沒有關閉震動。你在嗎？阿滕？訊息這樣問。

我的心猛然跳了起來。

梅根？我敲出回訊。

還能是誰，你這個愣仔。

教授瞥了我一眼，「什麼事？」

「艾克賽爾發簡訊給我，」我說了謊，「是關於滅除的更多訊息。」

教授點點頭，再次將目光轉向前方。我迅速給艾克賽爾發了訊息，問他是否有關於滅除所在位置的更多訊息，以免教授隨後會問起。我的手機幾乎立刻就亮了起來。艾克賽爾說又有人看到了滅除，還告訴我那棟大樓的具體方位。

這段時間裡，梅根也發來了訊息。

我真的需要和你談些事情了。

現在不合適，我回覆。

那麼，好吧。

這個簡單的回答讓我的心一沉。不久前，我還在懇求她能和我說上兩句話，現在我卻拒絕了她？我向教授瞥了一眼。他似乎正在專心駕駛，潛艇的移動速度並不快。我也許還有足夠的時間。梅根到底要和我說什麼事？

好吧，也許我還有些時間能和妳談談。我按下了發送鍵。

沒有回答。

星火啊，爲什麼所有事情都要同時發生？我等待著回音。在潛艇引擎運轉的聲音中，汗水開始從我臉上滴下。坐在這個位置上，我能看到整個水下世界在眼前延伸開來，彷彿永遠沒有盡頭，而空白的手機螢幕更讓我感覺毛髮倒豎。

我向手機俯下身，又發了一條簡訊給梅根。

妳知道爲什麼王權會說她能夠製造異能者嗎？

這一次，我幾乎是立刻就得到了回應，她說什麼？

她告訴我，她讓平凡人成爲了異能者。我回覆，她似乎認爲這樣會嚇到我。我覺得她是要審判者以爲我們無法與她對抗，因爲她能夠派遣無窮無盡的異能者來攻擊我們。

你怎麼回答她的？梅根問。

記不清了。我覺得我笑話了她。

你從來都不聰明，阿膝。那個女人非常危險。

但她的確曾經把我們的小命都攥在她的手心裡！我毫不示弱地寫著，然後卻放走了我們。我不認爲她想殺我們。不管怎樣，妳覺得她爲什麼會說出這麼匪夷所思的話？她眞的認爲我會相信這種事？相信她能夠讓普通人成爲異能者？

梅根好一段時間沒有回音。

我們眞的需要見一面了，她終於做出了回應，你在哪裡？

正在進入城區，我回答。

好的。

教授和我在一起，我又補充。

噢。

妳可以同時見我們兩個，我告訴她，只要妳解釋，他會聽的。

情況比你想的要複雜，梅根回應，我曾經是鋼鐵心的間諜，我滲透到教授自己的團隊裡。對於他寶貴的審判者，斐德烈斯就像是母熊看護熊仔一樣。

嗯？我回信說，不，妳錯了。

怎麼錯了？

我認爲這個比喻不對，梅根。教授是個公子哥，他不可能變成熊媽媽。大衛，你是個徹頭徹尾的愣仔。

我能聽到她發出的輕笑聲。星火啊，我眞的很想她。

不過我也是一個可愛的愣仔，對不對？我問她。

片刻的沉默，我發現自己又流汗了。

我眞希望一切能這麼容易，她的訊息終於來了，我眞的，眞的很希望。可以的，我告訴她，妳還想見面嗎？

和斐德烈斯？

我會想辦法甩掉他。我寫這條訊息的時候，教授開始讓潛艇浮出水面，稍後我再發訊息給妳。然後我就把手機收進了口袋。

「我們到了？」我問。

「差不多。」教授回答。

「你一路上都沒說一句話。」

「我正在考慮，是否應該讓你返回新芝加哥。」

這句話如同一顆從點44口徑槍筒中射出的子彈，打在我身上。我眨眨眼，幾乎不知道該如何回話，「但……我們來這裡的時候你說過，你說你帶我來是因爲你需要我。」

「孩子，」教授輕聲說，「如果你認爲我沒有你就殺不了異能者，那麼你一定低估了我的能力。如果我決定你不該參與這次行動，那麼你就要離開。就是這樣。」

「爲什麼你會這樣決定？」

教授繼續在沉默中駕駛潛艇，讓潛艇緩緩靠在一大片漂浮的殘骸上。看那樣子，它很像是一個熱狗攤。「你是一名優秀的前哨，大衛。」教授說，「思維敏捷，善於解決問題。對於敵人的攻擊，你能夠憑藉優異的直覺做出反應。你大膽，又極富進攻性。」

「我該謝謝你的讚揚嗎？」

「但你正是我多年來一直努力不去招募的那種人。」

我皺起眉頭。

「你沒有注意到嗎？」教授問。

聽到他這樣說……我開始回想柯迪，艾克賽爾，亞伯拉罕，還有蜜茲，甚至是瓦珥。他們都不是那種把槍戴在腰間，隨時準備戰鬥的類型，卻是往往行事低調謹慎，從不急於做出反應。

「我注意到了，」我說，「不過我現在才開始認眞思考這件事。」

「審判者不是軍隊，」教授說，「我們甚至不算是一支特別部隊。我們是設陷阱的人，我們需要的是耐心，而不是激進。你不是這種人。你是一支爆竹，總是渴望著行動，總會改變計畫。從某種角度說這不是壞事，你有很大的雄心，孩子。只有給予人們巨大的夢想，才能實現偉大的目標。」

他轉向我，潛艇緩緩前行，並不需要他的駕駛。「但我禁不住會覺得，你並不打算服從我們的計畫。你想要保護王權，而且你對一名叛徒抱有同情。你有自己的想法，所以你現在就告訴我，你一直以來向我隱瞞了什麼，然後我們再決定要如何處置你。」

「現在？」我問。

「現在。」教授看著我的眼睛，「全都說出來。」

第二十八章

在教授的注視下，我全身都開始冒汗。星火啊，我早就知道，他是一個不達目的決不罷休的人。他想要裝作他的團隊只是一群安靜而謹愼的人——事實上，他們大部分的確是這樣，只有他自己是例外。他其實和我一樣，一直都和我一樣。

正因爲如此，我很清楚現在他有多麼認眞。

我舔了舔嘴唇，「我計劃抓住王權的一名異能者。當我們攻擊牛頓的時候，我想要消除她的力量，而不是殺死她；然後我想要俘虜她，就像我們在新芝加哥俘虜艾蒙德。」

片刻之間，教授只是一言不發地盯著我。終於，他放鬆下來，好似這並不像他所擔心的那樣糟糕，「這樣做又有什麼意義？」

「嗯，我們都知道，王權一直暗中藏匿著。她正在進行著某種計畫，而我們卻對此一無所知。」

「有可能是這樣。」

「有可能？你說過她很狡猾。你也暗示過她很聰明。星火啊，教授，你必須考慮，她可能在要我們，而且就是現在。」

教授將目光從我眼前移開，「我承認，我的確有過這樣的憂慮。阿比蓋爾習慣……將人們安放到她設計好的位置上去，包括我在內。」

「她認識你，她也清楚你會怎樣做。」我漸漸興奮起來。看樣子，我也許已經讓自己擺脫了困境，「那麼她就不會料到你要進行綁架，這樣做太大膽了，而且完全不符合審判者的風格。請好好想一想，這樣做會給我們帶來怎樣的收穫！牛頓也許知道王權的計謀——至少她知道王權是如何招募到其他異能者的。」

「我很懷疑我們能夠從牛頓口中得到些什麼，」教授說，「阿比蓋爾不會把這樣的事情告訴她。」

「最少，牛頓也能告訴我們王權和她見面時都出現在什麼地方，」我說，「這可以幫助我們完善搜索王權的地圖。無論如何，牛頓都有可能知道更多情報，不是嗎？」

教授用手指輕輕拍打潛艇的舵柄。我們面前的氣泡形窗戶正被從上方透進水裡的光線照亮。「那你又打算如何讓她開口？用刑嗎？」

「嗯，其實，我希望，如果能夠阻止她使用超能力……你知道的……我們就能讓她回復善良的本性。」

教授向我挑起了一道眉。

「這樣的事情已經在艾蒙德身上發生了。」我為自己的假設尋找證據。

「艾蒙德在發生變化之前可不是個殺人犯。」

呃，這一點的確沒錯。

「而且，」教授說，「艾蒙德的善良源自於他所獲得的能力——就像我一樣。他並沒有『回復善良』。他一開始就不曾變得邪惡過。我知道你真正的意思，你不說，只不過是害怕會激怒我。你真正想的是熾焰和我們在一起的時候似乎也是善良的，你希望在阻止牛頓使用超能力之後，你就能得到證據，證明熾焰也能變回你的梅根。」

「也許吧。」我在座位裡縮了縮。

「我害怕的就是你會有這種想法，」教授說，「爲了你的目標，你有可能讓整個團隊陷入險境，大衛。難道你不明白這一點嗎？」

「我想，是有可能。」我說。

「就是這些嗎？」教授問我，「沒有其他了？」

我的身上有些發冷。梅根。「就是這些了。」我發現自己這樣說。

「那麼，我認爲這還不算很壞。」教授吁了一口氣。

「那我能夠留在巴比拉了？」

「暫時可以。」教授說，「禍星啊，你可能正是審判者需要的那種人。這麼多年以來，審判者中一直缺少的那個人……還是你就是個沒有頭腦的英雄主義者，是我們在聰明的時候知道要遠遠躲開的人。到底你是哪一種，我還無法做出判斷。」

他操縱潛艇朝一座沉沒在水中的大樓駛去。大樓的側面有一個大洞，看上去非常像我們一直以來停泊潛艇的那棟樓，當然，這是另一棟。我們鑽進了那個大洞，就像一粒奶油爆米花進入了一頭正在腐爛的巨獸口中。這時，教授按下一個操縱鈕，潛艇噴出大量肥皂水，讓泡沫覆蓋住了周圍的水面，弱化水體的表面張力，阻擋王權的力量。然後他關閉照明燈，讓我們浮出了水面。

我們摸索著走出潛艇，找到了指引繩索，跌跌撞撞地走過半沒入水中的地面，來到一段樓梯前面。我幾乎什麼都看不見，這也是我們隱藏形跡的必要手段。

「從這段樓梯上去。」教授透過手機向我耳語，「在找到現在的基地以前，我們曾將這裡當成一個潛在的基地備選。這個地方無人居住，也遠離其他建築，所以沒有橋樑連接。樓上是一套私密的事務房間，從那裡，我們應該能清楚地看到這次要偵查的那個樓頂。」

「明白。」我一隻手握緊了步槍，肩頭扛著背包，伸手去摸通向樓梯間的門。

「我要回到潛艇中，爲緊急撤退做好準備，」教授說，「我覺得現在的狀況有些不對。我會做好逃跑的準備，爲你把潛艇頂蓋敞開著。」他停了一下，我感覺他的手抓住了我的肩膀，「不要幹傻事。」

「別擔心，」我也透過手機悄聲說，「我是幹傻事的行家。」

「你眞是……」

「好了，我知道什麼是傻事，我對這個實在太清楚了。就像除蟲人清楚蟲子是什麼樣，能夠輕易找到它們。我就是那樣，一個除傻人。」

「絕對不要這樣說自己。」教授說。

好吧，我也覺得他說得有道理。教授放開我，我拉開門，走了進去。將門關上以後，我把手機固定在肩頭的帶子上，打開了螢幕光源。這段通向上方的樓梯間陰暗潮溼，充滿了腐敗的氣味，就像在舊恐怖片中看到的那種早已被遺忘的空樓梯。

只不過恐怖片裡的那些人，不會帶著有電氣壓縮彈匣及夜視瞄準鏡的全自動哥特沙克爾突擊步槍來武裝自己。我微微一笑，熄滅了手機燈光，舉起步槍，打開瞄準鏡的夜視模式。雖然教授說過這個地方已經廢棄了，但最好還是確認一下周圍的狀況。

我將步槍頂在肩頭，小心地登上台階，現在我還是無法對這把哥特沙克爾完全滿意。我的老步槍比它更好。當然，那把老槍偶爾會卡彈，也沒有自動射擊功能，每個月都需要至少一次光學校準。還有……總之，它是更好的。就是這樣。

梅根一定會因此笑我，我心想。和一把明顯已經過時的槍產生了感情？只有傻瓜才會這樣。儘管我們都會笑話這樣的人，我們卻似乎都會對自己的槍產生感情。我伸手到腰間，才忽然想到梅根的槍已經不在我身邊了。我得找一件替代品。

在漫長的樓梯間頂端，我走進了一間曾經裝潢華麗的會客室。現在這裡已經被無所不在的巴比拉植物完全占據，到處都是陰影和藤蔓，沒有窗戶將外面的光線引入這裡。儘管枝頭果實累累，地上也鋪著一層水果，但沒有一顆水果發光。它們的光暈只出現在晚上。

我一點一點向前挪動步伐，踩過舊日的費用報告和其他各種文件。這個房間中的味道很可怕，腐爛臭氣和眞菌的氣味交雜在一起。我一邊走，一邊察覺到自己心中古怪地生出了一股對教授的怨氣。他說「沒有頭腦的英雄主義者」是什麼意思？難道我們不就是英雄嗎？

我的父親一直等待著英雄的到來。他相信會有那樣的人。他會死去，正是因爲他信任鋼鐵心。

從這個角度看來，他的確是個傻瓜。但不知爲什麼，我越來越發現自己想要成爲和他一樣的傻瓜。我不會因爲試圖救助他人而感到愧疚，隨便教授怎麼說都可以，但在內心深處，我知道他也有著同樣的想法。他同意消滅鋼鐵心，正是因爲他感覺到過去的審判者並不足以改變這個世界。

他會做出正確的決定。他會拯救這座城市。教授正是一位英雄。一位爲人類而戰的異能者。他只是需要承認這一點，並且……

我腳下發出了一聲輕微的裂響。

我身體一僵，再次藉助瞄準鏡掃視這個小房間。什麼都沒有。我放低步槍，打開手機燈光。這個被禍星影子籠罩的地方到底隱藏著什麼……

在一棵樹下，我踏上了一叢生於粗大藤蔓的小東西。這些奇異的植物鬚根從樹皮下面冒出來，就像是一個戴著面具的人生出的許多鬍鬚。我很仔細地端詳它們，然後才敢斷定，它們的末端生長出了……小甜餅。

是的，小甜餅。我跪下去，在它們中間搜尋了一會兒，從一個小甜餅裡抽出一張紙條。幸運籤餅，我想，從樹上長出來。

我打開那張紙，看著上面的文字。

救救我。

太棒了，我又回到恐怖片裡了。

我忐忑不安地退回原位，端起了步槍，又朝這個房間環視了一周，用手機照亮大樹後陰影重重的角落。沒有怪物向我撲過來。確定這裡只有我一個人以後，我再次朝那些小甜餅彎下腰，抽出更多紙條，檢視上面寫了什麼。所有紙條上都只有兩種籤語：救救我和她抓住了我。

「大衛？」蒂雅的聲音在我的耳機響起，「你就定位了嗎？」

我跳起來，腦袋差點撞到了天花板。

「噢，還沒有，」我一邊說，一邊將一些紙條和甜餅塞進口袋，「我剛剛遇到了一些事。唔……有沒有人提過，水果樹上生出了小甜餅？」

耳機中只有沉默。

「小甜餅？」蒂雅問，「大衛，你是不是出了什麼問題？」

「嗯，我最近可能有些消化不良。」我朝房間另一扇門走去，那扇門前放了一張已經腐朽、供接待員使用的桌子，「但我不認爲這會讓我產生關於小甜餅的幻覺。消化不良通常只會產生關於乳酪蛋糕的幻覺。」

「哈，哈。」蒂雅乾笑了兩聲。

「保留樣品，」教授說，「然後繼續行動。」

「已經保留了。」我將耳朵貼在門板上聽了聽，才推開門，開始檢查這個房間的每一個角落。這裡也是空的，不過有兩扇寬大的窗戶讓陽光灑落在我身上。這是一間經理室，凌亂地散布著書本和各種金屬物件，比如那種一串掛起來的金屬球，你拉起其中一端的一顆，讓它落下去，它們就會不停地彼此敲擊，發出惱人的噪音。這裡只有兩棵樹，房間左右各一棵，而兩側牆壁上的書架已經完全爬滿了藤蔓。

我繼續向前，走過一片片殘骸，竭力不發出聲音。最後，我來到了落地窗前。這棟大樓果然非常隱蔽，和其他建築物的距離成爲它最好的屏障。海浪不斷撞擊在樓身，水波滾滾。在遠處的海灣中，能看到另一些大樓凸出在海面之上，完全是巴比拉的特有景色。

我跪下去，把背包放在身邊，將步槍從窗戶的一處破口中伸出去，眼睛對準瞄準鏡，把取像水準調到十倍放大，這實在是一部性能優秀的裝備。我能夠清晰地看到五百碼以外的地方。只要繼續對焦，我打賭我能看到兩千碼以外的許多細節。

星火啊，我以前從沒有這樣開過槍。我很擅長使用步槍，但我並不是訓練有素的狙擊手。而且我懷疑哥特沙克爾也沒有這樣的射程，不過用瞄準鏡進行偵查的感覺還是很不錯。

「我就位了。」我說，「目標在哪一棟？」

「有沒有看到一棟尖頂大樓？」艾克賽爾在線上說，「就在那兩棟平頂樓旁邊？」

「有了。」我說著縮小了瞄準鏡的視野。那裡距離我非常遠，但藉助瞄準鏡的超常放大能力，我毫無障礙地看到那裡。

他就在那裡。

第二十九章

滅除和我前兩次看到他的時候沒什麼差別，只是脫掉了襯衫、黑色軍用風衣和眼鏡——這些東西都和他的劍一同擺放在樓頂。他盤腿而坐，將纏著繃帶的胸口暴露出來，留著山羊鬍的面孔向天空仰起，雙眼閉合，身姿異常寧靜，好像正在做清晨瑜伽一般。

但他現在還是和我以前見到他時有了一個巨大的不同——有一團光芒從他的身體內部散發出來，如同一個光源被埋在了他的皮膚底下。

我感到一陣讓我自己吃驚的怒意。我還記得那次在水中掙扎，鎖住我一條腿的鐵鍊將我向海底拖去的感受。我絕不會讓這樣的事情再次發生。

我將注意力集中在滅除身上，瞄準鏡的視野聚焦在他的頭部。然後，我撥動槍側的一個開關，將瞄準鏡中的圖像傳到手機上，再傳送到蒂雅那裡。

「謝謝，」蒂雅看到了我傳過去的圖像，「嗯……看上去不太好。你想要我做什麼？」

「妳能找出我的休士頓照片嗎？」

「我有更好的，」蒂雅說，「我知道他在這裡以後就在搜尋資料了。現在傳給你。」

我讓眼睛離開瞄準鏡，從手臂上取下手機。蒂雅的訊息很快就傳了過來，是一系列在休士頓拍攝的照片。那時正是滅除統治那座城市的最巔峰，休士頓成爲了一個可怕的地方，但就像新芝加哥一樣，那裡終歸還能提供某種程度的穩定生活。我在新芝加哥和巴比拉都看到了：人們寧可接受異能者的暴政統治，也不願意葬身於城市之間的荒蠻地。

看來有很多人見證了滅除那時的樣子：他安坐在他的宮殿前，那曾經是一座政府大樓，他的身子也一樣在發光。絕大多數見證者在這些照片拍攝之後不久就死了，但還是有一些人逃了出來，更多人則是將照片用手機傳給了城外的朋友們。

蒂雅的照片明顯比我的要好。它們顯示出滅除的樣子幾乎和現在沒有差別。只是他的褲子不一樣，胸口沒有綳帶，臉上滄桑的痕跡也比較少一些，但坐姿和光芒完全一樣。

「看起來和他在別的城市開始蓄能的第一天一模一樣，你說呢？」蒂雅在線上說。

「是的。」我又開始看起手機上另一串照片。滅除在聖達戈，同樣的姿勢。我比較了一下他在休士頓和聖達戈的發光亮度，又將這些照片和現在的他進行比對，「我同意。他剛剛開始。」

「你們之中是否能有人可以向老人家解釋一下，我們正在談論什麼？」教授在線上問。

「他的基本能力——操縱熱能需要外因動力。」我說。

「很好，」教授說，「對我的理解非常有助益。」

「我還以爲你是無所不知的天才。」我說。

「我曾經教授十五年級的科學課程，」教授提醒我，「但我沒有教過異能者超能力理論。」

「滅除，」蒂雅用平靜的聲音說，「需要從物體中吸收熱量來製造破壞。觸及他皮膚的陽光也能有同樣的作用，這不會像吸收熱量那樣有效，但他可以這樣持續吸收，所以對他而言是一種容易獲取的能源。」

「在他摧毀休士頓和其他那些城市之前，每次都要在太陽下坐上七天以汲取能量。」我說，「然後他就會將聚集的能量在一瞬間全部釋放。把他身體發光的亮度拿來與休士頓的照片比對，我們就能推測出他還有多久就要毀滅這裡。」

「從理論上來說，」蒂雅補充，「我們可以推測出在那個非常非常糟糕的時刻到來之前，我們還有多少時間。」

「我們必須壓縮時間表了，」教授低聲說，「我們很快就得準備好攻擊牛頓？」

計畫沒有改變：攻擊牛頓，把王權引出來，利用得到的資料找出王權的基地。儘管我們是透過手機交談，我卻覺得教授正在以不容置疑的口吻直接對我說話：審判者要殺死牛頓，而不是綁架她——我別出心裁的計畫無非是在犯蠢。

我沒有回答。綁架牛頓也許是愚蠢的。現在我會遵照原定計畫去行動。

「考慮到我們並不知曉牛頓的弱點，」蒂雅說，「對她發動攻擊將非常困難。」

「她能夠反制對她的直接攻擊，」教授說，「我們或許可以淹死她？如果她沉進大海，力量反轉也救不了她。」

這個提議讓我驚恐地打了個哆嗦。

「應該可以，」蒂雅說，「我會制定一個計畫。」

「即使我們對牛頓的攻擊無法眞正殺死她，」教授說，「我們可能也可以實現目的。這場攻擊本身就能把王權引出來，指明她的基地，然後我們就除掉她。如果牛頓還活著，那也沒什麼。」

「那滅除呢？」我問。我的手指渴望著去扣住扳機。我把手從槍身上移開。我根本不能保證這一槍會擊中目標，而且滅除的危險直覺會立刻傳送走他，最好還是把他留在能夠被我們監視到的地方。如果我們在制定好周詳的計畫以前就打草驚蛇，只會讓他另找一個隱祕的地點，重新開始蓄積能量。

「我們不能任他爲所欲爲。」教授低聲表示同意，「大衛是對的，我們需要另一個計畫來對付他，而且要快。」

我轉動瞄準鏡的角度，對滅除周圍進行搜索。那裡不久之前一定還有很多居民——從維護良好的吊橋和眾多帳篷前晾曬的衣服就能看出這一點。滅除一出現，大多數人都聰明地逃走了，但我還是能看見有幾個人留了下來，躲藏在周圍的樓頂，或者從附近的窗戶中偷窺滅除。即使那個怪物已經在巴比拉殺了不少人，好奇心還是戰勝人們的恐懼。逐一檢查那裡的窗戶後，我確認大部分人都逃進了下面的房間，躲藏在樹木和藤蔓之間。

「我們需要找到他的弱點，蒂雅。」教授在線上說，「就算是他使用能力時存在空檔，我們也不可能藉此對付他。」

「我知道，」蒂雅回答，「普通的研究對滅除沒有用。大多數異能者都會與普通人或是其他異能者有交流，這樣就會透露他們的祕密。但滅除永遠都是一個人。就算是異能者靠近他，也會被他殺死。」

不要爲末日悲哀，小傢伙。我回憶起滅除對我說的話。狂妄自大的異能者們總是認爲自己需要以某種方式支配這個世界。滅除會引用宗教詞句，把自己打扮成神的使者，並不讓人驚訝。

即使明白這一點，我依然覺得這句話令人毛骨悚然。

在我搜索附近的樓頂時，我看到有人站在一座樓頂上，正透過雙筒望遠鏡觀察滅除。我將視野放大了一些。我認識那個人嗎？我拿出手機，檢索牛頓幫派成員的照片。是的，這個人正是牛頓的手下，一個名叫諾克斯的混混，不是異能者。

「我看到了一個牛頓的幫派成員，」我繼續用瞄準鏡觀察，「現在我正聚焦在他身上。」

「嗯，」蒂雅說，「這裡不是他們的日常巡查路線，不過這也不奇怪。畢竟滅除正在做一件大事。」

我點點頭，看著那個人放下手中的雙筒望遠鏡，開始對著手機說話。

教授說，「也許只是……」

突然間，那個人變形了。

我屏住呼吸，沒有再聽見教授隨後說了些什麼。那個人就在我的眼前變成了一隻小鴿子，飛上天空，掠過樓頂。速度很快，以至於我的瞄準鏡沒能追上他。我又經過一番搜尋，終於在附近的另一棟大樓頂上發現了那隻鴿子——他已經重新變回成一個人。

「他是一名異能者，」我悄聲說，「是變形者。瓦珥的筆記中說他的名字是諾克斯，但瓦珥說他並沒有任何超能力。蒂雅，妳知道他嗎？」

「我必須檢索一下紀錄，看看是否有學究提過他。」蒂雅回答，「牛頓的幫派經常會招募低等異能者，也許瓦珥的團隊只是沒有注意到這個人的能力。牛頓本人在嗎？」

「我沒有……」我沒能把這句話說完，有什麼東西落在了諾克斯身邊，「等等，是她。她剛剛……星火啊！她從另一棟大樓上跳了過來，這一跳至少有五十英尺。」

那兩人開始交談。我當然不可能聽到他們在談些什麼。最後，牛頓朝一個方向指了一下，然後又指指另一個方向。他們是在約定一個範圍嗎？我看到那個人再次變成一隻鳥飛走。

隨後，牛頓也消失。星火啊！那個女人能夠瞬間移動嗎？我將視野轉回兩次，才找到她正疾奔過樓頂。她的速度實在令人咋舌。根據瞄準鏡上的量尺，她每小時至少能跑五十三英里。我知道有些異能者的速度比這個更快，但這只不過是她的次要能力。

牛頓一躍而起，落在一棟大樓的邊緣，啓動了她的能量反射能力——她將與大樓的撞擊力量向下反射，讓身體如同從一張彈簧床上彈起，完美地駕馭著這股能量衝上半空，劃出一道強而有力的瞬移弧線，輕鬆越過了兩棟大樓之間的深溝。

「哇喔。」蒂雅輕聲驚嘆。

「還比不上飛行。」教授咕噥著。

「不，從某種角度來看，這比飛行還要厲害。」蒂雅說，「想一想這種移動過程中所需要的精準和對身體的操控……」

我點頭表示贊同，只是他們看不見我的動作。我繼續移動瞄準鏡，監視牛頓。她又跳了起來，這次落在一棟高大的建築物上，緊鄰滅除所在的大樓。然後，她拔刀斬斷了通向另一個樓頂的吊橋，又連續砍掉另外兩道連接她所在大樓的吊橋。

「這對她來說可是很不尋常的行爲。」蒂雅的聲音中流露出不安。

我的手緊攥住了槍管。牛頓將自己完全隔絕在一棟大樓頂上，滅除則坐在她臨近的樓頂。而現在，那棟大樓周圍的水退去了，就像是……就像是一場派對上的人們紛紛逃離一個壞脾氣的傢伙。那裡的水位足足下降了幾十英尺，徹底暴露出大樓鏽跡斑斑、布滿藤壺的底部。

我朝滅除瞥了一眼。他還坐在原地，全身放射光芒，儘管身邊的大樓周圍發生了退水的奇景，他卻完全沒有反應，動也沒有動一下。

「禍星的陰影啊，到底發生了什麼事？」蒂雅悄聲說，「水是由王權操縱的，但爲什麼……」

我轉頭回去看牛頓。她正大步走向通到大樓內部的樓梯，然後從腰帶上拉下一樣東西，扔進了樓梯間裡，又將兩個小東西扔到附近的樓頂上。最後，她一躍而起，離開了這棟大樓。

「燃燒彈，」我看著接踵而至的爆炸說，「她打算燒掉這棟樓，燒死裡面所有人。」

第三十章

我放下步槍，從窗戶退回來，跳向背包，打開它拿出諜眼。

「大衛？」蒂雅急切地問，「留在原地，繼續觀察，保持瞄準鏡的位置！」

「這樣妳就能親眼目睹那些人死掉了嗎？」我一邊問，一邊打開了潛水服。星火啊！我可沒有時間幹那種事了。我脫下鞋子，首先將諜眼腿部的裝置固定好。

「我需要觀察牛頓的行爲。」蒂雅還是那副官腔。我們在很多地方都很像，但正是這一點區別讓我們成爲了不同的人——我無法超然於事外，只作壁上觀。「牛頓已經有很多年沒有殺過無辜的人了，」蒂雅繼續說，「死在她手裡的一直都只有她的競爭對手，或者是威脅到王權的和平世界的人。這樣的人從來都不多。爲什麼她現在突然開始做出這麼殘暴的行徑？」

「王權想用那些人做出一個示範，」教授在線上輕聲說，「降低了水位，讓樓中人不可能跳水逃生——她明確地使用力量，就是要讓所有人都清楚地看到這是她的意志。她在警告所有人，遠離滅除，就像中世紀城市將屍體掛在城牆示眾一樣。」

「很有道理，」蒂雅說，「滅除會在這裡連續坐上幾天，完全不動一下，王權肯定不希望他受到打擾。」

「我們正在見證王權從一個仁慈又嚴厲的獨裁君主，墮落成一個將要毀滅一切的暴君。」教授低聲說。

「我可不打算見證這種事，」我一邊說，一邊勒緊了皮帶。

「我要去阻止這樣的事發生。」

「大衛……」教授欲言又止。

「是的，是的，」我不耐煩地回應，「我是沒頭腦的英雄主義者。我不打算只在這裡發呆。」

「爲什麼？」蒂雅進一步壓低了聲音，「爲什麼王權要這樣做？她能夠用大水呑沒整座城市，難道不是嗎？爲什麼要使用滅除。星火啊……爲什麼要徹底摧毀這座城市？這不像阿比蓋爾。」

「我們認識的阿比蓋爾已經死了，」教授說，「活下來的只是王權。大衛，如果你救了那些人，她只會再殺掉另一些人。她一定會達成自己的目的。」

「我不在乎，」我正努力將諜眼的薄背板安裝到位，沒有艾克賽爾或蜜茲的幫助，這一步要困難許多。「如果我們因爲害怕、躊躇或者別的什麼原因而不去救人，那我們就輸了。讓他們去做惡事吧，我會阻止他們。」

「你不是無所不能的，大衛，」教授說，「你只是一個人類。」

我遲疑了片刻，手中拿著諜眼的部件，一個死亡異能者的能力。然後，我以更快的速度戴上了手套，將手腳和背板之間的導線固定到位。我站起身，開啓了流量波束——能夠吸收水流的雷射光線。我回頭望向窗外，遠處的大樓已經完全燃燒起來，滾滾黑煙正湧向天空。

我這時才發現，我忘記把我和那棟大樓隔開的海灣有多麼廣闊，瞄準鏡在視覺上縮短了這段距離，但眞要到達那裡，我得跨過一片很寬的水域。

也就是說，我必須加快速度了。我將耳機和手機放進褲子的防水口袋，深吸一口氣，跳出窗外。

我將流量波束指向下方，打開腿上的噴水引擎，以緩衝我下降的慣性。當我的身體撞擊到水面的時候，冰冷的鹹水讓我打了個抖。星火啊！這片水比我練習的時候還要冷得多。

幸好我有諜眼。我面向冒煙的大樓，發動了引擎。不幸的是，這一次我沒有了教授的能量護盾，每次我像海豚一樣撞進海面時，海水都會狠狠打在我臉上，就像是被分手的情人抽來的耳光。

我努力應對著撲面而來的波浪，在每次躍出海面的時候大口吸氣。星火啊！這裡的波浪也比中央公園海面強得多，而且被這些波浪包圍的我幾乎什麼都看不到。

我減緩了腿部引擎的噴射，讓自己能夠緩一口氣，有時間調整一下錯亂的方向。我正在一片茫茫大水中央，到處都有波浪翻湧。巴比拉已經從我的眼前完全消失了，我好像進入了沒有邊際的大海，前後左右以至於向下全都是看不見盡頭的水。

恐慌來襲。

我怎麼會跑到這裡來？我到底出了什麼問題？我開始不受控制地拚命呼吸，身體也不斷抽搐，每一道波浪都想要將我拖進深深的海底。我喝了滿口鹽水。

幸運的是，我在求生本能的驅使下啓動了諜眼，猛然衝出了水面。

懸浮在半空中時，海水從我的身上汨汨流下，我一邊用力喘息，一邊緊閉著眼睛。我想要移動。我需要移動。但此時此刻，要讓我挪動一寸，還不如讓我舉起一輛裝滿布丁的小貨車。

這些水。所有這些水……

我深吸一口氣，竭力減慢了呼吸頻率，強迫自己睜開眼睛。因爲被諜眼推上了半空，我現在能越過海浪看到遠處。我的確轉向了，必須重新對準目標。我大概飛過了一半的距離，還有很長一段路要走，但星火啊，我現在實在沒什麼心情放開流量波束，讓自己再掉回那片大海中去。

不過我還是努力讓自己落下，再一次撞上海面。這次，我以那股升上天空的黑煙做爲路標。那棟大樓中的人會怎樣？無法跳入水中，他們很可能向下逃避頭頂上方的烈火，移動到大樓的底層。當海水回來的時候，他們就會被淹死。

那一定是一種非常恐怖的死亡，被困在建築物裡，大水沖進來，被夾在上方的火焰和下面冰冷的海水之間。

胸中的怒火讓我加快了諜眼的速度。

有什麼東西折斷了。

突然間，我在水流和泡沫中不停地打轉。我減小了推力。該死的！一台腿部引擎不動了。我掙扎著浮到水面，開始劇烈地咳嗽，渾身冰冷。現在我想要漂浮在水面上也變得非常困難，失去動力的諜眼重重地壓著我，我身上還有衣服。

爲什麼想要漂起來會這麼難？我的身體絕大部分都是水，不是嗎？難道我不應該輕易就漂浮在水上嗎？

我一邊和波浪戰鬥，一邊努力俯下身，想要修好噴射引擎，但我甚至不知道它爲什麼會故障，我也不是很擅長在沒有助力的情況下游泳。終於，不可避免的事情發生了，我開始下沉。我必須啓動還能工作的那個諜眼引擎，才能回到水面上。

我覺得自己已經吞下了一半的海水。我咳嗽著，又開始恐慌，並認知到在開闊的水面上有多麼危險。我抬起一條腿，將還能工作的引擎舉到身後，把諜眼的輸出能量減到一半，讓它推著我向遠處的大樓游去。

我必須集中精神才能讓自己漂在水上，並持續向城市前進。我的速度很慢，實在是太慢了。我原本想成為一個英雄，現在卻變成了一個跛子，原本想解決一個危機，卻差點造成了一個新的危機。羞愧沖刷著我的神經，對於教授的警告，還有比我更好的示範嗎？

幸運的是，我擔心的危機終歸還在可以控制的範圍之內，只要我還有一部諜眼引擎，狀況就不至於不可收拾。隨著我逐漸靠近城市，包裹住我的海水也慢慢溫暖起來。終於，我心懷慶幸地到達了一棟城市周邊的大樓。這棟樓並不高，只有兩層樓凸出在水面以上。剩下的一部引擎足以將我推上去——只是我上升的角度有點怪。我抓住了樓頂邊緣，把自己拉了上去，然後又咳了起來。

儘管諜眼完成了全部工作，但我還是累壞了。我翻過身，嗅著空氣中的煙味，盯著天空。那些人。我竭盡全力站起身，也許我可以……

那棟大樓離我很近，和我所在的樓只隔著一條街。現在那裡火光沖天，大樓上半部分全都變成了烈焰地獄。甚至從這麼遠的地方，我也能感覺到灼人的熱氣，這絕不是一、兩顆燃燒彈能夠形成的火焰。牛頓不是朝這裡投下了更多燃燒彈，就是這棟樓早已經過處理，做好了付之一炬的準備。大樓周圍的水形成了一個深深的漩渦，露出了下方遠處溼漉漉的街道。

我能看到那裡有幾具屍體。是為了逃避火焰而跳樓的人。

正當我觀望的時候，圍繞大樓的漩渦散開了。巨浪撞擊樓身，雷鳴般的斷斷聲表明火焰已經深入到大樓下層，正在被海水吞沒。猛烈的撞擊導致樓頂坍塌，整棟大樓落進水中，蒸汽如同風暴一般躍上半空，發出恐怖的吼聲。

我踉蹌一步，知道自己徹底失敗了。我看到王權的凝水投影站立在不遠處的樓頂，雙手交握在身前。她正看著我，然後溶入海面消失。

我癱坐在樓頂上。爲什麼？這實在是太沒有意義了。

教授是對的，我心想，她們在隨心所欲地殺人。爲什麼我認爲她們會是好人？

我的褲子中發出了蜂鳴聲。我嘆口氣，從褲子裡拿出手機，手機上有了一點水，不過蜜茲說過這一款是完全防水的。

來電的是教授。我將手機舉到頭邊，準備接受他的訓誡。現在我看到諜眼的故障原因——左腿的導線被我接錯了，其實它們根本就沒有接上。這是一個簡單的狀況，如果我穿戴裝備時小心一些，這個問題就不會出現。

「我在。」我朝手機中說。

「她走了嗎？」教授問。

「誰？」

「王權。她在看著，對不對？」

「是的。」

「也許現在她還在看著，只不過是從遠處。」教授的聲音有些喘息，「我必須帶這些人偷偷溜進潛艇。」

我站起身，一下子興奮起來，「教授？」

「別顯出太心急的樣子。」教授哼了一聲，「她也許正在盯著你，表現得沮喪一些。」我聽到教授那邊有孩子的哭聲，「你能讓她安靜一些嗎？」教授呵斥某個人。

「你在那棟大樓裡，」我說，「你……你救了他們！」

「大衛，」教授的聲音非常緊張，「現在我一點也不輕鬆。明白嗎？」

他正在抵擋海水和烈火。我明白了，用他的能量護盾。

「是的。」我悄聲說。

「我把潛艇留在原處。我只能從海底跑過來。」

我驚訝地眨眨眼，「可以這樣？」

「把我包裹在力場氣泡裡，」教授說，「就是這樣。我已經很久沒有進行過這種練習了。」他又哼了一聲，「我是從下面進入這棟大樓的，先瓦解掉一段地面，穿入地下室。我得在水中製造一個力場隧道，讓這些人能夠逃進我們所在的建築中。你能在那裡迎接我嗎？」

「很好。」

想到要從這個海灣裡游回去，我不由得一陣反胃，但我不會承認這一點。「當然。」

「教授……」儘管興奮不已，但我還是竭力裝出一副鬱悶的樣子，「你才是英雄。你眞的是。」

「停。」

「但你救了……」

「停。」

我閉上嘴。

「回到那棟大樓裡去，」教授說，「我需要你駕駛潛艇，把那些人送到一個遠離王權能力範圍的地方去。明白。明白嗎？」

「明白。爲什麼你不能駕駛它？」

「因爲，」教授的聲音變得更輕了，「在隨後的幾分鐘裡，我需要用上全部的意志力，阻止我自己殺掉這些給我找了許多麻煩的人。」

我嚥了一口口水。「明白。」然後我迅速修理了靴子上的導線，將手機收好，啓動流量波束指向水面。經過測試之後，一切正常，我又確認了一下導線，以保萬無一失。

我出發了，這一次更加小心。我在水面上行進的時間絕不算短，但終究平安到達。然後，我不得不在靠近潛艇的一個房間中等待了將近一個小時，才聽到聲音。

我站起身的時候，一道門被打開，一群滿身灰燼的人們從走廊中魚貫而入。教授引領他們進入了大樓，我跑過去，讓這些人平靜下來，向他們解釋爲什麼必須在黑暗中進入潛艇，而且要盡可能保持安靜，我們不能冒險讓王權發現教授所做的一切。

我費了不少力氣才將這一群不住咳嗽、浸透了海水、精疲力竭的人們帶進潛艇。被教授救下來的一共大約四十人，潛艇勉強能把他們都裝下。

我幫助一位抱著孩子的母親下到潛艇裡，她是這些人之中最後一個。然後，我又爬出潛艇，跑到我最開始接到這些人的房間，打開手機，確認沒有人被丟下。

教授站在對面的門口，全身都籠罩在陰影中。他的護目鏡反射著手機的燈光，讓我無法看到他的眼睛。他向我點了一下頭，然後就轉過身，消失在黑暗之中。

我嘆口氣，關掉手機，摸著繩子返身走回潛艇，爬進艙口，關閉並封死艙蓋。現在潛艇裡已經擠滿了潮溼且散發著濃烈煙氣的人。教授的態度令我困擾，但絕對不足以驅散我心中的暖意。他這樣做了。儘管他一直抱怨我行事莽撞，但他卻親自出手，拯救了這些人。他和我是一樣的。他只是比我要強得太多。

我坐進潛艇的駕駛座位，然後打電話給瓦珥，要她教我該如何駕駛這個東西。

第三十一章

我重重地放下裝滿補給品的箱子，站起身，抹了一下眉毛。被教授救出來的幾個巴比拉難民都抬著箱子，腳步匆匆地向附近一座倉庫的殘骸跑去。昨天我把他們送到了這座遠離紐約海岸的小島上，現在這座島上只有一片廢墟，但至少這些人已經洗淨了滿身的煙灰，看上去也比在巴比拉的時候更懂得如何保護自己了。他們的求生本能並沒有被埋沒得太深。

「謝謝。」一個名叫蘇米的女人向我鞠了一躬。現在已經是晚上，但他們衣服上的彩色塗料並沒有發光，讓他們看上去又髒又舊。

「記住我們的約定。」我說。

「我們什麼都沒看見。」她向我承諾，「我們在一個月之內都不會回到城裡去。」

我點點頭。蘇米和她的人相信是審判者利用神祕的力場技術拯救了他們，他們不會把看到的情景告訴任何人。現在我只希望就算是這個訊息走漏出去，也不會牽涉到教授和異能者。

蘇米抬起最後一個箱子，和她的同伴們一起踏著滿地的野草，向那些搖搖欲墜的房子跑去。食物最好不要擺放在顯眼的地方，否則難免會被拾荒者盯上。令人欣慰的是，出入這座島嶼唯一通道只有北邊的一座橋，希望他們能夠在這裡安全地度過一段日子。

看到這些人失去家園和一切財產，被迫流亡，我的心裡很不舒服，但我們能做的也只有這些了。我們做的也許已經超出了我們的責任——為了給他們儲備足夠的食物，柯迪不得不從新芝加哥空運補給過來。

我轉回身，沿著一條空曠破敗的街道向前走去，步槍被我扛在肩頭。我們停泊潛艇的老碼頭就在不遠處，瓦珥正坐在潛艇上。她剛才負責把食物箱堆放在碼頭上，我和難民們負責把箱子運進小島。

我站在碼頭眺望西南方的巴比拉，遲疑了一下。那座流光溢彩的城市就好像一道通向另一個次元的傳送門。儘管我面前的大海如同一片廣袤的平原，但我知道，這裡的水位是漸漸抬升的。王權依照她的心情重新塑造了這座城市。她甚至在巴比拉不同的部分維持著不同的水面高度，在淹沒的街道之間人爲創造出一片片樓頂聚落。

她在乎這裡，我想，她用了很大精力建造這座城市，因爲她想要留在這裡，統治這裡。是她讓這裡充滿了魅力。

那她現在爲什麼又要將這裡摧毀？

「來了？」瓦珥向我喊著。

我點點頭，走過碼頭，上了潛艇。理論上，這裡還在王權的視野範圍以外，所以我們能夠讓潛艇露出水面。

「嗨，」當我走過瓦珥身邊的時候，她對我說，「你打算什麼時候告訴我，你是如何救下他們的？我要聽實話。」

我在艙口猶豫著，從潛艇內部射出的光線照在我身上。

「我使用了諜眼。」

「是的，但你是怎麼做到的？」

「我撲滅了一個房間裡的火，」我搬出了蒂雅和我一起編好的謊言，我們已經預料到瓦珥和艾克賽爾會問起這件事。「我把所有人都帶進了那個房間，讓他們保持安靜，直到王權認為所有人都死了，然後再帶他們溜了出來。」

這個謊言聽起來很合理。瓦珥並不知道那棟大樓在重新被海水灌入時基本上全部塌陷了。我說那時把人們帶出來，理論上是可行的。

不管是不是白色謊言，我都不願意說出口。難道教授不能自己把實話告訴他的團隊嗎？瓦珥仔細地看著我。她的臉大部分都陷在陰影中，讓我無法看清，但我似乎嗅到一股腐爛草莓的氣味。終於，她聳聳肩，「好吧，幹得漂亮。」

我急忙快步進入了潛艇。瓦珥跟在我身後，鎖住艙門，在前面的座位上坐好。她不相信我的話，至少不是完全相信，我能夠從她僵硬的坐姿中清楚地看出。當她和蒂雅通話，說我們馬上要返回物資儲備點，運送下一批食物箱去水下基地的時候，僵硬的語氣更是向我確認了這一點。

我有些坐立不安。潛艇已經開始靜靜地在水波下移動。終於，我強迫自己走到潛艇前端，坐進了瓦珥身邊的駕駛員座位。對於瓦珥，我直到現在都還沒有什麼瞭解。也許一些安慰性的交談能夠減少她對於昨天那些事情的懷疑。

「嗯，」我說，「我發現妳喜歡柯爾特1911手槍。那是一把好槍，經歷過歲月的考驗。這是斯普林菲爾德風格的槍架和彈匣嗎？」

「說實話，我不知道。」瓦珥朝她腰間的槍瞥了一眼，「是山姆給我的。」

「我是說，妳應該知道，這樣妳就能為它替換零件了。」

瓦珥聳聳肩，「這只是一把槍。如果它壞了，我會再得到一把。」

只是……

只是一把槍？她眞的是這樣說的？

在遊弋於波濤之下的潛艇中，我發現自己張開了嘴，卻沒有發出任何聲音。一個人身上的槍就是他的生命，如果槍發生故障，那麼人就有可能因此而喪命。她怎麼能說出這樣的話來？要和善，我努力對自己說，斥責她絕不會讓她對你有好感。

「那麼，呃，」我用拳頭遮住嘴，咳嗽了一下，「妳一定很喜歡這裡和這裡的任務吧？甜蜜的海底基地，不需要和異能者作戰，一座全都是好心人的城市。這一定是審判者團隊能得到的最好的工作了。」

「沒錯，」瓦珥說，「直到我的一位朋友被殺害。」

現在，我「取代了」她的朋友在團隊中的位置。眞棒。又一個她不喜歡我的理由。

「妳認識蜜茲已經有段時間了，」我再開始嘗試另一個策略，「妳不是在這座城市中長大的，是嗎？」

「不是。」

「在來巴比拉之前，妳在哪裡？」

「墨西哥。不過你不應該問我們的過去，這違背了保密策略。」

「我只是想……」

「我知道你想幹什麼。沒有必要。我會做好我的工作，你也要做好你的。」

「是的，」我縮進了椅子裡，「好吧。」

等等。墨西哥？我突然想起了什麼，「妳……不會是在埃莫西約（注）待過吧？」

瓦珥看了我一眼，什麼都沒有說。

「與普洛斯．德．菲戈的戰鬥！」我喊出聲。

「你怎麼知道的？」瓦珥問。

「噢，天哪。那是眞的？他眞的朝妳扔了一輛坦克？」

瓦珥只是眼望前方，按下了潛艇控制台上的一個按鈕。「是的，」她終於開口，「一輛完整的坦克，打破了我們基地的外牆。」

「哇喔。」

「還有，我那時正負責基地管理。」

「所以妳……」

「是的，坦克撞穿牆壁時，我就在基地裡面。他繞過山姆，還找到了我們的基地。我直到現在都不清楚，他是怎麼知道我們藏在哪裡的。」

我想像那時的情景，臉上露出笑容。普洛斯是一個擁有怪獸般力量的異能者，他能夠舉起任何東西，哪怕是那樣東西會因此被他扯碎。他不是一名高等異能者，但很難殺死，因爲他還擁有超強的耐受力和大象一樣的堅韌皮膚。

「我完全想不出妳是怎樣打敗他的，」我說，「我只知道儘管行動出了錯，妳的團隊最終還是把他除掉了。」

瓦珥一直看著正前方，不過我捕捉到她嘴角上的一絲笑紋。

「到底是怎麼做的？」我問。

「是的……我就在那裡。」她的語氣稍稍活潑了一些，「就在變成瓦礫的基地中，那是那座城市中心處的一棟小磚房。他是衝著我來的。當時我只有一個人，沒有後援。」

「然後呢?」

「然後……嗯,房間裡就多出一輛坦克。」

「妳不想戰鬥。」

「是的。」瓦珥說,「一開始,我爬進坦克只是爲了躲起來。不過我發現坦克裡有砲彈,而他就站在炮管前面。坦克已經側翻了過來,不過它是屁股撞進房子的。所以我想,該死的,現在該怎麼辦?」

「妳向他開炮了。」

「是的。」

「用坦克大炮。」

「是的。」

「這太精彩了。」

「這很蠢。」瓦珥這樣說著,但還是在微笑,「如果炮管彎曲了,我也許會把自己炸碎。但……好吧,那一炮打出去了。山姆說,他在七條街以外發現了普洛斯的手臂。」她看著我,似乎這時才意識到自己是和誰在說話,面色隨即黯淡下來。

「抱歉。」我說。

「因爲什麼?」

「因爲我不是山姆。」

注:Hermosillo,墨西哥西北部城市。

「這話太蠢了。」瓦珥將目光從我眼前別開，然後她猶豫了一下，「你是那種會感染別人的人，鋼鐵殺手，你知道嗎？」

「一定是因爲我堅韌果決的男子氣概。」

「嗯，不是。不是這個。也許是因爲你的熱心。」瓦珥搖搖頭，拉起舵柄，讓潛艇向水面駛去。

「不管怎樣，看你搬箱子的時候，力氣倒是很有男子氣概。我們到了。」

我微微一笑，因爲終於能夠不再讓瓦珥皺眉而感到高興。隨著潛艇上升，我站起身，向舷梯走去。那道通向盥洗室的門又啪噠啪噠地響了起來。我們眞的該讓蜜茲修理一下這該死的東西了。我用腳趾把它踢上，就爬上舷梯，打開了艙蓋。

潛艇外，一片黑暗籠罩著我們。

這個儲備點不像城市島那樣遠離海岸，但我們應該還在王權的能力範圍之外。不過，留下一個人看守潛艇肯定是有必要的。所以我負責把食品箱從不遠處搬到了海邊，瓦珥則要將它們從岸上扛進潛艇，並在艇中擺好。

我背著步槍，爬上了一座安靜的碼頭。海浪拍打著木造碼頭，似乎在刻意提醒我，它還立在這裡。我匆匆跑過碼頭，到了一幢黑漆漆的房子前，柯迪把我們的補給卸在這間老屋子裡。

我溜進門。至少這次我要搬的箱子少一些了。我們也許應該在上一次就把箱子全部搬進潛艇，但我的手臂實在已經痠痛難忍，稍微休息一下也無妨。

我藉助手機的燈光檢查了一下房間。

然後我拉開隱藏的地板活門，爬下去檢視教授的情況。

第三十二章

在這棟房子下面的岩石地基中，審判者開鑿了一處祕密的中轉基地。這裡有一張小床，一些補給，還有一個工作台。教授正站在工作台旁邊，手中拿著一個燒杯，在燈光下檢視燒杯中的東西。他的情況肯定是改善了。我上次來的時候，他正躺在小床上看著一些老照片，現在那些照片全都散落在床上。

我下來的時候，教授沒有抬頭看我。我搓揉著肩膀問：「你需要什麼嗎？」

教授搖搖頭，一邊晃動著他的燒杯。

「你沒事了？」我又問。

「感覺不錯。」教授說，「我正打算今晚再過些時候就回城市，也許明天就回基地去，或者在基地外面再待上一天。我們需要有足夠的時間，讓瓦珥的團隊以爲我是去檢視另一支審判者團隊。」

這是蒂雅爲教授離開找的藉口。我好奇地看著他將手中燒杯的液體與另一個燒杯不同顏色的液體混在一起。

「我們再過兩天就要攻擊牛頓了，」我對他說，「蒂雅打了電話給你，但她說你沒有回話。」

再過兩天，應該還不到滅除發動毀滅一擊的時刻。這樣即使情況有變，我們也還能爭取到一些周旋的時間。

教授哼了一聲。「兩天？那我應該回去了。」他已經把兩個燒杯中的液體全倒進一個廣口瓶裡，隨即向後退去。有很大一股泡沫從廣口瓶中噴了出來，幾乎撞上天花板，然後成片地落在瓶子周圍。教授看著這一幕，露出微笑。

「過氧化氫混合碘化鉀，」他說，「小孩子們都很喜歡這個實驗。」他接著又開始混合另外一些溶劑。

「你能早一點回來嗎？」我問他，「我們還沒有對付滅除的方案，而他已經把槍口抵在這個城市的頭上了。」

「我正在考慮怎麼對付他。」教授說，「如果我們殺掉王權，我相信他會被嚇跑。如果那時他還沒有逃走，我們也許能在王權的筆記中找到他的弱點。」

「如果找不到呢？」

「我們就盡數疏散市民。」教授說。

蒂雅也推論出了同樣的可能性。在我看來，最後這個選項可行性很低。在王權死掉之前不可能進行疏散，否則她一定會用洪水吞沒所有市民。我也不相信在滅除毀滅這裡以前，我們有充分的時間能夠把人們都帶走。

「告訴蒂雅，今晚打個電話給我，」教授說，「我們要討論一下這件事。」

「好的。」看著他開始攪拌另一種混合物，我又停頓了一下才開口，「你在做什麼？」

「另一個實驗。」

「爲什麼要做這些？」

「因爲，」教授轉身，大半臉龐籠罩陰影，「記住舊日的事情對我會有幫助。回憶那些學生他們興奮的樣子，喜悅的樣子，這些回憶似乎能夠將它趕走。」

我緩慢地點著頭，儘管他並沒有看我，他的注意力已經回到眼前的科學實驗去了。我稍稍向前挪了挪，想要看看他之前端詳的那些照片。

到了小床旁邊，我俯下身，拿起一張照片。照片上是一個更加年輕的教授，穿著休閒風格的衣服，牛仔褲，T恤。他和一群人站在一個滿是螢幕和電腦的房間裡，那些人分散在房間各處，穿著統一的藍色襯衫。

教授瞥了我一眼。

我舉起照片，「實驗室？」

「NASA（美國航太局），」他的回答有些不情願，「很久遠的事了。」

「我記得你說過你是在學校裡教書的！」

「我可不是在那裡工作的天才們，」教授說，「仔細看看。」

我又把照片拿到眼前，這才發現照片上的教授更像是一名觀光客，面帶笑容，爲拍攝擺好了姿勢。我又用一秒鐘時間，才注意到照片上眾多藍襯衫的NASA菁英中，有一個紅色短髮女子。是蒂雅。

「蒂雅是一名火箭科學家？」我問。

「曾經是。」教授說。「那已經是很久以前的事了。我們第一次開始約會後，她就帶我造訪了那裡，那是我人生中最輝煌的時期，我拿著這張照片向學生們吹噓了好幾個月。」

我低頭看著照片。照片中的人明顯是教授，但看上去又和我眼前的這個人截然不同。這個人臉上憂鬱的紋路、憔悴的眼神和冰冷的神色，都是從哪裡來的？

照射世界將近十三年的禍星徹底改變了這個人，這種改變不只來自於他獲得的力量。

另一張照片從床單下面露出一半，我把那張照片抽出來。教授沒有阻止我，只是轉過頭繼續他的實驗。

在這張照片裡有四個人排成一列，其中之一是教授。他穿著現在幾乎從不離身的黑色實驗室長袍，口袋裡裝著護目鏡。在他身邊，王權穿著樣式優雅的藍色長裙，伸出一隻手，一顆水球就懸浮在她的指尖上。蒂雅也在照片裡。照片中的第四個人是我不認識的一個男人，比其他三人都要年長，灰白色的頭髮在頭頂上翹起，幾乎像是一頂王冠。照片中另外三人都站立著，只有他坐在椅子裡。

「這個人是誰？」我問。

「這也是另一段時間的回憶。」教授依然沒有看我，「一個我不願再去碰的回憶。」

「因為王權？」

「因為那時我認為這個世界會成為一個完全不同的地方。」教授晃動著溶液，「一個充滿了英雄的地方。」

「也許現在它依舊能成為那樣的地方。也許我們對於導致這個黑暗時代的原因有誤解，或者也許我們有辦法抵抗這種黑暗。畢竟，對於異能者的弱點，我們都曾經犯錯。也許我們對於這件事本身，並不像我們以為的那樣瞭解。」

教授沒有回答，只是放下了燒杯，向我轉過身，「如果我們錯了呢？你不害怕嗎？」

「我願意冒一次險，教授。」

他瞇起眼睛，「我能信任你嗎，大衛．查爾斯頓？」

「是的。當然。」他這又是從何問起？這個問題似乎和我們的談話沒有任何關係。

他審視著我，點點頭，「好啊，我改變主意了。告訴蒂雅，我在你離開之後就會儘快返回城中。她可以對瓦珥和艾克賽爾說其他審判者團隊的緊急事務已經迅速解決了，我會提前返回。」

「好的。」教授在一處隱蔽的審判者碼頭有一艘摩托小艇，他可以自行輕鬆返回城裡。

「但你說的信任又是怎麼回事……」

「快去把箱子搬走吧，孩子。」他轉身開始收拾物品。

我嘆口氣，還是聽話地放下照片，爬出這間地下室，關閉了活板門，把教授獨自留在暗室中。然後，我抱起一個箱子，卻在即將走出屋子的時候差點和瓦珥撞了個滿懷。

「大衛？」瓦珥問，「你在這裡幹什麼呢？」

「抱歉，」我說，「我得喘口氣。」

「但……」

「妳沒有看著潛艇？」我問。

「我……」

我急忙從她身邊跑過。星火啊！如果有拾荒者發現了那艘潛艇，決定乘著它去兜風該怎麼辦？幸運的是，潛艇還浮在平靜的黑色水面上，一動未動。

瓦珥和我迅速把箱子運進潛艇，整個過程中我們幾乎沒什麼對話。我想要找些問題再次勾起瓦珥的談興，但她只是保持沉默。即使在我們駕駛潛艇返回基地的途中，她也是一言不發。她知道我向她隱瞞了一些事，我也無法責怪她因此感到困擾——事實上，我對於現在的局面同樣一片迷茫。

到了基地，我們停好潛艇，爬進黑暗的房間。這座碼頭完全密封，剛好適合停下這艘潛艇，設計相當精巧。爲了避免被王權察覺，這裡始終是一片黑暗。就算在王權的能力範圍之外，審判者們還是很謹慎。這是我喜歡他們的原因之一。

我在黑暗中摸到引導繩，又從牆邊架子上拿下兩副夜視鏡，將其中一副遞給瓦珥，自己再戴上另一副，開始協力把箱子搬出潛艇。我將最後一個箱子扛在肩頭，離開了黑暗的碼頭間，沿走廊向儲藏室走去。

審判者這座有著舒適長椅和烏木傢俱的豪華基地，與我今天在外面見到的淒涼景象簡直有天壤之別，或者根本就是兩個世界。我在儲藏室放好箱子，收音機的聲音從我身後艾克賽爾的房裡傳出來。他正在利用自己的空閒時間進行偵查，截聽各種聲音，一而再，再而三地查找牛頓的行動路線。

我還有更多的箱子要搬，不過應該先把教授的訊息告訴蒂雅。所以我經過走廊，來到蒂雅的門前，敲了兩下。

「進來。」蒂雅說。

在這個房間的牆壁上，她用石膏繪製了巴比拉地圖。現在地圖上清晰地顯示出牛頓的移動路線。在城市中心，幾枚標針顯示蒂雅認爲王權可能在的隱藏地點。那裡的建築物還是太多，如果要進行搜索，很難不暴露我們的目的。但我們已經逼近目標了。

房間的角落裡放著十幾個喝光的可樂袋。蒂雅的狀況看上去並不是很好，幾綹散髮掉出她的髮髻之外，如同幾道捲曲的薑紅色閃電。她的下眼袋腫起，平日光潔筆挺的套裝現在也出現了皺褶。

「他在那邊。」我說。

蒂雅抬頭瞥了我一眼，「他說什麼？」

「他說今晚就回來。我們也許要駕駛潛艇到市區去接他。看樣子，他基本上已經復原了。」

「謝天謝地。」蒂雅說著靠進了椅子裡。

「瓦珥已經起疑，」我又說，「妳應該把實際情況告訴她。」

「我也希望自己知道實際情況到底是什麼。」蒂雅嘟囔著。

「什麼事……」

「我指的不是喬，」蒂雅說，「別在意，我只是發洩一下。我有些東西想要讓你看。」

蒂雅站起身，走到牆壁前，輕拍了一下牆壁。我們在這裡安裝了顯像機，讓整面牆壁變成智慧型螢幕，就像教授工作時喜歡用的那一種。蒂雅的拍擊打開了一幅諾克斯的畫面，就是我昨天看到的那名牛頓手下的異能者。牆壁螢幕上演示了諾克斯變成一隻鳥飛走的錄影，隨後是瞄準鏡的抖動，那時我的視角沒有跟上諾克斯，又費了些力氣才在另一棟大樓上重新找到他。他再次變形。蒂雅讓畫面停在這裡，並放大畫面，凸顯出他的臉。畫面被放大以後，因爲解析度的關係變得粗糙了許多，但還是能夠辨認他。

「剛剛那一幕，你有什麼看法？」

「至少是等級C的自我變形能力，」我說，「他能夠改變自己的軀體，並在變形後繼續保持原有的意志。他可能只有這種變形能力，或者這種能力來自於D級變形的強化效果。如果要做出更多判斷，我必須知道他是否能變成別的形態，以及他的變形是否存在限制，比如時效。」

「這個人，」蒂雅說，「當牛頓的幫派成員已經有許多年。艾克賽爾有一些關於他的目擊證據，但之前沒有任何跡象顯示諾克斯擁有超能力。這表示，牛頓或王權用某種方法讓他將自己的能力隱藏了許多年。我很擔心這件事，大衛。如果她能夠在普通人的眼皮底下隱藏異能者，能夠控制他們不表現出任何超能力，那我們對於這座城市的所有情報可能毫無價值，無論我們對這裡做過多少調查。」

我皺起眉，來到那幅圖像前，仔細看去。「如果他不是刻意隱藏自己的超能力呢？他會不會只是最近才獲得這種能力？」

蒂雅看著我，「你真的以爲王權能夠讓普通人成爲異能者？」

「我還沒辦法完全確定，但她顯然想讓我們相信她能夠創造異能者，或者至少強化他們的能力。也許她的確得到了某種特別的能力，或是某種我們從沒有見過的異能者，能夠僞造出超能力。或者……她眞的能夠創造新異能者。不管我們怎樣想，在牽涉到異能者的問題上，沒辦法判斷什麼是不合理的。」

「也許吧。」蒂雅承認。她坐進書桌邊的椅子裡，又拿起一袋可樂。

「教授不在，妳不得不擔負起管理團隊的責任，但妳並不喜歡。」我明白她的心情。

「我完全有能力擔負指揮責任。」她說。

「這就像是在說番茄醬也能做髮膠。」

蒂雅挑起一道眉。

「妳明白，從技術上來講並沒有錯，但……」

「我明白。」蒂雅說。

「妳……眞的明白？」

「是的。你是對的，大衛。喬才是領袖，而我負責管理，將零散的事務整合爲一體，但他才能看到我們的方向。他有著我們不具備的眼光，不是因爲他的……能力，只是因爲他這個人。沒有他操盤整個計畫，我很擔心我會忽略什麼重要的事情。」

「他說了，他會及時回來幫妳。」

「希望如此。」蒂雅說，「說實話，那個傢伙如果想的話，可以變成一個徹底沒有時間觀念的人。」

「他以前是這樣的？」

蒂雅看了我一眼。

「他和我說了NASA的事，」我說，「我也看過你們兩個在那裡的照片。我很吃驚。」

蒂雅哼了一聲，「他有沒有告訴你，我爲什麼會邀請他去那裡？」

「我以爲是因爲你們兩個在一起。」

「我們那時只是剛剛開始約會，」蒂雅說，「當時他的學校裡有另一位教師贏得了我們舉行的一場選拔賽，將要參加一場爲期數週的太空人角色扮演活動——進行訓練，接受測試，諸如此類。爲了經營公眾形象，我們經常會搞這種活動。」

「教授沒有贏？」我問。

「他沒有參加，」蒂雅回答，「他不喜歡競爭，甚至從不會把硬幣扔進吃角子老虎機裡。

但他知道自己沒有辦法去NASA之後，還是會很人格分裂地感到不爽。」她盯著手中那一袋可樂，卻沒有打開它，「我們有時候會忘記他是一個人，大衛。無論如何，他只是一個人，一個充滿了感情，有時候根本不講理的人。我們全都喜歡他這樣。我們想要得到我們不能擁有的東西，即使我們可能沒有權利要求那些東西。」

「這樣並沒有錯，蒂雅。」

我的聲音似乎讓蒂雅吃了一驚。她抬起頭看著我。

「妳知道，他不只是一個人，蒂雅，」我說，「他是一個英雄。」

「聽你說話，我覺得你也是他們之中的一員。」

他們？

然後我一下子明白了。蒂雅說的是忠貞者。星火啊，她說得沒錯。*有惡人的地方，就一定有英雄。只要等待，他們終將到來……*我的父親曾這樣說，就在他死去的那一天。

幾個月前，我把亞伯拉罕和蜜茲這樣的樂天派看作是傻瓜。我到底是發生了什麼改變？是教授。我無法相信會有某些神祕的異能者在某一天到來，拯救這個世界。但他……我能夠信任他。

我與蒂雅對視。

「好吧，」蒂雅說，「去把補給放好，然後整理好你的裝備。我想替你安裝一部能夠監視滅除的攝影機，讓我們持續觀察他的情況。現在不確定他儲存能量的速率是否和以前一樣，我可不想有意外。」

我點點頭，離開那個房間，將門在身後關好，沿走廊回到儲藏室。我發現蜜茲正在那裡搬運箱子。她放下一個箱子，給我一個神氣的微笑，就向遠處跑去。

看著她的背影，我禁不住也笑了起來。她絕對才是那種充滿感染力的女孩。因爲蜜蘇麗・威廉斯的存在，這個世界也變得更美好了。

「爲什麼，」一個低低的聲音在我身邊響起，「這幾天我每次見到你的時候，你都盯著別的女孩？」

我轉過頭，看到了站在儲藏室裡的人——梅根。

第三十三章

梅根。

梅根在審判者的基地裡。

我發出一陣聲音。那肯定不是嗚咽，無論它是什麼，絕對說不上有什麼男子氣概。

我在惶恐中向蜜茲跑走的方向瞥了一眼，然後走進儲藏室，握住梅根的手臂，「妳在幹什麼？」

「我們需要談談，」梅根說，「但你一直都不理我。」

「我沒有不理妳。這兩天我一直都很忙。」

「忙著看女孩子的後背。」

「我沒有……等等。」我微笑起來，「妳在嫉妒！」

「別傻了。」

「我不傻，」我說，「妳在嫉妒。」我發現自己就是止不住想笑。

梅根顯得很慌亂，「一般來說，這可不是什麼好笑的事。」

「這表示妳在乎我。」我說。

「噢，行行好，別這麼說。」

該說些溫柔浪漫的話了。我這顆整天總是會慢上幾拍的大腦終於來解救我，「別擔心，我寧可每天都盯著妳。」

然後我等著。

梅根嘆了口氣，目光越過我望向走廊，用微不可聞的聲音說：「你眞是個傻瓜。她會回來嗎？」

的確，這位是敵方的高等異能者，而這裡是審判者的基地。我壓低聲音問：「我想，妳來這裡並不是打算自首吧？」

「自首？星火啊，當然不。我只是需要找人談談，你是最方便的人。」

「只是因爲方便？」我問。

梅根看著我，面色一紅。她紅撲撲的面頰眞好看。當然，現在的我也許更願意看到一碗熱湯，或者一堆泥巴，或者大象的耳屎。梅根眞是我見過最不會挑時間的人。

「跟我來。」我抓緊了她的手臂。我不想鼓勵她利用超能力隱藏起來，現在的她實在太像我以前認識的那個梅根了。所以我們必須迅速離開。我拉著她跑進走廊，一路向我的房間衝去。

我們順利地到達那裡，沒有被別人發現。我把她拉進房間，關緊房門，背靠在門板上，喘著大氣，就像是一名癲癇發作的飛行員剛剛駕駛一架裝滿炸藥的貨運飛機著陸。

梅根環顧這個房間。「看來，你得到了一個沒有窗戶的房間。你還是團隊裡的新人？」

「差不多吧。」

「那麼，好吧，」梅根走上前，「總比地下的一個金屬窟窿來得好。」

「梅根，」我說，「妳是怎麼……我是說，還有別人知道我們基地的位置嗎？」

梅根看著我的眼睛，搖搖頭，「就我所知沒有了。我並不經常和王權見面，我覺得她不信任我。我從其他人那裡聽說他們正在找你們，王權認爲你們的基地在北邊的海岸上，而且似乎因爲找不到你們很生氣。」

「那妳是怎麼找到我們的？」我問。

「鋼鐵心讓我在團隊中每個人身上都安裝竊聽器。」她說。

「所以妳……」

「我能夠竊聽你們的電話。」梅根說，「至少曾經可以。斐德烈斯是一個偏執狂，會有規律地改變他和蒂雅的電話。你的電話壞了。這些日子裡，我只能竊聽亞伯拉罕和柯迪的電話。」

「這批供給物資。」我說，「妳聽到它的動向，在我們之前就到達接頭地點，然後偷偷溜進了潛艇。」

梅根點點頭。

「妳就在我身邊，」我說，「我卻完全沒有看見妳！妳在哪裡使用的力量？」

「我沒有用，」梅根坐倒在床上，躺了下去，「我只需要好好利用老派的潛行技巧。」

「但……」

「你離開潛艇一段時間後，我正要進去，瓦珥卻鑽了出來，讓我差一點心臟病發。但我還是及時進入潛艇，藏到了盥洗室裡。」

我笑了。不過她沒看到，她正盯著天花板。「妳眞是妙耶。」

她的嘴角向上翹了翹，一雙眼睛依舊盯著正上方，「這眞的很難，大衛。」

「很難？」

「不使用我的能力。」

我也爬到床上，「妳一直照我說的做？避免使用能力？」

「是的，」她說，「我不知道爲什麼要聽你的。因爲這樣做只是讓我的生活變得更困難。我是說，我差不多可以算是一個神，對不對？而我卻要躲在盥洗室裡？」

我坐到她身邊。她的聲音，她的眼神，都顯得有些緊張。「這樣做有效嗎？」我問，「妳還想隨意殺人嗎？」

「我一直都想要殺你。儘管這個想法有時只有微微一點。」

我等著她說下去。

「是的，」梅根嘆口氣，終於又開了口，「這樣是有效的。雖然在其他事情上，這麼做幾乎要把我逼瘋了，但不使用超能力的確除掉了我心中的一些……欲望。我確實不想再殺人了。對我而言，我覺得超能力更多的作用還是會讓我容易發怒，變得自私。」

「嗯，」我又問：「爲什麼妳會這樣覺得？」

「也許是因爲我不是非常強大吧。」

「梅根，妳是高等異能者！妳強大得很邪門。」

「邪門？」

「我從一部影片裡聽到的詞。」

「我不是很強大的異能者，大衛。禍星啊，我必須用槍才能殺人！是的，我能夠轉生，但你有沒有見過我的幻象多麼弱？」

「我覺得它們很驚人。」

「我可不是來找恭維聽的，大衛。記得嗎？我們要做的是讓我不再使用我的力量。」

「抱歉。嗯，好吧，妳的力量的確很不完全。這就像是——八八式狙擊槍的子彈被塞進了十二發鳥槍的彈匣裡。」

她看著我，突然笑了起來。「噢，星火啊，但不管怎樣，野雞還是會被打死。」

「只要靠得夠近，」我說，「多少鳥都會被打死。」

這句話讓她又笑了起來，我也露出了笑容，她現在似乎很需要一些笑聲。儘管很不情願，但我還是在考慮，是否應該提醒她要安靜一些。

梅根伸展開手臂，又將雙臂抱回到身前，再嘆了口氣。

「感覺還好嗎？」我問。

「你根本不知道這是什麼樣的感覺，」她輕聲說，「太可怕了。」

「告訴我。」

她瞥了我一眼。

「我想知道，」我說，「我已經習慣了……結束掉擁有特異能力者的生命。我不知道當我瞭解了他們的心情時，感覺會好一些還是變得更糟，但我認爲不管怎樣，我都應該聽一聽。」

她轉回頭繼續看著天花板，好一段時間都沒說話。我讓房裡亮著一盞燈，一盞帶玻璃罩的橙紅色小燈。房間很安靜，偶爾似乎能聽見外面的海浪聲。波浪湧動，海水翻滾，也許那只是我的想像。

「那不像是一種聲音，」梅根說，「我看過蒂雅的那些學者們寫的東西。他們認爲那是一種精神分裂。他們說異能者心中有一種邪惡的道德感在對他們耳語，告訴他們要做什麼，什麼只是一堆廢物。但那其實並不像耳語。

「你應該可以理解這種感覺：某些早晨醒過來，覺得對這個世界有一點憤怒？或者會因爲一些小事阻礙了你而生氣，一些通常你不會在意的小事。那種感覺就像這樣。而且你不在乎自己的行爲會導致什麼後果。

「即使是這種情緒也還算正常。我早就有過這樣的心情，在得到超能力之前就有過。那你有沒有過這種時候——很晚還不去睡覺，明知道如果再不睡，到了第二天一定會痛恨你的生活？但你還是不想去睡，因爲你不在乎，就是這種感覺。身爲一名異能者，你什麼都不會在乎。畢竟你能夠爲所欲爲，就算是做得太離譜，明天也能改回來。你總是會有明天的。」

她一邊說，一邊閉上了眼睛，我卻感到一陣戰慄。我的確有過她所描述的這種感覺。誰沒有過？感受著她的心情，我甚至覺得異能者的種種罪行也是有邏輯可言的。這讓我好恐懼。

「但妳改變了，」我對梅根說，「妳在抵抗這種力量。」

「只是幾天而已，」她說，「大衛，這很難。眞的、眞的很難，就像是一直不能喝水那樣。」

「妳說過當妳靠近我的時候，就會容易一些。」

她睜開眼睛，向我瞥了一眼。「是的。」

「那麼也許有一種我們還不知道的辦法可以打敗它。」

「不一定。許多與異能者相關的事都沒有邏輯。」

「所有人都這樣說，」我站起身，走向書桌，「這樣的話被我們一遍又一遍地重複。我卻開始懷疑，我們是否正錯把它看成理所當然的現實。來，看看這個。」我拿出了異能者弱點的研究資料。

「這是什麼？」梅根也站了起來，走到我身邊，俯下身，我們兩個的頭幾乎碰在一起。

「你又要對我掉書袋了嗎，阿膝？」

「我一直在尋找異能者和他們弱點之間的關聯。」我讓她看有絲分裂和能源場的筆記，「我們總是認爲弱點是隨機的，對嗎？妳看，這兩個人的弱點卻有很大的巧合。」

梅根細看我的筆記，「他自己的音樂，嗯。」

「妳再想想鋼鐵心，」我興奮地說，「他的力量在不害怕他的人面前就消失了。妳瞭解他，妳能不能把他的過去發生的某件事和他的弱點連起來？」

「我們可沒有一起去參加過晚宴派對。」梅根乾巴巴地說，「那座城市裡大部分的人，即使是那些有頭有臉的人物都不認識我。他們知道的只有『熾焰』，我的空間雙體。」

「妳的……什麼？」

「說來話長。」梅根瀏覽著我對於能源場的筆記，有些心煩意亂，「鋼鐵心想要盡可能將我的一切保密，所以他刻意和眞正的我保持距離，以免引起別人的注意。星火啊，他其實和所有人都保持著距離。」

「這其中一定有某種聯繫，」我一隻手撥動著筆記，「所有這些都是有關聯的，梅根。也許眞正的原因就隱藏在其中。」

我希望梅根會反駁我，就像教授和蒂雅一樣，但她只是點了點頭。

「妳認同？」我問。

「我別無選擇。」梅根說，「我不想這樣，但我成爲了異能者，所以現在很想知道其中是否存在更多意義。所以，是的，我願意相信。」她依然盯著那些筆記，「儘管我也許並不願意。」

她幾乎是緊緊地挨著我——不注意到這一點實在太難了。她的面頰快要和我的臉貼在一起。我渴望著能伸出手，將她拉得更近一些。此時此刻，我覺得我完全能理解她是怎麼樣被她的力量所引誘的。

「如果異能者和弱點之間存在著聯繫，」我用討論讓自己分神，「那麼克服超能力的方法也許就存在。找到這個祕密，我們就能讓妳擺脫它，梅根。」

「也許吧，」梅根這樣說著，卻又搖搖頭，「不管怎樣，你幫我吧。但如果這是因爲『愛的力量』或者其他什麼混帳原因，我可是會狠掐某人的喉嚨……」她的臉就在我旁邊，離我好近。

「什……什麼的力量？」我有些口吃地問。

「別再問了。」

「噢。」

她微微一笑。我覺得，我要做的事情應該沒什麼害處——大不了讓她一槍打死我——我向前俯過身，吻了她。這一次讓我吃驚的是，她沒有退縮。

這種感覺太奇妙了。我對這種事沒什麼經驗，根據我聽到的傳聞，我覺得自己做這種事應該會很笨，但這一次（可能也是我平生第一次），沒有任何糟糕的狀況發生。她將雙唇印在我的唇上，側過頭，伸臂將我抱住，溫柔誘人，那種感覺就像……就像……

就像我永遠不想結束的一個神奇世界。我絕不想再去對它多做說明，唯恐破壞了它。

但一個微小的聲音依舊在我腦後喋喋不休地發出警告。

老兄，你要和一個異能者搞上了。

我立刻把那個聲音踹到一旁。就像梅根說過的，每個人總要有一些時候不在乎自己的行爲會導致怎樣的後果。

我幾乎沒有聽到敲門聲。

但我還是意識到房門被打開了。

第三十四章

梅根離開了我，我急忙轉過身。蒂雅已經推開門，一邊還煩躁地看著手中的數位平板。她抬起頭，看著我。

我全身冰涼。

「嗨，」蒂雅說，「我打算派瓦珥去運送一些攻擊牛頓所需要的物資，她可以順道帶你出去安裝監視滅除的攝影機。你想要出發了嗎？我不想等了。」

「呃……當然。」我抗拒著回頭找梅根的衝動。蒂雅就站在我身邊。

蒂雅點點頭，又停了一下，「我嚇到你了？」

我看著掉在地上的那一堆紙。剛剛接吻的時候，我把它們全忘了。「我想只是我的手今天有點笨。」

「五點鐘的時候準備好。」蒂雅將一個小盒子放在我身邊的桌子上，盒子裡應該就是遠端攝影機。她又向我瞥了一眼，然後才離開。

星火啊！我急忙跑過去，關上了門，又回頭向房裡望去，低聲問：「梅根？」

「嗯。」聲音從床底下傳出來。

我走過去，俯身觀看。梅根顯然是趴在地上，再滾到床下去了。那底下的空間還眞小。

「沒事了。」我對她說。

「我覺得自己就像個青少女，」梅根抱怨著，「還要躲著男朋友的媽媽。」

「我也覺得自己像青少年，」我說，「因爲我就是。」

「別和我提這個。」梅根咕噥著從床下爬出來，揉了揉前額。她好像在床下撞到了什麼東西。

「你看起來就比我小五歲。」

「五歲……梅根，妳多大了？」

「二十。」

「我在離開新芝加哥的時候剛好十九。妳只比我大一歲。」

「我早就說過，你還是個小孩子。」她伸出手，讓我把她拉起來。

「我們可以一起去和蒂雅談談，」我對她說，「教授不在這裡。蒂雅更有可能會聽妳說話。我已經和他們談過了，也向他們解釋過，妳沒有殺山姆。我相信她會給妳一個機會，讓妳爲自己解釋。」

梅根皺起眉頭，將目光別向一旁。「現在還不合適。」

「但……」

「我不想面對她，大衛。要對付眼前的問題已經夠讓我頭痛的了，我不要再去擔心什麼蒂雅。」

我嘆了一口氣。「好吧，那我們就要讓妳神不知鬼不覺地從這裡溜出去。」

「你先去走廊裡，把遇到的所有人引開，爲我清出路來。我會再藏到潛艇裡。」

「沒問題。」我緩步向門口走去。

「大衛。」梅根又叫住我。

我向她一揚眉。

「到這裡來眞的很瘋狂。」她說。

「絕對。」我表示贊同。

「那麼，感謝你和我一起發瘋。我眞的很需要朋友。」說到這裡，她的臉色變得有些難看，「星火啊，我眞不願意承認這種事。別告訴別人我說過這個，好嗎？」

我露出微笑。「我會安靜得像一隻溜過法國人廚房的奶油蝸牛。」

我從門邊抓起步槍，扛到肩膀上，大步走出房間。走廊裡空無一人，看儲藏室裡的情形，蜜茲和瓦珥應該已經把貨物都搬完了，希望她們不會因爲我偷溜而生氣。我一直沿走廊前行，進了起居室，這個華麗的房間對面就是潛艇碼頭。

這裡一樣沒有人。我轉回身。

瓦珥就站在我身後。

「哇！」我喊了一聲。

「看樣子，我們又要出去了。」瓦珥說。

「唔……是的。」

瓦珥沒有再說話，經過我身邊向碼頭走去。我需要幫梅根找個機會，如果瓦珥進了潛艇，梅根就不可能進入潛艇而不被她察覺。

「等等！」我喊著，「我要去拿諜眼。」

「那就去拿吧。」瓦珥說。

「好的。」我等了一會兒，挪動著雙腳，卻沒有前進。

「怎麼了？」瓦珥停在碼頭間的門口，回頭問。

「上次我使用諜眼的時候出了些問題。我在港灣中間失去了動力。」

瓦珥嘆口氣。

快過來啦，我心中催促她。

「你想讓我檢查一下？」她問。儘管這顯然是她最不願意做的事。

我終於呼出了一口氣。「妳真是個好人。」

「好吧，去把它拿來。」

我跑去拿諜眼，同時高興地注意到瓦珥留在起居室裡。當我經過圖書室時，梅根在裡面看到了我——她已經到這裡了。我朝瓦珥點點頭，向梅根伸出一根手指，然後從儲藏室中拿出了諜眼的背包。

我快步跑回到瓦珥那裡，把諜眼的各個部件放在一張長椅上，讓瓦珥必須走過來檢視它們，這樣她就只能背對著通向碼頭間的門了。瓦珥迅速而有效地檢查起諜眼的部件，不放過任何一道刮痕，確保導線全部連接正確且緊密。

就在瓦珥工作的時候，梅根溜進了我們身後的起居室，輕輕打開通向碼頭間的門，消失在門後的黑暗中。

「如果真的出了問題，」瓦珥說，「那也不是這套系統的問題。」

「妳看起來似乎很懂這套系統，」我朝諜眼點點頭，「幾乎就像蜜茲一樣。」

「好了。」瓦珥將最後一段導線放回背包裡。之前我和她在潛艇中的那番愉快交談，現在已經沒有留下任何一點痕跡。她又變成了那個冷冰冰的人。

「瓦珥，對於山姆的事，我真的很難過，」我說，「我相信沒有人能取代他。但必須有人用這樣東西，必須有人去當前哨。」

「我不在乎你是不是使用諜眼。說實話，你到底認爲我有多不專業？」

「那爲什麼妳總是這樣冷臉對我？」

「我對任何人都這樣。」瓦珥把背包丟給我，就向碼頭間走了過去。

我抓起步槍，跟到她身後。我們一起進入兩個房間之間的短廊。我關好身後的門，和她走過黑暗的走廊，打開進入碼頭間的門，再摸著熟悉的引導繩，走向潛艇。

我有沒有爲梅根留出充足的時間？我等著瓦珥打開潛艇的頂艙蓋，身上汗水直流。梅根必須經過她完全不熟悉的房間，打開潛艇艙蓋，進入潛艇，再關閉艙蓋。

我無法知道她是否做到了。我爬進潛艇，關閉艙蓋。瓦珥已經坐進駕駛位，打開光線柔和的緊急照明燈，將我們向深海帶去。

我焦急地回頭瞥了一眼盥洗室，那裡沒有任何異常。隨後就是一段在巴比拉的黑暗水域中短暫而緊張的旅程。瓦珥一路上都沒有提起任何話題，我很想打破我們之間令人緊張的尷尬氣氛，但也沒有成功。我的心裡全都是和我們只有咫尺之遙的梅根。

終於，瓦珥讓潛艇浮起在一片黑色的海灣，周圍有許多發光的建築物，不過全都離我們很遠。我們並非總是會讓潛艇停泊在半沉沒的建築物裡，王權不可能同時監視所有的地方，只要我們保持靜默，那麼在廣闊水域中的迅速浮起，就會比在同一棟大樓裡反覆出現來得更加隱蔽。

我從艙口望出去，檢視遠處的燈光，那些光亮也映射在如同鏡面一般的海面上。這座城市顯得如此不真實，到處都是光暈，還有遠方的收音機中傳來的音樂聲。我直到現在都還不太適應如此種類繁多的建築：石砌的，玻璃的，磚疊的。

我回到潛艇中，看著潛水服，片刻之後才不情願地開始脫下襯衫。

「後面有一間盥洗室，小子。」瓦珥冷冷地說。

我朝那裡瞥了一眼，發現自己正想像著被迫和梅根一起縮在那個小房間裡，身子緊貼著她，一邊換衣服，一邊竭力不驚動瓦珥的情景。這個想法讓我的臉一熱。我提醒自己，如果我們眞的擠在那個小空間裡，梅根很可能會捅我一刀，或是做出其他可怕的事情來。

但我還是想要試一試。

不幸的是，我的腦子裡蹦出了一個更好的主意。眞是愚蠢的大腦。「那裡似乎太小了一點。妳介意先到上面去嗎？」

瓦珥大大地嘆了口氣，但還是從座位裡站起來，走過我身邊，爬上了舷梯。我只是用雙手緊緊攥住了潛水服。

「你脫了襯衫的樣子還不壞，」梅根低聲做出評論，「對一個呆子來說。」

我剛剛將一條腿套進潛水服裡，聽到她的聲音時差一點跌倒在地。梅根在我毫無察覺的時候從盥洗室走了出來。我以爲她會留在那裡，直到我把衣服穿好，但她顯然不打算這麼老實。我加快速度，竭力想要掩飾自己漲紅的臉孔。

「順便說一句，你幹得很好，」梅根悄聲說，「我正擔心要單獨和瓦珥待在潛艇裡，自己想辦法出去，那就太不方便了。你覺得你能在上面拖住她嗎？」

「可以。」我說。

「一秒鐘以前，」梅根又說，「我還以爲你就要被趕進那間盥洗室裡，和我擠在一起，那可就太糟了。不過，看你扭來扭去的樣子一定很有趣。」

我沒有拉上潛水服的拉鍊，就抓起步槍和裝諜眼的盒子，同時再瞪了梅根一眼，但她似乎一點也不怕。

她已經沒有被困在我們的基地裡了，我想，在這裡，她要擔心的只有瓦珥。梅根似乎很有自信能夠應付這個問題。也許她是對的。

我爬上梯子，打開艙蓋，先把諜眼放到潛艇上，再爬出潛艇。我已經將步槍扛到背後，步槍的帶子緊勒在我胸前。這樣會讓我要拿步槍變得困難，不過也能讓我不必再擔心槍會掉進水裡。

瓦珥站在一旁，背對著艙口，正在眺望城市。我走到她身邊，朝潛水服背後敞開的拉鍊指了指。

「幫個忙好嗎？」

我得確保她一直背對著潛艇艙口。拉鍊被拉上以後，我沒有去看梅根是否出來了，而是直接開始穿戴諜眼。「我還有很多事要做，」瓦珥說著離開我身邊，爬進了潛艇，「我至少要花上幾個小時。所以如果你比我更早完成工作，就自己找點樂子吧。我準備接你的時候會通知你。」

我啓動諜眼，跳入水中。我不需要擔心自己的步槍，它就算是浸過水也不會有影響。

瓦珥爬進潛艇，鎖上了艙門。我踩著水漂浮，直到潛艇進入海底，露出了另一側已經泡在水裡的梅根。現在她全身溼透，樣子楚楚可憐。

「晚……晚安。」她一邊說話一邊發抖。

「這裡沒這麼冷吧。」我說。

「你穿著潛水服耶。」她向周圍望了一圈，「你覺得這裡有鯊魚嗎？」

「我也一直在想這個問題！」

「我從沒有相信過黑夜裡的水，」她停了一下，「好吧，其實我並不在乎這種事。」

「妳不是在波特蘭長大的嗎？」我問。

「那又怎樣？」

「那裡……聽起來像是個港口(注)，對嗎？妳沒有在那裡游過泳？」

「在威拉米特河裡？」

「嗯……可能吧？」

「好了，你別期待了，我沒游過。」她向遠處的一棟大樓瞥了一眼，「星火啊，阿膝，如果我因爲你而被吃掉，我也絕不會讓你知道的。」

「至少妳被吃了以後還能回來。」我說。

「你再這樣說，我也許眞的想去體驗一下了。」她嘆口氣，「那我們游過去？」

「這麼說不是很對。」我游到她身邊，伸出手臂，「抓住我。」她猶豫了一下，才雙臂抱住了我的胸口。

等梅根抓緊之後，我將流量波束指向海水，啓動了諜眼。我們在噴水引擎的推動下筆直升到三十英尺的高空，玻璃般的黑色海面在我們眼前向遠處擴展，大半沒入水中的曼哈頓塔樓如同一個個霓虹燈崗哨，羅列於海水之中。

梅根緊抱著我，輕輕喘了一口氣，「不賴嘛。」

「妳沒見過諜眼運轉？」

她搖搖頭。

「那麼，也許我應該提醒妳要用力抱緊？」我說。

梅根順從地更加用力將我抱緊。這種感覺眞不錯。隨後，我開始嘗試一些練習過的動作。我往前傾過身，將腿部噴嘴向後轉過一定的角度，繼續讓左手的流量波束指向水面，同時向前伸出了帶有導向小噴嘴的右手。

這樣，我們就不會再翻跌進海中。手部噴嘴提供向上的力量，兩個腿部噴嘴負責向前推。我們在水面上向前飛行，右手引擎有足夠的力量讓我們不會碰到海水。我一共練習過五十四次，其中二十七次一頭撞進水裡。謝天謝地，這次我成功地控制住了三個噴嘴，沒有出糗。

海風抽打在我的臉上，冰冷的水花刺激著皮膚。我帶著梅根，微笑著飛向一個樓頂。靠近樓頂時，我猛然加大腿部引擎的功率，向上衝去，然後利用手部的導向引擎減慢移動速度。我們高飛入空中，從手背上射出的另一股水流將我們推到樓邊，安全著陸。

我勝利地站在樓頂上，一隻手抱住梅根，低頭看她是不是正用傾慕的眼神凝望著我。但她只是兩排牙齒不住地互相敲打。「太……冷了……」

「這次飛行很精彩，不是嗎？」我問她。

梅根呼了一口氣，放開我，在樓頂上站穩。有幾個人正從遠處的帳篷中向我們窺看。「就是有些太招搖了。」她評論，「不過，沒錯，是很精彩。你現在可以不必這麼盯著我。」

注：波特蘭，Portland，直譯即爲：港口之地。

我將目光從她溼透了的T恤上轉開。在她的夾克下面，那件薄T恤完全暴露出她的腰身和內衣曲線。

「抱歉。」

「沒事。」她將夾克拉緊，扣好釦子，「我是說，沒關係的。我取笑過你看別的女人。也就是說，我想讓你看著我。所以你這樣做的時候，我不該生你的氣。」

「嗯……」我說，「那就是說，妳不只漂亮，還很明白事理。」

她白了我一眼，我只是聳聳肩。

「我還不知道這樣是不是眞的有用。」她說道。

「是妳來找我的。」我說，「妳在基地的時候難道沒有察覺嗎？就在我的房間裡……看起來，這樣做非常有效。」

我們站起身，彼此對望，我只恨現在的氣氛怎麼突然變得這麼尷尬。就好像在自助餐廳裡，一個走向起司通心粉的胖子突然從我們中間擠了過去。

「我該走了。」梅根說，「謝謝你願意和我說話，沒有把我交給審判者，還有……謝謝你是你。」

「我很擅長於做我自己。」我說，「畢竟這件事我已經練習這麼多年了，這些日子裡我也不會犯什麼錯。」

我們注視著彼此。

「那麼，嗯，」我的身體重心在兩腳之間來回移動，「想跟我一起去看看滅除嗎？我是說，如果妳沒有別的什麼要緊事。」

她側過頭，「你在邀我約會……內容是偵查一個意圖摧毀這座城市的恐怖異能者？」

「嗯，我對約會沒什麼經驗，不過我聽說，約會就是要做一些女孩子喜歡的事……」

梅根微微一笑，「好，那我們走吧。」

第三十五章

我拿出手機，打開一張本地地圖。梅根從我的肩頭望過來，向南方一指，「這邊。我們要走上一段路了。」

「妳確定不想……」我指了指腿上的諜眼。

「如果要飛過城市，吸引住每一個人的目光，那還怎麼偵查？」

「這樣就沒什麼意思了。」我悶悶不樂地說。我這麼努力地練習是有原因的。我想要展示一下我的成就。

「嗯，」梅根說，「也許飛過去不會有問題，但做這種事，我還是寧可安靜一點。是的，王權想讓我引誘你，但我可不想讓所有人都看見你抱著……」

「等等，妳說什麼？」我全身都僵住了。

「噢，是的，」梅根臉色一暗，「抱歉，我本想用更妥當的方式向你解釋的。」她伸手捋了捋頭髮，「王權要我引誘你。我不知道她對審判者有多少瞭解，但我覺得，我們的關係是她猜出來的。不過別擔心，到這裡來之前我就已經決定不會對付審判者。」

我盯著她。這眞是一顆扔到我頭上的大炸彈。我知道這種想法很蠢，但突然間，我發現自己開始質疑她剛剛向我表達的好感了。

*如果她眞的打算這麼做，她就不會告訴你了。*我明確地告訴自己。我已經決定信任梅根，那麼我也要能夠應對這個問題。

「其實，」我給了她一個微笑，邁開步伐，「這樣挺好的。即使眞的被妳引誘，也一定會很有趣。」

梅根顯然鬆了一口氣，她抓住我的手臂，領著我走過樓頂，「如果我們被看見了，至少王權會以爲我只是按照她的吩咐做事。」

「如果有狀況，」我說，「我們可以利用妳的幻象來迷惑她。」

梅根瞥了我一眼。我們這時正朝通向鄰接樓頂的一道狹窄吊橋走去。她在我前面上了橋，窈窕的剪影在我眼前呈現。她輕聲說：「我還以爲，我不應該使用我的力量。」

「妳的確不應該。」

「我覺得你下一句話的開頭肯定是一個很大的但是。」

「有趣，其實我正忙著看……」

「小心一點。」

「……一雙，嗯，非常誘人的長腿。聽著，梅根，我知道我告訴過妳別使用妳的力量。但這只是第一步。我們的目的是重新面對妳的力量，讓妳能夠控制它。從長遠來看，光是逃避解決不了問題。」

「我知道，」梅根說，「但我不可能抵抗它。」

「我現在談的並不只是這些，」我說，「我在談一件涉及範圍更大的問題。」

梅根在橋上停住腳步，回頭看著我。我們微微晃動著，腳下四層樓深的地方就是水面。我一點也不擔心會掉下去——我還穿戴著諜眼。

「範圍更大？」她問我。

「我們不能與異能者作戰。」

「但……」

「不能單獨作戰，」我繼續說，「我已經接受了這個事實。審判者能夠生存下來，都是因爲有教授和諜眼這樣的裝備。我用了許多年時間讓自己相信，普通人也能夠戰鬥，我現在依然相信這一點，但我們需要和敵人一樣的武器。」

梅根在黑暗中審視著我。唯一照亮我們的光線來自於吊橋上的塗鴉。終於，她走過來，拿起掛在我脖子上的一樣東西。那是亞伯拉罕的項鍊，我本來把它收在潛水服裡。她把它拉了出來。

「我還記得你說過這些人都是白癡。」

「我說過，他們是理想主義者。」我爲自己澄清，「他們是那樣的人。英雄不是魔術師長袍裡的鴿子，不會突然出現、拯救我們。但也許只要我們努力，就能找到方法……嗯……讓一些異能者加入我們。」

「我有沒有告訴過你，我爲什麼要來巴比拉？」梅根依舊握著那條S形小吊墜的項鍊。

我搖搖頭。

「有消息說，」梅根說，「王權能夠強化異能者的力量，讓他們變得更強，有更多能力。」

我緩緩地點著頭，「她在那一天對我說的……」

「這並不是她剛剛放出的訊息。她至少在一年前就宣布過這件事，在特定的小圈子裡。」

「這就解釋了爲什麼那麼多高等異能者都會來到巴比拉，」我說，「有絲分裂、能源場、滅除。她承諾會強化他們的力量，以他們要執行她的命令做爲交換。」

「如果說異能者最想要的是什麼，」梅根表示同意，「那就是更強的力量。無論他們已經多麼強大。」

我挪動了一下重心，感覺橋面在腳下晃動，「那麼妳……」

「我來這裡，」梅根輕聲說，「是因爲我覺得，如果她眞的能夠強化異能者的力量，她也許就能把我的力量拿走，讓我再次變成正常人。」

寂靜懸掛在我們之間，如同繩子上的一頭死袋熊。

「梅根……」

「一個愚蠢的夢，」她丟下項鍊，從我面前轉身，「就像你的夢一樣愚蠢。你也是個理想主義者，就像亞伯拉罕一樣，大衛。」她丟下我，繼續向橋對面走去。

我快步追上她，抓住她的手臂，和她一起過了橋。「這樣有可能行得通，也有可能不行。我們一起努力吧，梅根。妳和我。也許妳需要某種舒壓方式。妳可以偶爾使用一點力量，在可控制的程度內，用這種方式來應對妳受到的誘惑。這也能讓妳練習控制相關的情緒，也許還有別的訣竅，我們可以一起去發現它。」

梅根想把手臂抽走，但我用力抓住她。

「梅根，」我繞到她面前，看著她的眼睛，「至少讓我們試一試。」

「我……」梅根深吸了一口氣，「星火啊，你可眞是不饒人。」

我笑了。

終於，她轉身將我朝一頂廢棄的帳篷拖過去，實際上那只是搭在一根杆子上的一塊布。

「如果我們要這麼做，你就必須明白，」梅根輕聲說，「我的力量並不是它看上去那樣的。」

「不是幻象？」

「嚴格來說，不是。」

她在廢帳篷的陰影中蹲下去，我湊到她身邊，不知道我們要躲什麼。有可能她只是不想待在過於開闊的地方，要找一個隱蔽的地方好好說話。

「我……」她咬住嘴唇，「我不是幻象異能者。」

我皺起眉，並沒有說話。

「你還沒有察覺到嗎？」梅根問，「在新芝加哥升降梯裡那一次，你和我差點就要被衛兵發現了，他們已經將手電筒的光亮指向我們。」

「是的。妳製造了一個黑暗幻象，藏住了我們。」

「你有看到黑暗嗎？」

「嗯，沒有。」我皺起眉，「這和占卜儀有關嗎？」就我所知，占卜儀是一種眞正的技術設備。它能夠掃描一個人，確定此人是不是異能者。審判者會定期用它測試團隊中的每一個人。「我的確從沒搞清楚妳是如何騙過占卜儀的。也許妳能在螢幕上創造一個幻象，覆蓋掉眞實的結果，但……」

「占卜儀會記錄它的結果。」梅根替我把話說完。

「是的。如果蒂雅和教授複查紀錄，他們就會注意到有異能者出現。我不相信他們全然無視占卜儀的紀錄。」我認眞地看著梅根，她的臉被我們腳下微弱的塗鴉光芒照亮，「妳有什麼異能？」

梅根猶豫了一下，然後將雙手在身側展開。突然間，她浸透海水的衣服完全乾了。一眨眼的工夫裡，她的衣服從夾克和緊身T恤變成了夾克和綠色寬鬆襯衫，又變成一件連身長裙，然後是厚實的軍用迷彩服。這種變化越來越快，不同的衣著在她身上閃現，她的頭髮也開始變化了。不同的髮型，顏色。皮膚很快也加入到變化之中。她變成了亞洲人；她膚色蒼白，滿臉雀斑；她的皮膚比蜜茲還要黑。

她在使用她的力量。這情景讓我有些毛骨悚然，儘管我剛剛還鼓勵她這樣做。

「利用我的力量，」她一邊說，一邊在很短時間內變化出上百種面孔，「我能夠達成、觸及，其他眞實。」

「其他眞實？」

「我曾經讀過一本書。」梅根閃爍的容貌和衣著終於回復成她原本的樣子，「那本書裡說，有無限個世界存在，萬事有無限種可能。這個世界中的任何人所做出的每一個決定，都會創造出一種新的眞實。」

「聽起來眞的很奇特。」

「比如說剛剛那個用死亡異能者的屍體所驅動的裝置。」

「應該說，是通過研究死亡異能者而製造的裝置。」我糾正她。

「不，」梅根說，「這需要一具眞正的屍體。這種研究也包括使用死亡異能者的一部分以汲取他的能力。你以爲那個動力部件是什麼東西？」

「嗯。」蜜茲說過每一套系統的動力部件都是獨一無二的。那麼……難道說它們之所以獨特，是因爲它們是死亡異能者的一部分？也許只是粒線體DNA，我想。審判者會從死亡異能者的身上取得這種DNA，把它當作一種貨幣交易……正是這種東西讓動力部件產生效能。這個推斷是有道理的，不過也是有些令人膽寒的道理。

梅根說，「我們現在談論的不是動力部件。我們要說的是我。」

「這恰好是一個我喜歡的話題。」我說。其實我還是很震撼。如果梅根的力量正如她所描述的，這就表示我一直都錯了。所有這些年裡，我一直堅信自己知道熾焰是怎樣的人物，我以爲自己找出了一個其他人都不瞭解的祕密，而這一切只不過是假象。

「用最具體的話來說，」梅根沒有理我，繼續說，「我是將那些世界——那些現實的可能性從不曾到達過的、不存在的世界，拉到了我們的這個世界，在一段時間之內將這個世界的眞實扭曲成了另一個世界的眞實。所以那一晚，在升降梯裡，並沒有我們。」

「但……」

「但實際上我們又在那裡。」梅根說，「對那些搜尋我們的人來說，升降梯是空的。在他們所檢視的眞實中，你和我從沒有到過那個地方。我讓他們看到了另一個世界。」

「那麼占卜儀呢？」

「我讓占卜儀看到了另一個世界，那裡並不存在異能者。」她深吸了一口氣，「在某個地方，的確有一個世界，或者只是可能有那樣一個世界，我不必承受這樣的負荷。在那裡，我只是我。」

「那麼熾焰呢？」我問，「那個被妳呈現在這個世界中的形象，那個火焰異能者？」

梅根猶豫了一下，然後舉起一隻手。

一名異能者出現在我們面前。那是一個高大、英俊的男人，身上穿著火焰組成的衣服，面孔似乎已經熔化，只有一雙眼睛灼灼放光。火焰從他的一隻拳頭上滴落，如同燃燒的油脂。我甚至能感覺到熱度，只不過相當微弱。

我瞥了梅根一眼。儘管使用了力量，她卻似乎沒有失控。當她說話的時候，依舊是她的聲音——我所知道的她。

「如果有一個我不會擁有超能力的世界，」梅根看著那個令人生畏的男人，「那麼也就有一個世界，我在那裡擁有不同的力量，而召喚某些可能性要比召喚另一些可能性更容易。我不知道是爲什麼，這似乎並不是因爲那些世界與我們的世界更相似。在那個世界裡，我有一系列完全不同的能力，除此之外……」

「妳還是一個男人。」我注意到這個火焰人面容和梅根的相似之處。

「是的。知道嗎？這眞的令人很不安。」

我打了個哆嗦，看著這個有可能是另一個梅根的燃燒異能者。我對梅根的能力的確是完全錯了。

我站起身，與熾焰對視，「那麼妳並不需要……比如說，交換和他的所在地，或是其他什麼？我是說，妳能夠直接把他召喚過來？」

「不需要。」梅根說，「我把另一個世界中的影子拉到這個世界來，以奇怪的方式扭曲這種影子周圍的眞實，但那依舊只是影子。我能夠把他帶到這裡來，但我從沒有見過他的世界。」

「他……知道我在這裡嗎？」我向梅根瞥了一眼。

「我不確定。」梅根回答，「大體上而言，我能夠按照自己的想法讓他行動，但我認爲這是因爲我的能力可以實現一種眞實。在這種眞實裡，我想讓他做的事就是他想要做的事……」

我繼續盯著那雙燃燒的眼睛，它們似乎能夠看見我，似乎認識我。熾焰向我點了點頭，然後消失了。

「我感覺到了熱度。」我看著梅根說。

「召喚來的影子也會有各種變化。」梅根說，「有時候，當我將其他眞實切入到我們的眞實中時，那只是些模糊的影子。但另一些時候，卻幾乎就是眞的。」她面色一沉，「我們應該注意隱藏自己，對不對？我不應該在黑夜裡召喚出這樣一個光芒閃爍的高等異能者來。」

「我認爲這種能力很強大。」我輕聲說。

我立刻就爲自己的話感到後悔。梅根剛剛說過，她不想要這種能力，正是這種能力腐化了她，將要摧毀她。讚揚她的能力就像是讚揚一個骨折的人露出來的骨頭有多麼白。

但梅根似乎並不介意。我能發誓，她的臉還有一點紅。「這沒什麼。」她說，「其實，我要花很大力氣才能實現一個簡單的效果。你一定在資料中看過，幻象異能者能夠製造出他們想要呈現的一切東西，而不必從他們的口袋中拉出任何實物來。」

「我想是這樣。」

梅根將手臂抱在胸前，看著我，「好吧，我們應該處理一下你的這身穿著了。」

「妳想做什麼？妳覺得這身潛水服和這套怪異的異能者裝置會引來懷疑？」

她沒有回答我，只是將一隻手放在我的肩膀上。牛仔褲和夾克（幾乎就像我眞正擁有的那些衣服）浮現在我的身上，覆蓋了潛水服。牛仔褲的下半截非常寬鬆，足以包住諜眼。我相信這不是現在流行的風格。不過我對流行又知道些什麼？在新芝加哥，時尚人士都在效仿一九二

○年代芝加哥的穿著。

我用手指戳了戳身上的衣服。它們不是真的，不過我覺得，我依稀能感覺得到它們。噢，或者是我能感覺到屬於它們過去的影像。這有什麼意義嗎?也許沒有。

梅根審視著我，以品評的態度挑起一道眉。

「妳在幹什麼?」我問她。

「確定我是否應該改變一下你的臉，好讓你祕密行動時更不容易被滅除看見。」

「呃……好吧。」

「不過這也有副作用，」她又說，「在轉換一個人的身體時，我總是擔心最後會把他徹底和另一種眞實互換。」

「妳以前這樣做過嗎?」

「不知道。」梅根又將雙臂抱在胸前，「其實我非常懷疑，每次我死掉的時候，我的『轉生』其實只是我的能力將另一個維度裡沒有死的我召喚了過來。」說到這裡，她明顯地打了個哆嗦，「好了，你還是保持你自己的臉吧。我可不想把你變成別的樣子，又變不回來，畢竟我已經習慣你現在這張臉了。我們可以出發了嗎?」

「是的。」我回答。

我們離開那個被丟棄的半片帳篷，繼續向滅除所在的地方走去。我問梅根：「妳現在感覺如何?」

「有點餓。」她說。

「我的意思不是這個。」我朝她瞥了一眼。

梅根嘆息一聲，「我很惱火，就像是睡不飽，想要對著所有人大吼大叫。不過這種感覺應該很快就會消褪了。」她聳聳肩，「這次比過去的感覺好很多。我不知道是爲什麼——不過，不管你怎麼想，我其實並不強大。」

「妳以前也這樣說過。」

「因爲這是眞的。但……好吧，可能這也有些好處。正是因爲如此，我才能在使用力量之後沒有迅速發生轉變，這一點對於眞正強大的異能者來說是非常困難的。對我而言，唯一讓我眞的變壞的狀況就是我轉生的時候。」

我們又走過了一座橋，「這種感覺很奇怪，」我說，「和一個異能者這麼直白地談論這些事。」

「的確很奇怪，」梅根也說，「向你這個蠢蛋說了這麼多我的祕密。」她臉色有些尷尬，「抱歉。」

「沒關係。如果沒有幾句刺耳的評語，那麼和梅根的愉快散步就不對勁了。」

「不，這樣完全不對。那不是我，阿膝。我不是那麼尖銳的人。」

我向她揚了揚眉。

「好吧，」她氣惱地說，「也許我是這樣，但我不會這麼直接地貶低你。或者，至少我不想這樣，我痛恨這樣。這就好像是我能感覺到自己正在墮落。」

「我能幫忙嗎？」

「和我說說話就好，」她深吸了一口氣，「和我說說你的研究。」

「都是書呆子的事。」

「我很能應付呆子。」

「嗯……我找到了一些異能者和他們弱點之間的聯繫，對吧？但這只能表明我的研究還需要更進一步。也許需要綁架一些異能者才可以進行。」

「你的企圖心從來都不小，對不對，阿膝？」

「不，聽著，」我拉住她停下來，「這是一個偉大的構想。如果我能抓住一些異能者，利用他們的弱點阻止他們使用超能力，我就能確認他們需要多少時間才能恢復正常。我還可以跟他們溝通，找出他們和過去的聯繫，這也許就能揭示異能者弱點的起因。」

「或者，我覺得，你可以和走在你身邊、非常願意跟你說話的異能者溝通。」

我用拳心遮住嘴唇，咳嗽了兩聲，「好吧，嗯，這一步也許已經開始了，因爲我正在思考該如何把妳從妳的能力中解救出來。如果我知道恢復人性的時間，還有壓制超能力的條件……知道嗎，我相信這樣也許就能救妳。」

「噢，」她說，「有人打算綁架並囚禁我，又用這種甜蜜的方式把這個計畫告訴了我。」

「我只是……」

「沒事，這樣很好。」她抱住了我的手臂，「我明白。謝謝你。」

我點點頭。我們就這樣向前走著，沒有必要著急。瓦珥的任務會耽擱她幾個小時，滅除也不會跑到別的地方去，所以我們可以盡情享受這個夜晚——至少還可以享受眼前這一段時光。

巴比拉很美。我已經開始喜歡起這些彩漆塗鴉的光暈。在習慣了新芝加哥那種沉悶的灰色光澤以後，這麼多色彩實在是讓人有種如夢似幻的感受。巴比拉人能夠描繪出他們心中的所有的想法，我們經過的一棟大樓上寫滿了潦草的名字，在另一棟樓頂，則有一副美麗幻異的宇宙圖騰。

儘管我依舊對巴比拉人消極懈怠的風格不以爲然，但我不得不承認，他們有很多吸引人的奇思妙想。如果這就是生活的全部，眞的就很糟糕嗎？今晚，我發現在我們身邊游泳、閒聊、擊鼓歌唱的這些人，已經不像從前那樣讓我感到氣惱了。

也許這是因爲我身邊的伴侶之故。梅根正挽著我的手臂，緊靠在我身邊。我們沒有說太多話，因爲並不需要。此時此刻，她回來了。我不知道這段時光能夠持續多久，但在這個生機勃勃，流光溢彩的地方，我再一次和梅根在一起。我的心中充滿了感激。

我們走上了一棟高樓，這裡距離滅除所在的城市東側已經很近了。我帶著梅根向一棟更高的樓走去，那裡是一個很好的觀察點。我可以把蒂雅的攝影機安裝在那裡，或者從那裡找一個更好的位置。

「我一直在擔心，當我轉生的時候，回來的將不是眞正的我。」梅根輕聲說，「而是徹底的另一個我。我擔心，當這樣的事情發生時，會造成更多的錯誤，會讓另一個人搞錯狀況——我不希望他搞錯。」她看著我。

「這就是眞正的妳。」我說。

「但……」

「不，梅根。妳不能讓自己的生命充滿了這種擔憂。妳說過，這種能力會抓住一個沒有死去的妳——其他部分都一樣，只有生死之別。」

「我不知道這是不是確定的。」

「妳還記得自己身上發生的一切，只除了死前的那一刻，對嗎？」

「是的。」

「這就表示，妳依然是妳。這是眞的……我能感覺到這一點。妳就是我的梅根，不是別人。」

她沒有回應我。我向她瞥了一眼，看到她在笑。「你知道嗎？」她說，「有時候，和你說話會讓我猜想，你會不會才是那個能重塑眞實的人。」

我的腦子裡產生了一個想法，「妳能交換滅除嗎？拉一個沒有超能力的滅除過來，或者有明顯弱點的滅除，然後將這個滅除塞進另一個維度裡？」

她搖搖頭，「我還不夠強大，我只有死後才能實現這種劇烈的變化，通常是在我轉生的早晨。那些時候……就像是我能把眞實的碎片和我自己一起拖過來，因爲我就是從那裡回來的。但在那種時候，我還不是自己，沒有辦法眞正控制那些眞實，所以我根本不知道到底帶來了些什麼。」

「這一點很值得探究。」我撓了撓頭，「不過，我想就算是妳能做到，我們也不應該這麼做。我是說，如果讓另一個巴比拉中的許多人死於非命，只是爲了保護這個巴比拉，似乎也不對。」也許被梅根抽取眞實的那些世界的確是存在的，並不只是一些可能存在的世界。

天哪，思考這種事實在是讓我頭痛。

「記住，我們的目標依舊是去除掉我的能力，」梅根說，「王權說她不確定是否能做到這一點，但她告訴我，如果我爲她做事，她就會試試看。」我們又走了一段路，梅根露出若有所思的神情，「我不知道她是不是在說謊，但我覺得你是對的。我相信所有這一切的出現並不是隨機的，它們背後存在著某種目的。」

剛剛踏上高樓頂端的我停下腳步，看著身後吊橋上的她，「梅根，妳知道妳的弱點嗎？」

「是的。」她輕聲說著，轉過目光，眺望城市。

「是否和妳的過去有關？」

「只是一個巧合。」梅根轉回頭，看著我的眼睛，「不過也許它們並不像我以爲的那樣，是一個巧合。」

我微微一笑，轉過身，繼續前行。

「你不打算問我的弱點是什麼？」梅根急忙追上我。

「不。它是屬於妳的，梅根。問妳這件事……就像是向一個人索討她靈魂的鑰匙。我不想這樣逼妳，只要知道我的方向沒錯，這就足夠了。」

我察覺到她沒有繼續跟著我，便回頭瞥了一眼，發現她正直直盯著我。然後，她一個回神，才快步跑了過來，伸手撫過我的後背，摟住了我的腰，悄聲地說：「謝謝。」

隨後的一段路她都牽著我。我們快步走過樓頂，來到能夠觀察目標的位置上。

第三十六章

滅除依然坐在同一個地方，現在他身上的光芒愈發明亮了。夜色中，他發出的強光甚至讓我們難以看清他的面容。我們所在的樓頂非常高，足以讓我們俯視他，不過距離還很遠，只有將我的瞄準鏡視距調到最遠，才能清楚地看到他。但要讓攝影機發揮功效，必須更靠近一些。

我將瞄準鏡的視野放大一圈，同時發現瞄準鏡側邊讀數之一是亮度計。「收到視訊了嗎，蒂雅？」我向手機中問。梅根靜靜地坐在我身邊，我正在審判者的開放網路中，不過通過手機傳播的視訊只來自於我的瞄準鏡，所以我們是安全的。

「我能看到他，」蒂雅說，「就像我預料中的一樣。如果他依然沿用以前的模式，在最終毀滅到來之前，我們還有幾天時間。」

「那麼，好吧，」我說，「我會把攝影機安裝好，然後回去與瓦珥會合。」

「小心。」蒂雅說，「攝影機需要相當靠近目標才能發揮功效。你需要支援嗎？」

「不需要。」我說，「如果真的需要，我會召喚支援的。」

「那麼好吧。」蒂雅的聲音明顯有些猶豫。我掛了電話，也關閉了瞄準鏡的無線傳輸，將手機放進口袋裡，然後向梅根揚了揚眉。

「他們對那個地方嚴加看守，」梅根輕聲說，「通向那裡的吊橋都被砍斷了。牛頓會頻繁地在周圍巡邏，王權不想讓任何人靠近那裡。」

「沒什麼是我們對付不了的。」我說。

「我不是說我們做不到，」梅根說，「我只是擔心你會不按常理出牌。」

「我一直以爲妳在新芝加哥時抱怨我不按常理出牌，是因爲妳不希望我們眞的殺死鋼鐵心。」

「有一部分是這樣。」梅根說，「但不管怎樣，我都不喜歡你那種發瘋的樣子。」

我哼了一聲。

「另外，我們也需要談談鋼鐵心。」梅根說，「你根本不應該那樣做。」

「他是個暴君。」我一邊說，一邊用瞄準鏡檢查滅除附近的建築物，爲攝影機尋找一個好位置。我的目光在一片空白水面上停留了一會兒，原先矗立在那裡的大樓曾經就在我眼前被燒毀。現在那裡的海面上還能看到一些燒焦的柱子和牆體殘片，如同一個巨人拳擊手仰面朝天倒入了水中。

梅根沒有回話。我回頭瞥了她一眼。

「我爲他們感到難過，大衛，」她輕聲說，「我知道那是什麼樣的感覺。被審判者處決的本來有可能是我。鋼鐵心是一個暴君，但至少他統治著一個不錯的城市。認眞想一下，他還不算壞，你覺得呢？」

「他殺了我父親。」我說，「任何人都無法開脫自己的殺人罪行，哪怕他算不上罪大惡極。」

「應該是吧。」

「妳對王權也有這種煩惱嗎？」

梅根搖搖頭，「我對她沒有任何好感。她要讓滅除毀滅這座城市，必須阻止她。」

我贊同地嗯了一聲。我只希望自己能擺脫掉這種沮喪的感覺。不管我們怎樣加倍小心，王權依舊搶先一步。我把步槍遞給梅根，「幫我監視一下？」

梅根點點頭，接過了步槍。

「看到他們剛剛燒毀的那棟樓了嗎？我要到它旁邊的樓頂上去。那裡有足夠的高度，如果我把攝影機裝在樓簷下面，它就能清楚地拍到滅除。」我拿出蒂雅給我的盒子。那是一個防水盒，能妥善地保護裡面的小攝影機。我戴好耳機，將手機調到一個與梅根的手機同步的私人頻道，這樣我們就能避開審判者的通用頻道，進行單獨交談。

「大衛，」梅根從腿上的槍套抽出她的P226，遞給我，「算是幸運符吧。不要掉到海裡去了。」

我微微一笑，接過那把槍，跳出了樓頂。

諜眼給了我很大的行動自由度。噴水引擎減慢了我的下墜速度，直到我輕輕落入水中。現在我不想引起任何人的注意，所以我將噴嘴隱在水下，悄悄地游過街道。

游出了兩條街之後，我注意到我的異次元衣服（天啊，這個名字可真酷）消失了。我的身上又只剩下潛水服。看樣子，梅根的能力只能在很有限的範圍內產生作用，這與我數年前的發現相吻合。那時我察覺到，當熾焰出現在新芝加哥時，總會有一個身影緊隨著他。梅根需要停留在她召喚來的眞實附近，以維持這種眞實的存在。

當我到達目的地時，我還需要上升大約十層樓，才能將攝影機安放到可以清晰觀察滅除的位置上。諜眼也許能把我送到那裡，但現在我距離滅除非常近，如果一下子從水中飛上去，一定會有人看到我。

我吸了一口氣，讓諜眼推我上一層樓，然後就從一個破掉的窗戶進入樓中。「我要從樓裡面爬上去，」我輕聲對梅根說，「妳有看到王權的哨兵嗎？」

「沒有。」梅根說，「他們可能也在那棟樓裡，我正在一個個檢查窗戶。」

我摘下諜眼的手套，塞進腰帶裡，然後走進了溼氣濃郁、草木繁盛的大樓內部。這裡的大部分果實都已被採收了，不過留在枝頭的果子依然隨處可見。我有些吃力地走過滿地樹根的果園，找到了一條走廊，悄悄溜了進去。

我經過一個老電梯井，那裡的門已經被樹枝撐開。我繼續向前走，一直找到樓梯間。我用力將門推開，發現盤旋向上的樓梯布滿了樹根和藤蔓。看樣子，植物全都將根部伸進這裡，去尋找下方的水源。

我打開手機燈光，小心地調低亮度。我不希望任何人發現有光點在一個接一個的窗戶間移動。不過樓梯間的窗戶其實都已經被樹葉遮住了，我想應該不會有人能發現我。我開始拾級而上，輕鬆地登上了第一段樓梯。

「這眞是一把好槍。」當我登上第二段樓梯時，梅根的聲音傳進我的耳朵裡，「光學讀數，風速計量……還同時有紅外和熱能傳感？遙控射擊？噢，後座力緩衝！這把槍能給我嗎？」

「我還以爲妳喜歡手槍。」前面的樓梯出現了一道缺口，我抬起頭看了一眼，向上一躍，抓住了一段樹根，有些吃力地爬上去。

「女孩子必須隨機應變，」梅根說，「靠近目標是我的風格。不過有時候，有的人需要從遠處給他一顆子彈。」她停了一下，「我覺得我剛剛在你旁邊的一棟樓裡看到了哨兵。我沒辦法直接看到那裡，我需要換一個位置。」

「有鳥嗎？」我向上爬著，哼了一聲。

「鳥？」

「只是一種直覺。妳移動位置以前，先看看附近樓頂上有沒有鴿子。」

「好……」

我一直用雙手攀住樹根，吊著身子爬過缺口，然後向前一擺，落在台階上。下一段樓梯很輕鬆。

「噢，」梅根說，「看到了。的確有隻鴿子在那邊的樓頂上，只有一隻，黑夜裡的鴿子。」

「那是牛頓的手下，」我說，「諾克斯，有變形能力的異能者。」

「諾克斯？我見過那個傢伙。他不是異能者。」

「我們也不認爲他是。」我說，「他在幾天前才第一次顯示出超能力。」

「星火啊！你認爲……？」

「也許吧。」我說，「我的筆記中記錄滅除的傳送能力需要一段重啓時間，但他卻似乎已經不再有那種限制。再加上這個諾克斯。一定有什麼事情發生。不過也有可能是王權的一個怪異陰謀，她要僞裝出自己並不具備的能力。」

「是的，」梅根說，「你到了嗎？」

「正在前進，」我走過另一端台階，「這條路不算短。」

「好令人著急呀。」梅根說。

「妳只是舒服地看著……」

「等等！大衛，教授在這裡。」

我在樓梯間裡停下了腳步，身邊的水泥牆上有一個已經非常模糊的「15」：「什麼？」

「我正在掃瞄窗戶。」梅根說，「大衛，教授坐在一個窗戶裡，我已經把焦點對準他了。」

「星火啊，」沒錯，教授的確說過他今晚會回到城裡來，「他在幹什麼？」

「觀察滅除，」梅根低聲說。她的聲音中流露出緊張，「他來這裡不是爲了找我們。他似乎沒有看到我。」

「他正在觀查滅除，」我說，「妳知道那棟坍塌的大樓怎麼回事嗎？」

「知道。」梅根的語氣變得有些難過，「我沒能阻止這件事，大衛。我……」

「沒關係，教授已經救走了裡面的人。」

「用他的力量？」

「是的。」

梅根在手機另一端靜默了片刻，「他很強大，不是嗎？」

「非常強大。」我興奮地說，「兩種防禦性超能力，每一種都足以讓他成爲高等異能者。妳知道這有多麼不尋常嗎？甚至鋼鐵心也只有一種防禦性能力——他牢不可破的皮膚。妳應該見過教授在新芝加哥拯救我們的樣子。」

「在那條隧道裡？」梅根問，「當我……」

「是的。」

「我的無損傳輸沒能捕捉到那個時刻，」她說，「我只聽你說過。」

「相信我，那實在是太驚人了。」我依舊滿心澎湃，「我在任何資料上都沒看過像教授這樣的異能者，還有他瓦解固體的能力，再加上他的能量護盾——那兩種超能力一定都是A級的。他在水下製造出了巨大的隧道……」

「大衛，」梅根說，「一名異能者越強大，他就越難以抵抗……那種改變。」

「這正是最令人興奮的地方。」我說，「難道妳看不出來嗎，梅根？如果像教授這樣的人都能保持住心中的良善，這就說明了很多事。這是一個象徵，它的意義甚至比殺死鋼鐵心還要大！它證明了王權和其他人也能抵抗超能力的暗影。」

「我想，應該是吧。」梅根有些遲疑地說，「但我還是不喜歡他出現在這裡。如果他看見了我……」

「妳沒有背叛我們，」我一邊說，一邊爬過一大片樹根，「真的沒有。」

「我……從某種角度來說的確是個叛徒，」梅根說，「即使我不是，也還有其他問題。」

「妳是說山姆？」我問，「我已經向他們解釋過，山姆不是妳殺的。我認爲我差不多快說服他們了。我就要到樓頂了。那隻鴿子在哪裡？」

「就在你正南方的樓頂上。只要你保持安靜，他應該不會發現你。」

「很好。」我屏住呼吸，看見牆上的數字，我已經到了十八樓。我是從十樓開始向上爬的，這棟一共有二十樓。再向上兩層，我就能裝好攝影機，溜之大吉了。

「大衛，」梅根說，「你眞的相信嗎？相信我們能和那種黑暗對抗？」

「是的。」我說。

「火焰。」梅根輕聲說。

我在樓梯上停住腳步，「妳在說什麼？」

「那是我的弱點。」

我全身冰冷。

「熾焰，」她解釋，「卻正是我的對立面。我是女人，他是男人。在那個宇宙裡，一切都是這裡的反面。在這裡，火焰會抑制我的力量。在那裡，火焰正是我的力量，使用他做爲我的掩護是一種非常完美的戰術。沒有人會想到要用火焰殺我，只要他們認爲我本身的力量就是火，不是嗎？但在自然的火光中，我召喚來的影子會破碎、消失。不知爲什麼，我很清楚，如果我死在火中，我就不會再轉生了。」

「我們燒掉了妳的屍體，」我悄聲說，「在新芝加哥。」

「噢，星火啊，不要和我說這種事。」我聽到了她的聲音在顫抖，「那時我已經死了，那個身體只是一副軀殼。我一直都讓鋼鐵心的人在我死後埋掉我的屍體，不過我從來沒有見過他們是怎麼做的。看到自己的屍體感覺不會很好，你明白嗎？」

我在台階上等待著，這裡掛著幾顆水果，輕柔的光芒照亮了樓梯間。

「那麼，爲什麼熾焰不會消失？」我問，「他是火焰形成的，應該能消除妳的力量。那樣他也就不見了。」

「他只是一個影子。」梅根說，「並不是眞正的火焰，我能想到的就是這樣。可能是這個原因，或者……」

「或者？」

「或者是當我把他的影子拉過來的時候，他也將他的宇宙中的一些規則帶了過來。我有一些……讓我自己也會懷疑的經驗。我不知道這種能力到底是如何運作的，大衛，可以說是完全不知道，有時這會讓我感到害怕，但火焰就是我的弱點。」她猶豫了一下，「我以前就想讓你知道。以免……你明白的——也許你終究還是要對付我。」

「別說這樣的話。」

「我必須說。」梅根悄聲說，「大衛，你需要知道這個。當我還是小孩子的時候，我家的房子被燒毀了，我差一點被燒死。我爬過濃煙，抱著我的小貓玩偶，一切都在我的周圍燃燒。他們在滿是灰燼的草坪上找到了我。我一直都做著關於那一天的噩夢，直到現在，從沒有停過。如果你能夠審問其他異能者，大衛……就問問他們的噩夢是什麼。」

我點點頭，卻又覺得自己很蠢，梅根看不到我現在的動作。我強迫自己繼續登上台階。

「謝謝妳，梅根。」我悄聲向手機中說。她剛剛對我說的話勝過了千言萬語。

梅根喘了一口氣，「好吧，不管怎樣，你從不會對問題置之不理，你總是要找到答案。那麼……也許你能得到這個答案。」

我到達了下一段台階，繞過樓梯間，繼續向上。就在這時，我的腳踏在了某個會發出響聲的東西上。

我全身一震，低頭看去。又是一塊籤語餅。我很想不去管它，之前我遇到的籤語餅已經很怪異了，基地中沒有人明白它們是什麼意思。但我知道，我沒辦法就這樣走開。我跪下去，一邊擔心自己發出了太多聲音，一邊將籤語餅中的紙條抽出來，舉到一顆發光的水果下面。

這是夢嗎？那張紙上寫著。

我深吸一口氣。沒錯，還是這麼詭異。我要做什麼？回答？

「不，這不是。」我說。

「什麼？」梅根在我的耳中問。

「沒什麼。」我等待著，不知道自己會得到什麼樣的回應。沒有任何回應。我再次向上攀登，同時看著腳下。當然，我在下一段台階上又找到了一簇從藤蔓中生長出來的籤語餅。

我打開一個。

天啊，那上面寫著，我有時候會完全混亂掉。

這算是回答嗎？「你是誰？」

「大衛？」梅根問。

「我正在和籤語餅交談。」

「你在……什麼？」

「等一下我會向妳解釋。」

我緩步向上。這一次，我發現了一根垂掛下來的藤蔓。籤語餅好像種子一樣從上面生長出來。我等待著一塊籤語餅在我面前完全成形，然後抽出裡面的紙條。

他們叫我曦光。你是要阻止她，對嗎？

「是的，」我悄聲說，「我想，你指的是王權吧。你知道她在哪裡嗎？」

我又打開幾個籤語餅，但這一簇籤語餅中只有同樣的字條。於是我又登上幾級台階，發現了另外一簇籤語餅。

不知道，小兄弟，字條上寫，我看不見她。不過我看過另一個。就在手術台上。

「滅除？」我問，「在手術台上？」

當然，沒錯，他們從他身上切掉了什麼。你確定這不是夢？

「不是。」

我喜歡夢，下一個籤語餅裡這樣寫著。

我打了個哆嗦。看來，曦光的確是一名異能者，而這裡正是他的城市。

「你在哪裡？」我問。

聽聽那音樂……

這是我得到的唯一回答，無論我再怎樣問，也沒有新的字條出現。

「大衛，」梅根在線上說話了，她的聲音裡充滿了擔憂，「你有點嚇到我了。」

「妳對曦光知道多少？」我一邊繼續緩步向上，搜尋著其他籤語餅一邊問。

「不多，」梅根說，「當我問王權的時候，她說曦光是一位盟友。看王權的意思，我只要知道這個就行了。剛剛和你說話的就是曦光？」

我看著手中的紙條，「是的，他在用一種奇怪的異能者文本和我對話，等會兒我就能讓妳看到了。」我要把攝影機安裝好，然後儘快回去。幸運的是，我現在已經走完了最後一段樓梯。我推了一下能離開樓梯間的門，但那道門沒有動。我哼了一聲，又加了些力氣。

門板猛然打開了，但隨之而起的巨大吱嘎聲讓我不由得一震。門後是一段裝飾烏木嵌板的門廊，一塊作工精緻的小地毯覆蓋著大理石地面，不過都已被植物弄得四分五裂。

「大衛，你剛剛在做什麼？」梅根問。

「要打開一扇門的時候搞出了太大的聲音。」

「現在那隻鳥正在朝你的方向看。星火啊！他往你的那棟樓飛。快。」

我輕輕罵了一聲，盡可能快地跑過這道門廊，經過一個覆滿了植物的接待前台，衝進後面的辦公室，這個房間的窗戶能夠直接看到滅除。

我爬上了窗台。

「那隻鳥剛剛落在你那棟樓的一扇窗上。就在你下面那一層，不過是在南邊。」梅根說，「他一定聽到你那一聲了，但他還沒有確定具體的位置。」

「好吧。」我悄聲說著，伸出手，將攝影機固定在大樓外牆上。這是東邊，所以那隻鳥應該看不到我。攝影機很快就在牆上固定住了，「滅除呢？」

「他沒有朝你這邊看，」梅根說，「應該是沒注意到你。如果那隻鳥眞的是牛頓手下的異能者……」

如果他是的話……

一個主意從我的腦子裡冒出來。「嗯……」我輕敲攝影機，將它啓動。

「大衛？」梅根問，「你是什麼意思？」

「沒什麼。」

「你又要不按常理出牌了，對不對？」

「也許吧。」我悄然縮回房間裡，「告訴我，梅根，有什麼辦法能夠確保我們知道那個叫諾克斯的傢伙到底是一直隱藏了他的超能力，還是王權用某種詭計或其他什麼手段，給了他這種能力？」

梅根靜默了片刻，「星火啊，你想要綁架他，對不對？」

「嗯，瓦珥至少還要一個小時才能回來。我也許可以趁這段時間做些有用的事。」我停了一下，「我眞的很想知道，那個傢伙最近是否做過什麼噩夢。」

「如果教授或滅除注意到你的行動呢？」

「不會的。」我說。

「愣仔。」梅根說。

「叫得好。妳能找個好位置，透過窗戶掩護我嗎？」

梅根嘆了口氣，「讓我看看。」

第三十七章

這的確是有些太瘋狂了。我一邊走過那個裝飾華美卻已被植物充塞的辦公室一邊想著。對一個我幾乎完全不瞭解的異能者發動攻擊？一個我沒有研究，沒有筆記，沒有半點情報的傢伙？這好像是跳進一個游泳池裡，卻沒有先看看朋友們是不是在裡面塞滿了蛇。

但我必須這樣做。

我們對眼前的情況完全不瞭解。王權一直牽著我們的脖子，教授已經有一天沒有反應了。現在正是我們實行計畫最艱難的時刻。更糟糕的是，就算教授出手，王權也很有可能根據她對教授和蒂雅的瞭解反過來操縱我們。

我需要做些出乎敵人預料的事情。查清楚諾克斯的祕密將會帶來很大的改變。我告訴自己，至少我還沒有想憑一己之力力量去對付王權或牛頓。畢竟這個對手只是一個低等異能者。我無法確定教授對我的行動會有怎樣的反應。我告訴過他綁架異能者的計畫，他只是回說，我或許正是審判者所需要的那種人，也或者我只是一個危險而魯莽的傢伙。也許我兩者都是。

但教授並沒有明確禁止我做這種嘗試，他只是不希望我爲團隊帶來危險。我相信，抓這樣一個低等異能者不會危及審判者團隊。

我將頭探進樓梯間。現在我要製造出更多聲音，讓諾克斯知道他找錯了地方。當他過來察看的時候，我就能困住他。一切就像做餡餅那麼容易。

其實我不知道怎麼做餡餅。

我大步踩踏地板，從一張牆邊的桌上踢下一盞老檯燈，然後罵了一句，好像我是不小心撞上了什麼。然後，我回到樓梯間，雙手舉起梅根的手槍，做好準備。我沒有打開手機，所以現在這裡只有樹枝上的水果灑下的一點月暈般的光亮。

我等待著，傾聽著，心情異常緊張。沒錯，我聽到樓梯間裡有聲音，那只是一點回音，在樓下很遠處傳來的一點刮擦聲。還是這聲音就在我的腳下？因為回音的緣故，很難判斷。

「他正在進去。」梅根的聲音嚇了我一條。我已經調低了接收器的音量，但這一聲還是在我耳邊如同一記雷鳴，「他進了窗戶，就在你正下方一層樓。」

「好。」我輕聲說。

「一樓也有動靜。」梅根又說，「當然，是水面上的一樓。大衛，我覺得現在你那棟樓裡還有別人。」

「拾荒者？」

「我看不到，星火啊，我也完全看不清你所在的地方。那裡的植物太茂密了。諾克斯從我的視野裡消失了，也許你應該把他趕出來。」

「我希望能儘量避免槍戰，」我說，「誰知道那會吸引什麼人的注意？」

「這把步槍有內置消音器嗎？」梅根問。

「呃……」它有嗎？

「我找到了，」梅根說，「電壓縮槍口消音器。星火啊，這把槍可眞棒。」

我心裡湧起一陣嫉妒。當然我也知道這很傻，那只是一把槍，甚至還不像我上一把槍那麼好——但這樣貶低它立刻讓我感到很羞愧，而這個想法比之前的那一個還傻。

我傾聽著樓梯間裡的動靜，竭力想要分辨出潛行的腳步聲。我的確聽到了聲音，但卻是從我身後傳來的，就在我剛剛放攝影機的房間。

我壓住冒到喉嚨裡的咒罵。諾克斯已經繞到我背後，從那間辦公室的窗戶進來了。我的第一個直覺是向他衝過去，但我立刻忍住這種衝動，反而輕輕打開通向樓梯間的門，溜了過去，隱身在虛掩的門後，透過門縫向對面觀望。

沒過多久，辦公室的門被一點一點打開了。一個人影出現在門廊中，被水果的光暈照亮。諾克斯，身材高瘦，頭髮濃密，大約四十多歲，戴著耳環。他的肩頭插著一支手機，雙手握著一把模樣小巧的伯萊塔輕型手槍。他首先檢視了門廊的每一個角落，然後才慢慢挪了進來。

「不管那個人是誰，」他悄聲說，「他肯定在這裡。」

我聽不到回答，他一定戴著耳機。

「妳真是個白癡，牛頓。」他跪倒下去，檢查被我打翻的檯燈，「也許只是一些找食物的孩子，根本沒有必要這麼緊張。」

我皺了皺眉。一名高等異能者竟然會讓手下如此無禮地對她說話，讓我很驚訝。他一定比我所預料的更加強大。

諾克斯站起身，向樓梯間走過來。又有一點回音在下方響起，讓諾克斯遲疑了一下，「我聽到了什麼聲音，」他的腳步變得不那麼謹慎，「是從樓梯間裡傳來的，還在下面很遠的地方。他們逃走了。看樣子……是了……」他向樓梯間的門伸出手，「好吧，我會檢查一下。我們……」

我一腳踢在門上，門板狠狠撞上他的臉。

諾克斯的聲音戛然而止。我跳進門廊，又一拳揍上他的肚子。他手中的槍掉了。我左手握著梅根的槍，用力往下砸，希望槍柄能打中諾克斯的後腦。

諾克斯及時閃到一旁，但我立刻衝上去，勒住他的脖子。亞伯拉罕教過我幾手擒拿術，如果我能讓他窒息，讓他暈過去……

諾克斯消失了。

沒錯，變形能力。

白癡，我眼睜睜看著那隻從我面前飛走的鴿子。幸運的是，鴿子並非特別敏捷的鳥類。就在牠振翅欲飛的時候，我跑到了辦公室的門前（這裡有窗戶），用力將門摔上，把諾克斯困在門廊裡。

鴿子飛進了樓梯間。

「大衛？」梅根在我的耳中問。

「他從我手裡逃走了，」我回答，「不過他沒把槍帶走，也沒有逃出這棟樓。他正在樓梯間裡。」

「小心點。」梅根很緊張。

「我會的。」我向樓梯間望進去，不知道他現在還有沒有槍——許多人都會帶著兩把槍。當他變形的時候，他身上的衣服和武器也都消失了，在他恢復人形的時候又會重新出現。這是標準的中等變形能力。

我覺得聽到了一陣搧動翅膀的聲音，決定跟蹤牠到樓下去。不過這很有可能意味著我將撞進敵人設好的埋伏裡，就像剛剛諾克斯撞上我一樣。

「你有沒有看到什麼？」我問。

「看……」梅根說，「是的！頂樓下面的那層樓裡，水果的光亮中有影子移動。他在逃跑。要我嚇唬他一下嗎？」

「好，來吧。」我把背靠在水泥牆上。

我從耳機裡聽到幾聲槍響。即使是最先進的消音器也不可能完全消除槍聲，不過聲音的確小了非常多。梅根槍口中產生的火花也會被抑制，在這樣的黑夜中，這一點尤其重要。透過消音器的槍聲也不再像槍聲，更像是輕敲金屬的聲音。

附近的房間傳來玻璃碎裂的聲音。梅根的目標不是擊中那名異能者，她只是要將諾克斯的注意力從我這裡吸走。我似乎聽到了一個男人在那個房間中發出咒罵聲。

「我進去了。」我說著，沿著一棵樹幹跳下去，拉開了晃動的門，立刻俯下身開始尋找目標。我聽到了沉重的呼吸聲，卻什麼都看不見。這個房間很大，是那種大型的辦公室，裡面全都是一個個小隔間和舊式電腦。我悄悄地向前移動，經過了幾個隔間，這些隔間外面蒙著帆布，裡面堆滿了被丟棄的瓶瓶罐罐，還有一些其他的人類垃圾，所有這些簡陋的空間都已經被拋棄了。

梅根的子彈就是從我對面牆上一整片大玻璃窗中打進來的。這裡的空氣中灰塵彌漫，發光的水果從天花板上垂掛，就像是吸了很多螢光粉的小孩鼻孔中流出來的鼻涕。

我該怎麼在這裡找到諾克斯？如果他變成一隻鳥，就能永遠藏在這裡，我絕不可能……

有什麼從我身邊的隔間裡衝了出來。是一個全身毛髮、伸出兩隻利爪的黑色怪物。我驚呼一聲，下意識地開了槍，卻打偏了。那個怪物狠狠擊中了我。我翻倒在地。梅根的子彈擊中了地板。我掙扎著，竭力想要擺脫這頭怪物。牠其實比我還要小一些，但那些爪子！我的肋側被抓了一下，立刻傳來火燒般的痛楚。

我拚命反抗，一隻手將怪物往後推，另一隻手去拿槍。我沒找到槍，卻在身邊摸到了一樣帶有金屬質感的冰冷物件。我抓起它，用力砸向怪物的頭。

一罐塗鴉顏料？

就在怪物再次將頭轉向我的時候，我將顏料噴到了牠臉上。怪物的尖鼻子立刻發出一層藍色光暈，我也因此能夠看清，這頭怪物其實是一條狗，不過看不出品種。牠很瘦，有著短毛和尖臉。

牠向後退去，形體變得模糊，很快就變成了一個人，站起身，抹去了眼睛上的油彩。

「快幫忙！」我喊，「妳能打中他吧？」

「應該可以，」梅根說，「我還以為你想讓他活著！」

「我更想讓我自己活著，」我說，「開槍！」

諾克斯伸手去拿我掉在地上的槍。

又一扇玻璃窗被打穿，諾克斯踉蹌一步，梅根的子彈打中了他的肩膀。一灘深紅色的血液噴灑在他身後的牆上。

諾克斯頹然軟倒，被藍光照亮的表情暈眩。他呻吟一聲，丟下了手槍，又變成鴿子，搖搖晃晃地飛走了。

「打中他了嗎？」梅根在我的耳中問。

「正中肩膀。」我呼出一口氣，略微放鬆了一些，「謝謝。」

「很高興沒有射中你，」梅根說，「我是用紅外線瞄準的。」

我呻吟了一聲，爬起來，伸手摸了摸腰間被諾克斯抓到的地方。我還活著，但沒有抓住他。不過，我還是應該慶幸自己的幸運。

一陣搧動翅膀的聲音從房間的另一側傳了過來。

我皺起眉，拿起梅根的槍，悄然向那裡靠近。在水果的光亮中，我看到附近桌上有一串黑紅色的液滴。我一路跟蹤這道血跡，最終發現一隻鴿子正蜷縮在窗台上，臉上還閃著藍光。

牠受傷了，我意識到牠飛不動了。

那隻鴿子看見我，立刻跳出了窗戶，笨拙地振翅，在揮掉了幾根羽毛之後，終於掙扎上了半空，勉強飛到臨近的一棟樓上，便不得不落地。

牠還能飛，這可不妙。我低頭看了一眼肋下。那道抓傷很痛，但似乎沒有生命危險。我再次向窗外望了一眼，便收起手槍，把雙手塞進腰間的手套，再舉起手，在諜眼暖機的時候檢查了一下噴射引擎。

「我要去追他。」我說。

「你……」

我沒聽到梅根隨後的話，便已經跳出窗戶。兩個引擎噴出水流，在我即將碰到海面的時候撐住了我的身體，又把我重新推向空中。我一隻手將流量波束指向水面，轉動了一下，確定好方向。

在我的正前方，臉上和脖子上依舊閃動著藍光的鴿子從牠棲落的樓頂跳起來，又想要逃走。我笑著將右手的引擎指向身後，往前傾，讓腿部的引擎朝斜後方噴射。

我出發了，緊追那隻虛弱的鳥，強風吹在我臉上。諾克斯突然加速，雖然受了傷，但他還是拚命地衝在前面。我緊隨其後，像滑冰選手一樣向側面甩動雙腿，繞過一個轉角，朝另一個方向飛去。

我前面的鴿子落在一個窗台上，想要休息一下。在我靠近的時候，牠又重新飛上半空，用力拍打翅膀，從遠處看去就像是半空中的一顆藍光燈泡。

我在牠的身後翱翔，同時察覺到自己一直在笑。自從我開始練習使用諜眼以來，一直都想要嘗試一下這樣的飛行。這是對我的技巧眞正的測試，一場前所未有的試煉。

那隻鳥慌亂地從一扇破窗的小缺口中撞進了一棟大樓裡。我緊隨而至，利用手部引擎噴出的水柱，將那扇窗戶的缺口進一步擴大，然後用肩膀撞碎殘餘的玻璃，也衝進了房間。這一次我落地時沒有讓臉先撞上地面，並且順利地飛向了那隻藍色的鳥。我的目標又飛出了另一扇窗戶，我也破窗而出，再次跳上半空。

「大衛？」我幾乎沒聽見梅根的聲音，「你還在那些窗戶後面嗎？星火啊，到底出了什麼事？」

我露出微笑，剛才我只顧著追趕目標，忘記和梅根聯絡。我已經繞過了數條巴比拉的浸水街道，兩旁樓頂上的人們正紛紛指著我高聲叫喊。那隻鳥竭力想飛得更高一些，但牠的傷勢顯然很重，很快牠就又落在一個樓頂上。好了，我想，就是現在。我也飛上那個樓頂，落在牠身邊。

就在我穩住平衡的時候，那隻鳥開始變化，恢復成爲人形。諾克斯的臉在沒有藍光覆蓋的地方都顯得異常蒼白，鮮血覆蓋了整個肩膀。他在我面前踉蹌後退，一隻手按住肩頭的傷口，另一隻手抽出一把匕首。

我停下腳步，盯著他，等待著。最後，他終於一頭栽倒，失去了知覺。

「我抓住他了。」我向手機中說。不過我並沒有靠過去，以免諾克斯是裝昏迷。「至少我相信是抓住他了。」

「你在哪裡？」梅根問。

我向周圍看了一眼，想要確定在這場瘋狂的追逐之後，現在我身處何方。原來，我們在繞過一連串的街道之後，又回到接近起點的地方。

「距離我安放攝影機的那棟樓有兩條街。妳可以找一座海面以上有四層的大樓，這棟樓上的人不是很多，樓頂上畫著一幅人們摘果子的大壁畫。」

「來了。」梅根說。

我摘下手套，從口袋中掏出梅根的槍。我不想在沒有後援的情況下靠近諾克斯，但他畢竟受了重傷，如果我現在不採取急救措施，他會不會很快就失血過量而死？我不能冒險承受這樣的損失，我必須讓這個人活著。我一點一點向他靠近。最後我確定，不是他太會僞裝，就是他眞的暈了過去。我用他自己的鞋帶盡可能牢牢捆住他的手，然後又用他的夾克當作繃帶，包裹住他的傷口。

「梅根？」我向手機中問，「妳還有多久能到？」

「抱歉。」梅根說，「沒有橋。我必須繞很遠的路才能到你那裡。大概還要十五分鐘。」

「好。」

我坐下來等她，同時讓緊張的情緒舒緩一下。現在我已經知道自己所做的這一切有多麼愚蠢了。我顯然低估了諾克斯的變形能力——他不只能變成一隻鳥。如果他比我所見的更加強大呢？如果他是高等異能者，能夠不受子彈傷害，我又該怎麼辦？

教授曾經說我魯莽無腦，他是對的。也許我應該爲自己的勝利高興，但我只覺得自己好蠢。我該如何向其他審判者解釋？星火啊，我甚至沒有打電話給蒂雅。

好吧，至少最後的結果還算不錯。

「仔細聽著，」一個聲音在我身後響起，「把槍丟下，雙手舉到空中，手掌向前，轉過身來。」

一陣恐懼從我心中湧過，不過我認出了那個聲音。「瓦珥，」我一邊問，一邊回過了頭。

「把槍放下！」她繼續命令。她從通向內部樓層的樓梯間走了出來，肩上頂著步槍，眼睛盯著我。

「瓦珥，」我說，「妳爲什麼……」

「放下。」

我放下了梅根的槍。

「站起來。」

我服從了命令，舉起雙手。

「現在，你的手機。」

星火啊。我從肩頭摘下手機，放在地上。就在此時，梅根的聲音從耳機中傳來，「大衛？出了什麼事？」

「把它踢過來。」瓦珥命令。看到我猶豫，她的眼睛盯住了我的前額。我馬上把手機朝她踢過去。

她跪下身，一邊用槍指著我，用另一隻手撿起了手機。

「星火啊，大衛，」梅根還在耳機中說話，「我已經盡可能地……」

瓦珥切斷了訊號，將手機裝進她的口袋。

「瓦珥？」我盡努力鎮定地問，「這是什麼狀況？」

「你為王權做事已經有多久了？」瓦珥反問，「從一開始？是她派你去新芝加哥、滲透審判者的嗎？」

「為……什麼？我不是間諜！」

瓦珥真的開槍了。一顆子彈射入我腳邊的地面。我驚呼一聲，向後跳去。

「我知道你在和熾焰私會。」瓦珥說。

星火啊。

「打從你到這裡的時候我就開始懷疑，」瓦珥繼續說，「你並沒有救出那棟燃燒大樓中的人，對不對？那只是你和王權的一個詭計，為了證明你有多麼值得信任。你真的殺死了鋼鐵心？當你協助熾焰進入我們的基地時，你真的以為沒有人會注意到嗎？禍星啊！」

「瓦珥，聽我說。一切不是妳想的那樣。」我向前邁出一步。

她向我開了槍。

子彈打在我的大腿上，痛苦撕扯了我，逼迫我跪倒下去。我用雙手抱住傷口大喊著：「瓦珥，妳瘋了！我沒有為他們做事。看啊，我剛剛抓住了一個異能者！」

瓦珥轉向雙手被捆住、躺在地上的諾克斯瞥了一眼，然後調轉槍口指向他，一槍打爆了他的頭。

我吸了一口冷氣，甚至在片刻間忘記了疼痛。「什……」我結結巴巴地說，「我剛剛費了那麼大的力氣……」

「只有死異能者才是好異能者。」瓦珥又回頭看著我，「身爲一名審判者，你應該知道這一點。但你並不是我們的一員，絕對不是。」她開始向我吼叫，並握緊了手中的槍，瞇起眼睛，「山姆就是因你而死的，對不對?是你把我們的情報給了他們，讓他們掌握了所有審判者團隊的資訊。」

「不，瓦珥，」我說，「我發誓!是的，我們一直在對妳說謊，但這是教授的命令。」我用力按住大腿，鮮血還是不斷從我的指縫間流出來，「妳可以打電話給蒂雅。別衝動。」

別衝動，其他什麼都行。

瓦珥繼續盯著我，我和她對視著。

她扣動了扳機。

第三十八章

我當然想要躲開子彈，但我不可能那麼快。除此之外，我已經筋疲力竭，腿上還剛剛中了一槍。

所以當我笨拙地打了一個滾以後，發現自己還活著，心中著實驚喜萬分。從瓦珥的表情判斷，她也很吃驚，但這並沒有阻止她再一次向我開槍。

子彈停在我的胸前。它刺破了我的潛水服，卻沒有穿過皮膚。一小片蜘蛛網般的光線以這顆子彈爲中心向周圍延展，然後又迅速消失。

我很高興自己還活著，但恐懼已經滲進我的每一根神經。我知道這是怎麼回事——教授的能量護盾在吸收我受到的打擊。我抬起頭，看到了教授。他如同黑夜中的一道剪影，站在通向這個樓頂的吊橋上，在黑暗中緩慢地晃動著。

教授全身沒有半點光亮，只是一片純粹的黑影，實驗室長袍隨著微風輕輕飄擺。

「住手，瓦珥。」教授並不響亮的聲音吸引了瓦珥的注意力。

瓦珥轉過頭，顯然嚇了一跳。她當然不會明白我怎麼能活下來，因爲她不知道教授就是異能者。對她而言，這種能量護盾只是一種先進的異能者技術。

教授來到屋頂上，壁畫的光芒照亮了他的臉。「我已經給了妳命令，」他對瓦珥說，「住手。」

「長官，」瓦珥爭辯，「他一直都是……」

「我知道。」教授說。

噢喔，我滿身汗水，心緒雜亂。我想要起身，但教授的瞪視又讓我倒在地上。腿部的疼痛如同火焰般開始燒灼我，我將手按在傷口上。眞奇怪，在剛才那個混亂的時刻，我完全忘記自己還挨了一槍。

我不喜歡被子彈打。

「他的手機。」教授向瓦珥伸出手。瓦珥拿出手機，教授在手機上點了幾下。我設定了手機關機時的開鎖密碼，所以教授應該打不開。但他還是打開了。

「給這個人發簡訊，」教授對瓦珥說，「這是熾焰。簡訊這麼寫：『沒事。瓦珥一開始以爲我是王權的人，和諾克斯是一夥的。』」

瓦珥點點頭，放下槍，給梅根發了簡訊。

教授將雙臂抱在胸前，看著我。

「我……」我說，「呃……」

「我對你很失望。」教授說。

這句話壓垮了我。

「她不是壞人，教授，」我說，「如果你能聽我說……」

「我一直在聽，」教授說，「蒂雅？」

「收到，喬。」蒂雅的聲音在我的耳機中響起，「你可以從這裡再次聽到全部對話，如果你想聽的話。」

「你在我的手機裡裝竊聽器，」我低聲說，「你不信任我。」

教授向我揚起眉毛，「我給過你兩次機會澄清這件事，最後一次就在今晚稍早。我很希望自己是錯的，孩子。」

「你早就知道？」瓦珥轉向教授，「一直以來，你都知道他要幹什麼？」

「我不會做沒有準備的事，瓦珥。」教授說，「熾焰回話了嗎？」

瓦珥低頭看著我的手機螢幕。我躺在地上，胸中泛起一陣陣噁心。他們一直在竊聽我。他們早就知道。星火啊！

「她說，『好吧，你確定一切正常？』」

「回答『是』，」教授對瓦珥說，「然後說：『妳現在應該離開了。瓦珥打了電話給教授，我們要返回基地。我想我可以對這一切做出解釋。我會把從這個異能者身上得到的情報告訴妳。』」

就在瓦珥發簡訊的時候，教授走到我身邊，伸手按在我腿上，又拿出一個小盒子——被他稱爲急救星的醫療設備。

我腿上的疼痛立刻消失。我看著教授，感覺自己很難控制住奪眶而出的淚水。我不知道這眼淚是因爲羞愧，痛苦，還是純粹的憤怒。

他一直在監視我。

「不要這麼難過，大衛。」教授輕聲說，「這正是你來這裡的原因。」

「什麼？」

「熾焰的所作所爲和我們預料中完全一樣。」教授說，「我很清楚，既然她能夠滲透我的團隊，那麼她想要籠絡你也不會有任何困難。你是一名優秀的戰士，大衛，有熱情，有決心，但你沒有經驗。一張漂亮的臉蛋就足以將你融化。」

「梅根不只是一張漂亮臉蛋。」

「你任由她擺布你，」教授說，「你讓她進入我們的基地，你將我們的祕密告訴她。」

「但，我……」我並沒有讓她進入基地，她是自己做到的。我發現教授並非知曉一切。他竊聽了我的手機，但也只有在我打開手機的時候他才能得到情報。他不知道梅根和我的私人交談，只聽過我們透過手機的對話。

「我知道你不相信我，大衛。」教授說，「但她告訴你的一切，她所做的一切，都不過是一場遊戲的一部分。她在玩弄你。她偽裝的軟弱，她虛假的關愛……這些我以前就見過，孩子。全都是謊言。我很難過。我打賭，就算是她告訴你的這個『弱點』，也不過是在欺騙你。」

她的弱點！教授知道了梅根的弱點。梅根是透過手機告訴我的。教授現在還不相信，但他的確是知道了。我感覺一陣針刺般的警惕。

「你誤會她了，教授，」我看著教授的眼睛說，「我知道她是真心的。」

「哦？」教授說，「她有沒有告訴你，她是怎樣殺死山姆的？」

「她沒有殺死山姆。我……」

「她殺了。」教授的聲音平靜又不容置疑，「大衛，我們已經錄了影。我到巴比拉的時候，瓦珥就讓我看了那段影片。山姆的手機記錄了他死去的那一幕。熾焰的子彈射中了他。」

「你沒有告訴我！」

「我有我的理由。」教授站起身。

「你把我當成誘餌，」我說，「你說……這才是我來這裡的原因！你從一開始就在設計對付她的陷阱！」

教授轉身向瓦珥走去，後者向他點點頭，讓他看我的手機螢幕。

「我們走吧，」教授說，「潛艇在哪裡？」

「下面。」瓦珥說，「我沒有去運送物資，我一直在跟蹤大衛。你應該告訴我的。」

「計畫需要他相信我們對他的行爲一無所知。」教授拿過我的手機，放進他的口袋裡，「知道的人越少越好。」他回頭看著我，「來吧，孩子，我們回去。」

「你打算怎麼做？」我依然坐在自己被槍擊的地方，屁股下全是我的血，「你要怎麼對付梅根？」

教授的臉沉了下來。他沒有回答。

我知道，他的王牌是我的手機。審判者以前就用過這樣的策略，僞造出一連串來自盟友的訊息，引誘異能者進入圈套。

我必須警告梅根。

我轉過身跳出樓頂，同時啓動了諜眼。但諜眼沒有絲毫動靜。我只來得及發出一聲驚呼，就撞上四層樓下的水面。

這種感覺一點也不好。

我從水中冒出頭，抓住那棟樓的邊緣，抬頭向上看。教授站在樓頂邊緣，手中一下一下地將一樣東西拋起又接住。是諜眼的動力部件。教授是什麼時候把它拿走的？可能是在他治療我的時候。

「把他撈起來，」他提高聲音對瓦珥說，讓我也能聽到，「我們回基地去。」

第三十九章

隨後的一整天，我都待在我的房間裡。

嚴格來說，我並沒有被禁足，但是當我走出房間的時候，瓦珥、艾克賽爾和蜜茲的目光就會將我趕回房裡。

蜜茲是他們之中最可怕的。有一次，我離開房間去浴室，正好經過在儲藏室裡工作的蜜茲。她看到我，臉上的笑容立刻消失，我能看見她眼睛裡的憤怒和厭惡。她轉過身，繼續打包各種物資，沒有說一句話。

於是，我全部的時間都用來躺在床上，任由內心輪番被羞愧和憤怒占領。我會被踢出審判者團隊嗎？這種可能性讓我好想吐。梅根又會怎樣？教授說的……不管怎樣，我不想去相信那些話。我不能相信。至少，我不願意去想那些話。

更糟糕的是，現在我一想到教授就很憤怒。我出賣了團隊的祕密，但我還是覺得，我被他出賣得更多。我從一開始就被設計，注定要失敗。

第二天早晨，我在一陣紛亂的聲音中醒來。他們在做準備。計畫提前了。我在房間裡強自忍耐，最終還是沒有辦法繼續忍下去。我需要答案。我從床上跳起，來到走廊裡。經過儲藏室的時候，我特意打起精神，不過蜜茲不在那裡。我聽到聲音來自於身後走廊末端，停泊潛艇的地方。瓦珥和她的團隊應該在爲執行任務做最後的準備。

我沒有朝那邊走。我想要見見教授和蒂雅。我在有玻璃牆的會議室找到了他們。他們看著我，蒂雅瞥了一眼教授。

「我會和他談，」教授對蒂雅說，「妳去其他人那裡吧。這次我們的任務要少一個人了，我希望妳能在潛艇中負責指揮。我們的基地已經曝光，我們不會再回這裡。」

蒂雅點點頭，拿起她的數位平板，走出會議室。在關門的時候，她最後看了我一眼，但什麼都沒有說。現在會議室裡只剩下教授和我，蒂雅書桌上的燈還開著，照亮了我們。

「你們要開始攻擊牛頓，刺探王權的位置。」我說。

「是的。」

「少一個人，」我又說，「你不打算讓我參與。」

教授什麼都沒有說。

「你讓我練習諜眼，讓我以為我是這個任務的一部分。我真的從頭到尾只是一個誘餌？」

「是的。」教授平靜地說。

「那麼這個計畫還有更多行動嗎？」我問，「還有什麼事情你沒告訴我？這裡到底在發生什麼事，教授？」

「我們並沒有向你隱瞞太多事，」教授無聲地嘆息，「蒂雅的確計劃找到王權，而這個目的正在逐步實現。如果我們能夠讓王權出現在蒂雅為她選擇的區域，就能將王權的位置最終鎖定在幾棟樓的範圍內。我將成為前哨，執行對付牛頓的計畫，在城市中追逐她，引誘王權出現。當王權出現的時候，我們就會知道她的基地位置。瓦珥、艾克賽爾和蜜茲將會根據蒂雅的命令行動，發動突擊並殺掉她。」

「聽起來，你應該還需要一名前哨。」我說。

任。」

「已經來不及了。」教授說，「我想我們需要時間來重建信任——我們對彼此雙方的信

「那麼滅除呢？」我向前一步，「你沒有提到該如何對付他！他是一顆炸彈，將會毀滅這一整座城市。」

「我們不需要擔心這個，」教授說，「因為我們已經有辦法阻止他。」

「我們有辦法了？」

我拚命搜刮自己的大腦，就像是一條因為地毯上的花紋圖案而困惑不已的狗。但我還是什麼都沒想出來。我們該如何阻止滅除？難道教授還向我隱瞞了什麼？我看著教授。

這時，我看到了他嚴肅的表情，和他繃緊的嘴唇。

「能量護盾。」我明白了，「你要在滅除釋放毀滅力量的時候，用能量護盾包裹住他。」

教授點點頭。

「那股熱量必須得到釋放，」我說，「你只是暫時把它束縛住。」

「我可以拓展能量護盾，」教授說，「把熱量從城市中引走。我進行過模擬操演。」

噢。這和他在殺死鋼鐵心的那場爆炸中拯救我的手法沒什麼不同。他是對的。我們至少可以暫時延遲滅除的破壞。這股熱能也許無法殺死滅除本人——他似乎對於自己釋放的能量免疫，不過卻能拖延他。而且，如果反擊到滅除身上的能量足夠集中，足夠強大，誰知道他會不會就此被摧毀呢？至少值得一試。

我走到教授面前。他依然坐在蒂雅的書桌邊，身後就是擋住了黑色海水的玻璃牆。看著那片海水，我打了個哆嗦，又將目光轉向教授。

「你能做到，對嗎？」我問他，「將能量護盾當作牢籠？不僅困住那場爆炸，而且……還有其他東西？」

「我必須如此。」教授站起身，走到玻璃牆前，看著黑色的海水。「蒂雅告訴我，許多像滅除一樣的異能者，在施展大規模的爆炸性能量以後都會有一段虛弱期。那時的滅除也許會非常脆弱。如果他能夠從自己的爆炸中活過來，我也許還能趁著他能量耗竭的時候殺掉他。如果不行，至少我能拖延他足夠長的時間——讓其他團隊成員可以殺掉王權。」

「那麼梅根呢？」我問。

教授沒有回答。

「教授，」我說，「在你殺死她之前，至少試試她所說的。點起一把火。看看火焰是否能夠破壞她製造的影像，這樣你就可以證明她對我說的是不是真話。」

教授用一隻手按住玻璃牆，他已經將實驗室長袍留在椅子上，現在只穿著寬鬆的長褲和高領襯衫。他喜歡這種怪異的舊式穿著。看著他，我幾乎能夠想像他穿著這身衣服在叢林中手拿砍刀和地圖探索古代遺跡的樣子。

「你能夠控制內心的黑暗，」我對他說，「既然你能做到，梅根一定也能。這……」

「不要說了。」教授悄聲說。

「聽著，這……」

「不要說了！」教授高聲喝喊，猛然轉向我。我完全沒有看到他的動作，他的手已經抓住了我的喉嚨，將我舉到空中，轉過身，把我壓在那道玻璃牆上。

我發出一陣窒息的喉音。房間裡唯一的光源——那盞書桌上的檯燈——從教授背後映出他的輪廓，讓他的臉陷入陰影之中。我掙扎著，拚命想從喉嚨上扳開他的手指。教授用另一隻手撐在我的手臂下面，緩解了我的喉嚨受到的一部分壓力，讓我能夠急促地呼吸。

教授向我俯身，將更多的空氣從我的肺裡擠出去，緩緩地說：「我一直努力想要對你有耐心一些。我一直在告訴自己，你的背叛不是出於你的本心。一個善於玩弄幻覺和騙術的女人引誘了你。但該死的，孩子，你正在讓我變得很難克制自己。我知道你做了什麼，我本來希望你能有更好的表現。我以爲，無論其他人怎樣，至少你還懂得，我們不能信任他們！」

我努力想要說些什麼，他又將我放鬆了一些。

「請……把我放下……」我說。

教授在昏暗的燈光中又審視了我片刻，然後才向後退去，讓我落在地板上。我吃力地呼吸了一陣，靠著牆站起來，淚水從我的眼角滾落。

「你早就應該來找我，」教授說，「如果你把發生的事情及時告訴我，而不是隱瞞我……」

我努力站穩身子。星火啊！教授的力氣可眞大。他的超能力是否也包括強化他的體力？我也許要完全改變對他的超能力分類了。

「教授，」我一邊揉著脖子一邊說，「這座城市裡發生了非常、非常詭異的事。我們卻對此視而不見！是的，你對付滅除的計畫很好，但王權的陰謀到底是什麼？誰是曦光？我根本沒有機會告訴你。他昨天又聯繫我了。他似乎是我們這一邊的，但他又有些古怪。他提到了對滅除的……外科手術？王權到底在謀劃什麼？她一定知道我們要殺死她培養的異能者寵物，卻似乎鼓勵我們這樣做。爲什麼？」

「因為就像我一直說的那樣！」教授高舉雙手，「她希望我們能夠阻止她。就我所知，她將滅除帶到這裡，就是讓我們能夠殺死滅除。」

「如果是真的，這不就暗示著王權心中也在進行著抵抗。」我又向教授走過去，「這表示她在反擊自己的黑暗。教授，她希望你能夠幫助她——難道這個假設真的如此不可思議嗎？也許她想要的不是你把她殺死，而是讓她恢復從前的自己？」

教授站在黑暗中，如同一個高大的剪影。星火啊，如果他願意，他竟然會變得如此駭人。他的胸膛寬闊，面孔方正，比例幾乎不像正常的人類。當他被視作一名管理者，一位團隊的領袖時，我們很容易就會忘記他是多麼健碩魁梧，忘記他的軀體擁有這麼多剛硬的稜線和肌肉。而現在，所有這些線條彷彿都是用黑暗與陰影切割而成。

「你有沒有意識到你這番話多麼危險？」教授輕聲問，「有沒有想到它會怎樣影響我？」

「什麼？」

「你誇談什麼善良異能者，這樣的話鑽進我的腦子，像蛆蟲吃掉血肉，一點一點朝我思想的核心蠕動。在很久以前我就做出決定——為了我的理智，為了這個世界，我絕不能使用我的力量。」

我渾身冰冷。

「但現在，你出現了。告訴我熾焰的事，讓我知道她是如何在我們中間生活了幾個月，只在必要的時候才使用她的力量。這件事讓我開始懷疑，也許我同樣能這樣做？我難道不夠強嗎？難道我控制不了它？昨天你離開我的時候，我一個人待在那個房間裡，再次開始製造能量護盾。那只是一些小力場，將化學藥劑封在其中，讓它們發光。我一直在尋找理由使用它們。

現在，我打算用我的力量阻止滅除，創造一個我在這些年之中從沒有嘗試過的巨型護盾。」

他向我逼近一步，再次抓住我的領口，把我拉到他面前。

「沒有用。」教授咬牙切齒地對我說，「它在毀滅我，一步接一步。你在毀滅我，大衛。」

「我……」我舔了舔嘴唇。

「是的，」教授丟下我，悄聲說，「我們曾經這樣試過。我、阿比蓋爾、林肯、亞瑪拉。一個團隊，就像在電影裡一樣。你知道嗎？」

「……然後呢？」

他在暗影中與我對視，「林肯崩壞了。現在你會稱他爲『幽暗森林』。星火啊，他一直都很喜歡那些書。我還不得不殺死亞瑪拉。」

我嚥了一口口水。

「這沒有用，大衛。」教授說，「這不可能有用。它在毀滅我，而且……」他深吸了一口氣，「它已經毀掉了梅根。梅根今天早晨傳來簡訊，她想再次與你見面。所以，至少我們還可以利用這一點。」

「不！」我說，「你不能……」

「我們只能盡力而爲，大衛。」教授平靜地說，「現在對她只剩下審判。」

我感到一陣急劇加強的恐慌。我清楚地記得能源場在瀑布般的酷愛果汁中軟弱無助的樣子。她掙扎著逃向那間浴室的門口，回過頭，用乞求的眼神看著我。在我的腦海中，她的面孔已經變成了梅根。

扣動扳機。

紅色交疊著紅色。

「求求你，」我瘋狂地撲向教授，「別這麼做。我們能夠找到別的辦法，你也聽到了那些噩夢？你有過噩夢嗎？告訴我，教授。梅根是不是對的？噩夢是不是和弱點有關？」

教授抓住我的手臂，把我向後推去，對我說：「我原諒你。」然後他便走向了門口。

「教授？」我緊追在他身後，「不！這……」

教授不經意地揚起一隻手，能量護盾擋在門口，將我們分開。

我雙手按在能量護盾上，看著在走廊中前進的教授。「教授！喬納森·斐德烈斯！」我用力敲打能量護盾，卻沒有半點作用。

教授停下腳步，回頭看我。在那個時刻，他的臉被陰影全部遮住。我看不見做爲我們領袖的教授，甚至看不見教授這個人。

我只看到了一個被挑釁的高等異能者。

他轉過身，繼續朝走廊盡頭而去，從我的視野中消失。能量護盾依舊擋在我面前。根據我對教授的瞭解，這一道力場能夠持續很長的時間，足以讓教授在它消失前離開這裡很遠。

沒過多久，我看到潛艇出現在玻璃牆的另一邊，在黑色的海水中巡弋。他們丟下了我，沒有手機，沒有諜眼，也沒有任何出路。

只有我一個人。

只有我和這些無止境的水。

第四部

第四十章

隨後的一個多小時裡，我一直癱坐在蒂雅的書桌旁。巨大的玻璃牆俯視著我，就像是一個室友知道我偷偷打開了一袋太妃糖，正目不轉睛地盯著我。我站起身，開始來回踱步。但不停地走動只會讓我想到審判者團隊即將要做的事：全速行動，爲生命而戰，竭盡全力拯救這座城市。

我卻被關在這裡坐冷板凳。

我抬頭去看教授的能量護盾。我不禁要懷疑，教授打從一開始就有意讓我遠離這次行動。他抓住我和梅根的把柄不是原因，只是一個藉口。

梅根，星火啊！*梅根*。他不會眞的要殺梅根吧？我的思緒一次又一次回到梅根身上，就像一隻企鵝無法相信面前的塑膠魚不是眞的。她信任我，她把她的弱點告訴了我。而今，教授也許就會憑著這點殺死她。

我還沒有完全理清自己對梅根的感情。但我*很確定*，我不想讓她受傷。

我大步走回到書桌前坐下去，竭力不去看那片浩瀚無際的黑色海水。我開始翻找書桌裡的各種物品，尋找一些能暫時讓我不去想梅根的東西。我找到了一把輕便手槍，只是一把九釐米口徑的小手槍。如果我沒辦法走出這個愚蠢的房間，至少手邊還有武器。我也找到了子彈，在另一個抽屜裡還找到了一台數位平板。它沒有連接騎士鷹的網路，但裡面收錄了一份蒂雅做的關於王權所在位置的紀錄。

這份檔案中的地圖標示了今天審判者們設置陷阱的路線。他們將跟蹤巡邏中的牛頓，在一個特殊地點攻擊她，以此吸引王權出現。我在地圖上發現了一個小「x」，旁邊還用斜體字標出教授的緊急據點——這表示，如果有必要，教授將在這裡等待，出手阻止滅除。然而他們對梅根又有什麼計畫？

教授有我的手機，我想，他甚至不必費力設陷阱給梅根。他只要發一條要求見面的簡訊，然後在碰面時攻擊她。如果梅根因爲火而死，她將不會再轉生。

我更加焦慮了。我開始更仔細地檢視數位平板中的內容，但到底要找什麼我也不知道。也許蒂雅也將傷害梅根的計畫留在這裡面。

找到了。有個目錄的名字是「熾焰」。我點開了它。

這是一段錄影。

只不過幾秒鐘，我就明白了它是什麼。一個氣喘吁吁的男人在巴比拉高樓叢林密布的房間之中移動，這份錄影是從他的視角錄製的，可能是透過團隊成員經常佩戴的耳機傳回。這個人撥開藤蔓，經過一顆顆發光的水果，不斷地回頭觀望，然後爬過一棵倒下的樹幹，朝另一個房間中窺視。

「山姆，」說話的是瓦珥，「你不應該和敵人接觸。」

「是的，是的，」他說，「但我已經遇到敵人了。現在該怎麼辦？」

「逃出去。」

「我正在努力。」

山姆貼著牆壁快速跑過他剛剛窺視的房間，踏過一只生滿了芽葉的咖啡壺，又跑過一個小廚房，終於找到一面有窗戶的牆壁。他向外看了一眼，這裡距離水面有四層樓高，然後他又回頭瞥了一眼叢林。

「繼續走。」瓦珥說。

「我聽到一些聲音。」

「那就動作快點！」

山姆用一隻手扶住窗框。在水果的閃光中，我能夠分辨出他的手套。他戴著諜眼。

「我們要做的就是監視，瓦珥，」他悄聲說，「這不是我要做的。」

「山姆……」

「好吧。」他咕噥了一聲，然後用手肘撞碎了玻璃窗，讓自己爬出去。隨後，他將流量波束指向水面，卻又開始猶豫。

有什麼東西在房間中窸窣作響。山姆最終還是轉過了身，攝影鏡頭也隨之晃動。一陣嘈雜的聲音響起，應該是他的耳機擦到了藤蔓。

梅根就站在他身後，身穿牛仔褲和緊身T恤，整個人被枝葉的影子所籠罩。看到山姆，她似乎很驚訝，也沒有掏出武器。

一切都歸於寂靜。

我發現自己從椅子裡站了起來。我的嘴巴開開合合，我想要對著螢幕尖叫，即使這只是一段錄影。「快走。」我不自覺地懇求。

「山姆，不。」瓦珥說。

山姆伸手到腰間掏槍。

梅根的速度更快。

不到一秒鐘，一切都結束了。我聽到了槍聲，然後攝影鏡頭再次晃動。一切都安靜下來以後，山姆的手機影像停在附近一片牆壁上。我聽到他沉重的呼吸聲，但他沒有再動一下。一個影子遮住了他。接下來是翻找東西的聲音。我知道，那是永遠都對武器保持敏感的梅根在解除山姆的武裝，並檢查山姆是否假裝受傷。

瓦珥開始一遍又一遍地悄聲說著什麼。山姆的名字。

我全身冷汗直流。

梅根的影子退到一旁。山姆的呼吸變得越來越吃力。瓦珥努力對著他說話，告訴他艾克賽爾正在救援的路上，但山姆沒有回應。

我沒有看到他的生命終結。但我聽到了。一次又一次的呼吸，直到……悄無聲息。

我頹然坐倒在椅子裡。錄影結束了。瓦珥的聲音在呼喊艾克賽爾加速前進時戛然而止。我覺得自己剛剛偷看了一個可怕的祕密，一個我不應該看的東西。

*她真的殺死了他。*我想。這應該算是某種自衛，是嗎？她是在檢查山姆發出的聲音。山姆拔出了槍……

梅根就算被殺死也會轉生，山姆卻不行。

我麻木地放下手上的數位平板。我無法責備梅根的自衛之舉，但一想到事情的經過，卻覺得自己正在被撕裂。這起意外明明很容易就能夠避免。

梅根告訴我的事有多少是真的？畢竟教授一直在監視我。現在我知道，梅根真的殺死了山姆。不幸的是，我深深地意識到自己對這件事完全不驚訝。每當我提起山姆的時候，梅根都顯得很不自然，而且她從沒有解釋過，沒有告訴我到底發生了什麼事。

是我沒有給她機會。

我一直都不想知道。

我到底能相信誰？我的情緒變得一團糟，所有想法絞纏在一起，讓我困惑又沮喪。所有事情都變得沒有意義。所有事情本來不應該是這樣的。

氣喘吁吁……我想起王權對我說過的一段話。

我有了個不同的想法。這個想法將我拖出了關於梅根、教授和審判者的混亂感情。就在我第一次練習諜眼的那一天，王權出現了。她那時告訴我，我將在某一天孤獨地死去。在一座遍布叢林的建築中氣喘吁吁，距離自由只有一步之遙，這就是她對我說的，但你最後依舊只能看到一片被人潑了咖啡的空牆。一個可憐又卑微的結局。

儘管我非常不想再看到那一幕，但我還是將影片轉回到山姆最後看到的景象——他的手機拍攝到的那片牆壁——那面牆上果然有一片汙漬。

王權看過這段錄影。

星火啊。她到底知道多少？我對整個任務的不安又湧回心頭。我們自以爲知道些什麼，但其實我們什麼都不知道，這是我現在唯一能確定的事。

我猶豫了片刻，然後清掉蒂雅書桌上所有東西，只留下那台數位平板。

我需要冷靜思考。關於異能者，關於王權，關於我眞正知道些什麼。我暫時不去理會紛亂的情緒，將我們自認爲已經瞭解的一切事情推到一旁。我甚至撇開了我的筆記——那是我在加入審判者之前蒐集到的所有資料。王權的能力證明我的情報可能徹頭徹尾都錯誤。

那麼，我對王權眞正知道些什麼？

有個事實擺在我面前——她曾經將審判者掌握在手心裡，卻又決定不殺我們。爲什麼？教授確信王權希望被他殺死，我則不願意做出這種假設。那麼，還會有什麼原因？

她遇到我們的第一個晚上，就認爲教授在我們之中，我想，那時她只消動一個念頭就足以殺死我們。但她殺不死喬納森·斐德烈斯。

她知道教授是異能者，並且熟悉教授的能力。她讓我們活了下來，表面看來是要我們將訊息帶給教授，讓教授殺死她，但我卻不認爲她想死。除此之外，她還有什麼理由需要教授前來巴比拉？

*王權可能知道山姆是怎麼死的，*我心想，*而且知道每一個細節。那些細節梅根卻一直不願意提起。*所以，王權不是看過這段錄影，就是她那天晚上在現場。

山姆遇害的幕後凶手會不會是王權？還是我只不過在爲梅根找脫罪的理由？

我把思緒轉回到巴比拉的第一個夜晚。那時我們與滅除戰鬥到幾乎無力。趕走滅除之後，王權挾帶著顯赫的聲威出現在我們面前，當她沒有看到教授的時候，很明顯吃了一驚。王權做了這麼多事，會不會只是爲了殺死教授？教授非常清楚王權的底細，他知道王權的侷限、她的能力範圍和漏洞。那麼，王權對教授是否也有同樣的瞭解？

我突然覺得，這一切都是一個審判者風格的複雜陷阱。王權設下這個陷阱，就是爲了把教授引來，徹底將他剷除，抹殺掉她最強大的一個潛在敵人。這種推測看似缺乏證據，過於異想天開，但我想得越深入，就越相信教授正處在巨大的危險之中。

我們在這裡，可能根本就不是什麼獵人，反而可能是陷阱中的獵物？

我猛地站起身。我必須出去。教授很可能有危險。即使他平安無事，我也不能任由他殺了梅根。我還要從梅根那裡得到答案。我要和她談談山姆的事情，談談她做過的一切。我需要知道她對我說的話裡有多少是謊言。

而且……我愛她。

儘管有這麼多的問題，儘管心中充滿各種猜疑和遭受背叛的感覺，但我還是愛她。如果教授殺死她，那我不如去死好了。

我大步走向門口，想要衝過那道力場。我竭盡全力去推，用拳頭猛砸，甚至抓住桌邊的椅子狠狠摔在力場上。一切當然都毫無效果。

在空耗了一番力氣後，我又氣喘如牛地想要拆開力場周圍的木門框。也沒用。我沒有能夠施力的工具，這座建築又太牢固了。如果有趁手的工具再加上一整天時間，我就能打破一堵牆，到另一個房間去。這想法確實很不實際，但這裡又沒有別的出口。

除非……

我轉過身，看著那面玻璃牆。它比一個人還要高，寬度更是高度的數倍，它的另一面就是茫茫大海。現在是午夜時分，海中一片黑漆，但我還是能從那團黑暗裡看到一些游動的形體。

每次我進入水中，都會覺得那種漫無邊際的虛空想要把我吸進去，深深地吞噬我。

慢慢地，我走到蒂雅的書桌旁，從最底下的抽屜裡拿出那把九釐米手槍。這是一把沃爾特，一把好槍，即使是我也必須承認它有著很高的精準度。我將子彈上膛，眼睛看著那片碩大的玻璃。

一種壓倒性的恐懼瞬間襲上我的心頭。我已經和這些水達成某種令人很不安的妥協，但還是覺得它們時刻都渴望著衝過來，想把我用力壓垮。

我好像又回到了黑暗的深水中，一條腿被沉重的鐵球拖向死亡。這裡離水面有多遠？我不可能從這麼深的地方一直游上去。我做得到嗎？

眞是個愚蠢的主意。我把槍放在桌上。

但……如果我留在這裡，他們很有可能全都死於非命。教授殺死梅根。王權殺死教授。

在將近十一年前的那家銀行裡，當我的父親英勇戰鬥時，我在恐懼中瑟縮，然後他死了。

我決定即使淹死，也好過留在這裡。我看著玻璃對面的無盡深淵，凝聚起心中的全部情緒——恐懼，充滿黑暗的未來，直覺中的慌亂——將它們攥在手中，捏得粉碎。

我不會被這些水嚇退。我一絲不苟地再次拿起蒂雅的手槍，平指向玻璃牆壁。開火。

第四十一章

子彈幾乎沒有傷到這面牆半分。

不過，它還是在玻璃上打出了一個小洞，小洞周圍擴散出一圈蛛網般的裂紋，就像被子彈打中的防彈玻璃那樣。這只是一把九釐米口徑的小手槍，而我面前的這堵牆被設計能夠承受炸彈的威力。我覺得自己好蠢，便開始一次又一次地射擊。我將一整匣子彈都打在玻璃牆上，耳朵也隨著槍擊聲開始耳鳴。

玻璃牆還是沒有碎，只不過開始滲漏小小的水流。太棒了，我就要被淹死在這個房間裡。根據漏水量判斷，我只有……噢，大約六個月時間好活了。

我嘆了口氣，頹然坐進椅子裡。白癡。我打算奮勇面對這道深淵，挑戰自己的恐懼，準備以一種戲劇性的方式游向自由，結果只能聽著海水滴滴答答地落在木質地板上，讓大海和我開開玩笑。

我看著海水在地上慢慢積聚，腦子裡又冒出一個很不好的念頭。

好吧，我還曾經爲了三顆柳丁出賣過自己的姓氏。我一邊想著，拉過一個書架，擋住門口和能量護盾；然後再拉出一個書桌的抽屜，放在滲水的小洞下面，接了一些海水。幾分鐘之後，我就有了相當可觀的一泓水。

「妳好，王權，」我說，「我是大衛・查爾斯頓，那個被稱作鋼鐵殺手的傢伙。我現在就在審判者的祕密基地裡。」

我將這句話重複了幾遍。什麼都沒有發生。我們在長島下面，離王權的能力範圍還很遠。我只希望如果她真的在玩弄我們，那麼教授和蒂雅關於她能力範圍的情報也許……

抽屜裡的水面開始發生波動。

我驚呼一聲，後退了一步，同時看到我在玻璃牆上打出的小洞開始擴張，海水從那裡擠過來，水流變得越來越大。地上的積水開始升起，改變形狀，最後停止流動，水體的表面出現了色彩。

「星火啊，你想告訴我，」王權說，「就在我的探子們孜孜不倦地搜索整個北方海岸的時候，他卻擁有一個水下基地？」

我繼續後退，心臟開始劇烈地跳動。她是如此平靜，如此篤定，身穿職場套裝，戴著珍珠項鍊。王權從沒有失去自己的權杖，她很清楚她正在這座城市中做些什麼。

她上下打量著我，似乎在評估我。蒂雅關於她能力範圍的情報完全錯了。或是她的能力就像滅除一樣，透過某種手段被強化。

這座城市中發生的一切都不正常了。

「看樣子，他把你鎖住了，對不對？」王權問。

「嗯……」我還在絞盡腦汁思考該如何跟王權玩這場遊戲，即使我手裡可能根本沒幾張牌。裝作要投向王權那方——在我的腦子裡只是一個很模糊的計畫，而現在這個可憐的計畫已經沒有任何轉寰的餘地。

「好了，我知道你的意思了。」王權說，「我明白智力並不一定會和心中的激情成正比，其實這兩樣東西的含量往往是相反的。我很想知道，當喬納森發現你告密了他的基地時，會怎樣對待你？」

「梅根已經找到這裡了。」我回答，「所以教授認爲這個地方已經曝光，不能再使用。」

「眞可惜，」王權向周圍看了一眼，「這裡是個好地方。喬納森對於流行風尙總是很敏銳。他也許會和他的本性作戰，但他實在有太多地方明白昭示了他的風格。他奢華的基地，綽號，他的裝束。」

裝束？黑色實驗室長袍，口袋裡的護目鏡。的確有一點古怪。

「好了，快說出你的要求，孩子。」王權說，「今天是很忙碌的一天。」

「我想要保護梅根，」我說，「教授要殺她。」

「如果我幫你，你會爲我效力嗎？」

「會。」

這是世界上最聰明的異能者之一，我暗想，你眞的以爲她會相信你就這樣換邊站？

我能夠倚仗的只有她以前曾經對我表示過興趣。當然，她也說過，我殺死鋼鐵心的事讓她怒不可遏。也許她現在一心想殺死教授，但這並不阻擋她把我捏成粉末。

王權擺了擺手。

水流撐破玻璃，將我打出的小洞撕裂，進而摧毀了整面玻璃牆。我甚至沒時間從桌上抓起那把槍，水就已經充滿了整個房間，把我旋進一片黑暗之中。我在水中吐著氣泡，揮動四肢。我也許能夠正視自己對深淵的恐懼，但並不表示我會覺得自在。

我完全無法思考，也無法有意識地游泳。如果不是王權把我拖向水面，我一定會死在海底。我只能感覺自己在移動。很快地，我就破浪而出，大口喘息，渾身冰冷，同時耳朵不知道爲什麼痛得厲害。

我身下的水變成了固體。一個水凝聚成的小平台把我托了起來，王權又出現在我身邊。我躺在水上，渾身溼透，不停地顫抖。過了一段時間，我才發現我們正在移動。水平台托著我飛速掠過海面，我很快就看到了巴比拉光色迷離的塗鴉建築。

王權能夠出現在她想要出現的任何地方，或者她至少能夠出現在她看得到的任何地方。她會這樣移動只是因爲我。

「我們要去哪裡？」我一邊問，一邊跪立起來。

「喬納森有沒有告訴過你，」王權問，「我們知道禍星什麼事？」

我現在能清楚地看到高懸在天頂的禍星，那顆無所不在的閃耀光點。它比任何星星都更加明亮，卻比月亮小了很多。

「禍星可以透過望遠鏡觀察，」王權用閒聊的口氣繼續說，「在過去的那些日子裡，我們幾個人常常會這樣做。喬納森、我和林肯。就算是有望遠鏡，想要看清楚他的細節還是很難。要知道，他實在是太明亮了。」

「他？」我問。

「當然，」王權說，「禍星是一名異能者。你以爲他是什麼？」

我……無法回答。盯著禍星時，我甚至很難眨一下眼。

「我向他問過你，」王權說，「我告訴他，你會成爲一名出色的異能者。你應該明白，這樣能解決掉各種問題，而且我認爲你可以順利地接受它。啊，我們到了。」

我掙扎著站起身。我們的水平台不再移動，如今已到了巴比拉一個較低的區域，靠近審判者即將除掉牛頓的地方。看樣子，王權已經知道審判者的計畫。

「妳說謊。」

「你知道分裂啓元嗎？」王權問，「我們用這個詞來稱呼異能者首次獲得超能力的時刻。你會感覺到一股震徹心肺的力量將你撕碎，將你毀滅。它徹底吞噬了我們。有些人學會如何控制這種感覺，比如我；而另一些人，比如滅除，始終都無法從這種感覺走出來。」

「不。」我喃喃說著，恐懼在心中迅速滋長。

「如果說這其中還有什麼令人感到安慰的地方，那就是你也許會忘記絕大部分做過的事。你將在某一天醒來，只模糊地記得你殺過的那些人。」她俯過身，聲音變得刺耳，「我打算好好享受一下這一幕，大衛·查爾斯頓。你曾經殺死過那麼多我們這種人，最終卻變成了自己最痛恨的人。我相信，正是這一點說服禍星，同意了我的請求。」

她用一隻液體手掌打中我胸口，將我推倒在她的平台上。我掉入水中，海水在我的周圍翻湧，凝聚成一根圓柱，將我舉上夜空。我吐著水沫，站起身，發現自己懸停在百英尺的高空中，腳下好像有一個裝了巨型引擎的諜眼正托著我。我抬頭仰望。

禍星就在我面前。

那顆星星放射出熾烈的光芒，使周圍的大地都變成了紅色，沐浴在血色般的星光中，就如同很久以前禍星出現的第一個夜晚，整個世界都在發生變化那般。各種不可能的事情競相出現，混沌降臨，隨後就是異能者的到來。

禍星占據了我的全部視野，紅色如同烈火一般燃燒。我並沒有感覺到自己或是它改變了位置。但突然間，我只能看見它。無論有多麼不合理，但我依然覺得自己是如此靠近它，甚至只要伸出手就能碰到這顆行星。在這一片璀璨的光芒和凶暴的血紅中，我發誓我看到了一雙輝煌奪目的翅膀。

我的皮膚變得無比冰冷，電擊般的刺激湧遍全身，讓我戰慄不已，彷彿突然從麻木中甦醒過來。我尖叫著，蜷起身子。星火啊！我能感覺它在我的身體中狂暴竄動。一股汙穢的能量，一種劇烈的變化。

這真的發生了。

不，不……不要……

籠罩大地的赤紅消褪，撐起我的水柱緩緩降低，但我幾乎沒有注意到這些事。全身的刺痛感依然持續，而且變得更加狂亂，如同千萬隻蟲子在皮膚下蠕動。

「一開始通常會令人很不安。」王權對降回到海平面的我輕聲說，「我已經和禍星確認過，你將被賜予一種『有適當用途』的能力。我建議讓你擁有操控水的能力，就像年輕的喬治一樣。可能你忘了，他就是那個被殺死以後，被做成了審判者裝備的人——也就是你們所說的那個諜眼。我相信你會發現成爲一個異能者比使用某些裝備模仿我們自由多了。」

我呻吟一聲，翻過身，面向天空。現在禍星又變成了遠方的一個光點，但曾經浸染大地的紅色依然存留，雖然已經相當稀薄，卻清晰可辨。我周圍的一切都蒙上了一層猩紅色的影子。

「那麼，動手吧，」王權說，「讓我看看你能做些什麼。我非常想看看你曾經的隊友們，在見到你闖進他們精心策劃的陷阱時會有什麼反應。那時你將操縱你的超能力，殺死你見到的每一個人。這一定會……非常有趣。」

我腦海深處的一部分領悟到，這才是王權幫我逃出基地的原因。她根本不相信我已經倒戈。她想利用我，還有我的新能力，打亂審判者的布局。

我翻過身，用膝蓋撐起身體。現在我依然跪在王權製造出的水體平台上。我的臉倒映在水面，被附近建築物的塗鴉照亮。

現在我是異能者了？

是的。我能感覺到這個事實。剛剛在我和禍星之間發生的事千眞萬確。我必須測試一下我的能力，我必須絕對確認才行。

然後，我將殺死我自己，動作要快，得搶在我被絕望吞噬之前。

我伸手觸碰水面。

第四十二章

我感覺到了什麼。

是的，我當然能感覺到水，但引起我注意的是另一種東西。一種深藏於我體內的東西。一種騷動。

我將手按在水面上，望向水底深處。下方，是一座古老的鐵橋，橋面上擁擠著一連串鏽跡斑斑的汽車。一扇通向另一個世界的窗戶，一個古老的世界，一段從前的時光。

我想像著當大水湧來的時候身處在這座城市中會是什麼樣子。恐懼回到我的心中。我的腦海裡充滿了被壓碎，被困住，被活活淹死的景象。

只是……我發現它們並沒有像以前那樣控制住我。我能夠將它們趕到一旁。我的心再也不像站在海底的那堵玻璃牆前，用手槍擊打那片擋住海水的屏障，意圖讓海水湧進來把我碾碎時那樣顫抖了。

接受它，一個聲音在我腦海中響起。那是一個平靜遙遠的聲音，也是一個眞實的聲音。接受這種力量。它是你的。

我……

接受它！

「不。」

刺痛感消失了。

我朝水面眨眨眼。禍星的光芒消失了，一切看上去又恢復了正常。

我踉蹌著站起來，轉身面王權。

她在微笑，「啊，它已經占據了你！」

「沒有，」我說，「我是槍械販售會上的一台洗衣機。」

王權眨眨眼，表情很困惑，「……你剛剛說什麼？」

「洗衣機，」我說，「槍械販售會。妳明白嗎？洗衣機不會用槍。所以，就算待在槍械販售會裡，我也不想買任何東西。現在，我還是我，對超能力完全沒興趣。」

「沒……興趣？這和你有沒有興趣沒關係！你不能選擇。」

「但我還是做了選擇，」我說，「同時，我也要對妳說聲謝謝。感謝妳想到了我。」

王權張了張嘴，似乎想說話，卻沒有發出任何聲音。她盯著我，眼珠凸起，一直以來那種掌控全局的從容大氣完全從她身上消失。

我微笑著聳聳肩。但內心裡，我正拚命地尋找逃跑的辦法。既然我沒有實現她的計畫，她有可能會殺掉我？現在我唯一能去的地方只有水裡。但考慮到王權的能力，這條逃跑路徑顯然很蠢。

我不是異能者。我毫不懷疑王權剛剛想要給我超能力，也不懷疑她能做到這一點。我在意識中聽到了禍星的聲音，無庸置疑。

但他們的力量對我起不了作用。

「異能者的力量，」我看著王權的眼睛說，「是和你們的恐懼緊緊捆綁在一起的，對不對？」

王權的眼睛睜得更大了。看到她如此大惑不解，我突然覺得很痛快。這點進一步向我證實了，她先前所做的一切完全是精心設計。即使是看似怒氣勃發的時候，她也很清楚自己在做什麼。

只有這一刻例外。

她向旁邊瞥了一眼，咒罵一聲，便消失了。當然啦，我立刻掉進了大海裡。

我嗆了一口水，但還是撲到了離我最近的一棟樓邊。蜜茲如果看到我拚命打水的蠢樣一定會大笑個不停。不過我算是游得還不錯。我把自己拉出水面，從一扇窗戶鑽進那棟大樓，又花了五分鐘才找到樓梯。這棟樓裡有許多蜿蜒曲折的羊腸小徑，也許是在這裡採摘水果的人們踏出來的。爬了兩層樓之後，我來到樓頂。

這是一個標準的巴比拉之夜。人們坐在夜空下，雙腿伸在樓頂邊緣外懶懶地晃動。有些人在釣魚，另一些人慢吞吞地採收水果。一群人在柔聲歌唱，有個人彈奏著一把舊吉他。我渾身溼透，不停地發抖，竭力想要搞清楚剛剛在我身上發生了什麼事。

禍星是一名異能者。某種……超能力賦予者？會不會自始至終其實只有一個異能者，其他人只不過都擁有他的一部分力量？

而且，王權和那個禍星建立了連結。她丟下我一個人，是因爲她不能讓我成爲異能者，所以被嚇到了嗎？在最後一刻，她的目光轉向了一旁。和她正面交鋒時，我往往會忘記她的眞身其實還在她的祕密基地裡。她的眞身周圍可能會有其他事情發生，也許有什麼事驚擾了她。

無論如何，我暫時是自由了。現在還有許多事等著我去做。我深吸一口氣，想要確定自己的方位，但我只有一個很模糊的概念。我蹣跚地走向正在附近帳篷旁煮湯的一群人，他們聽著一台收音機中播放的輕柔音樂——也許是這座城裡另外某些人的現場演奏——察覺我出現，他們紛紛抬起頭，有一個人遞給我一瓶水。

「謝謝，呃，但我不能留在這裡，」我說，「嗯……」我該怎麼說才不會引起他們的懷疑？「我是個很普通的人，沒有一點不正常。我要去芬克爾十字路口，請問要往哪裡走？」

一名披著發光的藍色編織披肩，上了年紀的婦人漫不經心地伸手一指，「往那邊過差不多十座橋，在一座很高的樓那裡再左轉，繼續向前走，過了海龜灣，不過……」

「不過什麼？」

「那裡有個異能者大傢伙，」一個男人插嘴，「全身都在發光。」

噢，是了，滅除。令人驚訝的是，現在他對我而言只是一個最小不過的問題了。我立刻邁開雙腿，朝他們爲我指路的方向跑去，同時努力將注意力集中在我的目標上，不再去理會禍星。我要去救梅根，我要得到答案，我要警告教授，王權的能力範圍比他和蒂雅估算的厲害得多。

如果教授看到我離開了基地，又會怎麼做？也許他會不高興，但我必須相信，當我向他說明王權已經出現在基地中的時候，他會聽我把話說完。

十座橋？這是很長一段路，而我的時間卻很少。審判者們很可能已經將他們的計畫付諸實行了。我需要我的手機。星火啊，我需要的遠遠不只那個！我需要武器、訊息，最好還有一兩支軍隊。但我只有孤單一人，赤手空拳地跑過一座座吊橋。

想辦法，想想辦法！我不可能及時趕上他們，就算是一路狂奔也不行。那麼，我還能做什麼？

至少我知道他們的計畫。審判者即將跟蹤進行夜晚巡邏的牛頓，會從市中心開始，然後穿過城市，到達舊唐人街。那裡就是發動攻擊的地方。如果我能及時插到這條路線上，理論上他們就會自動遇到我，而我不需要去找他們。

又向幾個人問過路之後，我找到了通向鮑勃大教堂的路。我知道那裡在牛頓的巡邏路線上。那個有著響亮名字的地方只是一棟大樓，它的頂部和側面鑲嵌玻璃窗上畫滿彩色的圖案，那裡的人口非常稠密。蒂雅認爲，它會位於牛頓的巡邏路線上，正是因爲它能夠讓牛頓炫耀自己的力量，提醒這城市中的每一個人誰才是統治者。

靠近那裡時，我減緩了腳步，加入正從吊橋走向那座彩繪建築的人潮中。星火啊，這個地方的人可眞多。當我走到那個樓頂上時，發現那裡其實是一片市場。人們兜售各種商品，從樹葉做的巴比拉帽子到各種異地船來品，以及來自於舊時代遺跡中的劫掠品，一應俱全。我走過一個小販，他面前擺著成箱的發條玩具，他拿著一支小螺絲刀，正在修理一個壞掉的玩具。另一個女人賣的是空牛奶罐，她說這個很適合用來裝果汁，有幾個這樣的罐子裡裝滿了發光的液體當宣傳品。

這些擁擠的人群和嘈雜的喧囂讓我感到一陣放心。隱藏在這種環境中相當容易，但我必須找到一個好位置，確保牛頓出現時我可以最早看到她。我在一個衣服貨攤前停住腳步，這些衣服樣式非常簡單，不過是一些被剪出窟窿、手臂能夠伸進去的床單，但它們之中還有一件閃動著亮藍色光芒的斗篷。在巴比拉，這樣的衣服很平常。

「想看看什麼？」一個坐在凳子上的年輕女孩招呼我。

「我想要這件斗篷，」我伸手一指，「但我沒什麼東西可以交換。」

「你有一雙好鞋。」

我低頭看。我的運動鞋是用真正的橡膠做成的，現在這種鞋已經越來越難找了。如果我要追趕審判者，那麼我會很需要這雙鞋。我摸索了口袋一番，只找到一樣東西。亞伯拉罕送給我的項鍊，末端有忠貞者吊墜的項鍊。

那個年輕女孩的眼睛立刻睜大了。

我又站了很長的一段時間。

最後，我用我的鞋交換了斗篷。我不知道我的鞋值多少，不過儘量談了更高的價錢。當我離開那個攤位時，身上披著斗篷，腳下穿著一雙舊涼鞋，還拿著一把看上去相當不錯的匕首。

我帶著這幾樣新得到的東西，在樓頂邊找到一家酒館。牛頓大多數夜裡都會到這裡喝上一杯，然後再去騷擾各家店主。這裡賣的酒精飲料在黑夜中泛著微弱的光亮。如果說世界上眞的存在一條對全人類通行無誤的法則，那就是只要有足夠的時間，人們總是能找到方法把某樣東西拿來釀酒。

我沒有要喝的意思，而是坐到酒館木牆外的地上，用垂下的兜帽遮住雙眼，裝成一個無聊的巴比拉人。然後，我開始思考如果牛頓眞的出現，我該做些什麼。

我大約只有兩分鐘思考這個問題，她就大步從我身邊走過了。她還是一身懷舊龐克風：一件綴著許多金屬片的皮衣，就像是一台死亡機器外表的包裝紙，一頭刻意修剪凌亂的短髮，染上了各種顏色。

她身後還跟著兩名幫派成員，他們也穿著與牛頓類似的花哨衣裝，一行人並沒有停下來喝酒。我在如雷的心跳聲中站起身，跟隨他們走過市集。瓦珥在哪裡？她的任務是跟蹤牛頓，艾克賽爾和蒂雅則留在潛藏於附近的潛艇中。那麼，是蜜茲負責狙擊手的工作？鮑勃大教堂是一棟很高的大樓，附近沒有很多合適的制高點，而且在這麼多人中間執行狙擊也非常困難。也許蜜茲的位置在更遠的南邊，靠近計畫中設陷阱的地方。

我集中精神想要找到瓦珥，卻看到有個人從人群中擠出來，朝牛頓扔出一顆水果。那顆水果飛過半空，撞向牛頓，牛頓的能力立刻做出反應，將襲來的能量反射回去。水果彈起來，落在地上炸開。那名異能者轉過身，開始尋找攻擊她的人。

我呆立在原地，開始冒汗。我看起來是不是很可疑？牛頓伸手一指，她的一名手下——一個身材高大，肌肉強健，穿著無袖外套的女人立刻去追趕扔水果的人，那人正竭力想要躲進人群中。

星火啊！這不是計畫的一部分。那只是個一時興起的旁觀者。突然間，又有一顆水果從另一個方向丟向牛頓，同時還伴隨著一聲喊叫，「第十七大樓！」這顆水果當然也沒有打中目標。人群立刻開始四散奔逃，我別無選擇，只能跟著眾人一起逃竄，否則當人群都跑光光的時候，我就會變成最明顯的目標。

這正是審判者最不願意看到的局面。我能夠想像他們現在一定在手機中飛快地交換著意見。瓦珥會告訴其他人，有些巴比拉人因爲大樓被燒毀的事在向牛頓討公道。我有點欣喜地覺得，巴比拉人總算還是有點骨氣。只不過他們選擇有骨氣的時機實在很爛。

蒂雅一定想要放棄行動，但我懷疑教授不會讓這種小事干擾他的步伐。我和一群人一起擁擠在不遠處的帳篷店鋪裡，店鋪主人警告我們不要把手放在任何東西上頭。我偷偷將兩支無線對講機塞進口袋裡——並沒有產生多少罪惡感。就在我將它們放好的時候，我聽到了一種奇怪的聲音。耳語聲？像是有人死命壓低聲音說話。

聲音有些耳熟。我小心地向周圍掃視，就在距離不到三個人的地方，一個女孩躲在人群中，身上穿著一件發著綠光、沒有任何特點的斗篷。我能夠清楚看到她兜帽下的臉。是蜜茲。

第四十三章

是的，正是蜜茲。她的肩頭掛著一個背包，看上去正在低聲自言自語。毫無疑問，她正在和其他審判者說話。看樣子她還沒有注意到我。

星火啊！我一心思尋找瓦珥，卻沒料到他們會派蜜茲擔任前哨。

一陣尖叫聲從外面傳來。看樣子，牛頓的手下已經找到了一個朝她扔水果的人。

蜜茲焦躁地將身體重心從一隻腳移到另一隻腳。她一定不想就這樣放走牛頓，而我正好相反。我已經找到了我的目標，現在很樂意讓牛頓去找其他人的麻煩。

我需要找一個蜜茲身邊沒有別人的機會。只要幾分鐘就好，我可以向她解釋。但我要怎麼做，才能讓她不會立刻向教授或其他人發出警訊？我毫不懷疑瓦珥會直接對我開槍，不會問任何問題——她已經這麼做過了。教授可能也一樣，如果他的超能力已經開始影響他的話。但蜜茲……我也許能說服她。

首先，我必須把她的耳機摘掉。我擠過帳篷，順勢藉著簇擁在帳篷口看熱鬧的人們相互推擠的壓力，擠到了蜜茲身後。

我克制著猛烈的心跳，拿出匕首，頂在蜜茲的背上。我並沒有把刀刃抽出來，因爲我不想一不小心傷到她。同時，我捂住了她的嘴。

「不要動。」我悄聲說。

蜜茲渾身僵硬，我將手伸進她的帽子裡，拔下耳機，又關掉了電源。

很好。現在我只要……

蜜茲扭過身，抓住我的手臂，我不知道接下來發生了什麼事。突然間，我就飛出了帳篷的後門。整個世界都在旋轉，我的肩膀撞在樓頂，匕首也摔脫了。

一秒鐘之後，蜜茲騎到我身上，手臂高舉，準備要打下來，她的臉被她兜帽上的綠光環繞。看清我的臉之後，她立刻驚呼了一聲：「噢！」她立刻拍了拍我的肩膀，「大衛！你還好嗎？」

「我……」

「等等！」她又喊了一聲，用手捂住嘴，「我恨你！」

她再次揚起拳頭，一拳打在我肚子上。禍星啊，她可眞會打。我咆哮一聲，在劇痛中一擰身子，甩脫了她，然後踉蹌著站起來去拿匕首。蜜茲再抓住我的腋窩，並且……

所有東西再次飛舞起來，突然間，我又躺倒在地，因爲背部受到的衝擊而無法呼吸。事情不該是這樣的。我比她更高大，不是該在徒手搏鬥中占盡優勢嗎？我確實沒有接受過太多近身作戰的訓練，而蜜茲看上去……嗯，這方面的招數是不少。

她在打鬥的混亂中將背包丟到一旁，開始伸手到斗篷裡去掏槍。這可不妙。我再次站起身，喘息著撲向她。她也許會再給我來上幾下，但只要她還忙著打我，就不會有時間掏槍射我。至少理論上是如此。

但她掏出來的並不是槍，而是一支手機。這幾乎和槍一樣糟糕——她要召喚團隊了。我在她分神的那一刹那撞上了她。手機彈飛，蜜茲在我的懷中掙扎，舉起她的手臂，用拇指插中了我的眼睛。

我大叫一聲向後退去，因爲劇痛而不停地眨眼。蜜茲翻身去拿手機，我又一腳把手機踢開。

我有些太用力了，手機從樓頂邊緣滑了出去。蜜茲往那裡撲過去，徒勞地想要抓住它。我花了一點時間看清四周——我的其中一隻眼睛還無法張開。剛剛我們藏身的那頂帳篷正劇烈地搖晃，蜜茲把我扔出來的時候，有一根柱子塌了。在我們右手邊，牛頓的一名幫派成員正在帳篷之間的街道上遊走，可能是在尋找攻擊牛頓的人，也可能是在進行普通巡邏。我縮到一旁，背靠在一間木屋的牆上，再次拉下了兜帽。

不遠處，趴在樓頂邊上的蜜茲抬起頭，瞪著我，嘶聲說：「你到底有什麼問題？」

「有人戳了我的眼睛！」我回敬她，「這就是問題。」

「我……」

「安靜！」我說，「牛頓的一個手下往這邊走過來了。」我探頭出去看了一眼，立刻罵了一句，馬上縮回頭。牛頓也在那裡，兩個人正朝我們這裡走過來。

星火啊！我努力尋找庇護點，但想要在這座愚蠢的城市裡找到一片影子躲起來，根本是不可能的任務。因爲這裡沒有任何影子。塗滿了彩漆的地面在我腳下發著光，如同一扇扇五彩繽紛的彩色玻璃窗。

我前面有一棟棚屋門歪歪斜斜地虛掩著。我躡手躡腳地朝那裡跑去。蜜茲罵了一句，也跟到我身後，一邊把背包扛回肩上。我們進了屋子，看到一道樓梯。原來我錯了，這不是後來搭建的棚屋，而是這棟摩天樓原來的一部分。這些大樓有許多頂樓都有小房子，裡面是通向樓內的階梯或倉庫。這道樓梯就是通向大樓最高層的。

我拉下身上的斗篷，把它捲起來。蜜茲擠在我身後，關上了門，然後用槍抵住我的肋側。很好。

「我不覺得這有什麼相關的，」一個女人的聲音在門外響起，「只是一個巧合。」

「他們變得越來越不守本分，」這是牛頓的聲音，「普通人要得到適當的威嚇才會聽話。王權不應該這樣約束我。」

「呸，」第一個聲音說，「妳以爲妳能做得更好，牛頓？妳在短短兩個星期裡就失去了對這個地方的控制。」

這句話讓我皺了皺眉。直到此時，我才意識到她們的說話聲變得越來越大。我暗自罵了一句自己的愚蠢，立刻向樓梯轉過身。

蜜茲抓住我的肩膀，手槍更加用力地頂住我。藉著她兜帽上的光亮，我看到她用唇語說：「不許動。」

我向外面一指，壓低聲音狠狠地說：「她們就要進來了！」

蜜茲猶豫了一下，我冒險拉開她的手，然後盡可能悄無聲息地下樓。蜜茲不情願地跟了上來。牛頓會朝這邊走並不是意外，這棟大樓就是她的目標。

我已經聽到頭頂上傳來的開門聲。我盡力不讓雙腳發出任何聲響，卻很快就發現自己面前出現了一道植物牆。星火啊！這裡根本沒有出路，樓梯完全被植物塞滿了。

我轉過身，背靠著那些植物，心臟跳個不停。蜜茲依舊披著發光斗篷，靠在我身邊。

「他們應該看不見我了，」牛頓的聲音從樓梯間上方隱約傳來。「是的，我確定他們在跟蹤我。妳想繼續嗎？」

寂靜。

「是的，好。」牛頓說，「那麼，我該做什麼？」

又是寂靜。她正在和王權交談，並且不希望別人發現她們的談話，以免有人聽到說話內容，或者看到她的唇形。通常，她這樣做是很明智的。只是她這次選擇了兩名審判者的藏身之地。

好吧，一個半審判者。

「是的，我認為可以。」牛頓說。

寂靜。

「好。但記住，我不喜歡成為誘餌。」上面的破門被打開又關閉。牛頓走了。

「你跟她說了什麼？」蜜茲從我身邊退開，繼續用槍指住我，背包還在她肩上。「她知道我們在跟蹤她？你到底出賣了多少情報？」

「我什麼都沒說，但她什麼都知道。」我嘆了口氣，讓自己滑坐在地上，背靠著藤蔓纏結成的牆壁。緊張的時刻已經過去，我這才感覺到剛剛被蜜茲揍得有多痛。我早已理所當然地認為這樣一點身體衝擊不會有什麼痛苦，因為長時間以來，教授的能量護盾妥善地保護著我，各種打擊都不會對我造成傷害。

「你是什麼意思？」蜜茲質問我。

「王權早就知道我們的全部計畫了。她出現在我面前，就在基地裡。」

「什麼？」蜜茲非常驚訝，「你讓水流進基地了？」

「是的，但這不重要。她出現在那裡。蜜茲，那裡本來應該在她能力範圍以外的。王權一直在玩弄我們。我們的計畫非常危險。」

蜜茲的臉被兜帽的影子籠罩，但藉助兜帽的綠光，我是能看到她額頭上憂慮的皺紋和她緊咬的嘴唇。我試著動了一下，她立刻伸直握槍的手臂，抓住我的另一隻手也絲毫沒有放鬆。她很年輕，缺乏經驗，卻絕非沒有能力。我疼痛的肩膀和眼睛都證明了這一點。

「我要和其他人聯絡。」她說。

「這正是我找妳的原因。」

「你用刀子頂住我的背！」

「我試圖向妳解釋，」我說，「如果妳把同伴們叫來，我就沒有解釋的機會了。聽我說，我認爲王權正在計劃殺死教授。她一直牽著我們的鼻子走，設下陷阱給教授。她心知肚明只有教授能夠終結她的統治，所以她想要教授的命。」

蜜茲搖晃了一下，「但你一直和她一起行動。」

「王權？」

「不，熾焰。」

原來是這個。「是的，」我輕聲說，「沒錯。」

「你承認了？」

我點點頭。

「她殺死山姆！」

「我看過那段影片了。山姆先向她拔槍，蜜茲，而她是一名訓練有素的槍手。山姆想要射殺她，卻被她搶先開槍了。」

「但她是壞人，大衛。」蜜茲向我靠近一步，以幾乎是懇求的語氣說。

「梅根救過我的命，」我說，「當滅除想要殺死我的時候，是因爲梅根我才能逃出來。那時候你們都在做別的事。」

「教授說她在玩弄你，」蜜茲又說，「他說你被她……迷住了。」蜜茲看著我，彷彿在求我告訴她這不是眞的，「即使教授錯了，大衛，梅根也還是一個異能者。我們的工作就是殺了他們。」

我坐在黑暗的樓梯間裡，一隻眼睛依舊痛得要命——幸好它還能看到東西，不過眞的很痛。蜜茲的拳頭實在好厲害，但我腦子裡思考和回想的並不是這個。我想到自己的孩提時代，想到我研究過的每一個異能者。我恨他們所有人。我又想到了我爲殺死鋼鐵心制定的所有計畫。

我知道蜜茲的感受，我也曾經和她一樣，但現在我也許不再是那樣的人了。我知道這種變化實在很瘋狂。它應該是從我打敗鋼鐵心那一天開始的。那時我搭著直升機飛走，手裡還拿著鋼鐵心的頭顱，心中的震撼久久揮散不去。殺害我父親的人終於死了，但我能殺掉他，全都是因爲另一名異能者的幫助。

我眞正相信的又是什麼？我摸索口袋，拿出亞伯拉罕給我的項鍊，從上方金屬欄杆反射下來的光線照上它，讓它閃爍起點點星光。忠貞者的象徵。「不，」我終於明白了，「我們殺的不是異能者。」

「但……」

「我們殺的是罪犯，蜜茲。」我把項鍊戴在脖子上，站起身，「我們要讓那些殺人犯接受公正的判決。我們殺他們，並非是因爲他們與普通人不一樣。我們殺他們是因爲他們威脅到別人的生命。」我在以前的人生裡，一直都把這個問題想錯了。

蜜茲看著我襯衫外那個具有特別意義的小吊墜。「但她依然是一名罪犯，山姆……」

「妳會處決她嗎，蜜茲？」我問，「妳會扣下扳機嗎？當妳知道她的能力已經被消除、什麼都做不了的時候？當妳在她的眼睛裡看到她已經有所省悟的時候，妳還會這麼做嗎？我做過。讓我告訴妳，那並不像聽起來那麼容易。」

我在昏暗的光線中看著她的眼睛。片刻之後，我踏上了台階。

蜜茲繼續用槍指著我，但她的手在顫抖。最後，她扭過頭，放下了槍。

「我們要警告其他人，」我說，「而且，既然我笨到把妳的手機弄掉了，就應該由我去潛艇那裡。妳知道潛艇在哪裡嗎？」

「不知道。」蜜茲說，「但是……應該就在附近吧。」

我沿著樓梯爬了上去。

「他打算殺掉她。」蜜茲說，「我們在這裡跟蹤牛頓的時候，教授會去設陷阱，殺死熾焰。」

我繼續前進，冷汗卻已經從眉頭滲出。「我必須找到他。無論如何我都要阻止他……」

「你來不及的，」蜜茲說，「至少現在這樣不行。」

我定住腳步。在我下方，蜜茲從肩頭拿下背包，打開它。背包裡裝著諜眼。

第四十四章

我跑下樓梯，火速幫著蜜茲拿出諜眼，立刻開始穿戴在身上。

「我來幫你。」蜜茲跪到我身旁，綁緊我腿上的皮帶，「我爲什麼要幫你？」

「因爲我是對的，」我回答，「因爲王權比我們都要聰明，因爲這個任務的每個部分都讓人感覺不對勁。妳知道，如果我們放任不管，一定會有可怕的事情發生。」

蜜茲坐起身，「噢——是啊，你早就該把這些話說出來，也許我就不會揍你了。」

「我早就想說了，」我說，「但妳的拳頭更快。」

「說眞的，應該有人教教你徒手格鬥。你的技巧太悲慘了。」

「我不需要徒手格鬥，」我說，「我是槍手。」

「你的槍呢？」

「啊……是啊。」

我收縮肩膀，讓諜眼的核心部件落在背上，然後勒緊皮帶，蜜茲把手套遞給我。「知道嗎？」她說，「我一直都很想使用這個東西來證明我有多麼厲害，那樣教授就會認同我可以成爲一名偉大的前哨。」

「妳知道該如何使用諜眼嗎？」

「是我組裝了它，又一直負責維護它。我有許多理論和知識。」

我向她一揚眉。

「這有多難？」她聳聳肩，「你都能摸索出它的用法，畢竟……」

我笑了。不過我現在沒心情和她繼續這個話題。「妳知道教授在哪裡埋伏梅根嗎？」

「就在我們計劃攻擊牛頓的地方。教授安排了她和你見面，用你的手機。」

「就在……但那裡離滅除還很遠。」

蜜茲聳聳肩。「教授想在同一個地方攻擊熾焰和牛頓，確保王權會出現在那裡，不是嗎？這樣能讓蒂雅得到她所需要的最後資料點，然後鎖定王權的藏身之處。當然，如果王權的能力範圍比我們以爲的要更遠，那麼就毫無意義了……」

「是的。」我說。

不過教授的計畫還是可行，至少以他所掌握的有限資訊而言，這算是一個不錯的計畫。如果計畫的最終目的是吸引王權現身，打擊她的兩名異能者比只對付其中一個，更有可能獲得王權的注意。

「如果教授在唐人街，」我說，「是誰在監視滅除？」

「沒有人。教授說今天滅除還不太可能蓄積足夠的能量，而且我們有攝影機，所以蒂雅可以監視他。」

我聞言不寒而慄。我們所做的一切都有可能是王權計畫的一部分，包括攝影機在內。「妳需要多少時間能趕到滅除那裡，檢查他的狀況？」

「十或十五分鐘，用跑的。爲什麼？」

「我只能說，我對於眼前所有事有一種非常、非常糟糕的預感。」

「好、吧……」蜜茲站起身。諜眼已經在我的身上就位，「知道嗎？如果你再穿上潛水服，會比現在看起來時髦多了，那樣你會像一個令人瘋狂的海豹特種部隊。而你現在比較像是個發了瘋的遊民，背著一隻烏龜。」

「很好。也許這一身能讓別人低估我。」

「教授是異能者，對不對？」蜜茲低聲問。

我瞥了她一眼，點點頭，同時將雙手逐一插進手套裡，「妳什麼時候知道的？」

「我也不確定。不過這應該不是胡思亂想，對不對？你們在他身邊的樣子，那些祕密，蒂雅根本不解釋你如何救了那棟大樓中的人。也許我就是把這些東西全拼在一起了。」

「妳比我更聰明。直到他將能量護盾放到我眼前，我才明白他是什麼人。」

「那麼，對我們而言這就不是復仇，消滅異能者甚至也不是懲治罪犯。」蜜茲顯然很洩氣，「這只是一場權力鬥爭。是爭權奪勢的戰爭。」

「不。」我堅定地說，「這場戰爭關乎讓教授成爲那個我知道他能夠成爲的人……那個我知道他能夠成爲的異能者。」

「我不明白。」蜜茲說，「爲什麼他現在還不是這樣的人？」

「因爲，」我一邊說，一邊把第二只手套拉緊，「有時候，我們必須幫英雄一把。」

「好——吧。」蜜茲說。

「這給妳。」我遞給她一支剛剛偷來的對講機，「我們可以用這個保持聯絡。」

蜜茲聳聳肩，接過對講機，從口袋中拿出一個薄塑膠袋，把它放了進去。「以免它掉進水裡。」她提起塑膠袋晃了晃。

「好主意。」我從她手中接過一個同樣的塑膠袋。

蜜茲猶豫了一下，然後把她的槍也遞給了我。樓梯間很黑，不過我覺得她的臉紅了。「給你，我顯然不是會用這種東西的人。」

「謝謝。」我又問：「有多少彈藥？」

她只有多帶一個額外的彈匣。總比什麼都沒有強。我把彈匣收進口袋，再把槍插進腰帶裡。

「好了，」我說，「我們走吧。」

第四十五章

我衝出樓梯間，諜眼在我背上發出蜂鳴聲，呈現在我眼前的是一幕令人噁心的場景。看樣子，牛頓的人找到了那些拋擲水果的不滿份子——兩個被殺害的人體就掛在樓梯間小屋附近的帳篷上。他們的嘴裡都被塞了一顆發光的水果，彩虹色的果汁流過臉頰，沿著下巴滴落。

我跑過他們的時候，向他們敬了個禮。他們的行爲很愚蠢，但他們英勇地反擊。商人們正從他們堆積貨物的攤位後探頭，一些人跪在地上向曦光祈禱。他們也向我發出呼喚，邀我與他們一同祈禱。我沒有理睬他們，逕自跑向樓頂邊緣，一躍而起。轉眼間，我已經乘著噴水引擎飛上了天空。

我向前傾身，一棟棟大樓變成了不斷從視野中掠過的影子，諜眼強勁的力量推動我往前疾馳。爲了從一道搖晃的吊橋下面鑽過，我不得不將引擎功率降低到四分之一，但我隨即便從吊橋的另一邊驟然竄起。看到十幾個孩子聚在一起伸手指著我，我不由得露出了微笑。

這時我的對講機響了，「那東西的狀況如何？」蜜茲問。

「棒極了。」我回答她。

沒有回應。

好吧。我眞蠢。我用力按下通話鍵，並將對講機舉到嘴邊，「運作良好，蜜茲。」

「太好了。」蜜茲的聲音充滿了靜電噪音。星火啊！這東西只比用細線連起來的兩個罐頭先進一點而已。

「我不一定能隨時回應妳，」我又對蜜茲說，「我使用諜眼的時候需要兩隻手。」

「儘量別讓對講機碰到水。」蜜茲說，「這種老技術很怕水。」

「了解。」我回覆她，「我會像對待一頭憤怒的吃人巨龍對待它。」

「你說的……是什麼意思？」

「難道妳會向一頭憤怒的吃人巨龍潑水嗎？」充滿霓虹光彩的大樓在我兩旁呼嘯而過，以這樣的速度，我只要幾分鐘就能趕到教授那裡了。

「我看不到潛艇和其他人，大衛。」蜜茲說。我必須把對講機貼到耳邊，才能在獵獵的風聲中聽到她說話，「他們早就應該派人來看看我為什麼一直保持沉默了。一定有什麼事阻止了他們。」

「繼續趕去滅除那裡。」我說，「我們沒有時間可以浪費。回報我他在幹什麼。」

「收到。」蜜茲說。

我只需要……

一股水浪在我身邊湧起，變成王權的樣子。她懸掛在空氣中，以和我相同的速度移動，只有一根細小的水線將她與海面連接在一起。

「你打亂了我的計畫。」王權說，「我不喜歡有人這樣對我。我向禍星詢問你為什麼沒有得到能力，禍星卻不回應我。」

我繼續讓噴射引擎推動我前進，也許她會一直這樣說下去，讓我有機會能靠近教授。

「你做了什麼？」王權問，「拒絕恩賜？我從沒有想過這種事。」

我沒有回答。

「那麼，好吧。」王權嘆息一聲，「你知道我不能讓你找到喬納森。晚安，大衛．查爾斯頓，鋼鐵殺手。」

從我的引擎中噴出的水流突然散開，向周圍濺射，不再是射向海面。但我並沒有掉下去，至少沒有下降多少。支撐我的不是水流，而是引擎噴射產生的反作用力。看樣子，王權不太懂得諜眼的物理原理。我並不驚訝異能者們很少注意物理法則。

我將身子向旁邊移動，不再理會王權，同時利用手部引擎的機動能力繞過一棟大樓。片刻後，王權又出現在我身邊，一大股水流從下方的街道湧起，想要抓住我。

我深吸一口氣，將裝對講機的塑膠袋收進口袋裡，然後再次向旁躲避，飛入另一條街道。數十根水觸手宛如蟒蛇般從深遠的水面下方向我伸展，我不得不將引擎噴嘴朝下，讓身體垂直向上射出去，以躲避它們的纏繞。王權的觸手鍥而不捨地追趕我，在我腳下扭曲翻騰。我的引擎因爲距離水面過遠而開始失去動力——流量波束已經到達射程極限。

我別無選擇，只有在空中猛一轉身，再次向下衝，撞穿了一根觸手，一股清冷立刻包裹住我，但我還是在一片向四周激射的水花中衝了出去。觸手想要將我裹纏於其中，但它慢了我間不容髮的一瞬。它們需要王權的操縱，就是這一點限制了它們的速度。

我的信心因此開始增強。我一邊下降，一邊在其他水觸手之間游移閃避，空氣化爲強風，吹擊在我臉上。一直到貼近水面的地方，我才做了最後一次擰轉，減慢了降落的速度。隨後，我衝向另一條街道，從一片巨大的波濤旁邊閃過。那些巨浪想要拍碎我，卻只能無可奈何地落回海中。緊接著，我又躲過了一片同樣的海浪。

「你，」王權出現在我身邊，「眞是一隻可憎的老鼠，就像喬納森一樣。」

我露出笑容，讓手部引擎向下方噴射，往上越過一根剛剛生出的觸手，然後扭轉到一旁，從另外兩根觸手中鑽過。現在我全身都被水浸透了，只希望裝對講機的袋子沒有破洞。

這是我生平幹過最刺激的事，飛過一座如同黑色天鵝絨上繡著無數閃耀色彩的城市，穿行在迷宮般的街道中。周圍全都是瞠目結舌的人群和隨波浪顚簸的小船。審判者在新芝加哥有一條規矩，就是絕對不能讓我開車，因爲我曾經出過幾次不幸的事故，其中涉及了汽車和……嗯……幾面牆壁。但有諜眼在身，我能夠以強勁的力量自由馳騁。我不需要汽車。我就是汽車。

當我面前又出現了一叢觸手時，我飛向一旁，像衝浪手一樣猛然拐彎，將身體射向旁邊的一條街道。我幾乎撞上了另一堵巨型水牆。這堵牆高聳如兩側的樓頂，它驟然升過我的頭頂，立刻又猛然向下撲來。

我在慌亂中驚叫了一聲，穿過一扇窗戶，進入一棟大樓內部，翻滾落地，關閉了引擎。海水狠狠拍打在大樓外牆上，湧進窗口，從我身邊沖刷而過。各種事務用具漂浮在水面上，撞上樹幹，不久又很快從其他孔道中流洩出去。

我渾身溼淋淋，慌亂地跑進這間辦公室的叢林。水觸手從窗戶探進來，緊追在我背後。星火啊！我只能憑直覺逃進這棟大樓深處，遠離樓外王權的力量之源，但這也讓我離諜眼的能量源頭越來越遠。沒有了諜眼，我只是一個浸透了冷水的普通人，拿著一把手槍，對抗有史以來最強大的異能者之一。

我在倉促間做出決定，暫時只能繼續向大樓深處逃去。我擠過老舊的書桌和小山一樣的樹根。也許我可以在這裡甩掉她。不幸的是，就在我向大樓深處逃跑時，我聽到對面傳來水觸手打破窗戶的聲音。我跑進一條走廊，看到大水正沖過陳舊的地毯，向我湧來。

王權淹沒了這個地方。

她想要看見，我明白了。她能讓水穿過窗戶，覆蓋整間辦公室的地面，這樣她就能看清這裡的每一個角落。我朝另一個方向跑過去，想要找到樓梯或別的出口，卻闖進了另外一間大辦公室。在這裡，半透明的水觸手在樹木之間晃動，如同一隻有許多眼睛的巨大鼻涕蟲，伸展出無數肢體。

我的心跳速度越來越快。我回到走廊裡。在我的背後，發光的水果從枝頭被觸手打落，將躍動的光影照入走廊中，彷彿這裡是地獄迪斯可舞廳。

我背對著牆壁，確定自己被困住了。這時，我看到了身邊的水果。

值得一試。

「我需要幫助，曦光。」我說。

等等，我這是在祈禱嗎？這應該和祈禱完全不一樣，對吧？

什麼事都沒發生。

「呃……」我又說，「順便告訴你，這不是夢。來幫我。求求你了？」

光熄滅了。

眨眼之間，水果不再發光。我愣了一下，只感覺自己心跳瘋狂的節奏。沒有了發光的水果，這個地方就像個被塗成黑色油漆罐子。在伸手不見五指的黑暗中，我還是能聽到觸手逐漸靠近的抽擊聲。

看樣子，熄滅光亮已經是曦光能夠爲我做的最大努力。我拚命摸索著在走廊中行進，瘋狂地想要嘗試最後一次衝向自由。

水觸手抽擊過來。

正正落在我剛剛站立的地方。

我看不到那些水觸手，卻能感覺到它們從我身邊拂過，在那個位置上合爲一股。聽到水流擊中牆壁的響亮聲音，我踉蹌著躲開，向後倒去，一下子撞上了黑暗中的另一股水流，一根有手臂粗細的水觸手。我的手不經意插入水中，皮膚完全被水浸透，寒意立刻傳遍全身。

我在驚駭中抽出手，向後退去，卻又撞上了另一根觸手。所有觸手都不停地蠕動，但並沒有向我聚集過來。我沒有在黑暗中被碾碎。

她……沒有辦法用水來感覺，我明白了，它們無法向王權傳遞觸覺！也就是說，如果她看不見，就無法指引它們。

爲了確認一下這一點，我又碰了黑暗中的另一根觸手，然後用力狠拍它一下。這麼做也許不算聰明，不過觸手的確沒有任何反應，只是漫無目的地來回抽打著。

我向後退去，盡可能遠離這些觸手。腳下的樹根總是想要絆倒我，但……光？

我頭頂上方的一顆水果開始發光。我朝它走去。它就在一道樓梯前面。這裡的地面是乾燥的，沒有能夠讓王權轉移目光的水。

「謝謝。」我繼續向前走去。腳踩到了什麼東西。一枚籤語餅。我抓住它，把它打開。

她要摧毀這座城市，你沒有多少時間了，阻止她！

「我正在努力。」我喃喃地說著，從藤蔓間的縫隙擠過去，開始沿著樓梯向上爬。水果爲我照亮了道路，又在我走過去之後一顆顆悄然熄滅。

我爬上了一層樓。這裡的水果全都亮著，但沒有了想要抓住我的水觸手。王權不知道我去了哪裡。太好了。我進入另一間辦公室。這一層顯然有人耕作整育，樹與樹之間看得到精心維持的小路，樹林也被修整成一個個園圃。經歷過下一層樓的雜亂荒野之後，來到這裡不禁讓人眼前爲之一亮。

我走上一條小路，想像是什麼樣的人們決定讓這片樓宇內部的森林成爲他們的花園。我幾乎被這裡的景色迷住，差點沒注意到那顆閃動的蘋果。它就掛在我面前，柔和的光暈在內部一下一下地閃爍著。

這是某種警告嗎？我小心翼翼地繼續向前，然後聽到前方的路上傳來腳步聲。

我屏住呼吸，離開小路，進入植物中間。我身邊的水果都熄滅了，周圍的區域完全暗了下來。片刻之後，牛頓大步走過那條小路，正好經過那顆剛剛還在閃爍的水果。

她已經拔出了她的日本武士刀，將刀刃倚在肩頭。她的另一隻手上捧著一杯水。

一杯水？

「這只會讓我們分神，」牛頓說，「沒有必要。」

「我說什麼，妳就做什麼。」王權的聲音從杯子裡傳出來，「我聽到他向這裡移動，但聲音很輕。他就藏在黑暗中，希望我們轉頭離開。」

「我還要去對付其他人，」牛頓抗議，「鋼鐵殺手現在已經無能爲力了。如果我不落進他們的陷阱，妳又如何……」

「很明顯，妳是對的。」王權說。

牛頓停住了腳步。

「妳是我重要的左右手，」王權繼續說，「又是這麼聰明。還有……少廢話。我要對付的是喬納森。現在，去找到那隻老鼠。」

牛頓低聲罵了一句，繼續向前走去，把我丟在身後。我渾身顫抖著，一直等到樓梯間的門發出關閉的聲音，才回到小路上。

王權竟然會如此擔憂我的行動，不惜讓牛頓脫離既定計畫來獵殺我，這似乎是一個非常好的跡象。這表示她認爲阻止我向教授發出警告是優先且重要的。

也就是說，我必須快點衝破眼前的困境，及時趕到教授那裡。很不幸的是，現在只要我走出這棟樓，必然會成爲王權的靶心。我只能盡全力擺脫她的阻撓，像剛才那樣閃避來自水面的各種攻擊。我走到窗前，準備跳出去，卻在這時聽到對講機在我的口袋裡嗡嗡作響。我伸手拿出包在塑膠袋中的對講機。

「你在嗎？大衛，請回答！」

「我在，蜜茲。」我輕聲說。

「謝天謝地。」蜜茲顯得非常緊張，「大衛，你是對的。滅除不在了！」

「妳確定？」我一邊問，一邊檢視窗外的狀況。

「是的！他們只是在那裡放了一個人體模型，然後在它下面打燈，這樣那個模型就像滅除一樣發光了。他們還在那個樓頂其餘的角落也都打上了強力聚光燈，讓那裡看上去像是滅除一直坐著不動。但其實他已經走了。」

「所以王權不想讓任何人靠近那裡。」我說。星火啊，滅除在這個城市的其他地方，正打算徹底摧毀這裡。

「我快到教授那裡了。」我說，「王權一直在阻攔我。妳看看能不能關閉那裡的燈光。這樣就算萬一我沒找到教授，其他審判者也能得到警告。」

「好……」蜜茲說，「但我不喜歡這樣，大衛。」她有些害怕。

「很好，」我對她說，「這表示妳還沒有發瘋。去看看妳能做些什麼。我要去做最後努力了。」

「好的。」

我收起對講機，瞥了一眼掛在附近的一顆發光水果。「再次感謝你的幫忙。如果你未來還會這樣出現在我面前，我不會視而不見。」

水果閃爍了兩下。

我嚴肅地點點頭，然後深吸一口氣，跳出窗外。

第四十六章

又經過了兩條街，王權才發現我。她出現在我前進路線旁的水面上，俯視著我，她的眼睛又大又明亮，雙手在身側舉起，好像要托住天空。一陣陣波濤在她周圍翻湧，如同海水冒出了一頂王冠。

這一次，她完全沒心情和我說話。一股股水流在我腳下濺射而起，第一股水流擦過我的肋側，切穿了衣服和皮膚。我疼得抽了口冷氣，隨後立刻開始朝上下左右各個方向突躍，利用手部引擎躲避王權的攻擊。王權又掀起一片足有十五英尺高的巨大海浪，這道海浪追逐我繞過一個街角，撞到了一棟大樓上。我則落在那個頂樓，一直跑過了樓頂。一路上，我聽到帳篷中人們的尖叫聲，嗅到了某種怪異的氣味。是煙味？

我從大樓的另一邊跳出去。就在這時，一道影子越過了我旁邊的樓頂。我驚呼一聲，切斷了引擎能量，垂直跌落下去，那道影子剛好從我頭頂掠過。它是衝著我來的。在它的身後還留著一重紅色的殘像。

那道影子越過我的頭頂之後，落在對面的建築上，停了下來。這時我才看清楚那是牛頓，手中還握著武士刀。她又抽出一把手槍，轉身盯住我。

星火啊！我早該想到她會殺過來。我向下俯衝，閃電般經過一層層樓宇，撞進水中，槍聲也同時在我頭頂上方響起。

冰冷的海水讓我全身戰慄，引擎推動我面朝下直入深水。進入水裡是我躲避槍彈的第一直覺，這樣做的確有用，我沒有被打中，但也讓我掉進了王權的手心。我周圍的水開始壓縮，變得厚重，就像糖漿一樣。我扭動身子，雙腳指向下方，全力啓動諜眼。

水好像變成了焦油，我移動的每一寸都比前一寸更加困難。我吐出的氣泡貼在我身上，如同一顆顆被凍結的果凍。諜眼在我背部劇烈地顫動，黑暗將我緊緊包裹住。

我已經不再害怕黑暗了。我可以緊盯著黑暗的眼睛。我的肺被壓得好緊，但我推開了一切恐慌。

我衝破水面。當手臂自由之後，諜眼成功地把我送入空中；但水觸手正在空中等著我，它們緊緊纏住了我的雙腿。

我將諜眼的流量波束指向它們。

我的裝備立刻吸收了這些觸手，就像吸收其他水一樣，然後它們又從我的腿部被噴出，在一次心跳的時間就把我推向自由。我衝入更高的空中，因爲剛剛在水下的缺氧而暈眩，於是我飛到一個樓頂上，關閉引擎，翻滾著陸，開始深深地吸氣。

好吧，我想，*有王權在的時候，絕對不要再鑽到水裡去了*。

我幾乎還沒有理順呼吸，水觸手就已經爬上了樓頂，如同一頭巨獸的手指。牛頓化成的影子落在我身邊，絢爛的光色從她的頭髮飄落。她向我衝過來，速度比眨眼還快。我只能開啓諜眼，流量波束指在王權的一根觸手上。

突然噴發的引擎將我吹離樓頂，也離開了牛頓。我勉強逃得一命，但糟糕的是，現在只有一部腿部引擎啓動。我不知道另外一部的故障原因是剛才在水下的擠壓，或是隨後觸手的絞纏，還是跟我糟糕的著陸有關。這套系統的個性一直不好，而它恰恰選在這個時候開始發脾氣。

牛頓從我腳下經過。她的刀刃劈中我剛剛躺倒的地面，濺起一片火星。她來到樓頂邊緣，那裡有另一棟高樓拔地而起，和這棟樓之間完全沒有空隙。她在這裡停下腳步。

在我看來，她的停步方式相當不可思議。我只能判斷，她是爲了能夠擺脫自己的超級速度而伸出一隻手，擊中了前面那棟樓的牆壁。她以自身怪異的異能者風格，將身體動能完全傳導給那棟樓。她面前的牆壁爆炸，成爲一片灰塵和碎磚。

她轉過身，丟下手中的長刀。那把刀已經折斷，鋒刃上滿是缺口。她伸手到腰間，從鞘內抽出另一把刀，在手中轉動著，看著我，以更加從容的步伐向我走來。周圍，王權的觸手已經纏繞住整棟大樓，一直伸向天空，形成了一個穹窿。這個不算很大的樓頂上除了我和牛頓之外空無一人，發光的塗鴉在我們四周的水面上映出倒影。水從樓頂邊緣湧進來，積聚成一、兩英寸深的水潭，王權的身影出現在牛頓旁邊。

我拔槍射擊。我知道這樣做毫無意義，但我必須做些什麼。這時，諜眼又開始發脾氣了——兩部引擎都拒絕再噴射任何東西。子彈從牛頓身前彈開，穿出正在閉合的水穹窿，濺起一點水花。牛頓俯下身，單手撐地，做好了彈跳的準備，但王權突然抬起一隻手，阻止了她。

「我想知道，」她對我說，「你剛才在幹什麼？」

我的心砰砰直跳。我從地上爬起來，向旁邊瞥了一眼，尋找可能逃脫的路徑。王權的水穹窿已經徹底籠罩了這個樓頂，新的觸手正從淹沒樓頂的水中升起，想要纏住我。我在絕望中將流量波束對準一根觸手，嘗試啓動諜眼。腳上的引擎依然沒有運轉。

讓我欣慰的是，至少手部引擎還能工作，我還能吸收觸手，將它射到其他地方。我逐一吸收觸手，射向牛頓，希望能擊退她。但我的攻擊只是從她面前濺開，還讓她很火大。

越來越多的觸手向我捲來。我持續將它們吸收，再把它們射出去。

「給我停下來！」王權咆哮。她的聲音如同沉雷般震耳欲聾。一百根觸手升空，遠超過我的吸收能力。

然後，它們突然開始收縮。

我眨了眨眼，轉頭望向王權。她似乎也和我一樣困惑。另外一些東西正從我們周圍的水中生出來。植物？

是根莖。樹根。粗壯的盤根迅速繁生，吸收它們接觸到的每一點水分，用來滋養自己。曦光在看著我們。我再一次注視王權，露出笑容。

「那個孩子又在淘氣了。」王權嘆了口氣，雙臂抱在胸前，看著牛頓，「結束這一切。」

轉瞬之間，牛頓變成一道幻影。

我跑不過她，我傷不了她。

我只能賭一把。

「妳真美，牛頓。」我喊著。

幻影再次變回人形，捲曲的植物盤繞住她的雙腳。她咬住嘴唇，看著我，雙眼圓睜，握刀的手指也漸漸變得無力。

「妳是一個神奇的異能者。」我繼續說，舉起了槍。

她向後退去。

「顯然，」我說，「這正是滅除和王權總是會恭維妳的原因。因爲恭維當然不會是妳的弱點？」牛頓放任她的手下以粗暴蠻橫的態度對她。她不想被別人恭維，果然不是偶然。

牛頓轉身就跑。

看到她撲倒在植被蔓生的地上，我的腸子彷彿打了個結。在內心深處，我是一名刺客。是的，我以正義的名義殺人，只對那些罪有應得的人下手。不管怎樣，我終究是一名刺客。我會從一個人的背後開槍，無論有多麼陰險。

我走上前，又向她的頭顱射進兩顆子彈，確保她必死無疑。

然後，我看著王權。她依然雙臂抱在胸前，被繁茂的植物包圍。那些幼苗正在變成大樹，水果從枝頭和藤蔓上冒出，一點點變大，垂掛下來。王權的身影也開始萎縮。曦光汲取了她用以形成投影的水注。她的穹窿垮塌了，一片雨滴灑落在樓頂和我身上。

「看樣子，我在懲罰牛頓的時候說得太多了。」王權說，「這是我的錯，是我暴露了她的弱點。你可眞是個惹人厭的傢伙，孩子。」

我舉起手槍，指住王權的頭。

「噢，行了，」王權說，「你知道那東西不可能傷到我。」

「我會去找妳，」我輕聲說，「我會在妳殺死教授之前殺死妳。」

「是這樣嗎？」王權厲喝一聲。「你是否想過，就在你無暇分身之際，那些審判者已經執行了他們的計畫？你崇拜的喬納森已經殺死了你心愛的女人？」

我的全身顫抖不止。

「喬納森把她當作誘餌要引我出來。」王權說，「高尙的喬納森殺死她，只是爲了讓我出現。當然，我出現了。他得到了那個小小的資料點。他的團隊現在正撲向他們想像中我的藏身之地。」

「妳說謊。」

「哦？」王權說，「那麼你嗅到了什麼？」

我剛剛的確嗅到一股氣味。我心中一陣恐慌，拔腿便向樓邊跑去，在黑暗中，我只能勉強看到遠處的一樣東西——一道從附近樓頂上升起的煙柱——那個地方正是蜜茲說教授埋伏的地點。

火。

梅根！

第四十七章

王權放走了我。我已經沒有心思去想她爲什麼要這麼做了。

我只想趕到那棟大樓。我重新接好了腿部引擎的連線，終於讓一部引擎開始運作，讓我能笨拙地越過樓頂之間的空隙。我落在一個樓頂上，現在那個冒著濃煙的樓頂就在我旁邊了。雖然還有一段距離，但熱浪已經氣勢洶洶地向我襲來。大火是從底層向上燒的，樓頂還沒有完全被烈火吞噬，但下面數層已經徹底被煙與火充滿。看樣子，那棟樓隨時會倒。

我狂亂地看著右手的噴水引擎。這一點水夠用嗎？我飛到著火大樓的樓頂上，這裡的熱氣還不像下面數層那樣烈，但我已經汗如雨下。我衝過樓頂，找到了下去的樓梯。

我推開樓梯間的門，濃煙滾滾而出，燒灼我的肺。撲面而來的熱氣逼人，讓我不停地咳嗽，腳步踉蹌。我擠掉眼睛裡被煙燻出來的淚水，看著綁在手臂上的諜眼，把它當作消防水龍的想法現在看起來簡直蠢斃了。我不可能衝進這樣的熊熊大火，而且這棟樓裡現在也不會有水。

「她死了。」一個平靜的聲音說。

我愣了一下，跳到一旁，伸手去拔蜜茲的手槍。教授坐在屋頂邊緣，被這個小樓梯間的影子遮住，所以我一開始沒有看到他。

「教授？」我遲疑地問了一聲。

「她來救你。」教授輕聲說。他的雙肩低垂，身軀如同陰影中的一座山，周圍沒有任何彩色光暈。「我用你的手機傳給她十幾條簡訊，讓她覺得你身處險境。她來了。儘管我已經點燃火焰，她還是衝了進去。她以爲你被困在裡面。她不停地奔跑，咳嗽，在煙霧中摸索，直到她以爲你被一棵倒下的大樹壓住。我抓住了她，奪走她的武器，把她留在那裡，用力場封住了門窗。」

「拜託，不要……」我喃喃自語。我無法再思考。這不可能。

「房間裡只有她一個人，」教授繼續說。他的手中拿著一樣東西。是梅根的槍，我還給她的那把手槍。「地上有水，我要讓王權看見。我相信王權會來。她來了，卻只是恥笑我所做的一切。」

「梅根還在下面！」我問他，「她在哪個房間？」

「向下兩層樓，但她已經死了，大衛。她逃不出來。火焰太猛烈。我覺得……」他似乎有些暈眩，「我一直以來都錯看了她。你是對的。她的幻影破碎了，你知道……」

「教授，」我抓住他，「我們必須去找她。求求你。」

「我能克制它，是嗎？」教授直勾勾地看著我。他的臉上有太多陰影，只有一雙眼睛還在閃動，映射著火光。他也反抓我的手臂。「拿走。把它從我這裡拿走，不要再讓我使用它！」

一陣陣戰慄湧遍我全身。教授把他的力量給了我。

「喬！」蒂雅的吼聲在教授肩頭的手機中響起，他把它綁在那裡顯然是爲了不使用耳機，「喬，蜜茲傳訊息回來了……喬，她找到了監視滅除的攝影機，將寫了字的紙條舉到攝影機前，讓我們能夠看清楚。她說滅除已經不在那裡了！」

聰明的蜜茲，我心想。

「滅除不在那裡，因爲他在這裡，」瓦珥的聲音從線上傳來，「長官，你要看看這個。我們已經搜查了王權在C棟的基地。她不在，但這裡有一些別的東西。我們認爲那是滅除。至少這裡有某種東西在發光，而且光芒極其強烈，情況似乎很糟……」

教授看著我，似乎恢復了一點力量，「我來了，」他對手機中說，「守在那裡。」

「是的，長官。」瓦珥。

教授衝了出去。一道力場橫跨在這棟樓和相鄰一棟大樓之間，爲教授形成了一道橋樑。

「一切都錯了，教授。」我對著教授的背影大喊，「王權並不像你以爲的那樣受到力量範圍的約束，她還知道我們全部的計畫。無論瓦珥剛剛發現了什麼，那都是陷阱，是爲你準備的陷阱！」

教授在樓頂邊緣停住腳步。煙霧在我們周圍盤捲翻騰，越來越濃烈刺鼻，甚至讓我難以呼吸。但不知爲什麼，這裡的熱度似乎減輕了一點。

「聽起來很像她的手段。」黑夜中，教授的聲音隱隱傳入我耳中。

「那麼……」

「那麼若是滅除眞的在那裡，」教授說，「我就必須去阻止他。我只要想辦法不被那個陷阱殺死就可以。」教授踏著他的力場飛馳而去，丟下我一個人。

我坐下去，筋疲力盡，渾身麻木。梅根的手槍就在我面前的地上，我把它拿起來。梅根……我來得太晚了。我失敗了。我依然不知道王權的陷阱裡到底有什麼。

那又怎樣？心中有一個聲音問我，你這樣就放棄了嗎？

我什麼時候放棄過？

我大喊一聲，站起身，衝進了樓梯間。我不在乎面前的烈火，儘管我以爲它會擊退我。但火焰好似失去了力量，樓梯間裡一點也不熱。

教授的能量護盾。我一邊想，一邊向前猛衝，他剛剛給我的力量。這種力量曾經幫助我抵抗滅除的熱能攻擊。看樣子，它一樣能對抗灼熱的火焰。

我低著頭，試著不呼吸，但最後我還是必須吸入空氣，於是我用T恤摀住口鼻。這件衣服在與王權的戰鬥中溼透了，正好在這樣的場合發揮作用，不過也有可能是教授的力場爲我擋開了濃煙。我到現在都無法確定這種力場是怎麼運作的。

向下兩層，教授說他把梅根丟在那裡。我的周圍全是火焰。凶猛的火舌製造出一幕幕幻異的景象，呈現出一個像我這樣的人不該來的恐怖地方。

我咬緊牙關，向前猛衝，用教授的力場撞開一切。我內心深處對火焰的恐慌正變得越來越強烈——整片牆壁，從地面到天花板都在狂烈燃燒，火焰像液體一樣從上方不停滴落，曦光的樹被橙紅色的惡魔吞噬殆盡。我不可能在這樣的地方活下來。教授給予他人的能量護盾從來不會百分之百有效。

但我心裡只有梅根，絕望讓我顫抖，讓我無法邁步。我推開一道燃燒的門，焦糊的木片在我周圍崩散。我踉蹌著跨過地板上的一個洞，同時用手臂遮擋我看不到的熱度。這裡的一切都這麼亮。我幾乎什麼都看不見。

我吸了一口氣，完全感覺不到灼熱的痛苦。能量護盾不會冷卻我吸入的空氣，爲什麼我還沒有被熱氣燒焦喉嚨？星火啊！沒有一件事合理。

梅根。梅根在哪裡？

我腳步蹣跚地走過另一道門，看見地上有具軀體，就躺在一片燃燒的地毯中間。

我大聲喊叫，向那裡跑去，跪倒下去，抱起還冒著火苗的軀體，抬起被燒焦的頭部，看到一張熟悉的面孔。正是她。我嘶吼著，看著那雙死寂的眼睛和被燒焦的皮肉，把這具了無生機的軀體抱緊。

我跪倒在地獄烈火之中，整個世界正在我周圍死亡，我知道，我失敗了。

我的夾克燃燒了起來，皮膚正在被火焰烤黑。星火啊。火焰也開始殺死我了。爲什麼我還是感覺不到它？

我哭喊著，不顧一切地抱起梅根的屍體，在懾人的火光和煙霧中眨著眼睛，搖搖晃晃地站起身，向一扇窗戶望去。那裡的玻璃已經因爲高熱熔化，但看不到力場的痕跡——教授一定已經解除這個房間周圍的力場。我在自己的呼吼聲中衝向那道窗戶，懷中抱著梅根，撞進了冷冽的黑夜。

我向下墜落了很短一段距離後便啓動諜眼。被我修好的那一部引擎很幸運地還可以動。我下落的速度逐漸減慢，最終懸停在燃燒大樓外面的夜空中，懷中依然抱著梅根的屍體，腳旁的引擎在噴水，周圍沒了繚繞的濃煙。我藉助一個引擎，緩緩升起旁邊的一棟樓上著陸，將梅根放下。

一片片被燒焦的皮膚從我的手臂間掉落，露出下方粉紅色的肉，又立刻變成健康的橄欖色。我眨了眨眼，才突然想到，爲什麼我一直沒有感覺到疼痛，爲什麼我能夠隨意呼吸這裡灼熱的空氣。教授給我的不只是能量護盾，他還給了我一些治療能力。我摸了一下頭皮，發現儘管我的頭髮都燒光了，卻又迅速地生長出來——教授的治療能力正在烈火中修復我的身體。

所以，我是安全的。但這有什麼意義？梅根還是死了。我抱著她跪下去，感覺無助和孤獨，感覺內心碎裂成片片。我這麼努力地抗爭，結果還是失敗了。

我在絕望中低下頭。也許……也許她所說的弱點是個謊話？那麼她現在應該平安無事？我撫摸她的面頰，轉動她的臉。她的臉有一半都燒毀了，但我現在至少可以不必看到那一半。另外這一半臉龐幾乎沒有燒傷的痕跡，只是面頰上有一點灰燼。眞美，就像她才剛剛入睡。

淚水從我的臉上滑落。我握住她的手，啞聲說：「不，我曾經看著妳死去，我不相信這種事會再次發生。妳聽得到我說話嗎？妳沒有死，或者……妳一定會回來。就是這樣。妳會像上一次那樣啓動錄影嗎？如果是這樣，我希望妳知道。我相信妳。我不覺得……」

我沒有把話說下去。

如果她回來了，就表示她告訴我的弱點是個謊言。我瘋狂地希望這眞的是個謊言，因爲我希望她能活著。但如果她說了謊，這又表示什麼？我從沒有問過她這件事，也從不曾想要知道過，但她卻告訴了我——這應該是一件很嚴重的事。

如果她眞的在自身弱點這件事上說了謊，那麼我不知道自己還能相信她說的哪一句。所以，無論如何，我都已經失去梅根了。

我抹去下巴上的淚水，最後一次握住她的手。她的手背也燒傷了，但不是很嚴重。她的手指握成了拳頭，看上去就好像……握著什麼東西？

我皺起眉，將她的手指撬開。她的掌心裡的確有一樣已經融化，流進她袖子裡的小東西：一個小遙控器。禍星之光啊！這到底是什麼？我把它舉起來。看上去，它像是一個車門鎖遙控器。它的底端已經融化，其餘部分還算完整。我按下了遙控按鈕。

腳下傳來了某種聲音。一聲微弱的敲擊，緊接著是某種怪異的破裂聲。

我久久地盯著這個遙控器，然後猛地站起來向樓邊跑去。我再次按下按鈕，找到了聲音傳來的方向。那是……槍聲？經過消音器的槍聲？

我啓動諜眼，來到兩層樓下的一扇窗前。在那扇窗後的黯影裡，安放著那把哥特沙克爾步槍，黑色閃亮的槍身，消音器凸出在槍口末端。我來到它旁邊，按下遙控器按鈕。子彈從槍口射出，飛進對面正在燃燒的大樓。

槍口正指向梅根剛才所在的房間。

「妳這個狡猾的女人。」我拿起了那把槍，用一部引擎的噴射力回到她的屍體旁，將她翻轉過來。火焰烤乾了血液，燒黑了皮膚，我能清楚看到她胸口的彈孔。

我從沒有因爲看見一個人被槍打死這麼高興過。「妳早就做好了這種安排，讓自己能死在槍下。」我悄聲說，「以免出現最可怕的情況。也就是說，妳會轉生，沒有被火燒死。星火啊，妳眞是聰明！」

各種情緒一起撞上我的心頭——寬慰，狂喜，驚愕。梅根眞是最神奇、最聰明、最不可思議的人。只要她是被子彈射死的，她就一定會回來！我只要等到早上——如果她所說的轉生時間沒錯的話。

我輕撫她的面頰，而這終究只是……一具軀殼而已。梅根，我的梅根一定會回來。我笑著抓起哥特沙克爾，站起身。手裡能再次握住這把強悍步槍的感覺實在是太好了。

「你，」我對那把槍說，「正式通過試用期了。」

梅根沒事。只要確定這一點，其他任何問題都會迎刃而解。

我依然能拯救這座城市。

第四十八章

「蜜茲，」我一邊朝教授離開的方向飛奔，一邊將對講機舉到嘴邊，「這個蠢東西還能工作嗎？」

「能啊。」回應從對講機中傳過來。

「用攝影機傳訊息給蒂雅，妳眞聰明。」

「她看見了？」蜜茲的語氣很得意，和我不久前聽到的那個焦慮不安的聲音判若兩人。

「是的，」我一邊說，一邊衝過一座橋，「我聽到蒂雅和教授的通話，也許這樣能讓教授放棄任務。」

不太可能，但也不是完全沒機會。

「你找到教授了？」蜜茲問，「出了什麼事？」

「一時說不清。」我對她說，「他們已經進入了王權的假基地——就是蒂雅地圖上那個標爲C棟的地方，卻發現滅除正在裡面發光。我相信那一定是陷阱。」

「他們找到的不是滅除。」

「什麼？瓦珥說她找到滅除了。」

「就在我熄滅那些燈光以後，滅除又在這裡重新出現。」蜜茲說，「害我差一點心臟病發。不過我及時躲了起來，他似乎沒有注意到我。而且他根本沒有發光。我確實清——楚地看到了他。無論瓦珥找到誰，絕對不是滅除。」

「星火啊，」我竭力加快速度，「那麼教授要去對付的到底是什麼？」

「你問我嗎？」蜜茲說。

「只是自言自語。我正往住宅區趕去。妳能趕到那裡嗎？我可能需要火力支援。」

「我已經往那裡跑了。」蜜茲說，「但離那裡還很遠。有沒有看到牛頓？」

「牛頓死了，」我回答，「我猜中了她的弱點。」

「噢。」蜜茲說，「又消滅了一個？你眞是讓我們無地自容。看看我，兄弟，我甚至沒辦法打死一個落在我膝蓋上、沒有武器也沒有超能力的敵人。」

「看到滅除就告訴我。」我說完這句話，就把對講機塞回牛仔褲的褲襠裡。我的夾克基本上已經全毀，我把它脫下來扔掉了。我的牛仔褲也已經破爛不堪，有一條腿被燒掉。更糟糕的是，諜眼的功能變得越來越差。有一側的導線燒光了，另外一邊在使用時會發出不祥的劈啪聲。我眞不知道這東西還能支持多久。

我跑過一個樓頂，注意到這裡的人們全都躲在附近一棟樓內部的叢林裡，從葉片下探出頭向窗外窺望。我和王權的戰鬥一定引起了很大的轟動，就連閒散怠惰的巴比拉人也知道要趕緊找個安全的地方躲起來。

憑著對蒂雅地圖的記憶，我直直跑過一座異常破爛的吊橋。倒霉的是，我距離王權的假基地還有相當長的一段路。我又跑了一會兒，經過一個結構怪異的樓頂。這個樓頂周圍有一圈方形的大露台，中間是一座高大的房子。到了這裡，我不得不放慢腳步，因爲人們在房子周圍的露台上搭建了遮陽棚。遮陽棚下堆滿了各種物件。這裡的人們距離剛才我和王權的戰場還很遠，完全不曉得即將臨頭的災禍，依舊悠哉地享受著夜色，不願意爲我讓出道路。

就在我快要跑到樓頂另一邊時，一個看上去格外無聊的巴比拉人擋住了我的路。「不好意思，」我一邊說，一邊跳過一把草地椅，「借過。」

他並沒有讓開，而是轉過了身。直到這時，我才看見他穿了一件軍用長風衣，臉上留著山羊鬍，戴著一副眼鏡。

呃……

「我一直在看。」滅除說，「我看到了一匹白馬，馬背上騎著死亡，地獄緊隨其後。他們獲得了殺戮的力量，他們揮舞利劍，揮舞饑餓，揮舞死亡。」

我踉蹌一步，端起了步槍。

「難道你依然否認，」滅除悄聲說，「這就是世界的終結？天使殺手？」

「我不知道你在說什麼。」我說，「但我相信，如果上帝真的想要結束這個世界，祂的效率一定會比現在好一些。」

滅除露出了真心的微笑，好像很欣賞我的幽默。他周圍的地面結出了一層冰霜外殼——他在吸收熱量，不等他釋放毀滅能量，我搶先扣下了扳機。

我的手指還沒有離開扳機，他已經消失了，只在我的視野中留下一團灼目的光影。我轉過身，他也剛好傳送到我背後。這次他看見再次開槍的我，顯得很吃驚。

當他的身形第二次幻化成光影的時候，我跳出大樓邊緣，向下伸出左手。謝天謝地，噴水引擎還能運作，至少減緩了我的下墜速度。我利用噴射水流將自己推入這棟大樓的一扇破窗裡。一碰到地面，我就停止一切動作。

現在沒時間對付滅除，找到教授和團隊更重要，我……

還沒等我的下一個念頭完整出現，滅除已經帶著暴起的光芒出現在我身邊，對我說：「在毀滅休士頓以前，我讀了聖約翰的所有作品十幾遍。」

我大喊一聲，又向他開槍。他消失，隨後又出現在我另一邊。

「我很想知道，他的騎士到底是誰。不過這個答案應該更加微妙。我對那本書的理解太過拘泥於文字。其實並沒有四騎士，那只是一種比喻。」他看著我的眼睛，「我們被釋放出來，毀滅之刃，天堂之劍。我們就是終結。」

我再次向他開槍，但他釋放出一股極強的熱流，衝破了教授的能量護盾。我驚呼一聲，從槍口中射出的子彈熔化了，迫使我丟下武器。地面在蒸發，然後是牆壁，還有我的半副身軀。片刻之間，我不復存在。

然後，我的皮膚生長了回來，骨骼重新成形，我的意識流再次開始。就好像我的生命只略過了時光的一個瞬間，一個空白的時刻。我深吸了一口氣，坐在焦黑的地板上。

滅除向我側過頭，皺起雙眉，然後消失。我一翻身，搶在他再次出現以前跳出窗戶，啓動殘破的諜眼，沒讓自己掉進海水中。

星火啊！剛剛那股熱流蒸發了手部引擎，還有……當然，我的半個身子。我還有流量波束，梅根的手槍，以及我的步槍。更幸運的是，在我腳上僅存的那部引擎還在工作。只是我的半邊牛仔褲完全不見了，原先那一半壞掉的諜眼系統也消失無蹤。

沒有了手部引擎，我無法在空中轉向，只能沿街道飛向另一棟樓，撞進一扇玻璃窗。這扇窗戶的玻璃基本上是完好的，穿過它的時候，我的皮膚留下了許多傷口。

這些傷口一下子都癒合了，只是速度沒有剛才那麼快。我意識到眼前的狀況已經非常危險。教授給予我們的力量都是會耗盡的。他一定給了我大量的治療力量。即使這樣，這股力量還是已經接近極限。這可不妙。

我跑過房間，來到一條走廊，身子靠在牆上，大口喘息著。

滅除驟然出現在我剛剛鑽進來的窗戶中。我看到了他，在他發現我之前及時退到走廊深處，繞過一個拐角，離開了他的視線。

「為什麼你要為王權做事？」我背貼著牆壁大喊，「你祝賀我殺死了鋼鐵心，但王權和鋼鐵心一樣壞。」

「這樣我就能最終親手了結她，」滅除說，「這是我們協議的一部分。」

「她會背叛你。」

「很有可能。」滅除表示同意。「但她已經給了我知識和力量。她拿走了我的一片靈魂，那片靈魂生存在沒有我的地方。所以，我成為了時間終點本身的種子。」說到這裡，滅除頓了一下，「她並沒有警告我，她已經說服大天使將祂的一部分榮耀賜予你。」

「你殺不了我，」我朝走廊中滅除所在的地方瞥了一眼，「這種嘗試毫無意義。」

滅除輕聲一笑，冰霜這時已經爬到走廊深處，如同為了捕捉我而來的手指。我頭頂上方一顆掛在藤蔓上的水果也被凍住了，變得像顆燈泡。「噢，」滅除繼續說，「我覺得，你會發現一個人能夠做出許多被認為是不可能的事，只要他有足夠的努力。」

我必須先對付他，而且速度要快。我迅速做出決定，從槍口撤掉消音器，然後繞出拐角對他射擊，讓他消失。接著我把槍扔進一個房間，自己跑進走廊對面的一個房間。片刻之後，我按下遙控器的按鈕，讓對面房間裡的步槍自動開火。

我衝過這棟樓，找到對面外牆上的一扇窗戶，鑽出去跳進陽台，然後轉身背靠牆壁，再次按下遙控器讓步槍開火，同時另一隻手拔出梅根的手槍。

大樓裡傳來咒罵聲。滅除一定發現那把槍旁邊沒有我。現在，只要我能離開這裡……

他突然出現在我藏身的陽台上，釋放出一波熱量。

該死！我用梅根的槍瞄準他射擊，讓他消失。滅除逃走了，但我的皮膚也燒焦了不少。

我緊咬牙關，抵抗著疼痛。這一次的癒合速度比之前更慢。我已經有足夠的時間能感受痛楚。

我檢查一下梅根的槍。還有兩顆子彈。

我不知道他是如何找到我的，這種情況以前也發生過，他似乎能透過某種方式追蹤我們。他是否有某種視覺異能？他又是怎樣透過傳送離開，又如何確切知道該傳送回什麼地方，然後找到我？

這時，我靈光一現。

當滅除再次出現在我身邊時，我轉過了身。他呼喊著經文，渾身都爆發能量。我沒有立刻向他射擊。

這一次，我抓住了他。

第四十九章

如果沒有教授的力量，我絕不可能做到這一點。席捲而來的熱量猛烈得不可思議，讓我隨時都有可能昏過去。但滅除的驚訝成爲我的優勢。我舉起手槍，朝他的頭開火。

他傳送了。

我緊緊抓住他，他帶著我一起傳送。

我們出現在一個黑暗、無窗的房間裡。滅除立刻熄滅了他的熱量。他的速度非常快，一定是受過專門的訓練，能夠以本能的反射意識來驅動自己這樣做。我不知道身在何處，卻可以確定他無法摧毀這個地方。我放開手，但抓住了他的眼鏡。當我後退的時候，也把他的眼鏡抓了下來。

滅除又罵了一句，平時鎭定的樣子完全被遭受愚弄之後的暴怒所取代。我全速後退，直到脊背撞上這個黑暗房間的牆壁。我看不清這裡的環境，燒傷的暴痛讓我更加難以把注意力集中在其他地方。我丟下手槍，但依舊把那副眼鏡緊緊抓在手中。

滅除從軍用風衣下面抽出了他的長劍，朝我這裡望過來。星火啊！他就算沒有了眼鏡也能找到我。

「你所做的一切，」他一邊說，一邊向我走過來，「只是把你和我關在一起。」

「你有什麼樣的噩夢，滅除？」我無力地靠在牆上。教授的治療能力現在已經變得非常、非常緩慢。我的手逐漸地恢復知覺，先是一陣陣刺麻，然後又像針尖戳刺。我因爲疼痛而不停地喘息，頻頻眨眼。

滅除停下腳步，低垂刀刃，刀尖碰到了地面。「你，」他問，「怎麼會知道我的噩夢？」

「所有異能者都有噩夢。」我說。我對此還不能完全確定，但現在還有什麼好猶豫的？「你的恐懼在驅動你，滅除。它們也揭示了你的弱點。」

「我夢到它，是因爲它終有一天會殺掉我。」滅除輕輕地說。

「或者它是你的弱點，所以你會夢到它？」我問，「牛頓害怕變得優秀，也許是因爲家人對她過度期待。能源場害怕神祕故事，還有她的外祖母曾經想要殺死她的毒果汁。她們兩個人都有噩夢。」

「上帝的天使在夢中對我說話，」滅除喃喃地說，「我說，我在這裡……這就是答案。」他仰起頭，放聲大笑。

我雙手的疼痛感更加劇烈了，儘管努力克制，卻還是忍不住發出了呻吟聲。基本上我已經廢了。

滅除衝向我，跪倒下來，抓住我的雙肩。現在我的肩膀裸露在外，遍布燒傷，燒灼的痛苦讓我慘呼出聲。

「謝謝你，」滅除悄聲說，「謝謝你告訴我這個祕密。代我……向王權問好。」

他鬆開手，向我低下頭，身體變成一團強光，當光團化成無數碎片的時候，他已經消失無蹤。

我眨著眼睛，蜷縮在地上，渾身不停顫抖。星火啊！之前我癒合的速度是那麼快，讓我總是有煥然一新的感覺，如同被涼爽的微風吹拂。而現在，它的速度就像是冰冷的窗玻璃上滾落的一滴雨水。

彷彿度過了一個永恆，我只是坐在地上，承受著劇痛，但也可能只有三、四分鐘的時間。終於，疼痛感開始消失。我呻吟著爬起來，活動了一下手指，將它們握成拳頭。我的雙手能動了，皮膚依舊會陣陣刺痛，好像被太陽曬傷一樣。這種感覺似乎不會再消褪了，教授給我的力量已經消耗殆盡。

我向前邁出一步，腳踢到某個東西。是滅除的長劍，我把它撿起來。我也摸到了梅根的槍，它已經熔成了一塊廢鐵。

梅根一定會殺了我。

看起來，滅除顯然有足夠的控制力，能防止自己的力量熔化掉他想要保留的東西。我抓住劍柄，摸索著走過這個黑暗的房間，來到一道門前。推開門，外面是一道狹窄的木質樓梯，兩旁有扶手欄杆。這裡有了一點光亮，讓我能看出這是某種小庫房。我的衣服基本上已經燒光了，現在身上只剩下亞伯拉罕的項鍊依舊掛在脖子上，有一邊被熔化。我把它摘下來，很擔心熔化的那一段會突然斷折。

我找到一塊布，用它暫時裹住身體，它看起來很像是一幅舊窗簾。然後我一手持劍，另一隻手握著項鍊，一級一級緩步上樓。隨著我一步步往上，光亮也越來越強，我開始能夠看清牆壁上一些古怪的裝飾。

……海報？

是的，海報。很舊的海報，來自禍星出現數十年前。海報的顏色明麗鮮亮，上面的女人穿著百褶裙和露出肩膀的緊身胸衣，黑色的背景中閃爍著霓虹燈光。這些海報都因爲時間久遠而變黃發灰，但可以看得出來，當初張貼它們的人有多麼精心仔細。我在寂靜的樓梯上停下腳步，看著其中一幅海報。這幅海報上畫了一雙手，捧著一顆發光的水果，一個寫在緞帶上的名字裝飾在這雙手下面。

我到底在哪裡？

我朝樓梯頂部的燈光看了一眼，繼續向上爬，直達樓梯頂端的一扇門。那扇門旁邊擺了把椅子，門虛掩著。我推開門，看到一個整潔的小臥室，壁上張貼著和那道樓梯旁一樣的海報，宣示都市生活的靚麗豐美。

這個房間裡擺放了兩張醫院風格的臥床，鋼製床架和雪白的無菌床單與周圍環境格格不入。其中一張床上有個正在熟睡的男人，看上去大約三四十歲，全身插滿了各種管子和導線。另一張床上是一個身材瘦小乾癟的女人，身邊有一桶水。

一個身穿醫生長袍的女人，正站在這名病人旁邊。我走進房間。那醫生看到我，有一點吃驚，然後就從我進來的那道門走出去。如今房間裡只有心率監測器在嗶嗶作響。我猶疑地向前邁步，心中生出一種神祕又超自然的感覺。躺在床上的這名老年女子顯然就是王權。她清醒著，盯著牆上的某樣東西。我走進房間的時候已注意到那裡有三個非常大的電視螢幕。

在中間的那塊螢幕上，教授、瓦珥和艾克賽爾站在一個閃著強光的房間裡，耀眼的光芒讓我幾乎無法看清他們。

「那麼，」王權說，「你找到我了。」

我向她身邊看過去。另一個我熟悉的王權從那桶水中出現。我回頭又看了一眼床上的女人。她比她的投影蒼老許多，而且身體羸弱得可怕。這個真正的王權只能在維生機器的幫助下呼吸，而且發不出任何聲音。

「你是怎麼到這裡來的？」投影問。

「滅除。」我平靜地回答，「每次我想要躲避他時，都會被他輕易找到。所以我想，他消失的時候一定是傳送到某個特別的地方。我合理推測他是到了妳這裡，才能知道隨後該去什麼地方。他不可能看得見城市中每個角落，但妳能。」我看著電視螢幕，「至少，妳能看見每一個有水的地方。」她在這裡的布置顯然是爲了讓她能看見其他地方。

但爲什麼？教授、瓦珥和艾克賽爾在那個房間裡又會遭遇什麼？我回過頭盯住王權。

投影向床上那個老邁的身軀瞥了一眼，「我們依然會變老，這一點實在令人沮喪。如果你的身軀終有一日會毀滅，那麼再神聖力量又有什麼意義？」她搖搖頭，似乎對自己深感厭惡。

我緩步走過房間，拚命思考下一步該做什麼。我現在抓住王權了，對不對？當然，她有那桶水，所以並非毫無還手之力。

我在另一張床邊停下腳步。床上的這個男人我不認識，我看了他一眼，注意到蓋在他肩頭的那條毯子。那很像是小孩用的毯子，上面畫著奇異的樹木和發光的水果。「曦光？」我問王權。

「我完全不明白，禍星爲什麼要將力量賜給一個陷入昏迷的人。」王權說，「毀滅天使的決定經常讓我大惑不解。」

「也就是說，他現在這個樣子已經很長一段時間了？」

「從他還是孩子的時候就這樣了。」王權說，「他藉助自己的力量，似乎偶爾對周圍的世界有感知。其餘的時間裡，他只是在做夢。大約三十年以前，他被永遠地困在他的孩提時代裡……」

「這座城市變成了他的夢。」我明白了，「一座有著閃亮色彩和幻異圖畫的城市，永遠溫煦如春，建築物裡遍布花園。一個孩子的奇蹟。」我的腦子飛快地轉動，竭盡全力想要把所有碎片拼在一起。爲什麼，這是什麼意思？我該如何阻止王權？

我需要阻止她嗎？我看著這個弱不禁風的衰老女人。她幾乎已看不出還有生命的氣息。「妳就要死了。」我猜。

「癌症，」王權的投影點了一下頭，「我只有幾個星期可活了，如果走運的話。」

「那爲什麼妳還要擔心教授？」我困惑地說，「如果妳知道自己就要死了，爲什麼還要費這麼大的力氣殺他？」

王權沒有回答。她眞實的軀體在病床上吃力地殘喘。她的投影在她面前雙手交握，看著中間那塊電視螢幕。教授在強光中向前邁出一步，他的手中也擎著一把長刀，那是他利用自己的碎震器能力雕鑿出來的。也許他弄出這把長刀的目的是爲了嘲諷滅除。

他大步走過強光，將一隻手舉在面前，彷彿正與一股非常強大的能量對抗。

我該做些什麼？王權似乎並不在乎我找到了她的眞身。星火啊，她也許根本就不在乎我是否會殺了她。事實上，她已經死了。

我還能威脅她嗎？強迫她不要傷害教授？這個想法讓我噁心。看著她脆弱的身體，我懷疑現在只要碰她一下，就會讓她的生命立刻終結。

電視螢幕突然變暗。眞正的王權觸碰了一下她的病床扶手，那裡裝著某種控制器。螢幕變暗是因爲上面增加了一個濾光片，消除掉那個房間裡一部分刺眼強光，讓我能夠看清教授無法看清的東西。

那個房間裡的光源並不像我猜測的那樣是一個人，而是一個插著導線的盒子。

這到底是什麼？我只能困惑地盯著螢幕。

「你知道嗎？」王權的投影說，「喬納森並不像他所以爲的那樣獨一無二。是的，他能夠把他的力量給予別人。但只要環境適當，每一名異能者其實都能這麼做，所需要的無非是一點ＤＮＡ和正確的傳導系統。」

他們從他身上切掉了什麼，曦光曾經這樣對我說。滅除，胸口裹著繃帶……

一點ＤＮＡ和正確的傳導系統……

恐懼在我的心中滋長。「妳製造了一部機器，能夠發揮滅除的力量，就像諜眼。而這台機器的功用就是炸毀這座城市！你利用一名異能者……創造出一顆超級炸彈。」

「我只是在做個實驗。」王權的投影將雙臂抱在胸前，「天啓天使……有時候祂的行爲令人捉摸不透。我需要用自己的手段來行使力量。」

螢幕上，教授已經走到那個裝置前。他碰碰那個裝置，又滿臉困惑地向後退去。我幾乎看不清他背後的瓦珥和艾克賽爾，他們都用手遮擋著強光。

「拜託妳，」我手持長劍向她靠近，「不要傷害他。他是妳的朋友，阿比蓋爾。」

「你一直都以爲我想要殺死喬納森，」王權說，「這是個可怕的假設。」眞正的她又按下扶手上的一個按鈕。

電視螢幕上，炸彈如同鮮花綻放般朵朵爆炸，強大的毀滅能量將徹底湮滅巴比拉。我卻只能看著這股能量肆意激射。

然後，它停止了。

教授高舉雙手，好似一個人獨自抓住了一頭凶暴的猛獸。在紅色的熾烈光芒中，他只剩下一道剪影。一顆太陽出現在那個房間的正中心，被他牢牢抓住，沒有讓一絲能量漏出去，我甚至能夠感覺到他全身緲緊的肌肉。

如此強大的力量。

這顆炸彈一定已經吸收了相當長時間的能量。王權早在幾個星期前就能按下按鈕，將巴比拉一夕毀去。

教授發出一聲怒吼，那是充滿了原始獸性的恐怖吼聲，但他依然壓制著那股能量。這時，他又製造出一道明豔的藍色力場，這個大型力場如同一雙巨手撕裂了他們所在房間的屋頂，並引導一根火柱直衝天際。教授正在釋放面前強大的熱能，讓它消失在天空中，不會造成任何危害。

但我心中的恐懼卻沒有絲毫消減。

這樣還不夠。教授也許能拯救這座城市，但這遠遠不夠。隨著他使用的力量越來越強，超能力對他的腐化作用也會迅速增加。即使我是對的，教授能夠控制少量超能力，但也不可能一次應付如此強大的腐化力量。

我從沒見過教授這樣使用他的力量。只有鋼鐵心將新芝加哥變成鐵塊的時候才如此大規模地使用過超能力。

沒有任何人能夠在這樣做以後依舊保持人性。教授證明了自己是一位英雄，但也爲自己施加了詛咒。他以前曾經踏到懸崖的邊緣，而現在……

「太多了，」我悄聲說，「實在太多了，教授……」

「我引誘喬納森到這裡並不是爲了殺死他，孩子。」王權在我身後悄聲說，「我這樣做是因爲我需要一個繼承人。」

第五十章

「妳做了什麼?」我對王權大吼。我轉過身,衝到王權的床邊,全然不理會她的投影。我一隻手抓住這個老女人的長袍前襟,把她從床上拉起來,「妳到底幹了什麼?」

王權喘息著,第一次用她沙啞微弱的聲音說:「我讓他變強。」

我回頭看著螢幕。教授正將最後一點能量排走,然後跪倒在地。房間變暗。我意識到螢幕上的濾光片依然存在。我丟下長劍,胡亂按動王權床邊的按鈕,想要讓螢幕變亮,讓我看清那裡發生了什麼事。

螢幕恢復正常。教授還跪在房間裡,背對著我們。他面前的地板上出現了一個完美的圓坑,坑裡的東西都隨著強烈的熱能一同蒸發了。一個顫抖的身影向教授背後走去。是瓦珥,她猶豫著將一隻手放在教授肩頭。

教授看也沒看便舉起一隻張開的手掌。一層力場包裹住瓦珥。他的手掌攥成拳頭,力場收縮成一個籃球大小。瓦珥依舊被包裹在其中。只是一下心跳的時間,她就被扼殺在其中,徹底死絕。

「不!」我大叫著盯著這一幕,恐懼和慌亂充滿心中,「不,教授……」

「他會迅速殺光審判者。」王權的投影輕聲說,語氣幾乎顯得有些遺憾,「一名高等異能者的第一個行動,通常就是除掉那些最瞭解他的人。他們也是最有可能找到他弱點的人。」

我搖著頭,驚駭不已。這不可能……我要……

教授又一擺手，我聽到艾克賽爾的喊聲。只喊到一半，聲音就消失了。

不……

教授站起來，轉過身，我終於能夠看到他的臉——扭曲變形，遍布陰影，完全被憎恨和憤怒所占據。他緊咬著牙，腮邊綳起一條條筋肉。

我已經不再認識這個人。

蜜茲，蒂雅。我必須採取行動！我……

王權在咳嗽，她咳嗽的聲音中充滿了勝利後的得意。我怒吼著高舉起長劍，「妳這個怪物！」

「早就……應該如此……」她在咳嗽的間歇中說，「他……終究還是會……釋放它。」

「不！」我的手臂在顫抖。我大喝一聲，讓刀刃落下。

我在一天裡殺死了第二名高等異能者。

我踉蹌著從床邊退開。鮮血在白色的床單暈染開來，還有一些濺到我的手上。螢幕裡，教授木然走過瓦珥的殘軀，又停下腳步。他所在的房裡有一面牆打開了，露出一連串像我所在的房間裡一樣的螢幕。

其中一個螢幕上有一張巴比拉地圖，地圖上畫了一個圈。那是新澤西的某一個地方——是這棟房子？看樣子很有可能。教授面前的另一個螢幕閃動了一下，顯示出我所在的這個房間裡的景象。王權死在床上，我滿手鮮血，腰間只裹著一塊布。

我抬頭向房間的角落望去，才發現了一台攝影機。王權布置了這一切，爲的是能夠在教授性情驟變之後與他見面。看樣子……王權想讓教授過來這裡找她。

教授透過螢幕看著我。

「教授……」我的聲音跨過城市，出現在他的房間裡，「求求你……」

教授從螢幕前轉身，大步走出了房間。此時此刻我知道，現在我需要擔心的並不是如何保護蒂雅和蜜茲。她們都不曾殺死過高等異能者。

高等異能者都是我殺的。

所以，教授現在的目標是我。

第五十一章

「曦光？」我搖晃著在另外一張床上沉睡的人。

曦光沒有動。沒錯，他一直都昏迷。

「我又需要你的幫助了。」我對他說。但我沒有得到回應。

星火啊！教授就要來了。我發狂般地跑出了那個房間。坐在門旁的醫生立刻一言不發地從椅子裡站起來，跑進了房間。也許她打算迅速收拾東西逃離此地。聰明。

教授已經……毫不猶豫地殺死了瓦珥和艾克賽爾。他也會這樣對我。我在這棟房子裡疾步飛奔，尋找出去的門口。遠處那一陣陣低沉的隆隆聲是怎麼回事？

我必須離開這裡，找個地方藏起來。但……我眞的能躲得過喬納森．斐德烈斯嗎？我沒有資源，沒有和其他人聯絡的辦法。就算躲起來，他還是能找到我。如果我逃走，我在自己的餘生中（也許只是很短的一段餘生）將只能一直逃跑。

如果他找來了這裡，很有可能會殺死曦光，這樣巴比拉就毀了。再不會有食物，也不會有燈光。

我在起居室裡停住腳步，喘著氣。逃跑沒有意義。我最終還是要面對教授。

我現在就得這麼做。

儘管心中的每一點直覺都在向我叫喊，要我躲起來，但我還是轉過身，尋找能夠登上屋頂的路徑。這是一棟位於郊區的房子，保養狀況好得令人吃驚。曦光的家人遭遇了什麼？他們是否還在別的地方，正在爲他們夢中的兒子牽腸掛肚？

我終於找到了樓梯，上到第三層。從這裡，我爬出一扇窗戶，抵達屋頂。和巴比拉的大多數建築不同，這是一棟尖頂房子。我小心地爬到屋頂最高處。太陽還沒有升起，但地平線上已經有了一抹光色。借助那一點晨光，我看到那一陣陣雷鳴聲的源頭：洪水正從巴比拉退去。

海水如退潮般消散，露出了被藤壺覆蓋的摩天大樓。星火啊。那些樓宇被海水浸泡了那麼久，一定都被腐蝕得很嚴重了。這一陣退潮很有可能會摧毀這座城市，殺死教授剛剛拯救的每一個人。我一次輕率的揮刀，很可能會葬送成千上萬條性命。

不過現在還沒有建築物倒塌，而且我對於那座城市也已經無能爲力。

我坐了下來。

坐在夜晚的最後一片黑暗中，我的眼前出現一番特別的景致。我開始思考自己在這些事件裡扮演的角色。我是否太過逼迫教授，想讓他成爲英雄？這裡頭有多少錯誤該由我負責？如果我不那樣做，一切會有所不同嗎？

就算我不激勵教授，王權也依舊會實現她的目的。最讓我惱怒的一點是，王權達成目的所憑藉的正是教授內心的榮譽感。

我能確定的只有一點。無論教授身上發生了什麼事，那都不是他的錯。這就好像一個人被開了個殘酷的玩笑，無意中吃下迷幻藥，以爲周圍的人們都是惡魔，開始向人群掃射。是王權殺死了艾克賽爾和瓦珥，不是教授。當然，也許王權也不是罪魁禍首，畢竟她被超能力控制了。

如果不是她，又會是誰？我的目光從地平線上移開，轉向天空中那個紅色的斑點，它正懸掛在太陽對面的黑色天空中。

「是你。」我對禍星悄聲說，「你到底是什麼？」

禍星沒有回應，便沉入了地平線。我依然不知道他到底是不是一個人。我轉回頭看著巴比拉。也許我終究還是不能因為這些事而怪罪教授，因為我也絕非毫無責任。自從來到巴比拉之後，我製造了一個又一個危機，總是在破壞既定的計畫。

沒有頭腦的英雄主義者——教授對我的評價沒有錯。

那我現在該做什麼？我心想。教授，真正的教授肯定希望我能拿出一個計畫。但我的腦子空空如也。也許，現在不是制定計畫的時候。計畫要在一切都變得一團亂之前，在導師背叛了你、受到超能力腐化之前，在你深愛的女孩被一槍打穿心臟之前，在你的朋友們死去之前。

有什麼東西出現在遠方，越過了水面。我坐直身子，想要看得更清楚一些。那是一片小圓碟——我認出來了，是一個力場，上面站著一個黑色的影子。那個影子越來越大，迅速從空中掠過。

教授原來可以用他的力場飛行。他的能力之多，真是讓人難以置信。我站起身，在傾斜的屋頂上立穩腳跟，手中緊緊抓住亞伯拉罕給我的項鍊，S形的吊墜就在我的拳頭下微微晃動。

太陽終於躍出地平線，閃耀起明亮的光彩，讓我沐浴在一片光明之中。這是我的想像？還是陽光的確變得更強了？

教授踏著他的飛碟向我逼近，實驗室長袍在他身後飄蕩。他落在這個尖屋頂的另外一邊，帶著怪異的興致注視我。我又一次因爲他巨大的變化而覺得震驚。這個人是如此冰冷。這就是他，是一個精神完全逆轉的他。

「你不必這樣做，教授。」我對他說。

他露出微笑，揚起一隻手。陽光照耀著我們所在的屋頂。

「我相信英雄！」我高喊著舉起了那枚吊墜，「我相信他們會來，就像我父親所相信的那樣。一切不會這樣結束！教授，我有信仰。我信仰的是你。」

一顆力場球出現在我周圍，切斷了我腳下的瓦片，把我完全包裹住，就像殺死瓦珥的那顆球。

「我相信。」我悄聲說。

教授攥起了手掌。

力場向內壓縮……

突然間，我本來還在球內，現在卻出來了。我能看到那顆球懸浮在我面前，收縮成只有籃球大小。

怎麼回事？

教授皺起眉。陽光變得更加明亮，更明亮，直到……

一團純白色的光在我和教授之間亮起來。明亮得就像太陽。這是一個女性的身體，燦爛、強韌，金色的髮絲四散飄揚，如同閃耀的光輪。

梅根。

教授又在我周圍製造出一個力場。白光中的形體向他伸出一隻手。突然間，力場球包裹住了教授自身。梅根改變了眞實，讓可能變成現實。

這一次，教授更加驚訝。他消除掉包裹自己的力場，製造出新的力場包住白光中的形體。就在力場開始收縮的時候，眨眼間又重新出現在教授周圍，將他包裹在其中，要把他碾碎。教授再次消除力場。我在他的眼裡看到了以前從未見過的東西：畏懼。

他們全都會害怕，我心想，他們心底深處都藏著恐懼。牛頓從我面前逃跑。鋼鐵心殺死所有可能認識他的人。他們都被恐懼驅動。

這不是我認識的教授，而是高等異能者斐德烈斯。當他的面前出現了一個人，當那個人能夠以他完全無法理解的方式操縱他的力量時，他害怕了。教授瞪大了眼睛，踉蹌著向後退去。

在一次心跳的時間裡，我們到了別的地方。

我和那個發光的形體出現在旁邊一間房子裡。我們所在的房間有一扇窗，能透過那裡看到站在屋頂上的教授。只有他一個人。

在我身邊，發光的形體嘆息一聲，身上的光芒消失，露出完全赤裸的梅根。她倒下去，我扶住了她。窗外屋頂上的教授咒了一句，便跳上飛碟，疾速離開。

星火啊，我該怎麼面對他？

答案就在我的臂彎裡。我低頭看著梅根。她的面容是那樣完美無瑕，嘴唇是那樣美麗誘人。我相信異能者並沒有錯，只是我信錯了人。

她睜開眼睛，看見了我，低聲說：「我不喜歡殺你。」

「我沒聽過比這句更美妙的話了。」我對她說。

她盯著我，然後呻吟一聲，又閉上了眼睛。

「噢，天哪，祕密原來就是愛的力量。我受不了了。」

「其實，我覺得是另一些東西。」我說。

她看著我。我突然意識到她身上什麼都沒穿，而我也幾近全裸。她看到了我的眼神，只是聳聳肩。我紅著臉放下她，想找些東西讓她穿上，但還沒等我走開，衣服已經出現在她的身上。是她的一貫穿著，牛仔褲和襯衫。這一定是來自於另一個空間的眞實倒影，不過這些暫時應該夠了。

「那麼，祕密到底是什麼？」她坐起身，用手指梳理了一下頭髮，「以前我每次轉生的時候都是個徹底的壞人，記不住我自己，心中充滿暴力和毀滅的欲望。這一次……我什麼都沒有感覺到。有什麼發生了改變？」

我看著她的眼睛，「當妳跑進那棟大樓的時候，那裡是不是已經起火了？」

梅根咬住嘴唇，「是的，」她確認了我的推測，「那樣好蠢，這點你不說我也知道。我知道你可能不是眞的在那裡，但我想——也許你眞的有危險，我不能讓你……」她的身子明顯抖動了一下。

「妳對火有多害怕？」

「怕到你根本無法想像。」她悄聲說。

我微笑起來，再一次將她抱進懷中，「這就是祕密。」

尾聲

大約五個小時以後，我坐在巴比拉的一個樓頂上，用篝火溫暖自己的雙手。這裡曾經只是很矮的一個樓頂，當大水退去之後，它高出下方的街道足足有二十多層樓。

水退了之後，沒有一棟高樓倒塌。「都是因爲樹根。」梅根坐在我身邊，遞給我一碗熱湯。現在她已經穿上了眞正的衣服，讓我覺得有那麼一點點遺憾。不過這絕對有必要，現在這座城市突然變冷了許多。「這些樹根都很堅韌，比普通植物堅韌得多。是它們撐住了大樓。」說到這裡，梅根自己也驚嘆地搖了搖頭。

「曦光不想讓他的幻想國度垮掉，」我攪動著手中的湯，「那些水果呢？」

「還在發光，」梅根說，「這座城市會生存下來的。曦光曾經讓水變暖，讓這個地方不至於太過寒冷。他還會找到別的辦法應對這個問題。」

我們身邊還有其他人在走動。儘管他們並不明白眼前發生了什麼事，但危機感讓他們聚攏在一起，而此刻我們只是他們中間的兩個難民。也許有人會認出我，知道我曾經與滅除、王權或牛頓戰鬥過，但沒有人對此說一句話。我最多也只是隱約聽到了幾個人的竊竊私語。

「那麼，」梅根說，「你的理論……」

「一定是恐懼，」一陣深深的疲憊感席捲我，我有多久沒好好睡一覺了？「我曾經面對深水，最後克服了對水的恐懼，所以當王權想讓我成爲異能者的時候，她失敗了。妳怕火怕得要命，卻還是衝進燃燒的建築物去救我，當妳醒來的時候，妳就擺脫了超能力的腐蝕。在內心深處，異能者都在害怕——這就是我們打敗他們的關鍵。」

「也許吧。」梅根的語氣還是有些不確定。星火啊，一個人攪湯的樣子怎麼會這麼好看？她現在這身衣服有些大，臉頰被凍得有些發紅，但這些都掩飾不住她的明豔動人。我微笑著，注意到她也在盯著我。

這似乎是一個非常好的徵兆。

「這個理論是實實在在的，」儘管是在討論嚴肅話題，我卻臉紅了，「就像薄煎餅上的麥片一樣。」

她向我挑起一道眉，然後試著喝了一口湯，「知道嗎，你的隱喻還不錯……」

「謝謝！」

「……但你用的根本都是明喻。你在這方面其實滿糟的。」

我若有所思地點點頭，然後用勺子指住她，「呆子。」

她微笑著，喝光了她的湯。

和她在一起眞好，但我還是覺得口中的湯有點苦。經歷過這麼多事以後，我有點沒辦法笑出來。我們在靜默中吃完東西，梅根站起來，一隻手放在我的肩頭。

「如果他們兩個事先就被告知爲了拯救這座城市而必須付出的代價，」她輕聲說，「你覺得，他們會不會有那麼一瞬間的遲疑？」

我不情願地搖搖頭。

「瓦珥和艾克賽爾在一場重要的戰爭中犧牲。」梅根說，「我們會繼續這場戰爭，以免更多的人遭遇不測。」

我點頭。我至今都還沒有和她對質山姆的事，這件事遲早要面對。

梅根又去盛湯。我盯著手中的碗。哀傷囓咬著我，但我還能控制它。

我的腦子正忙著制定計畫。

片刻之後，我從周圍的人群中聽見一個聲音。我站起身，放下碗，從兩個正在閒聊的巴比拉人身邊擠過。

「他是個看上去呆頭呆腦的傢伙，」蜜茲正在說話，「有點高，很不懂得穿衣服……」然後，她看見了我，立刻瞪大眼睛，「噢……其實他也是有優點的……」

我用力抱住她，「妳聽到廣播了。」

「是——嗎，」她說，「我不明白你在說什麼。」

「我要人們廣播一條訊息給妳和蒂雅，希望妳們能夠從收音機裡聽到……妳沒有聽到？」

她搖搖頭。黑女孩的這個動作讓我很焦慮。爲了確保教授不會找到她，我幾乎想破了腦袋。我覺得利用廣播是個好主意，畢竟我們一直都用短波電台與新芝加哥的亞伯拉罕聯絡。

蜜蘇麗把一張小紙條舉到我面前。是籤語餅的紙條——蜜蘇麗，藏起來，馬上。

「妳什麼時候找到的？」我問她。

「昨晚。」蜜茲說，「就在破曉之前。有差不多一百個籤語餅在我面前冒出來，上面都寫著這句話，那景象可眞壯觀。我覺得我應該照紙條說的去做。怎麼了？你看上去好傷心。」

我必須把其他人的事告訴她。星火啊，我張嘴想要解釋，就在這個時候，梅根回來了。

她們兩個立刻瞪住了對方。

「呃，我們能夠別向對方開槍嗎？」我緊張地說，「至少暫時先不要？求求妳們了！」

蜜茲用力別開了頭，「走著瞧。哪，我想這應該是給你的？」她又遞過來另一張紙條，「只有這張紙條上寫著另一句話。」

我有些猶豫地接過紙條。

做個好夢，鋼鐵殺手。

「你知道這是什麼意思嗎？」蜜茲問。

「這表示，」我將紙條在手中疊好，「我們還有許多事情要做。」

（熾焰　全書完）

致謝

又一本書出爐了！我的名字將再一次被印在封面上。其實，還有許多名字不會出現在封面上的朋友們，在幕後幫忙實現了這本書的問世。這本書非同尋常之處就在於，這是我第一個在「龍鋼智庫」——這個名字是我剛剛起的（也許永遠不會再用了）——的幫助下創作的故事。我用它來稱呼那些與我共進午餐，和我一起進行腦力風暴，幫助我解決各種難題的朋友們。

他們之中包括無法超越的Peter Ahlstrom——我的編輯助理，也許你會在我的部落格和臉書上看到他回答問題，偶爾發幾篇文。我要認眞地告訴大家，這個傢伙眞的很厲害。他是我第一寫作小組的關鍵人物（這個組裡還有Dan Wells和Nathan Goodrich，你們也許已經在這本書的最前面看到了後者的名字），Peter一直都給予我巨大的幫助。如果你在聚會上看到他，請拍拍他的背好啦。

參加那些午餐會的還有Karen Ahlstrom，龍鋼內部維基的管理者；Isaac Stewert，地圖繪製師，現在是我們公司的全職雇員。還有許多朋友對這本小說也給予了不少協助，就像我現在寫作團隊中的其他成員一樣。他們是：Emily Sanderson、Alan Layton、Darci & Eric James Stone、Benn & Danielle Olsen、Kara Stewart、Kathleen Dorsey Sanderson和Kaylynn ZoBell。

我還要感謝藍燈書屋出版社的天才隊伍，其中包括我的編輯Krista Marino，她爲這本書做出了傑出的貢獻（包括定期地、禮貌地提醒我截稿日期），Jodie Hockensmith，他的宣傳效率從來都是高水準之上。另外我們應該爲之鼓掌的藍燈書屋出版人還有Rachel Weinick、Beverly

Horowitz，Judith Haut，Dominique Cimina和Barbara Marcus。審稿工作則是由天才的Michael Trudeau完成的。

我的代理人Joshua Bilmes和Eddie Schneider像以往一樣，發揮著神奇的作用，組成了JABberwocky的完整隊伍。考慮到他們的成就，我相當確信，他們在這方面是有僞裝能力的異能者。參與此書製作的我的英國團隊包括Simon Spanton——葛蘭茲出版社的編輯。他一直確保我前往倫敦的旅程受到良好的接待且充滿趣味。還有芝諾版權公司的John Berlyne，我不知疲倦的支持者。

這本書的Beta版讀者有Brian Hill和Michelle & Josh Walker。Montie Guthrie、Dominique Nolan和Larry Correia幫助我解決了武器術語和操作方面的問題。Gamma版本的讀者和校對團隊包括Aaron Ford、Alice Arneson、Bao Pham、Blue Cole、Bob Klutz、Dan Swint、Gary Singer、Jakob Remick、Lyndsey Luther、Maren Menke、Matt Hatch、Taylor Hatch、Megan Kanne、Samuel Lund、Steve Godecke和Trae Cooper。如果我能夠成爲異能者，我最後一定會殺死你們。

最後，我想要感謝我神奇的妻子愛蜜莉，還有我和她三個喧鬧的男孩。是他們讓我擁有了生命的意義。

布蘭登．山德森

中英名詞對照表

A

Abigail Reed　阿比蓋爾・里德
Abraham　亞伯拉罕
Absence　虛無
Advavced Stelth Explostves　超級詭雷
Amala　亞瑪拉
Annexation　大併吞
Ardra　阿陀羅暴動
Armsman　武裝人

B

Babilar　巴比拉
Babylon Restored　新巴比倫
Backbreaker　斷背（異能者）
Bastion　堡壘
Beagle　小獵犬街
Beretta　伯萊塔
Bilko　畢爾科
Bob's Cathedral　鮑勃大教堂
Brick-oven-blenders　攪磚器
Burnley Street　伯恩利街
Burrow　地下居住區

C

Calaka　柯拉卡
Calamity　禍星
Caliph　哈里發區
Calling War　呼戰者
Capitulation Act　投降法案
Central Park Bay　中央公園海灣
Charlotte　夏洛特
City Island　城市島
Clapper　擊掌（異能者）
Cody　柯迪
Conflux　匯流（異能者）
Core　基礎小隊
Crossmark　十字

D

Datapad　數位平板
David Charleston　大衛・查爾斯頓
Dawnslight　曦光（異能者）
Daystorm　晝風暴（異能者）
Deathpoint　奪命手指（異能者）
Denver　丹佛
Detroit　底特律
Dialas　迪亞拉斯
Devin　德溫
Diamond　鑽晶（異能者）
Diggers　挖掘工

Digzone　掘場
Dimensional Double　空間雙體
Ditko Place　迪特可公寓
Downtown Newcago
　新芝加哥下城區
Dowser　占卜儀
Dragonsteel Think Tank
　龍鋼智庫
Durkon's Paradox　杜康矛盾
Duskwatch　暮醒（異能者）

E

Earless　無耳（異能者）
Eastborough　東區
Eddie Macano　艾迪・馬加諾
Edmund Sense　艾蒙德・桑斯
Edso　艾德索
Emiline Bask　愛米琳・巴斯克
Enforcement　執法隊
Epics　異能者
Exel　艾克賽爾

F

Fail-safe Transmission
　無損傳輸
Faithful　忠貞者
Faultline　斷層（異能者）
Finger　小指街
Finkle Crossway
　芬克爾十字路口
Firebomb　燃燒彈
Firefight　熾焰（異能者）
Flash-shot　極速彈
Forcefield　能量護盾
Fort Lee　李堡
Fortuity　奇運（異能者）
Fractured States　破碎合眾國
Frewanton　佛里汪頓街

G

Gauss Gun　高斯槍
Georgi　喬治
Gibbons　吉本斯街
Gifter　賦予者
Gottschalk　哥特沙克爾
Gravatonics　抗重力墊
Great Falls　大瀑布城
Great Transfersion　大轉變
Gyro　迴旋（異能者）

H

Handjet　手部噴嘴
Hardman　哈德曼
Harmsway　急救星
Haven Street　港口街
Havendark Factory
　避難夜工廠
Hawkham　鷹含（異能者）
Hermosillo　埃莫西約
High Epics　高等異能者

Howard Righton 霍華德・萊頓
Hudson River 哈德遜河
Hydromancer 占水師

I

Ides Hatred 仇恨女神
Idolin 伊德林
Illusionist Epic 幻象異能者
Imager 顯像儀
Impervious Skin 鋼鐵皮膚
Infinity 英菲妮蒂
Instabam 快印（異能者）
Insulation 絕緣（異能者）

J

Jennings 詹寧斯
Johnson Liberty Agency 強森自由保險經紀
Jon 喬恩
Jonathan Phaedrus 喬納森・斐德烈斯
Jori 喬瑞
Judge Regalia 律法王權

K

Kinetic Energy Epic 動能能量異能者
Knees 阿膝
Knighthawk Foundry 騎士鷹鑄造廠
Knoxx 諾克斯

L

Leviathan 力維坦
Lightning 雷電
Limelight 綠光
Lincoln 林肯
Little Blackstone 小石城
Loch Ness 尼斯湖
Lorist 學究
Lulu 露露

M

Madison 麥迪森
Marco 馬可
Marston 馬爾斯頓街
Martha 瑪莎
Mayor Briggs 布麗格絲市長
Megan Tarash 梅根・塔拉斯
Mental Illusionist 心靈幻術者
Middle Grasslands 中草原區
Missouri Williams（Mizzy）蜜蘇麗・威廉斯／蜜茲
Mitosis 有絲分裂（異能者）
Moulton 莫爾頓街
Murkwood 幽暗森林（異能者）

N

Newcago 新芝加哥
Newton 牛頓（異能者）
Night's Sorrow
夜愴（異能者）
Nightwielder 夜影（異能者）
Nodell 諾德爾街

O

Obliteration 滅除（異能者）
Omaha 奧馬哈市
One Who Dreams 夢想之人
Oregon 奧勒岡州

P

Painted Village 彩繪村
Paul Jackson 保羅・傑克森
Photon-Manipulators
光子操縱者
Pink Pinkness
粉嫩嬌（異能者）
Point Man 前哨
Power Cell 能量電池
Power Duality 異能雙重性
Precognition 預知
Preemptive Teleportation
先行傳送
Prime Invincibility
基礎無敵能力
Puños de Fuego
普洛斯・德・菲戈

R

Reckoners 審判者
Redleaf 赤葉（異能者）
Refractionary
折射光（異能者）
Regalia 王權（異能者）
Regeneration 再生
Rending 分裂啓元
Revokation 撤銷（異能者）
Rick O'Shea 瑞克・奧謝
Roy 羅伊

S

Sacramento 沙加緬度市
Sam 山姆
Scavenger 拾荒者
Schuster Street 舒斯特街
Secondary Power 次要能力
Self-reincarnation 自我轉世
Shadowbligh 枯影
Shapeshifter
變形者（異能者）
Shoving 潮湧
Siegel Street 西格爾街
Slontze 愣仔
Snowfall 雪崩
Soldier Field 軍人球場

Soomi　蘇米
Sourcefield
　能源場（異能者）
Spitfire　噴火式
Spritzer　史賓澤
Spynet　監控網
Spyril　諜眼
St. Louis　聖路易斯
Static　靜電（異能者）
Steelheart　鋼鐵心（異能者）
Steelslayer　鋼鐵殺手
Steve　斯蒂夫
Streambeam　流量波束
Strongtower　強塔（異能者）
Super Reflexes　超快反應

T

Tensor　碎震器
The Coven　巫師會
The Reeve Playhouse
　李維劇場
Tia　蒂雅
Tier System　分層系統
Transference Epic
　能力轉移異能者
Turtle Bay　海龜灣

V

Val Valentine　瓦珥・瓦倫汀
Vincin　文森

W

Waterlog　透水（異能者）
Willamette　威拉米特河
Workshop　廠房

Y

Yunmi Park　雲美・派克

BEST嚴選 074
審判者傳奇2：熾焰

原著書名／Firefight
作　　者／布蘭登・山德森（Brandon Sanderson）
譯　　者／李鐳
企劃選書人／王雪莉
責任編輯／王雪莉

行銷企劃／周丹蘋
業務主任／范光杰
行銷業務經理／李振東
總　編　輯／楊秀真
發　行　人／何飛鵬
法律顧問／台英國際商務法律事務所　羅明通律師
出版／奇幻基地出版
城邦文化事業股份有限公司
台北市104民生東路二段141號8樓
電話：(02)25007008　傳真：(02)25027676
網址：www.ffoundation.com.tw
e-mail：ffoundation@cite.com.tw
發行／英屬蓋曼群島商家庭傳媒股份有限公司城邦分公司
台北市104民生東路二段141號11樓
書虫客服服務專線：(02)25007718・(02)25007719
24小時傳真服務：(02)25170999・(02)25001991
服務時間：週一至週五09:30-12:00・13:30-17:00
郵撥帳號：19863813　戶名：書虫股份有限公司
讀者服務信箱e-mail：service@readingclub.com.tw
歡迎光臨城邦讀書花園　網址：www.cite.com.tw
香港發行所／城邦（香港）出版集團有限公司
香港灣仔駱克道193號東超商業中心1樓
電話／(852) 2508-6231　傳真／(852) 2578-9337
e-mail：hkcite@biznetvigator.com
馬新發行所／城邦（馬新）出版集團　Cité (M) Sdn Bhd
41, Jalan Radin Anum, Bandar Baru Sri Petaling, Lumpur,
57000 Kuala Lumpur, Malaysia.
Tel: (603) 90578822　Fax:(603) 90576622
e-mail：cite@cite.com.my

封面設計／莊謹銘
排　　版／極翔企業有限公司
印　　刷／高典印刷有限公司
■2015年（民104）5月28日初版
■2023年（民112）5月19日初版9.5刷
售價／360元

國家圖書館出版品預行編目資料

審判者傳奇2：熾焰／布蘭登・山德森（Brandon Sanderson）著; 李鐳譯 - 初版 - 臺北市：奇幻基地：家庭傳媒城邦分公司發行；民104. 05 面：公分. -（BEST嚴選：074）
譯自：Firefight
ISBN 978-986-5880-99-6
874.57　104007237

ISBN　978-986-5880-99-6
Printed in Taiwan.

廣　告　回　函
北區郵政管理登記證
台北廣字第000791號
郵資已付，免貼郵票

104台北市民生東路二段141號11樓

英屬蓋曼群島商家庭傳媒股份有限公司城邦分公司 收

請沿虛線對摺，謝謝

奇幻基地

每個人都有一本奇幻文學的啓蒙書

奇幻基地官網：http://www.ffoundation.com.tw
奇幻基地粉絲團：http://www.facebook.com/ffoundation

書號：1HB074　　**書名：審判者傳奇2：熾焰**

請於此處用膠水黏貼

奇幻基地

讀者回函卡

謝謝您購買我們出版的書籍！請費心填寫此回函卡，我們將不定期寄上城邦集團最新的出版訊息。

是供訂購、行銷、客戶管理或其他合於營業登記項目或章程所定業務之目的，英屬蓋曼群島商家庭傳媒(股)公司城邦分公司於本集團之營運期間及地區內，將以電郵、傳真、電話、簡訊、郵寄或其他公告方式利用您提供之資料（資料類別：C001、2、C003、C011等）。利用對象除本集團外，亦可能包括相關服務的協力機構。如您有依個資法第三條或其他需服務之處，致電本公司客服中心電話(02) 25007718請 求協助。相關資料如為非必要項目，不提供亦不影響您的權益。

姓名：＿＿＿＿＿＿＿＿＿＿ 性別：□男 □女

生日：西元＿＿＿＿＿年＿＿＿＿＿月＿＿＿＿＿日

地址：＿＿＿＿＿＿＿＿＿＿

聯絡電話：＿＿＿＿＿＿＿＿＿＿傳真：＿＿＿＿＿＿＿＿＿＿

E-mail ：＿＿＿＿＿＿＿＿＿＿

學歷：□1.小學 □2.國中 □3.高中 □4.大專 □5.研究所以上

職業：□1.學生 □2.軍公教 □3.服務 □4.金融 □5.製造 □6.資訊

□7.傳播 □8.自由業 □9.農漁牧 □10.家管 □11.退休

□12.其他＿＿＿＿＿＿＿＿＿＿

您從何種方式得知本書消息？

□1.書店 □2.網路 □3.報紙 □4.雜誌 □5.廣播 □6.電視

□7.親友推薦 □8.其他＿＿＿＿＿＿＿＿＿＿

您通常以何種方式購書？

□1.書店 □2.網路 □3.傳真訂購 □4.郵局劃撥 □5.其他

您購買本書的原因是（單選）

□1.封面吸引人 □2.內容豐富 □3.價格合理

您喜歡以下哪一種類型的書籍？（可複選）

□1.科幻 □2.魔法奇幻 □3.恐怖 □4.偵探推理

□5.實用類型工具書籍

您是否為奇幻基地網站會員？

□1.是□2.否（若您非奇幻基地會員，歡迎您上網免費加入 http://www.ffoundation.com.tw/）

對我們的建議：＿＿＿＿＿＿＿＿＿＿

＿＿＿＿＿＿＿＿＿＿

＿＿＿＿＿＿＿＿＿＿

請於此處用膠水黏貼

Brandon Sanderson

布蘭登・山德森

Brandon Sanderson

布蘭登・山德森